dtv

Serge und Clara haben kaum Gemeinsamkeiten. Doch die zusammen durchlittene Kindheit in einer Hippiekommune hat die Geschwister zusammengeschweißt. Die Ankündigung ihrer Eltern, nach 35 Jahren wilder Ehe doch noch heiraten zu wollen, trifft die beiden allerdings wie ein Schock. Bei dem Fest könnten Dinge ans Tageslicht kommen, die sie ihren Erzeugern bisher tunlichst verschwiegen haben. Vor allem Serge sieht sich in der Bredouille. Statt zu promovieren, dient er schon längst dem familiären Feindbild schlechthin: dem Kapitalismus. Als Investmentbanker will er das ganz große Geld machen, im Zweifelsfall auch mit illegalen Zockereien an der Londoner Börse. Dumm nur, dass ausgerechnet jetzt die Finanzwelt in die größte Krise stürzt – und mit ihr Serge …

Marina Lewycka, 1946 als Kind ukrainischer Eltern in einem Flüchtlingslager in Kiel geboren und in England aufgewachsen, gilt als eine der populärsten britischen Autorinnen der Gegenwart, mit einem besonderen Blick für gesellschaftliche Realitäten. Gleich ihr erster Roman ›Kurze Geschichte des Traktors auf Ukrainisch‹ wurde ein Welterfolg, und auch ihre späteren Romane standen regelmäßig auf den internationalen Bestsellerlisten. Heute lebt sie in Sheffield und London.
Mehr unter www.marina-lewycka.de

Marina Lewycka

Die Werte der modernen Welt

unter Berücksichtigung diverser Kleintiere

Roman

Deutsch von
Sophie Zeitz

dtv

Ausführliche Informationen über
unsere Autoren und Bücher
www.dtv.de

Von Marina Lewycka
sind bei dtv außerdem erschienen:
Kurze Geschichte des Traktors auf Ukrainisch (21101)
Caravan (21201)
Das Leben kleben (21349)
Lubetkins Erbe (26160)

Neuausgabe 2018
Veröffentlicht 2013 in der
dtv Verlagsgesellschaft mbH & Co. KG, München

Titel der englischen Originalausgabe:
›Various Pets, Alive and Dead‹
(Fig Tree/Penguin, London 2012)

Umschlaggestaltung: FAVORITBUERO, München
Satz: Greiner & Reichel, Köln
Druck und Bindung: Druckerei C.H.Beck, Nördlingen
Gedruckt auf säurefreiem, chlorfrei gebleichtem Papier
Printed in Germany · ISBN 978-3-423-21718-7

Für den stillen Don

»Wir leben in einer neuen Zeit – die Ära des Helden ist Vergangenheit – dies ist die Zeit des untugendhaften Menschen.«

Nikolai Gogol, ›Die toten Seelen‹, 1842

TEIL EINS

Diverse Kleintiere

Serge

Die Mühle

Die ganze Welt ist aus dem Lot, auch wenn es die meisten Leute noch nicht bemerkt haben. Bis jetzt wirkt alles normal, aber Serge spürt ihn beim Atmen, den schwachen Hauch des Irrsinns in der Luft. Es ist acht Uhr morgens am Montag, dem 1. September 2008, die Londoner Börse hat gerade geöffnet, und um ihn herum rotieren die Trader längst.

Der Handelsraum der *Finance and Trading Consolidated Alliance* erinnert an eine riesige Geldmühle, die im industriellen Maßstab Profit ausstößt. In der großen Halle mit den sechs langen doppelten Tischreihen haben ein paar Hundert Leute Platz, und auf jedem Tisch registrieren mehrere flimmernde Monitore Minute für Minute das rastlose Auf und Ab der Märkte. Die Fenster sind abgedunkelt, damit kein Sonnenstrahl die Sicht auf die Monitore stört, und die hohe Decke verschluckt das unablässige geschäftige Murmeln der Stimmen und das Klicken der Tastaturen. Trotzdem ist die Luft hier drin irgendwie tot, es riecht angesengt und schweflig nach dem heißen Plastik der Hardware, die seit der Installation nonstop gelaufen ist, denn die Computer nur einen Augenblick abzuschalten, hieße, einen Augenblick lang kein Geld zu scheffeln.

Zu zwei Seiten des Handelsraums befinden sich die verglasten Büros der Teamleiter. Das Eckbüro am Ende der Nordseite steht den Quants zur Verfügung, die für den Securitisation Desk zuständig sind – das spiegelt ihre Stellung in der Hierarchie wider. Die quantitativen Analysten, das sind die sechs Männer und eine Frau, die mittels mathematischer Hexerei dem Risiko das Risiko nehmen sollen.

Die Frau ist Maroushka. Von seinem Platz sieht Serge sie durch die offene Tür des Glaskastens, im Drehstuhl zurückgelehnt, die Füße auf dem Tisch, das Handy ans Ohr gedrückt. Keine Schuhe. Keine Strumpfhose. Die Zehennägel glitzern wie Rubine. Sie spricht in ihrer seltsamen, sprudelnden Sprache, und unwillkürlich lauscht er, obwohl er sich auf die Daten auf seinen Bildschirmen konzentrieren müsste. Er hat noch nie zuvor gedichtet, aber er war auch noch nie so inspiriert.

Prinzessin Maroushka!
Höre das Lied von Serge!
Unserer Schicksale Werke
auf diesem bla-bla …
Grünen und sonnigen? Dunkel satanischen?
Berge …

»Hey, Sergej!« Sie sieht, dass er sie anstarrt, und winkt mit vier Fingern in seine Richtung.

Er stellt sich in die Tür. »Hallo, schöne Prinzessin aus Shy…« Wie heißt das noch mal, wo sie herkommt? »Hast du dich am Freitag gut amüsiert auf deiner Geburtstagsfeier?«

»Sehr gut, danke. Du alles klar? Ich glaube, du warst viel betrunken. Du bist hingefallen auf Boden.«

»Ja. Ich war ein bisschen blau. Aber dich auf dem Tisch tanzen zu sehen, dafür hat es sich gelohnt.«

»Volkstanz aus mein Land. In Shytomyr ist normal an Geburtstag.« Sie wirft ihm einen Luftkuss zu, dann wendet sie sich ab, um weiterzutelefonieren.

»Du solltest das Ding lieber wegstecken. Wenn Timo dich sieht, kriegst du Ärger.«

»Wieso?«

Ihre Beine sind glatt und cremig blass, an den Knöcheln gekreuzt, die Waden gewölbt, wo sie aufeinander liegen, die Rundungen ihrer Knie verschwimmen im Schatten, bevor sie unter dem Saum ihres zart aprikosenfarbenen Rocks verschwinden. D&G? Versace? Ihr Parfum ist erdig, moschusartig, unterschwellig wild – abstoßend beinahe, doch tatsächlich ist es unglaublich erregend.

»Wir sollen hier drin keine privaten Handys benutzen.«

»Sollen nicht?« Sie zieht eine Braue hoch. »In mein Land ist normal, machen alle.«

»Hat was mit Sicherheit zu tun. Alle Telefongespräche müssen registriert sein. Wegen Insiderhandel und so?« Er lehnt in der Tür, die Hände lässig in den Hosentaschen. Merkt sie, wie cool er eigentlich ist, hinter seinem ironisch nerdigen Äußeren?

»Ich nicht Handel. Ich rufe arme Mutter in Shytomyr an. Sie hat Brust-OP.«

»Oh, das tut mir leid.«

»Warum tut dir leid?« Sie legt ihre reizende Stirn in Falten.

»Ich meine, die meisten werden wieder ganz gesund.« Serge faselt: »Heutzutage haben sich die Heilungschancen dramatisch verbessert …« Er versucht weise und positiv zu klingen, auf der Basis von null Ahnung. »Trotzdem, es ist bestimmt eine schwere Zeit für sie … und für dich auch … das Warten und die Folgebehandlung …«

»Nix Folgebehandlung. Zu teuer.« Sie schürzt die Lippen und hebt ihre kleine süße Nase.

»Es gibt keine kostenlose medizinische Versorgung in … euerm Land?«

»Natürlich. Aber nur nicht für Brust-OP.«

Timo Jääskeläinen kommt durch die Tischreihen auf sie zu und summt dabei leise vor sich hin. Serge gibt ihr ein warnendes Zeichen, und sie lässt das Telefon in der Tasche verschwinden. Timo Jääskeläinen ist der stellvertretende Leiter der Securitisation, ein leise sprechender Finne mit großer Nase, perfekten Zähnen und einem Porsche in der Tiefgarage, der ein paar Hundert Riesen gekostet hat. Samstags singt er als Tenor in einem A-cappella-Quartett, und einmal im Monat fliegt er nach Helsinki, um seine Mutter zu besuchen. Sie nennen ihn Tim the Finn.

»Gibt's Probleme?« Timo taucht in der Tür auf und zeigt die Zähne, aber eindeutig nicht um zu lächeln. Er benutzt ein starkes Aftershave, das nach Anis und Feuerzeugbenzin riecht. »Habe ich dich gerade mit deinem Privathandy telefonieren sehen, Maroushka?«

»Sie hat nur ihre Mutter in … äh … angerufen«, sagt Serge schnell. »Die Brustkrebs hat.«

»Ach so. Na gut.« Tim versucht eine mitfühlende Miene zu machen, aber das fällt seinen Gesichtszügen schwer. »Nächstes Mal machst du das bitte draußen. Nicht hier. Wenn die Leute anfangen, hier Privatgespräche zu führen, ist die Integrität des Handelsraums kompromittiert. Du verstehst?«

Dann schleicht Timo weiter zu den Toiletten. Es geht das Gerücht, dass er Prostataprobleme hat. Maroushka holt das Handy aus der Tasche und sieht Serge an.

»Warum redest du so, Serge? Krebs! Was für Krebs? Du hast zu nihilistische Meinung von Leben.«

»Ich dachte, du hast gesagt, sie hatte eine Brust-OP.«

»Ja, schöne große Brüste. Männern gefällt.«

»Oh.«

Auch Serge hat gerade mit seiner Mutter telefoniert, allerdings ging es nicht um Brustvergrößerungen. Als er zur U-Bahn hetzte, rief sie ihn auf dem Handy an, um sich mit ihm zu verabreden – sie hätte ihm etwas Wichtiges zu sagen. Er musste sich schnell etwas einfallen lassen.

»Tut mir leid, Mum. Ich bin eine Weile in London, weil ich … an … einem Sonderprojekt arbeite, mit … ein paar Leuten vom Imperial College.«

»Wie spannend. Wenn wir uns sehen, musst du mir unbedingt mehr davon erzählen. Ich habe nicht viel zu tun, jetzt wo Oolie-Anna zu arbeiten angefangen hat. Es wäre ein wunderbarer Vorwand für mich, mal wieder nach London zu fahren.«

Die Sache ist die, seine Eltern denken, er wäre noch in Cambridge. Er hat sich nicht getraut, ihnen von seinem neuen Job zu erzählen. Man sollte meinen, die meisten Eltern wären froh, wenn ihr Sohn noch vor seinem dreißigsten Geburtstag neunzigtausend im Jahr verdient. Aber nicht Doro und Marcus. Für sie wäre es der ultimative Verrat an seinen Idealen, womit sie *ihre* Ideale meinen, denn Serge hat nie behauptet, dass er welche hätte – höchstens ein generelles Wohlwollen der Menschheit gegenüber. Besonders dem weiblichen Teil der Menschheit gegenüber. Vor allem Maroushka.

Kameraschwenk, Nahaufnahme: Maroushka Malko, seit kurzem achtundzwanzig, schön, verhätschelte Tochter zweier Akademiker (ja, sie haben bereits persönliche Informationen ausgetauscht, wenn auch noch keine Körperflüssigkeiten), Hochschulabschluss cum laude an der renommierten europäischen Universität von Shy… wo auch immer. Immatrikuliert für ein Promotionsstudium in Mathematik am University College London, das sie selbst finanziert. Hat bei einer Büroreinigungsfirma angefangen, bis jemand bei der FATCA auf ihre mathematischen Fähigkeiten aufmerksam wurde und sie eine befristete Stelle bei den Quants bekam.

Schwenk zu: Serge Free, fast neunundzwanzig. Studium in Cambridge, gutaussehend … bzw. attraktiv … bzw. attraktiv, wenn man sich zu kleinen dünnen Männern mit Buddy-Holly-Brille und schiefem Lächeln hingezogen fühlt (was sie hoffentlich bald tun wird). Vernachlässigter Sohn linker Hippies, Überlebender von Solidarity Hall, der Kommune im südlichen Yorkshire, wo er aufgewachsen ist, mit einer wechselnden Mitbewohnerschaft von Erwachsenen, Kindern und diversen Kleintieren, toten und lebendigen.

Trotz dieser oberflächlichen Unterschiede haben er und Maroushka, wenn man genau hinsieht (was er regelmäßig tut), ziemlich viel gemeinsam. Beide haben sie vor gut einem Jahr bei der FATCA angefangen. Beide sind Mathematiker, beide arbeiten mit risikobasierten Derivaten, beide sind hochintelligent. Demnach wäre es nur folgerichtig, wenn sie zusammenkämen. Ganz ehrlich: Es gibt nicht viele Paare, die sich abends im Bett über die Fibonacci-Folge und die Gauß-Kurve unterhalten können. Natürlich gibt es ein paar Dinge in seiner Vergangenheit, die er ihr nie erzählen könnte: dass sein Interesse an Mode durch den allmorgendlichen Kleiderkampf in Solidarity Hall ausgelöst wurde; dass seine Risikosucht mit der totalen Unberechenbarkeit des Lebens zu tun hat, der er in jungen Jahren ausgesetzt war. Wobei Maroushka ihn vielleicht verstehen würde, denn für alle Quants bei der FATCA ist das Risiko Daseinszweck, Lieblingsdroge, Nektar und Ambrosia.

Seit der Kreditkrise im letzten Jahr und dem Kollaps von Northern Rock hat das Spiel einen völlig neuen Level der Unsicherheit erreicht. Heute kann man keinen Fernseher einschalten, ohne dass panische Politiker der Öffentlichkeit raten, nicht in Panik zu verfallen, oder dass selbsternannte Experten, die im Nachhinein alles besser wissen, erklären, wie alles kam. Wie sich nämlich ehemals solide Bausparkassen als Casino-AGs neu erfanden und anfingen, unkontrolliert an die falschen Leute Geld zu verleihen – Leute, die keinen Job hatten oder falsche Angaben zu ihrem Einkommen machten oder bereits bis zum Hals in Schulden steckten. Leute, denen man niemals einen Eigenheimkredit hätte anbieten dürfen, nur dass die Banken jede Menge Geld hatten, und das musste irgendwohin.

Und wenn man die arbeitslosen Alleinerziehenden und schwarzarbeitenden Anstreicher mit den soliden Lehrern und Privatzahnärzten in einen Topf warf und das Ergebnis dann in Hoch-, Mittel- und Niedrigrisiko-Tranchen unterteilte, ließen sich Rating-Agenturen wie Fitch und Moody's und Standard & Poor's davon überzeugen, den obersten Tranchen ein Triple-A-Rating zu verleihen. Denn selbst wenn ein relativ hohes Risiko bestand, dass unter den NINJA-Krediten (*No Income No Job No Assets*, kein Einkommen, keine Arbeit, kein Vermögen – was zum Teufel hatten die erwartet?) ein oder zwei platzten, würden schließlich nicht *alle* platzen, nicht wahr?

Serge lächelt. In Zeiten wie diesen ist ein Sinn für Ironie gefragt.

Die Menschen sind so dumm. Sie verstehen nichts von Risiken. Sie lassen sich von Renditen von sieben, acht, neun Prozent blenden. Aber wer zahlt einem so viel Geld, es sei denn, er hat einen guten Grund dafür? Dann schlug die Regierung mit der Faust auf den Tisch und erklärte, es sei nicht ihre Aufgabe, leichtsinnige Zocker zu retten. Völlig richtig. Doch die Regierung rettete die Zocker trotzdem, als ihr nämlich klar wurde, dass sie keine andere Wahl hatte. Wie Chicken so treffend sagte: »Wenn ich der Bank zehntausend Pfund schulde, habe ich ein Problem. Aber wenn ich der Bank zehn Millionen schulde, hat die Bank ein Problem. Haha.«

Was passiert jetzt? Das weiß niemand, und deswegen sind alle so nervös. Jeden Morgen, wenn sich die Teams in den Glaskästen versammeln und versuchen, die Gefahren zu analysieren, sieht er die Angst in den Augen seiner Kollegen; wie Kaninchen, die sich in ihrem Käfig zusammendrängen, wenn der Fuchs auf der Jagd ist. Spielen die Märkte verrückt? Sollen sie long kaufen oder short verkaufen? Was wird aus ihren Boni? Selbst Maroushka ist verunsichert, auch wenn sie es sich nicht anmerken lässt.

Die Sache ist die, Maroushka denkt, sie wäre schlauer als er. Sie hält sich überhaupt für schlauer als alle anderen. Es stimmt, letztes Jahr war ihr Bonus höher. Aber das hatte damit zu tun, dass sie mit dem CDO-Team an dem Super-Deal mit Paribas gearbeitet hat. Meistens liegen sie Kopf an Kopf, im Wettbewerb gegeneinander und gegen jeden anderen Quant an jeder deregulierten Bank in der finanzialisierten Welt, in einem eskalierenden Wettstreit um den ultimativen Super-Algorithmus für die ultimative risikofreie Super-Investition, die zu unendlichem Wohlstand führen wird; der Stein der Weisen in unserer monetarisierten Zeit: unbegrenzter Gewinn.

Als Maroushka neu war, haben die Jungs im Handelsraum – vor allem die, die sie noch aus ihrer Zeit als Reinigungskraft kannten – Kommentare über ihre Brüste gemacht, sie zu begrabschen versucht, herumgeblödelt, aber Maroushka schwebte auf einer Wolke der Verachtung über allem. Es ging das Gerücht, sie sei ein autodidaktisches Mathematikgenie, sie sei ohne ein Wort Englisch zu können in London angekommen und habe sich die Sprache durch das Lesen von Sherlock-Holmes-Romanen beigebracht, sie sei Unterwäschemodel, sie sei Spionin. Von zwei Tradern hatte sie sich sogar ein paarmal zum Essen ausführen lassen, doch es gab nie den üblichen Klatsch, was gelaufen war, wie sie im Bett war, was sich unter den knappen Designerkostümen verbarg. Kein Ton. Schweigen.

Ihr zuzusehen, wie sie sich bei ihrer Geburtstagsfeier am Freitagabend gehen ließ, war eine Offenbarung gewesen. Sie waren mit dem Securitisation-Team in ein Restaurant im Westend gegangen, ein schickes kleines Lokal nahe Haymarket, mit antiken Möbeln, einer unverständlichen Speisekarte und einer Weinkarte, die bei fünfzig Pfund anfing und bei dreitausend aufhörte. Maroushka war die einzige Frau unter den sieben; inzwischen war sie das wohl gewöhnt. Jedenfalls hielt sie sich wacker, was das Essen und das Trinken anging. Es war unglaublich, dass eine so schmale Person so viel verdrücken konnte. Sie saßen im Séparée, und kaum waren sie mit dem Dessert fertig, wurden Cognac und Wodka aufgetischt. Plötzlich streifte Maroushka die Schuhe ab, sprang auf den Tisch und begann sich barfuß im Kreis zu drehen, die roten Zehennägel blitzten auf dem weißen Tischtuch, als sie vorsichtig die Füße zwischen

Teller und Gläser setzte und dabei in die Hände klatschte und sang, oder eher gurrte, in ihrer seltsamen kehligen Sprache. Dann sprangen die zwei Franzosen aus dem Team auf und fielen ein, es war eine alte Carla-Bruni-Nummer, und bald tanzten und sangen sie alle zusammen und warfen Gläser über die Schulter. Vielleicht ging auch sonst noch ein bisschen was zu Bruch. Dummerweise trat Serge, als er den Moonwalk machen wollte, auf eine leere Flasche, die auf dem Boden herumrollte, stürzte und rammte im Fallen den Kopf durch ein Ölbild an der Wand. Als er wieder zu sich kam, waren alle weg bis auf ein paar besorgt wirkende Kellnerinnen, die ihn in ein Taxi setzten, sobald er wieder stehen konnte.

Was ist dann passiert? Er hat es vergessen.

Einer dieser unvergesslichen Abende.

Er fängt ihren Blick durch die Scheibe auf und wirft ihr eine Kusshand zu; sie wendet sich ab, doch er hat den Anflug eines Lächelns gesehen. Wie wäre es wohl, fragt er sich, wenn er sie mit nach Doncaster nehmen und sie seinen Eltern vorstellen würde, Marcus und Doro? Hm. Vielleicht ein bisschen verkrampft am Anfang. Er müsste gute Vorarbeit leisten. Ein winziges Problem ist, er hat seinen Eltern noch nicht erzählt, dass er die Mathe-Promotion in Cambridge an den Nagel gehängt hat und jetzt als quantitativer Analyst bei der britischen Niederlassung einer internationalen Investmentbank arbeitet. Und … mehr verdient, als sie je verdient haben. Wenn er sich morgen mit Doro trifft, wird er es ihr sagen.

Ja, morgen sagt er es ihr, ganz bestimmt.

Clara

Vandalismus, Urin und das Klima von Doncaster

Am 1. September 2008, dem ersten Tag des Schulhalbjahrs, biegt Clara in eine triste halbmondförmige, von Backsteinhäusern gesäumte Straße in Doncaster ein, legt den Rückwärtsgang ein und visiert im Außenspiegel das Schultor an. Sie sieht über die rechte Schulter. Sie gibt ein bisschen Gas. Der Wagen stößt zurück und schrammt am Tor entlang: *krach*. Scheibenkleister!

Als sie aussteigt, um den Schaden in Augenschein zu nehmen, erlebt sie einen Moment der Genugtuung. Jemand anders, wahrscheinlich Miss Postlethwaite, die Geschichtslehrerin, alias Miss Hippo, hat sich noch blöder angestellt und das Schild der Schule angefahren.

Es neigt sich schief über den hässlichen Maschendrahtzaun mit der Stacheldrahtkrone: *eenhills Primary Schoo* (das »*Gr*« und das »*l*« sind schon vor Jahren verschwunden), die Schrift bogenförmig über einer weiten idyllischen Landschaft grüner Hügel, ungeachtet der Tatsache, dass die Schule mitten in einer Sozialsiedlung in Doncaster steht.

Einparken ist nicht Claras Stärke, und heute Morgen ist sie besonders unkonzentriert. Eigentlich hat sie Glück, dass sie noch am Leben ist, es hätte nämlich genauso gut auf der Schnellstraße krachen können, als sie versuchte, beim Fahren den Brief ihrer Mutter zu lesen, der heute Morgen im Briefkasten lag.

Wir haben sehr aufregende Neuigkeiten. Marcus und ich denken ans Heiraten.

Hey, was ist da los, liebe Eltern? Nach fast vierzig Jahren? Warum lasst ihr es nicht einfach gut sein?

Das Klassenzimmer mit dem vertrauten Geruch nach Desinfektionsmittel und Bohnerwachs atmet still in Erwartung der Kinder. Sie zieht den zerknitterten Brief ihrer Mutter aus der Tasche und fragt sich, warum sie einen Brief geschrieben und dann nur eine Zweite-Klasse-Briefmarke draufgeklebt hat. Warum hat sie nicht einfach angerufen? Wahrscheinlich ein Zeichen ihrer zunehmenden Schrulligkeit.

Wir machen ein großes Fest, trommeln alle von früher zusammen, die ganze Kommune, erinnern uns an alte Zeiten …

Hegt sie etwa nostalgische Gefühle für die Linsenpampe? Die grün gestrichenen Dielen? Die Baumwollkaftane? Die Haushaltspläne?

… feiern unser gemeinsames Leben …

Kochplan. Putzplan. Waschplan. Kinderbetreuungsplan. Sexplan. Alle Pläne hingen in der Küche an der Pinnwand neben der Einkaufsliste aus.

Wir möchten Euch gern dabeihaben, Dich und Serge und Oolie-Anna. Aber sag Oolie noch nichts davon.

Ha! Das Ganze muss mit Oolie-Anna zu tun haben. Am Ende des Briefs steht in kleinerer gequetschter Schrift ein PS:

Vielleicht kannst Du Dich mit den anderen Kommunenkindern in Verbindung setzen und sie auch einladen? Ich würde so gern sehen, was aus ihnen geworden ist.

Klar, ihre Mutter denkt immer noch, Clara hätte massenhaft freie Zeit. Anders als ihr Bruder Serge – der als ausgewiesenes Genie von allen familiären Pflichten befreit ist, weil er ja angeblich an seiner Doktorarbeit sitzt. Und das schon seit Jahren. »Serge ist so intelligent – aber er braucht einfach Zeit«, sagt Doro. Mein Gott, wie lange kann so eine Promotion schon dauern?

Zwischen ihrem Bruder, dem Genie, und der Behinderung ihrer Schwester ist für Clara die Nische der Vernünftigen übrig geblieben, die alles organisiert, auf die sich jeder verlassen kann. Was auch in Ordnung ist, nur dass sie manchmal auch gern jemanden hätte, auf den sie sich verlassen kann.

Sie stopft den Brief wieder in die Tasche und holt das Telefon heraus, um Doro anzurufen, aber dann überlegt sie es sich anders und schreibt eine SMS an Serge.

Ruf mich an, Serge. Unsere Eltern haben irgendwas vor.

Dann geht sie ins Lehrerzimmer, um ihre Kollegen zu begrüßen.

Es herrscht prickelnde Schuljahresanfangsatmosphäre; alle zeigen ihre Sonnenbräune und ihre Urlaubsbilder vor, und es werden Informationen über die neuen Klassen mit deren Lehrern vom letzten Jahr ausgetauscht. Von Mr. Kenny erfährt Clara, dass Jason Taylor klaut und immer für Ärger gut ist, dass Dana Kuciak aus Polen die Klassenstreberin ist und dass Robbie Lewis unter dem Tisch masturbiert. Der arme Mr. Kenny, der seit vierzig Jahren vierzig Zigaretten am Tag raucht, ist ein Opfer des Rauchverbots auf dem gesamten Schulgelände, das der neue Rektor erlassen hat, und seine Hände zittern unkontrolliert. Trotzdem wünschte Clara, er hätte ihr nichts über ihre neuen Schüler erzählt. Manchmal ist es besser, wenn man sich selbst ein Urteil bildet.

Um zehn vor neun klingelt es auf dem Hof. Mit einem Geheul schriller Stimmen stürmt die 6F in die Klasse, und Claras Tag beginnt.

Den Morgen verbringen sie damit, einander zu beschnuppern, und aus der undifferenzierten Masse von Kindern entstehen allmählich zweiunddreißig Individuen mit ihren Eigenarten, Problemen, schwierigen familiären Hintergründen und besonderen Gaben. In solchen Momenten hat Clara das Gefühl, dass ihr Beruf zugleich der beste und der schwerste auf der Welt ist.

Bis Mittag kommt die Sonne heraus, und im Klassenzimmer wird es heiß und stickig. Nach sechs Wochen Ferien sind die Kinder zappelig, wollen raus ins Freie, solange es noch warm ist. Clara will sich gerade auf den Weg ins Lehrerzimmer machen, um sich einen Kaffee zu holen, bevor sie Pausenaufsicht hat, als Jason Taylor zu ihrem Tisch geschlurft kommt. Er ist ein blasser, dürrer Junge mit dunklen Ringen unter den Augen und dünnem mausbraunem Stoppelhaar.

»Bitte, Miss, ich hab mein Essensgeld vergessen. Meine Mam sagt, könnten Sie mir bis morgen was leihen?«

Von Nahem steigt ihr sein Geruch in die Nase – Zigarettenrauch, altes Pommesfett und Pipi. Sofort hat sie ein Stereotyp seiner Mutter vor Augen: gleichgültig, übergewichtig und ungepflegt, die Art von Frau, die im Schlafanzug einkaufen geht. *(Sozialhilfeempfängerin gibt Kindergeld für Zigaretten und Alkohol aus.)*

»Tut mir leid, Jason. Du weißt, dass ich das nicht tun kann.«

»Bi-i-itte, Miss.«

»Bekommst du nicht die Schulspeisung?«

»Nein, Miss. Weil, meine Mam arbeitet bei Edenthorpe.«

Schon passt das Stereotyp nicht mehr ganz zu Mrs. Taylor.
»Was ist, Miss? Vertrauen Sie mir nicht?«, jammert er.
Er ist hartnäckig, der Kleine.

Als sie vor drei Jahren hier an der Schule angefangen hat, hatte sie lauter Ideen, wie sie dieser armen Gemeinde helfen würde, wie sie den Funken entzünden würde, der die Kinder zum Lodern brächte und sie aus dieser tristen, engen Stacheldraht-und-Maschenzaun-Welt herauskatapultieren würde. Nach der ersten Woche pflanzte sie einen schnell wachsenden Knöterich in der Hoffnung, er würde den hässlichen Parkplatzzaun überwuchern, doch inzwischen hat selbst dieses zähe Schlingkraut den Kampf gegen Vandalismus, Urin und das Klima von Doncaster mehr oder weniger aufgegeben. Und wie der Knöterich spürt auch Clara, dass die örtlichen Zustände ihrem Durchhaltevermögen zusetzen. Sie klappt ihre Frühstücksbox aus Plastik auf und nimmt den Schokoladenriegel heraus, den sie als Zuckerspritze dabeihat, um bis zur Mittagspause durchzuhalten. Sie bricht ihn in der Mitte durch und gibt Jason die Hälfte. Egal was Mr. Kenny gesagt hat, Jason ist eins dieser Kinder, deren Hoffnungslosigkeit ihr ans Herz rührt.
»Sag's niemandem. Und jetzt ab mit dir.«
Zögernd steckt Jason die Schokolade ein. Als sie die Plastikdose gerade schließen will, streckt er blitzschnell die Hand aus und zieht eine rohe Karotte heraus, die zu einer Rakete geschnitzt ist.
»Was ist das, Miss?«
Bevor sie antworten kann, beißt er hinein und hat die Karotte im Nu verputzt.
»Eine Karotte, Jason. Gemüse.«
Er hält sich den Bauch und macht Würgegeräusche. »Oh nein! Ich muss sterben! Gemüsevergiftung!«
Unwillkürlich muss sie lachen.
»Wenn ich sterbe, Miss, sind Sie dran schuld.«

»Du stirbst eher, wenn du *kein* Gemüse isst.«

»Mam sagt, wenn ich Karotten esse, stehen die Tussis auf mich.« Er grinst sie schelmisch mit schlechten Zähnen an. »Stehen Sie auf mich? Ich stehe nämlich auf Sie.«

Von all den hoffnungslosen Kindern in ihrer Klasse gibt es immer eins, das ihr besonders nahegeht.

Auf dem Heimweg bleibt sie auf der M1 stecken, weil es einen Unfall gegeben hat, der Verkehr kommt fast zum Erliegen. Erst gegen sechs löst sich der Stau auf, und sie rauscht nach Sheffield hinein, über den Parkway-Kreisel, unter der Straßenbahnbrücke durch und an der Wasserrutsche des Freizeitzentrums vorbei. Verglichen mit dem tristen Backsteinhäusergewirr von Doncaster ist Sheffield eine schimmernde Metropole, in der das kulturelle Leben pulsiert. Sie stellt den Wagen auf ihrem Parkplatz ab, schließt die Wohnungstür auf und streift die Schuhe ab wie eine alte Haut. Dann setzt sie Teewasser auf, zündet sich die einzige Zigarette des Tages an, sieht durch die Pflanzen an ihrem Fenster zu den Leuten hinunter, die über den Platz flanieren, wo sich die Lichter im Brunnen spiegeln, und denkt an die Kinder in ihrer neuen Klasse.

Als Kind glaubt man, dass die Welt, in der man lebt, die einzige Welt ist; man versteht nicht, wie vergänglich, wie provisorisch alles ist. Wie schnell sich alles ändern kann. Sie wünschte, sie könnte Jason Taylor zur Seite nehmen und es ihm erklären. »Keine Angst«, möchte sie ihm sagen, »du schaffst es hier raus. Sieh mich an, ich lebe auch nicht mehr in einer Kommune. Ich habe eine hübsche moderne Wohnung im Zentrum von Sheffield mit einem sauberen Badezimmer ganz für mich allein und hohen Fenstern voller Pflanzen mit Blick auf einen Platz mit Brunnen und Cafés. Irgendwann bist du erwachsen, und dann kannst du dir dein Leben selbst aussuchen.«

Aber sie weiß nicht genau, ob das wirklich stimmt.

Serge

Cappuccino

Eins, eins, zwei, drei, fünf, acht, dreizehn … Die Geisterkaninchen sind noch da, kauern auf seinem Bett, während Serge sich aus dem Traum herauskämpft. Mit gespitzten Ohren und zuckenden Nasen beobachten sie ihn schnüffelnd, als wollten sie ihn vor einer Gefahr warnen. Er geht den Tag durch – Fußmarsch, U-Bahn, Fußmarsch, Büro, hallo Team, hallo Maroushka, Arbeit, Arbeit, Arbeit, schnelle Mittagspause. Dann fällt es ihm wieder ein – er muss sich heute Nachmittag mit Doro treffen.

Normalerweise würde er sich freuen, eine Pause vom Computer einzulegen und den Nachmittag mit seiner Mutter zu verbringen, aber das Problem ist, seine zwei Welten – seine Vergangenheit und seine Gegenwart – sind so unterschiedlich, so gegensätzlich, dass ihr Zusammenprall wie der zweier subatomarer Teilchen in der Lage wäre, ihn vollkommen auszulöschen.

Wie soll er der Gefahr begegnen? Er zieht sich die Decke über den Kopf und schläft weiter.

Die Kaninchen sind verschwunden, und plötzlich wandert er durch das bröckelnde, weitläufige Labyrinth von Solidarity Hall, dem Haus, in dem er aufgewachsen ist. Es ist früh am Morgen, sie machen sich für die Schule fertig, die Kleider liegen in einem Haufen auf dem Boden unter dem Dach. Sie balgen sich um die Sachen, zerren daran. Wenn er verliert, muss er etwas zu Kleines, zu Mädchenhaftes oder einfach zu Peinliches zur Schule tragen. Sein Puls rast. Am Ende steht er mit einer gehäkelten regenbogenfarbenen Weste da. Vor Scham und Grauen kriegt er Bauchweh. Sein Kopf fühlt sich an wie mit Zement gefüllt.

Dann macht der Traum einen Sprung, es ist Nachmittag und sie warten am Schultor. Es wird spät. Niemand kommt, um sie abzuholen, also übernimmt Clara die Führung. »Kommt! Mir nach!«

Sie geht in die Dämmerung voran und singt das Lied von den schlummernden Amseln. Der Weg ist lang und gewunden und von dunklen Koniferen überschattet. Clara fängt zu rennen an, und er rennt hinterher. Sein Herz klopft wild: bumm, bumm, bumm! Sein Atem ist schnell und flach. Als sie zu Hause ankommen, ist alles dunkel, und im Flur steht der Mann vom Elektrizitätswerk und sagt ihnen, dass der Strom abgestellt worden ist. Die Tante von irgendwem weint unten an der Treppe. Die Großen sind alle verschwunden. Dann macht er die Wohnzimmertür auf, und da sind sie alle, liegen auf dem Boden, tot. Serge fängt laut zu heulen an, und Doro setzt sich auf und lächelt.

»Wir haben nur gespielt, dass wir tot sind, Schätzchen. Die holländischen Situationisten sind da.«

Dann stehen alle auf und reden und lachen durcheinander.

Er reibt sich die Augen. War das ein Traum oder ist es wirklich passiert?

Dusche, Kaffee, Fußmarsch, U-Bahn, Fußmarsch, Büro, hallo Team, hallo Maroushka.

Eine Stunde später sitzt er mit den sechs anderen Quants im Morgenmeeting. Sein Kopf fühlt sich jetzt an, als sei er voller Styropor statt Zement, es geht also aufwärts.

Mittags beugt sich Maroushka über seinen Tisch. Sie trägt ein gelbes Jackett zu einem sehr kurzen cremeweißen Leinenkleid und Slingpumps, mit deren Absätzen man kleine Kätzchen erdolchen könnte.

»Kommst du gleich mit zu Lunch, Serge?«

»Ja. Nein. Tut mir leid, Maroushka. Ich muss ... zum Zahnarzt.«

»Ojojoj! Viel Glück!«

Seine Mutter weiß gar nicht, welche Opfer sie von ihm verlangt. Sie hat keine Ahnung, dass es schon Probleme geben kann, wenn er sich nur für zwei Stunden von seinem Arbeitsplatz wegschleicht, um Kaffee trinken zu gehen. Das Gebäude der FATCA ist eine autarke Welt, in der die Angestellten nicht nur arbeiten, sondern wo sie auch soziale Kontakte pflegen, im Fitnessstudio trainieren, zum Friseur gehen, einkaufen können, vom Nötigsten bis zu kleinen teuren Geschenken, in der Cafeteria essen oder, was heutzutage immer häufiger der Fall zu sein scheint, am Computer ein Sandwich hinunterschlingen – mit anderen Worten, es gibt keinen Grund, tagsüber das Gebäude zu verlassen.

Serge und Doro treffen sich am ersten Dienstag im September 2008 im Café Rouge gegenüber von St. Paul's, weil Doro sich weigert, zu Starbucks zu gehen, das, wie sie erklärt, ein Außenposten des amerikanischen Imperialismus ist. Er spart sich den Kommentar, dass das Café Rouge eine hundertprozentige Tochter der Whitbread Plc. ist. Sonst würden sie auf der Suche nach einem passenden Café den ganzen Nachmittag herumlaufen.

Es ist immer noch heiß, und auf dem Platz um St. Paul's drängeln sich schlecht angezogene Touristen, die sich gegenseitig anrempeln, während sie durch den Kamerasucher die große, goldene, von Wren entworfene Kuppel betrachten, die oben vor dem himmelblauen Himmel leuchtet. Sie sehen nicht, dass es eine Illusion ist – in Wirklichkeit sind es zwei Kuppeln, die im Innern von einem konischen Steinaufbau gestützt werden. Würde er das erwähnen, würde Doro wahrscheinlich sagen, es ist wie das vergoldete Gebäude des Kapitalismus, das von der unsichtbaren Arbeit der Massen getragen wird.

Leider ist auch Doro schrecklich angezogen, was schade ist, denn sie ist eine gutaussehende Frau – groß, immer noch schlank, mit dunklem welligem, von nur wenigen grauen Strähnen durchzogenem Haar und straffer Haut. Aber niemand über vierzig sollte einen paillettenbesetzten Jeans-Zigeunerrock tragen – beziehungsweise überhaupt niemand, ganz gleich wie alt. Und die grüne Leinenjacke ist vielleicht in ihrer Glanzzeit ganz schick gewesen, aber das ist mindestens zwanzig Jahre her. Serge hat nichts gegen Retro-Mode, solange sie mit Ironie getragen wird, aber er befürchtet, dass seine Mutter ihre Klamotten wirklich ernst meint.

»Ich habe aufregende Neuigkeiten, Serge.« Sie beugt sich über den Tisch, wobei sie versehentlich den Jackenärmel in den Milchschaum ihres Cappuccinos tunkt. Sie wischt mit der Serviette über den Ärmel und verreibt das Kakaopulver zu einem braunen Streifen. »Marcus und ich wollen heiraten.«

»Wie kommt das denn, Mum?«

Liebe auf den ersten Blick kann es nicht sein, denn sie und Marcus leben schon seit Ewigkeiten zusammen, schon lange bevor er und Clara zur Welt kamen. Doch Doro veranstaltet gern ein bisschen Theater, also hebt er die Brauen und beugt sich vor.

»Erzähl mal.«

Sie taucht den Finger in den Milchschaum und leckt ihn ab. Gott sei Dank sind sie nicht bei Franco's, wo jemand von der FATCA sie sehen könnte.

»Wir dachten, es wäre schön, unsere Liebe offiziell zu machen, nach all den Jahren.«

Obwohl Serge ein Experte für Unvorhersehbarkeiten ist, verblüffen ihn die Kurswechsel seiner Mutter bis heute. In der Kommune war die Ehe als repressive patriarchalische Institution geächtet. Und jetzt sitzt sie da und hat Tränen der Rührung in den Augen.

»Herzlichen Glückwunsch, Mum! Hast du den alten Schwerenöter endlich rumgekriegt! Haha.«

Herrgott noch mal, sie sind über sechzig! Kriegt sein Vater überhaupt noch einen hoch?

»Ja, wir haben viel zu feiern: Ich und Marcus machen es amtlich. Clara wird zur Leiterin der Naturwissenschaften befördert. Oolie hat ihren ersten Job. Das vierzigjährige Jubiläum von Solidarity Hall. Und bald deinen Doktor.«

Oje. Wir nähern uns gefährlichem Terrain.

»Schöne Jacke, Mum. Ist das ein Designer-Label?« Er schindet Zeit, überlegt, wie er es ihr am besten beibringen soll.

»Jaeger ...« Doro zögert. »Natürlich recycelt.«

Sie meint Oxfam. »Du und dein Recycling, Mum! Es ist doch so ...«

»Wir müssen alle lernen, mit weniger zu leben, Serge. Weniger Verschwendung! Weniger Gier! Weniger sinnloser Konsum!«

Doro hat eine lange Liste von Dingen, die sie verachtet, darunter Konsumismus, Rassismus, Krieg, Botox, Jeremy Clarkson und Transfettsäuren. Vielleicht gehören Banker auch schon dazu; wenn nicht, ist es nur eine Frage der Zeit.

»So funktioniert das nicht, Mum. Die Wirtschaft hängt davon ab, dass sich die Leute Geld leihen und es ausgeben – so entsteht Wohlstand.«

Er weiß, dass diese schockierende Wahrheit jemandem ihrer Generation gegen den Strich gehen muss. Für sie war Kapitalismus immer der große Buhmann.

»Das ist doch lächerlich. Wie können Schulden Wohlstand schaffen?«, schnaubt sie. »Leute, die so was behaupten, sind offensichtlich noch nie in Doncaster gewesen.«

Die Sache gestaltet sich schwieriger, als er gedacht hat.

»Recycling ist vielleicht gut für die Umwelt, Mum, aber die Wirtschaft braucht Wachstum.«

»So ein Quatsch. Wir können die Ressourcen unseres Planeten nicht immer weiter für überflüssigen Krempel verschwenden und dabei Müll- und Schuldenberge anhäufen.«

Sie hat die peinliche Angewohnheit, in der Öffentlichkeit laut zu werden, als wollte sie die schlummernden Amseln wecken. Aber Redenschwingen ist wahrscheinlich eins der wenigen Vergnügen, das man in ihrem Alter noch hat. Im schrägen Licht, das durchs Fenster fällt, sehen die Fältchen über ihrer Oberlippe aus wie zerknittertes Papier, mit tieferen Linien zwischen Mundwinkeln und Nasenflügeln. Eindeutig Subprime. Ihr letzter Geburtstag war die große Sechs Null. Arme Doro. Das Alter steht ihr nicht. Na ja, wem steht es schon?

»Wenn alle so wären wie du, Mum, würde das System zusammenbrechen.«

»Aber genau das wollen wir doch. Oder?«

»Ja, aber ...« Er lächelt nachsichtig. Doros Unlogik nimmt einem irgendwie den Wind aus den Segeln.

»Wie läuft es mit der Doktorarbeit?« Sie wechselt das Thema und recycelt nebenbei ein paar Zuckertütchen vom Tisch in ihre Handtasche. »Erinner mich noch mal, mein Schatz – worum geht es?«

»Die Hausdorff-Besicovitch-Dimension, Mum.«

Doro nickt verständnislos. Diese Unterhaltung führen sie fast jedes Mal. Sie scheint es nie zu begreifen.

»Chaostheorie. Der Schmetterlingseffekt, weißt du? Kleine Ereignisse, die enorme, unvorhersehbare Folgen haben können? Wie der Schlag eines Schmetterlingsflügels in Mosambik, der zu einem Taifun in Thailand führen kann. Hast du schon mal von Poincaré gehört?«

»Der Typ mit dem Kaninchen?«

»Das war Fibonacci.«

»Ach ja. Ich hab immer gewusst, dass du ein Genie bist, mein Schatz. Eines Tages werden sie ein Theorem nach dir benennen.«

Schon als Kind hat Doro ihm immer gesagt, wie intelligent er sei, und zwar mit solcher Überzeugung, dass er ihr fast geglaubt hätte, obwohl er tief im Innersten seine Zahlentricks absolut banal fand, das konnte doch jeder! Seine mathematische Begabung, diese Neigung, überall Muster zu erkennen, kommt ihm oft mehr wie eine Schwäche vor – eine Überempfindlichkeit, wie andere Leute sie gegen Pollen oder Seifenpulver haben.

»Dieses Projekt, an dem du arbeitest, Serge ... gibt es auch irgendeine praktische Verwendung dafür?«

»Es ist ein Instrument, mit dem man Dinge vorhersehen kann, die allgemein als unvorhersehbar gelten ...«

»Wie die Lottozahlen?«

»So ungefähr. Auch wenn es mehr um Epidemien, Erdbeben und Tornados geht.«

»Du bringst es bestimmt mal zu sagenhaftem Reichtum«, bemerkt sie unschuldig.

»Wenn es so weit ist, mache ich mit dir den Einkaufsbummel deines Lebens.« Er lächelt in sich hinein. Vielleicht passiert das schneller, als sie denkt. »Und zwar nicht bei Oxfam, Mum.«

»Was hast du gegen Oxfam?«

»Nichts. Ich dachte nur, du würdest vielleicht gern mal ...«

Sie beugt sich über den Tisch und sieht ihn kritisch an. »Was ist das für ein todschicker Anzug, den du anhast? Der ist bestimmt nicht von Oxfam.«

Als er seinen ersten Gehaltsscheck bekam, hat er in einer Boutique in Shoreditch beim Ausverkauf viel Geld gelassen.

»Ermenegildo Zegna, Mum, aber er war runtergesetzt. Ich habe weniger als die Hälfte dafür bezahlt.«

Seine Mutter schürzt die Lippen, als wüsste sie nicht, ob sie sich über die Marke ärgern oder über das Schnäppchen freuen soll.

»Und warum trägst du diese dicke Brille, mein Schatz? Sie steht dir nicht. Du siehst aus wie Buddy Holly.«

»Das ist ja der Witz.«

»Aber er war groß und gutaussehend, Schatz.«

»Mum …«

»Tut mir leid. Ich wollte nicht sagen, dass du *nicht* groß und gutaussehend bist. Jedenfalls nicht *nicht* gutaussehend, aber was ich sagen wollte, ist …«

»Schon gut, Mum.«

»Aber mit der Brille siehst du so – «

»Das ist doch ironisch.«

»Wie kann eine Brille ironisch sein?«

»Das geht. Vertrau mir.«

Doro lehnt sich in ihrem Stuhl zurück und lacht, ein tiefes, reifes Glucksen. Er lacht mit, und dabei merkt er, wie lieb er Doro hat, mit ihren schlechten Klamotten, den Falten und der Fröhlichkeit. Er würde sie gar nicht anders haben wollen – na ja, ein paar Kleinigkeiten vielleicht. Aber im Herzen weiß er, dass er ein Mamakind ist.

Clara dagegen kommt nach Dad. Immer wenn er an seine Schwester denkt, hört er, wie in seinem Hinterkopf eine Tür zuschlägt. Obwohl sie nur drei Jahre älter ist, hält sie ihm ständig Vorträge, wie er sein Leben zu leben hat. Nie versäumt sie eine Gelegenheit, ihn eines Besseren zu belehren, wenn sie mal wieder findet, er macht etwas falsch. Beispiel: »Mathematik ist so abstrakt, Serge. Du solltest dich mehr mit der wirklichen Welt auseinandersetzen.«

Mit der »wirklichen Welt« meint sie den deindustrialisierten Norden. Sie hält sich für so eine sympathische Samariterin mit dem Herzen am rechten Fleck, die hoffnungslosen Kindern Bildung bringt, dabei ist alles nur ein Ego-Trip, damit sie sich überlegen fühlen und den anderen ein schlechtes Gewissen machen kann wegen des Lebens, das sie führen, und damit sie sich selbstgerecht über Dinge auslassen kann, von denen sie nichts versteht, wie Klimawandel, Mode oder Kapitalismus. Er will gar nicht wissen, was sie zu sagen haben wird, wenn sie von seinem neuen Job erfährt.

Sie ist nicht hässlich – groß und schlank wie Doro, die

Locken und die umwerfenden blauen Augen hat sie von Marcus –, aber die Männer trauen sich nicht in ihre Nähe, weil sie Angst vor ihr haben. Ihren letzten Freund, einen ganz anständigen Typen namens Josh, Bauingenieur, hat sie anscheinend abserviert, weil er immer allem zugestimmt hat, was sie sagte. Soweit Serge weiß, ist sie seit einem Jahr Single – kein Wunder.

Wahrscheinlich ist Clara so geworden, weil sie das erste Baby in der Kommune war. Sie wurde 1976 geboren und nach Clara Zetkin benannt, der deutschen Protofeministin und Erfinderin des internationalen Frauentags. Damals war das Essen in der Kommune besonders grässlich, weil die Vorläufer der »neuen Männer« das Kochen übernahmen und in planlosem Eifer trockene Bohnen, Linsen und Gemüse zusammenwarfen, während die Frauen rumsaßen und sich über die »Suppennation und den schweinischen Herd« beschwerten, so die neunjährige Clara, die mitmachen durfte. Als er 1979 zur Welt kam, nannten sie ihn nach Victor Serge, einem belgisch-russischen Revolutionär mit »lieberen Tendenzen«.

In den späten sechziger und siebziger Jahren durchlebten ihre Eltern aufregende und abenteuerliche Zeiten, als sie die Fesseln der Konventionen abwarfen, sich befreiten, um mit neuen Lebensformen, cooler Musik und bescheuerten Klamotten zu experimentieren – was auch nicht viel aufregender gewesen sein kann als das Abenteuer, neue Formen des Risikomanagements zu erfinden, um Geld freizusetzen und auf der Suche nach nie erträumten Renditen durch die ganze Welt zu schicken.

Er wünschte nur, er könnte Doro erklären, wie aufregend das alles ist.

»Wie gesagt, Mum, Stürme, Wolken, Galaxien. Die großen Naturgewalten …«

Doch sie hört nicht mehr zu. Ihre Aufmerksamkeit ist auf eine Frau mit einem großen braunen Pudel an der Leine gerichtet, der draußen auf der Straße einen Haufen macht. Doro klopft an die Scheibe. Die Frau sieht auf. Ihre Blicke treffen sich.

»... folgen ganz bestimmten verborgenen Gesetzen.«

Doro klopft wieder gegen die Scheibe. Der Hund macht weiter.

»Und nicht nur in der Natur. An der Börse zum Beispiel ...«

»Das ist doch auch nur eine riesige Lotterie«, sagt sie.

»Genau, Mum. Aber wenn man sich über längere Zeit mit dem Ganzen befasst ...«

»Mein Schatz, Leute, die sich mit der Börse befassen, tragen für gewöhnlich nichts Nützliches zur Gesellschaft bei, sondern profitieren von der ehrlichen Arbeit anderer.«

In ihren Augen glimmt ein manisches Leuchten. Sein Geständnis wird schwerer, als er dachte.

»Ich weiß. Aber *wenn*, dann entdeckt man plötzlich Trends und Muster ...«

Die Frau, die rosa Leggings in schwarzen Stiefeln trägt, zieht an der Hundeleine, um dem Pudel Beine zu machen.

»... man kann also dieselbe Theorie auf die Märkte übertragen ...«

Seine Mutter ist wie hypnotisiert von der Szene vor dem Fenster. Vielleicht ist jetzt doch nicht der richtige Augenblick für ein Geständnis.

»Schau dir das an!«, schimpft sie. »Öffentliche Grünflächen als Kloake benutzen. Ohne einen Gedanken an andere.«

Die Frau zieht fester, aber der Hund stemmt sich gegen die Leine und drückt weiter. Serge merkt, wie er sich in das Drama hineingezogen fühlt, aber er versucht mit seinem Geständnis weiterzumachen.

»Erinnerst du dich an Fibonacci, Mum? Den Kaninchen-Mann? Also, manche benutzen die Fibonacci-Folge, um ...«

Seine Mutter hält sich theatralisch mit Zeigefinger und Daumen die Nase zu. Der Hund drückt noch einmal fest – und siehe da! Auf dem Bordstein unter seinem Hinterteil materialisiert sich ein goldener Haufen.

»... um die Bewegungen der Märkte vorherzusagen ...«

Ein zufriedener Ausdruck breitet sich auf dem Gesicht des armen Köters aus. Doro klopft immer noch gegen die Scheibe, während sie sich mit der anderen Hand die Nase zuhält. Sie mag ja recht haben, aber kein normaler Mensch würde sich so aufführen.

»... wobei die Ironie bei der Vorhersage von Marktentwicklungen natürlich darin liegt ...«

Die Frau mit den rosa Beinen macht ein bekümmertes Gesicht. Dafür schnüffelt der Hund glücklich an seinem dampfenden Produkt. Sie zieht an der Leine und wendet sich zum Gehen.

»... dass es, wenn es idiotensichere Prognosen gäbe, auch keinen Markt geben würde!«

»Halt!« Doro springt von ihrem Stuhl auf und stürzt auf die Straße, wo sie lauthals schreit: »Da kann doch jemand reintreten! Ein Kind vielleicht!«

Alle Leute starren sie an. Die rosabeinige Frau reißt an der Leine, aber der Pudel zerrt in die andere Richtung, noch nicht bereit, sich von seinem Goldhaufen zu trennen. Doro gestikuliert wild. Wie auch immer, man muss ihren Mut bewundern. Endlich lässt der Hund sich wegziehen, und Doro kommt ins Café zurück und lässt sich vor ihrem lauwarmen Cappuccino auf den Stuhl fallen.

»Die ganze Welt ist verrückt geworden. Überall immer nur Ich, Ich, Ich! Es hat keiner mehr einen Sinn für soziale Verantwortung!«

»Beruhig dich, Mum.«

Als die Leute weitergehen, bemerkt er eine Frau in einem gelben Jackett, die durchs Fenster direkt zu ihnen hereinsieht. Maroushka! Was macht sie da draußen in freier Wildbahn?

»Und es sollte dieser Person auch mal jemand sagen, dass sie viel zu alt für rosa Leggings ist!«

Clara

Hamlet, Fizzy

Der neue Rektor der Greenhills School heißt Mr. Gorst. Mr. Alan Gorst. Er sieht eigentlich zu jung für einen Rektor aus, mit runden rosa Wangen und schwarzer Igelfrisur. Als er am Ende des letzten Schuljahrs seine Stelle antrat, hat er verkündet, dass der traditionelle Sporttag im Sommer (zu viele Verlierer) durch einen Gemeindetag im Herbst (jeder ist ein Gewinner) ersetzt würde – eine Gelegenheit, neue Eltern willkommen zu heißen und die Interaktion zwischen Schule und Gemeinde anzukurbeln. Die Art, wie er es sagte – mit einem verschmitzten Funkeln in den dunklen Augen –, vermittelte dem Lehrkörper (vor allem den weiblichen Mitgliedern) das Gefühl, eine außerordentlich erfüllende Berufswahl getroffen zu haben.

Doch nicht alle waren erfreut.

»Es gibt schon genug Interaktion mit der Polizei und dem Sozialamt«, knurrte der unter Nikotinentzug leidende Mr. Kenny. »Was für eine verdammte Interaktion brauchen sie noch?«

Aber Clara unterstützt Mr. Gorsts Ansatz. »Die grüne Greenhills School« ist ihr Motto für den Gemeindetag-Stand ihrer Klasse, der 6F. Wenn man die Kinder dazu bringen kann, ihre unmittelbare Umwelt zu achten, erhöht das auch ihre Achtsamkeit für die Schönheit und Verwundbarkeit unseres Planeten, erklärt sie dem verschmitzten Mr. Gorst. (Soll sie Alan zu ihm sagen? Es klingt vielleicht etwas zu vertraut.) Mr. Gorst/Alan erklärt, er finde das sehr inspirierend.

An Claras Stand werden sie eingetopfte Setzlinge der Bäume verkaufen, nach denen die Straßen der Siedlung benannt sind – Eberesche, Pappel, Weißdorn und Kirsche. Die Eltern werden sie vor ihren Häusern einpflanzen, idealerweise jeweils in der passenden Straße (wenn nicht, könnte es in zwanzig Jahren Verwirrung geben). Außerdem werden Petitionen zur Rettung der Delphine ausliegen, zur Senkung des CO_2-Ausstoßes und für ein Verbot, auf dem Rowan Green Fußball zu spielen (ein Vorschlag von Mrs. Salmon, deren Mutter dort in der Nähe wohnt). Es werden ein Papiercontainer und Sammelkörbe für recycelbares Plastik bereitstehen, wo Eltern ihre leeren Plastikflaschen entsorgen können. Einige Schüler der 6F werden in Gummistiefeln auf den Plastikflaschen herumspringen, um sie plattzudrücken (Miss! Bitte! Ich! Miss! Ich auch! Ich auch!). Am Ende des Tages wird der ganze Müll von einer örtlichen Recyclingfirma namens Syrec abgeholt (South Yorkshire Recycling), die ihren Sitz in Askern hat. Das ist der schwierige Teil.

Sie musste sich zwei Stunden durch die Gelben Seiten wählen, bis sie eine Firma gefunden hat, die sich bereit erklärte, den Abfall abzuholen. Der Mann von Syrec klang am Telefon wie ein Neunzehnjähriger auf Speed oder wie ein Callcenter-Verkäufer, der versucht, eine windige Hypothek zu verhökern. Doch er erklärte sich bereit, den ganzen Müll für zwanzig Pfund abzuholen, und sie war nicht in der Position, lange zu verhandeln. Allerdings hat sie ihn seitdem nicht mehr erreicht, um den Auftrag zu bestätigen. Laut Mr. Kenny, dessen Frau bei der Stadt arbeitet, hat Syrec gerade einen großen regionalen Förderungszuschuss bekommen, möglicherweise hängt es damit zusammen.

Nach dem Mittagessen begegnet sie auf dem Flur der Geschichtslehrerin, Heidi Postlethwaite, kurz Miss Hippo, die zwei große Schautafeln schleppt. Sie trägt geschnürte Römersandalen mit hohen Keilabsätzen, eine Cowgirl-Bluse und um die Taille einen mittelalterlich anmutenden Kettengürtel. (Wirklich, man kann es mit Geschichte auch zu weit treiben.)

»Hallo, Heidi. Sind das eure Tafeln für den Gemeindetag?«

»Ich will den Bewohnern der Siedlung einen kleinen Überblick über die örtliche Geschichte geben«, haucht Miss Hippo und klimpert mit ihren viktorianischen Hängeohrringen. »Sie haben so gar keine Verbindung zur Vergangenheit mehr.«

Clara sieht sich die Tafeln an, die säuberlich mit Fotokopien von Schwarzweißfotos und krakeligen handgeschriebenen Erinnerungen beklebt sind. Aus Heidi Hippos Schautafeln geht hervor, dass die Greenhills-Siedlung in den 1930er Jahren gebaut wurde, um die Slums der Backsteinreihenhäuser zu ersetzen, die sich um Doncaster ausgebreitet hatten, und dass man den Straßen die Namen von Bäumen gegeben hat, um ländliche Idylle heraufzubeschwören.

»Faszinierend!«

Clara und die 6F bringen den Nachmittag damit zu, ihren eigenen idealisierten Entwurf der Siedlung auf mehrere Tafeln zu kleben, von den Kindern gemalte Bilder ihrer Straßen und Häuser auf einem raschelnden grünen Krepppapiermeer. Nachdem die Kinder nach Hause gegangen sind, räumt Clara das Klassenzimmer auf und bereitet alles für den morgigen Tag vor, als es an der Tür klopft. Es ist Mr. Philpott, der Hausmeister, in seinem braunen durchgeknöpften Overall. Geheimnisvoll grinsend kommt er auf sie zu und hält ihr ein großes, in braunes Packpapier gewickeltes Paket hin.

»Ta-daah!«

»Ist das für mich?«

Sie reißt das Papier auf. Darin befindet sich eine kleine, durchsichtige Plastikkiste mit Luftlöchern, in der sich ein rötlichbraunes flaumiges Etwas zum Schlafen eingerollt hat. In einem Ansturm der Gefühle spürt sie, wie ihre Wangen rot werden.

»Warum …?«

»Um den kleinen Rabauken Güte und Verantwortung beizubringen. Wie der Rektor gesagt hat. Der Kleine kann hier im Klassenzimmer wohnen. Am Wochenende kümmere ich mich um ihn.«

Vage erinnert sie sich, dass Mr. Gorst/Alan mal so etwas in einer Lehrerkonferenz sagte, und sie die Idee bei sich sofort verworfen hatte. *(Debakel um toten Hamster – Lehrerin verhaftet.)*

»Ich … ich glaube nicht, dass ich ihn behalten kann.« Ihr Herz schlägt so laut, dass sie überzeugt ist, Mr. Philpott kann es hören. »Ich habe mit Haustieren schlechte Erfahrungen gemacht.«

Mr. Philpott sieht sie geknickt an. »Ich dachte, Sie würden sich freuen, Erzchen.«

Der Flaumball bewegt sich. Winzige rosa Pfötchen striegeln zitternde Barthaare. Zwei helle Augen werden aufgeschlagen. Er ist herzzerreißend süß. Wohlmeinende Menschen wie Mr. Philpott und Mr. Gorst/Alan denken, dass die Hege von Haustieren Kinder Güte und Verantwortung lehrt, doch Clara weiß, die eigentliche Lehre ist, wie unsicher das Leben und wie unausweichlich der Tod ist.

»Das tue ich … nur … Hat er einen Namen?«

»Amlet der Amster.«

»Ein toller Name. Aber … Hamlet ist jung gestorben!«

»Er hatte auch familiäre Probleme, nicht? Aber der hier schläft bloß die ganze Zeit.«

Die kleine Kreatur hat sich wieder eingerollt und ist eingeschlafen.

»Was in dem Schlaf für Träume kommen mögen / Wenn wir des Amsters Verstrickung lösten.«

»Damit ist der Tod gemeint.«

»Ach so, und ich hab mich immer gefragt, wovon er redet. Ich hab das Stück am Civic Theatre gesehen, zweimal. Aber danach wusste ich immer noch nich mehr. Hab mir sogar das Buch gekauft.«

»Ihr Heizungskeller ist ein Schrein der Bildung und Kultur in dieser rohen Welt, Mr. Philpott.«

»Ach, wenn ich noch mal anfangen könnte, würd vielleicht noch 'n Intellektueller aus mir werden, wie Sie.«

Als er fort ist, stellt Clara den Hamsterkäfig auf die Fensterbank, holt das Telefon aus der Tasche und sucht Serges Nummer heraus. Der kleine, zusammengerollte rötliche Geselle hat Erinnerungen geweckt.

Serge ist oft wochenlang wie vom Erdboden verschluckt, aber diesmal ist er nach dem ersten Klingeln am Apparat.

»Serge Free.«

»Ich weiß, dass du es bist, du kleiner Wicht. Bist du mir aus dem Weg gegangen?«

»Clarie! Warum sollte ich so was tun?«

»Hat Doro schon mit dir über die anstehende elterliche Vermählung gesprochen?«

»Ja, sie war heute in London.«

Merkwürdig, Serge ist doch in Cambridge und schreibt an seiner Doktorarbeit. Er murmelt etwas von Zusammenarbeit mit einem Mathematik-Team am University College, dann fängt er an von einer Auseinandersetzung mit einer Frau in pinken Leggings zu erzählen, bei der es um einen Hundehaufen ging. Ihre Mutter scheint mit dem Alter immer exzentrischer zu werden.

»Du Armer. War es sehr peinlich? Haben euch alle angestarrt?«

»Nur ein bisschen.«

»Weißt du noch, als du im Park hingeflogen bist und von oben bis unten voll mit Hundekacke warst? Du hattest sogar welche in den Haaren. Doro ist total durchgedreht.«

Als Kind ist Serge bei jeder Gelegenheit auf die Nase gefallen. Doro hat ihn als Dyspraktiker bezeichnet und sich ernsthaft Sorgen gemacht.

»Ja, ich erinnere mich. War es nicht Freud, der gesagt hat, Scheiße ist die Traummetapher für Geld?«

»Mit Hundekacke zum Reichtum! Das Geheimnis der Milliardäre ist gelüftet.«

»Vielleicht ist da sogar was dran.«

»Bleib auf dem Teppich, Serge.« Er ist fast so verrückt wie Doro. »Jedenfalls will sie, dass wir die Kommunenkinder von damals zusammentrommeln. Aber ich habe alle Hände voll zu tun mit unserem Stand für den Gemeindetag an der Schule. Ich muss so einer blöden Recyclingfirma hinterhertelefonieren.«

Sie erzählt ihm von ihren Problemen mit Syrec und von Doros merkwürdigem Brief. Er brummelt unterstützend ins Telefon.

»Ich habe bei Facebook nachgesehen, aber anscheinend ist keins der Solidarity-Hall-Kinder da angemeldet«, sagt sie.

»Tosser und Kollon sind auch nicht gerade typische Facebook-Kandidaten. Tosser hab ich zum letzten Mal … hm … vor zwei Jahren gesehen?«

»Star habe ich neulich im Fernsehen gesehen, bei einer Polizeirazzia in einem Klimacamp. Sie hatte immer noch dieses bunte Häkelteil und den alten Samtrock an. Ich dachte, in der Szene wären soziale Netzwerke das große Ding.«

»Mh. Kann sein.«

Er klingt distanziert und abgelenkt. Sie spürt, wie sie wütend wird. Wie kam es noch mal, dass sie diejenige ist, die für den Zusammenhalt der Familie zuständig ist?

»Und es ist auch komisch, dass Otto nicht auf Facebook ist, wo er doch so ein Technikfreak ist.«

»Otto? Keine Ahnung. Vielleicht verwendet er online einen anderen Namen. Ist Facebook nicht eher dein Ding, Clarie?«, murmelt er.

»Warum bleibt immer alles an mir hängen?«

»Weil du gut im Organisieren bist. Du hast einfach ein Händchen dafür.«

»Weißt du, wofür du ein Händchen hast? Für den Tod.«

»Hey! Du meinst doch nicht im Ernst den blöden Hamster? Komm drüber weg.«

»Es geht nicht um den Hamster, Serge. Es geht um deine Totalverweigerung, Verantwortung zu übernehmen für … Ach, vergiss es!«

Wütend legt sie auf, dann atmet sie mehrmals tief ein.

Egal worüber sie reden, am Ende landen sie immer bei Fizzy. Und beim Gedanken an ihn (oder sie) hat Clara immer noch einen Kloß im Hals, nach all den Jahren, und sie weiß nicht, was sie mehr aufregt, dass Serge ihn auf dem Gewissen hat oder dass ihre Eltern es zugelassen haben.

Fizzy war der Hamster ihrer Klasse, als sie in Campsall zur Grundschule ging. Er (oder möglicherweise sie) lebte in einem Käfig auf dem Naturkundetisch. Fizzy war nach Bucks Fizz benannt, damals Nummer eins der Hitparade. Er war wahnsinnig süß, genau wie Hamlet, mit rötlichbraunem Fell und einem weißen Bauch, rosa Pfötchen und einem kleinen schwarzen Fleck auf der Nasenspitze, der aussah wie ein Tintenklecks. Freitags durften ihn die Schüler abwechselnd mit nach Hause nehmen, um sich übers Wochenende um ihn zu kümmern.

Clara war die Glückliche, die ihn in den Osterferien für eine ganze Woche mitnehmen durfte. Doro holte sie von der Schule ab, half ihr, den Käfig zu tragen, und stellte ihn in der Ecke des Wohnzimmers auf.

Fizzy war ein Weltmeister im Karotte-Mampfen; er schwirrte durch sein Laufrad wie eine kleine Rennmaschine; und wenn sie ihn aus dem Käfig nahm, saß er in ihrer Hand, zuckte mit den Schnurrhaaren und sah sich mit seinen glänzenden Knopfaugen um. Serge, der noch nicht zur Schule ging, war grün vor Neid.

»Ich will auch mal!« Er versuchte ihn ihr aus der Hand zu reißen.

»Hör auf! Er gehört mir!« Clara schloss die Hand um den Hamster und spürte, wie sein kleiner Körper zwischen ihren Fingern zappelte.

»Ich will ihn nur mal halten!«

»Darfst du aber nicht, du Blödmann!«

»Lass sie in Ruhe, Serge«, sagte Marcus, der auf dem Sofa saß und versuchte, Zeitung zu lesen.

»Schätzchen, lass ihn den Hamster doch auch mal kurz halten«, sagte Doro.

»Nein«, sagte Clara.

»Doro hat's erlaubt«, schrie Serge.

»Nein, du darfst nicht, weil du zu klein bist, du machst ihn nur tot.«

»Ich bin nicht klein. Ich will ihn bloß mal halten.«

»Clara, sei nicht so egoistisch«, sagte Doro.

»Du kannst mich nicht zwingen«, sagte Clara und hielt den Hamster fest.

»Doch, kann ich.« Serge stürzte sich auf sie und riss ihr das kleine Tier aus der Hand. Er hielt es hoch wie ein Flugzeug, rannte durchs Zimmer und sang: »Na-na! Na-na-na!«

»Gib ihn wieder her!«

Clara lief hinter ihm her, entriss ihm den Hamster und drückte ihn an ihre Brust. Dann fiel ihr etwas Komisches auf. Das heißt, es war nicht komisch, es war entsetzlich. Der Hamster strampelte nicht mehr.

»Aaaah! Er ist tot!«

Sie öffnete die Hand und starrte den schlaffen pelzigen Körper an. Eins der Augen schien aus der Höhle gedrückt worden zu sein.

»Leg ihn wieder in den Käfig«, sagte Doro. »Wahrscheinlich hat er nur Angst.«

Sie legten Fizzy zurück in den Käfig, und Clara stupste ihn alle paar Minuten an. Doch er bewegte sich nicht mehr.

»Er hat ihn totgemacht!«, schluchzte sie.

Marcus sah von seiner Zeitung auf. »So was passiert, wenn ihr euch über Besitz streitet. Und jetzt geht und spielt draußen! Verduftet.«

»Was soll ich denn sagen, wenn ich ihn wieder in die Schule bringen muss?«, heulte Clara.

»Wir finden einen neuen«, sagte Doro.

Am Samstag fuhr Nick Holliday mit ihnen nach Doncaster, um die Tierhandlungen abzuklappern. Es gab nur zwei, das Abklappern dauerte also nicht lange. In der ersten Tierhandlung gab es bloß einen einzigen Hamster, einen Albino, dick und weiß und mit rosa Augen. In der anderen gab es vier, die sehr süß waren, braungrau gestreift, doch auch sie sahen ganz und gar nicht wie Fizzy aus. Clara heulte wieder los.

»Vielleicht gibt es noch eine Tierhandlung in Rotherham«, sagte Nick.

Aber die Hamster in Rotherham waren noch ganz kleine Babys.

Unbeirrt fuhren sie nach Sheffield weiter, und Clara und Serge zankten sich auf dem Rücksitz, den leeren Käfig zwischen sich. Clara wollte, dass Serge zugab, Fizzy getötet zu haben, und sich entschuldigte, aber er gab nicht mal zu, dass der Hamster wirklich tot war. Er haute sie immer wieder über den Käfig hinweg, so dass sie zurückhauen musste.

Irgendwann hielt Nick, der eigentlich ein ausgeglichener Typ war, an einer Parkbucht und schrie: »Wenn ihr nicht sofort aufhört, könnt ihr aussteigen und zu Fuß nach Hause gehen!«

In Sheffield fanden sie endlich einen Hamster mit der gleichen rötlichbraunen Farbe wie Fizzy, sogar in der gleichen Größe und mit dem gleichen weißen Pelz am Bauch. Nur der schwarze Fleck auf der Nase fehlte.

»Der ist nicht gut!«, heulte Clara und stampfte mit den Füßen.

Nick sagte: »Du wirst sehen, keiner merkt den Unterschied.«

Fizzy wurde in einer Papiertüte im Garten begraben.

Später schlich sich Clara heimlich hin und grub ihn wieder aus – um nachzusehen, ob er schon in den Himmel gekommen war. Aus der Schule wusste sie, dass man in den Himmel kam, wenn man brav gewesen war. Aber er war noch da.

Da musste sie noch mehr heulen.

Am Montag nach den Ferien brachte Clara den neuen Hamster im Käfig in die Schule mit und überreichte ihn der Lehrerin, die ihn ohne genauer hinzusehen auf den Naturkundetisch stellte. Keins der anderen Kinder reagierte. Clara seufzte erleichtert auf. Dann aber meldete sich das Mädchen, das vor ihr mit dem Hamster dran gewesen war.

»Bitte, Miss, das is der falsche Hamster.«

Sie war eine dünne, sommersprossige Göre aus einer Großfamilie mit lauten Tanten, knallharten Onkeln und fies aussehenden Vettern, die alle in den Prospects lebten, einem Gewirr baufälliger Reihenhäuser in der Nähe der Schule.

»Gar nicht wahr!«, hielt Clara dagegen. »Man sieht überhaupt keinen Unterschied.«

»Doch, weil, der andere hatte 'n schwarzen Klecks auf der Nase«, rief das Mädchen.

Am nächsten Tag lauerten drei ihrer Vettern Clara nach der Schule auf. Sie nannten sie Mörderin, schubsten sie herum, zogen sie an den Haaren und klauten die roten Sternhaarspangen, die Moira für sie gemacht hatte. Jen, die zu spät zum Abholen kam, bekam von all dem nichts mit. Als das Mädchen am nächsten Tag zur Schule kam, trug sie statt ihrer alten rosa Gänseblümchenspangen Claras rote Sternhaarspangen im mausbraunen Haar. Clara sah es sofort, aber sie hielt den Mund.

Sonst fiel es niemandem auf.

Serge

Chicken

»Wer ist alte Frau, mit der du heute getroffen, Sergej?«, fragt Maroushka und tritt neben seinen Schreibtisch.

»Welche alte Frau?«

»In Café Rouge. Hab ich euch gesehen!«

»Das war nur ... eine Freundin ... eine freundliche Zahnärztin.« (Entschuldige, Mum!)

»Hey, du kennst verrückte Leute.«

»Ja. Aber was hast *du* eigentlich da gemacht, Baby? Lass mich raten – ein Stelldichein mit einem heimlichen Liebhaber?«

»Du hast sehr witzige Ideen, Sergej. Psst! Da kommt Chicken!«

Sie hebt einen rot lackierten Finger, und als er ihrem Blick folgt, sieht er, dass am Eingang des Handelsraums ihr Boss aufgetaucht ist.

Trotz seines Spitznamens ist Ken Porter, Senior Partner der FATCA, ein attraktiver, muskulöser Mann, der mehr von einem Dobermann als von einem Huhn hat, ein ausgewachsener Jagdhund mit scharfen weißen Zähnen, glänzendem schwarzem Haar und schnellen blitzenden Augen. Auch wenn er mit Mitte fünfzig seine Blütezeit überschritten haben muss, strahlt er immer noch eine testosterongeladene animalische Kraft aus, die ihn, so wird gemunkelt, für Frauen unwiderstehlich macht. Sein Büro ist ein Leder-und-Mahagoni-Schrein der Golftrophäen, Hochflorteppiche und Anlagekunst im Stil eines englischen Herrenclubs, im obersten Stock des Stahl-und-Glas-Turms der FATCA, wo die Seniorpartner Kunden empfangen, die so wichtig sind, dass sie nur unter ihren Initialen oder Kontonummern laufen.

Serge war erst einmal dort oben, am Tag seines Vorstellungsgesprächs. Es war mehr eine Verführung als ein Gespräch gewesen: Chickens Angebot – »Spitzenforschung; die Chance, die eigene Kompetenz in einem konkreten dynamischen Umfeld zu erproben; Geld, jede Menge, mehr, als Sie sich vorstellen können« – gegen die einsame Befriedigung seiner immer noch unvollendeten Doktorarbeit, die mönchische Zelle an seinem mittelalterlichen College, das armselige Stipendium von 9000 Pfund.

Als Serge zögerte, hatte Chicken mit dem Finger auf das Firmenlogo auf einem herumliegenden Geschäftsbericht geklopft – ein Globus mit der Umschrift *AUDACES FORTUNA IUVAT.*

»Sie sind doch Akademiker, Free. Wissen Sie, was das heißt? Das Glück hilft den Mutigen.«

Dann griff er nach Serges Hand und schüttelte sie heftig, wie ein Killerhund, der versucht, dem kleinen Tier, das er gerade erwischt hat, das Genick zu brechen.

Fast jeden Tag kommt Chicken herunter und schlendert durch den Handelsraum, mit breitbeinigem, leicht schlingerndem Gang, als hätte er einen permanenten Ständer. Oder er taucht morgens bei den Meetings auf, um dort ein wenig Testosteron zu versprühen. Man kann es geradezu riechen. Vielleicht ist es auch nur sein Aftershave, ein stechender animalischer Geruch, der bei Serge irgendeine Kindheitserinnerung heraufbeschwört.

Er bleibt an Serges Tisch stehen und beugt sich vor, um einen Blick auf die Bildschirme zu werfen. »Alles klar, Freebie?«

»Alles gut, Chief Ken.«

»Freebie« ist Serges Spitzname bei der FATCA. Jeder hier

hat einen Spitznamen (bis auf Maroushka, denn das ist bereits der Spitzname für irgendwas Gewöhnliches wie Maria). Die Spitznamen sollen eine informelle, kreative Atmosphäre schaffen. Ken Porter glaubt, sein eigener Spitzname sei Chief Ken, aber es hat nicht lang gedauert, bis ein Witzbold im Handelsraum die Abkürzung Chi-Ken in Umlauf brachte, woraus Chicken wurde. Trotz des Namens ist er unzweifelhaft der Leitwolf des Rudels, und man muss Bewunderung aufbringen für einen Mann, der es so weit gebracht hat und die entsprechenden Anzüge trägt, um es zu zeigen.

»Ich sehe, dass dein ABS-Fonds bei knapp über zwei Millionen liegt, Freebie.«

Der ABS ist eine algorithmusbasierte Anlagestrategie, die Serge im März entworfen hat, um aus der Abwärtsspirale des US-Immobilienmarkts Kapital zu schlagen, als das gesamte internationale Bankensystem von den unsicheren Aussichten für die Multimilliarden-Anlagen auf dem US-amerikanischen Subprime-Markt in die Krise gestürzt wurde. Wo Unsicherheit ist, ist auch Risiko; und Risiko ist der Pate vom ganz großen Geld. Und das hat Serge für die FATCA in diesem Jahr scheffelweise verdient.

»Genau das wollen wir – die Besten und Hellsten deiner Generation auf unserer Seite.« Chicken packt Serges Hand und pumpt sie auf und ab.

Serge zuckt leicht zusammen, lächelt und versucht den Augenkontakt zu halten, alles zur gleichen Zeit. Irgendwie ist es cool, dass Chicken bei den Hunderten von Angestellten der FATCA *seinen* Beitrag wahrnimmt. Dann lässt Chicken seine Hand plötzlich fallen. Das Lächeln gefriert, die Zähne bleiben gebleckt.

»Ich muss wissen, wie du an die Informationen gekommen bist, Freebie.«

»Ich hatte keine Informationen.« Ein Anflug von Panik. »Ich … äh … habe eine bessere Methode entwickelt, das

Risiko abzusichern, so dass wir die Erträge steigern konnten. Es ist … es ist eine Erweiterung des Lemmas von Itō.« Er ist erleichtert, als er in den glänzenden Hundeaugen ein Funkeln von Respekt aufleuchten sieht.

»Das Lemma also?«

Chicken, schätzt Serge, hat keine Ahnung von neuer Mathematik. Er gehört zur vorigen Generation der Banker – den »Barrow Boys«, wie man sie nannte – harten, hungrigen Typen, die in den Achtzigern scharenweise für die Londoner City rekrutiert wurden, um die Melone tragenden Gentleman-Banker abzulösen, deren schnöseliges Gebaren für die Marktbedingungen nach dem Großen Knall zu weichgespült war. Um in der neuen deregulierten Welt Geld zu machen, waren Aggression und Gerissenheit gefordert, und beides hat Chief Ken eimerweise. Heute dagegen sind es vornehmlich Strebertypen, die in der City gefragt sind, Mathe- und Physik-Nerds wie Serge, die sich im Dunstkreis des Geldes am Anfang ein bisschen unwohl fühlen, aber es ist verblüffend, wie schnell man sich daran gewöhnt, 80 000 Pfund plus im Jahr zu verdienen.

»Risikofreies Risiko. Begrenzter Verlust. Dafür bezahlen wir dich, Freebie. Hast du das Ding schon ans Team weitergegeben?«

Chicken denkt, es handelt sich um einen numerischen Zaubertrick, mit dem sich das Risiko aus jeder Anlage nehmen lässt, eine Art Da-Vinci-Code, der die Stahltür zu unermesslichem Reichtum öffnet.

»Es ist komplex, Chief Ken.«

»Gut. Je komplexer, desto besser – schwieriger für irgendeinen Streberspitzel zu klauen oder nachzumachen.«

Chicken lächelt, und sein Strahlen wärmt Serge wie Sonnenschein. Er könnte hinzufügen, dass es dadurch auch viel schwieriger wird, zurückzuverfolgen, was sich im ursprünglichen Portfolio befunden hat, so dass am Ende niemand mehr weiß, was irgendwas wert ist, außer den Quants selbst, die die Portfolios gepackt haben. Und die haben es meistens vergessen, oder sie haben die Lust verloren und sind längst mit etwas anderem beschäftigt.

Doch solche Dinge will Chicken nicht hören, also sagt Serge: »Ich stelle es im Quants-Meeting morgen vor, Ken.«

»Guter Mann. Ich sag Maroushka Bescheid.«

Chicken geht auf Maroushkas Platz zu, seine studiotrainierten Muskeln spannen sich unter dem teuren Stoff des besagten Anzugs. Eines Tages, geht es Serge unwillkürlich durch den Kopf, werde ich auch so einen Anzug tragen.

Doro

Groucho-Marxist

Ich hätte die Frau in den pinken Leggings nicht so anschreien sollen. Es hat nichts gebracht, Serge war es peinlich, und jetzt habe ich schlechte Laune, denkt Doro, während sie zusieht, wie im Zugfenster ihr Spiegelbild über die trübselige Landschaft gleitet, auf der Fahrt zurück nach Norden am Dienstagabend. London ist nur knapp eineinhalb Stunden von Doncaster entfernt, doch es fühlt sich an wie ein anderes Land in einer anderen Zeit. Doro versteht nicht, wie man es dort aushält – das Verkehrschaos, die schmutzigen Straßen, die ignoranten Menschen. So war es schon, als sie und Marcus dort gelebt hatten, vor vierzig Jahren. Sie ist froh, es hinter sich zu lassen.

Und sie ist froh, Serge hinter sich zu lassen, der heute irgendwie nicht er selbst gewesen ist – er war so angespannt und überdreht und hat lauter unverständliches Zeug geredet. Schon ihm einfach nur zuzuhören ist anstrengend. Wenn er sich doch bloß auf den Hintern setzen und seine Doktorarbeit fertigschreiben würde, mit der er sich schon seit Ewigkeiten abplagt. Auch Clara scheint sich mit den Nebensächlichkeiten ihres Berufs herumzuquälen. Doro wünschte, sie könnte mit ihren Kindern offen und freundlich reden; sie wünschte, die beiden würden sie nicht immer so herablassend freundlich behandeln, als wäre sie ein Relikt, dessen Leben sich in der Vergangenheit abgespielt hat. Die mutigen, radikalen und aufrührerischen Werte ihrer Generation werden von ihren Kindern als kuriose Lifestyle-Possen abgetan, so wie die Batik-T-Shirts und Schlaghosen, über die sie sich kringelig lachen könnten.

Doro hat versucht, ihnen Solidarität und Klassenbewusstsein zu erklären, doch die Wörter haben keine Bedeutung mehr für sie. Sogar die Sprache hat sich verändert. »Revolutionär« nennt man heute die neueste Mobilfunktechnik. »Kampf« ist, wenn man sich mit vollen Einkaufstüten durchs Schlussverkaufsgetümmel bewegt. Sie denken, Indie-Musik zu hören macht einen zum Rebellen. Sie denken, sie hätten den Sex erfunden. Natürlich ist Doro in ihrem Alter genauso gewesen, und das ist das Schlimmste daran – sie geben ihr das Gefühl, alt zu sein.

Mit einer Mischung aus Liebe und schlechtem Gewissen denkt sie an ihre eigenen Eltern: deren unvoreingenommene Quäker-Güte und das Notfallgeld, das sie ihr in harten Zeiten zusteckten; und wie sie sich über ihren bürgerlichen Konformismus und ihre überholten sexuellen Komplexe lustig gemacht hat, als sie sich 1968 kopfüber in die Studentenbewegung stürzte.

»Eine junge Frau sollte wirklich einen Büstenhalter tragen«, hatte ihre Mutter sie ermahnt, als Doro ihren BH in die Mülltonne warf, dessen enge Baumwollträger ihr rote Striemen in die Schultern schnitten (das waren die Vor-Lycra-Zeiten).

»Er ist ein Symbol des Patriarchats, Mutter.«

»Wenn die Patriarchen Brüste hätten, würden sie sie bestimmt auch nicht herumhüpfen lassen, Dorothy.«

Sie hat ihrer Mutter nie ganz verziehen, dass sie sie Dorothy getauft hat.

»Warum sollen Frauen sich in BHs zwängen, nur um den Männern zu gefallen?«, hielt Doro dagegen. »Das ist falsches Bewusstsein. Die Werte und Ansichten des Unterdrückers übernehmen.«

BHs und falsches Bewusstsein waren 1968 Themen, die in ihrer Frauengruppe zu erhitzten Diskussionen führten, wenn Doro und sechs Kommilitoninnen, darunter Moira Lafferty (damals noch Moira McLeod), sich mittwochabends trafen, um über ihre Gefühle in Bezug auf ihren Körper, ihren Freund, ihre Familie und ihre Hoffnungen zu reden. Damals hatte sie mit dem BH auch den Namen Dorothy abgelegt und sich fortan Doro genannt, was interessanter und kraftvoller klang. Moira, Doros älteste Freundin und ständige Rivalin, war an der ideologischen Front nicht ganz gefestigt und neigte zu falschem Bewusstsein, damals schon. Es war Moira, die argumentierte, da die Männer herumbumsten, könnten die Frauen sich nur dadurch befreien, dass sie es ihnen nachtaten, und alle nickten, weil ihnen das Selbstvertrauen fehlte, etwas anzufechten, wovon sie so wenig wussten. Es war Moira, die an ihrem BH festhielt, während der Rest als Zeichen der Solidarität mit den amerikanischen Schwestern die BHs in den Mülleimer warf – über den Mythos der BH-Verbrennung mussten sie dann doch kichern.

Jetzt ist es Oolie, die es hasst, ihre üppigen, hüpfenden Brüste einzuengen, und Doro, die darauf beharrt.

»Was für ein Unterdrücker?«, hatte ihre Mutter gespottet.

»Na ja, Daddy, nehme ich an.«

Worüber sie beide lachen mussten, denn es gab keinen, der für die Rolle des Unterdrückers weniger geeignet gewesen wäre als ihr sanfter, zaghafter Historikervater.

»Sei nicht albern, Schatz. Hier geht es nicht um Männer, sondern um Schwerkraft.«

Doro wohnte in Islington in einer WG mit zwei Mädchen von der Uni, Moira McLeod und Julia Chance. Julia, eine dünne keltische Schönheit aus Wallasey, war mit Pete Lafferty verlobt, ihrem Freund aus Kindertagen, der die meisten Wochenenden bei ihnen verbrachte. Binnen sechs Monaten hatten sich Julia und Pete getrennt, und Julia ging nach Merseyside zurück, mit gebrochenem Herzen und einem Büschel von Moiras rotbraunem Haar in der Hand.

Solchermaßen vorgewarnt, zögerte Doro, Marcus Lerner mit in die Wohnung zu bringen. Sie hatte ihn erst vor wenigen Monaten kennengelernt, als er sie im März 1968 bei einer Anti-Vietnam-Demo aus einer Hecke am Grosvenor Square zog, wohin sie sich vor einem sich aufbäumenden Polizeipferd geflüchtet hatte. Mitten in dem Tumult von fliegenden Schlagstöcken und Pferdehufen hatte er den Arm ausgestreckt und ihre Hand ergriffen.

»Alles klar, Schwester?« Er hatte strahlende blaue Augen und wildes lockiges braunes Haar; er trug eine schwarze Lederjacke und um die Stirn ein rotes Tuch wie ein echter Revolutionär.

»Ja, danke, Genosse.« Sie fürchtete den Moment, wenn er dahinterkäme, dass sie keine Revolutionärin, sondern nur eine Soziologiestudentin im fünften Semester war.

»Komm, hauen wir hier ab.«

Er setzte sie hinter sich auf den Roller, und sie dachte, er würde sie nach Hause fahren, doch stattdessen nahm er sie mit in seine Bude in der Nähe von Hampstead Heath. Er bewohnte ein kleines Zimmer auf dem Dachboden, möbliert mit einer Matratze am Boden und einem Bücherregal aus alten Brettern, von Ziegelsteinen gestützt. Als Tisch diente eine Holztür, die auf vier Ziegelsteinsäulen balancierte und mit den handschriftlichen Notizen zu seiner Doktorarbeit übersät war. Der Vorhang war ein ungewaschenes rosa Bettlaken mit einem lungenförmigen Fleck in der Mitte. Doro fand alles unglaublich romantisch. Als Marcus ihr mit tiefer, ernster Stimme von der revolutionären Bewegung in Paris erzählte, von wo er gerade zurückgekehrt war, und vom Kampf der Massen für Freiheit und Würde, fand sie sich willig bereit, ihre Jungfräulichkeit für die Sache zu opfern.

Danach lagen sie auf der Matratze, sahen dem Flackern des Kerzenscheins an der schrägen Zimmerdecke mit den feuchten Flecken zu und lauschten dem Getrappel der Mäuse und dem dumpfen Klopfen aus dem Zimmer unten, das Doro zuerst einem schlaflosen Heimwerker zuschrieb, das jedoch von einem weiteren Doktoranden namens Fred Baxendale stammte, der an seiner Dissertation schrieb – einer obskuren Abhandlung über Karl Marx' ›Kritik des Gothaer Programms‹ –, auf einer uralten mechanischen Schreibmaschine.

Sie begegnete ihm am nächsten Morgen, als er in ein winziges Handtuch gewickelt aus dem schimmligen Bad im ersten Stock kam. Zu ihrer Überraschung entpuppte er sich als blasser dünner Junge mit einer über beide Ohren heruntergezogenen Wollmütze, unter der ein paar Strähnen schlammfarbenes Haar hervorlugten. So wie er in die Tasten gehauen hatte, hätte sie einen muskelbepackten Titanen erwartet.

»Hallo, ich bin Fred.« Er streckte ihr eine Hand hin und hielt mit der anderen sein Handtuch zusammen.

»Hallo, ich bin Doro«, sagte sie und sah schnell weg aus Angst, das Handtuch könnte ihm entgleiten.

Der rote Fred, wie sie ihn nannten, spielte klassische Gitarre und hatte gelegentlich Übernachtungsbesuch von einer Freundin, die genauso dünn und blass war wie er, mit einem schlammfarbenen Kurzhaarschnitt. Marcus sagte, sie seien beide Althusserianer, und Doro nickte, obwohl sie keine Ahnung hatte, wovon er sprach, aber sie stellte sich vor, dass es mit Schimmel oder Schlamm zu tun hatte. So oder so, Doro war verliebt – nicht nur in Marcus, sondern in das ganze schlammige, schimmlige Arrangement, die fleckigen Laken, die selbstgedrehten Zigaretten, den dünnen Tee und den verbrannten Toast, die stundenlangen Gespräche, die ohne Überleitung in Sex übergingen und dann wieder in Gespräche.

Als Marcus herausfand, dass sie keine Revolutionärin, sondern Soziologiestudentin war, schien es ihm nichts auszumachen. Ein paar Monate später, als sie ihren Abschluss in der Tasche hatte und ihre erste Halbzeitstelle als Lehrerin für Geisteswissenschaften anfing, zog sie bei ihm ein und überließ die Wohnung in Islington Pete Lafferty und Moira, die binnen sechs Monaten heirateten und sich wieder trennten. Als Moira wieder Single war, zog auch sie in das Haus in Hampstead ein, wo sie zeitweise das Zimmer neben dem roten Fred bewohnte, das einem Studenten gehörte, der gerade ein Jahr an der Sorbonne verbrachte. Der Hausbesitzer war ein brasilianischer Akademiker, der 1963 nach Hause zurückgekehrt war, ohne irgendwelche Vorkehrungen wegen der Mietzahlungen zu treffen. Es zahlte also keiner Miete, aber das Haus kam immer mehr herunter. Kein Fenster ließ sich mehr richtig schließen, in Freds Zimmer bog sich die Decke unter dem Gewicht von Marcus' Ziegelsteinen und Büchern, und der Schimmel im Bad, der den Mörtel zwischen den Fliesen und um Waschbecken und Badewanne schwarz färbte, begann die Decke zu überwuchern. Moira, die mit Kräutershampoos und Spülungen Stunden im Bad zubrachte, tat ihr Bestes, den Schimmel mit einer in Chlor getauchten Zahnbürste in Schach zu halten, doch sie kämpfte auf verlorenem Posten.

Weil keiner Miete zahlen musste, zog nie jemand aus, aber immer mehr Leute zogen ein. Als der Student, dessen Zimmer Moira belegte, mit seiner französischen Freundin zurückkam, entstand eine Unterbringungskrise, die sich zu einem handfesten Streit auswuchs. Moira weigerte sich auszuziehen. Das Paar legte eine Matratze auf den Boden und zog zu ihr ins Zimmer, wahrscheinlich weil sie davon ausgingen, dass sie Moira mit ihrem lautstarken Liebesleben vertreiben würden. Auch Doro versuchte Moira zum Ausziehen zu überreden, doch stattdessen setzte es sich Moira zum Ziel, den Studenten rumzukriegen und die Französin zu ersetzen. Als sie damit scheiterte (und Doro vermutete, dass sie es auch bei Fred und Marcus versucht hatte), begann Moira eine Abfolge von Freiwilligen zu rekrutieren, um liebestechnisch aufzurüsten. In die Schlangen vor dem Badezimmer reihten sich leicht verunsicherte nackte Kerle ein, die nicht genau wussten, warum sie hier waren, aber eine vage Ahnung hatten, dass es nicht nur um Sex ging. Auch die Brasilianer im Erdgeschoss, Freunde von Freunden des ursprünglichen Brasilianers, schienen sich an Zahl und Lautstärke zu vervielfachen. Das Klo musste inzwischen mit einem Eimer gespült werden, weil aufgrund der erhöhten Belastung der Spülmechanismus den Geist aufgegeben hatte.

Eines Nachts um kurz nach elf, als alle im Bett lagen und im ganzen Haus Schreie, Seufzer, Stöhnen, Keuchen, dumpfes Poltern, Wummern, Gitarrenmusik und Bossa Nova widerhallten, bemerkte Doro ein neues Geräusch, ein leises Knarren, das aus dem Boden in der Ecke ihres Dachbodenzimmers zu kommen schien. Marcus war nach einer besonders lebhaften Liebeshalbestunde eingeschlafen. Sie stand auf, um nach dem Rechten zu sehen. Als sie behutsam den nackten Fuß auf den Boden setzte, spürte sie, wie die Dielen unter dem Linoleum leicht nachgaben. Der Eindruck war seltsam genug, um sie innehalten zu lassen. Dann wurde aus dem Knarren ein Ächzen, und plötzlich begann der Boden wegzurutschen. Sie hielt sich am Türrahmen fest, um nicht mitgerissen zu werden, und sah voller Grauen zu, wie sich zwischen Wand und Boden ein riesiger Schlund auftat, durch den eine Tonne Ziegelsteine, Bücher und Bretter in den Raum unter ihnen donnerte.

»Was zum H …!«, hörte sie Freds Schrei, und ein gedämpftes Quieken von der Althusserianerin. Dann war es still.

Marcus, inzwischen hellwach, packte Doro und zog sie weg von dem Loch, dann rannten beide nach unten, wo Fred und das Mädchen unter den schlammfarbenen, mit Büchern bedeckten Laken zappelten (die Ziegelsteine und Bretter waren glücklicherweise hauptsächlich an der Wand am anderen Ende heruntergekommen), ein Durcheinander von bleichen nackten Gliedern und verwuscheltem schlammfarbenem Haar, während sie zu begreifen versuchten, was passiert war. Das Mädchen entdeckte einen blutigen Kratzer an ihrem Bein und begann zu weinen. Doro setzte sich auf die Bettkante und nahm sie in den Arm.

»Das ist gar nichts im Vergleich zu dem, was bei der Revolution passieren wird, Schwester.«

Nach dem Einsturz von Freds Decke/Marcus' Fußboden wurde die Unterbringungskrise akut. Marcus und Doro zerrten ihre Matratze nach unten in die feuchte Küche im Untergeschoss, den einzigen verfügbaren Raum, und wachten jeden Morgen davon auf, dass die anderen Bewohner über sie hinwegstiegen, um Frühstück zu machen. Bei Tee, verbranntem Toast und klumpigem Porridge am Küchentisch entstand die Vision eines Orts, an dem sie alle in einer nicht-bürgerlichen, nicht-privaten, nicht-nuklearen, nicht-monogamen Gemeinschaft zusammenleben würden, wo sie die Theorie in die Praxis umsetzen und sich mit dem Volk verbrüdern würden; einer Gemeinschaft, die auf Marxismus, Vegetarismus, Gewaltfreiheit, Rivalitätsfreiheit, Kreativität, Kollektivbesitz, selbstgezogenem Gemüse, freier Liebe, althusserianischen Ideen (optional) und der Ablehnung stereotyper Geschlechterrollen (d.h. keine Hausarbeit) beruhte; eines Orts, der mit Muschellampen und Blumentopfhaltern aus Makramee dekoriert wäre, wo alles geteilt würde, jeder nach seinen Fähigkeiten, jedem nach seinen Bedürfnissen.

Doro seufzt. Es war ein Abenteuer, und wenn sie noch einmal vor die Wahl gestellt wäre, würde sie es heute wahrscheinlich wieder tun. Nur mit weniger Linsen.

Bei Einbruch der Dämmerung hält der Zug im Bahnhof von Doncaster, und dort steht Marcus auf dem Bahnsteig und wartet auf sie. Seine braunen Locken sind inzwischen weiß, doch er steht aufrecht da, die Augen blau wie eh und je, und er trägt das rote T-Shirt, das sie ihm vor langer Zeit gekauft hat, mit der Aufschrift: *Ich bin Groucho-Marxist.*

Serge

Die Seejungfrau

Vor langer, langer Zeit, bevor Serge und Clara zur Welt kamen, wurden ihre vormals normalen Eltern plötzlich von völlig verrückten Ideen übermannt. Das erklärte ihm Clara. Sie beschlossen, dass Pirateigentum Raub und Familienleben ein Pfannkuchenprodukt war, und deshalb verließen sie Haus und Maus und machten eine Kommune auf. Als ältestem der Kommunenkinder fiel Clara die Aufgabe zu, die verwirrenden Kundgebungen der Großen für die Kleinen zu übersetzen, auch wenn sie damals leicht schwerhörig war und manchmal Dinge erfand.

Die Sache ist die, auch wenn ihre Ohren heute wieder in Ordnung sind, spielt Clara sich immer noch auf und erfindet Dinge. Zum Beispiel ist sie überzeugt, dass Serge allein schuld war an dem Hamsterdrama, und obwohl er fast neunundzwanzig ist, behandelt sie ihn wie ein dummes Kind. Weswegen er ihr manche Sachen eben nicht erzählt.

Zum Beispiel hat er sie gestern angelogen, als er sagte, er hätte keinen Kontakt zu Otto. In Wirklichkeit ist er Otto ein Jahr nach dessen Wegzug aus Solidarity Hall – nach dem Brand – auf dem Glastonbury Festival begegnet, und seitdem sind sie in Verbindung geblieben. In Cambridge haben sie sich wieder angefreundet. Obwohl Serge zwei Jahre weiter als Otto und an einem anderen College war und nicht verstehen konnte, warum Otto Computerwissenschaften studierte, was Serge im Vergleich mit Mathe oder Physik geistlos vorkam, trafen sie sich hin und wieder, betranken sich und führten intensive Gespräche, an die sie sich am nächsten Morgen beide nicht erinnern konnten. Und es war auch völlig richtig, diese Information für sich zu behalten, denn er weiß, dass Otto keine Lust auf irgendwelche deprimierenden Wiedersehensfeiern hat. Und selbst wenn, könnte man sich nicht darauf verlassen, dass Otto den Mund hält, was Serges Karrierewechsel angeht – nicht aus Bosheit oder Neid, sondern einfach weil er die Klappe nicht halten kann.

Zufällig hat Otto gestern Abend angerufen und von der schwierigen Lage erzählt, in die er sich gebracht hat, im Hinblick auf seine Freundin, die schwanger ist, und seine Wohnung, die kurz vor der Zwangsversteigerung steht.

Beides hängt zusammen, weil Molly Mackie – eine hübsche Rothaarige, mit der Serge auch mal kurz zusammen war – Tänzerin in einer kleinen subventionierten Truppe ist. Ihr Einkommen hat, zusammen mit Ottos magerem Postgraduiertenstipendium, gereicht, um eine Hypothek für eine Zweizimmerwohnung über einem Friseurladen in der Mill Road aufzunehmen. Aber jetzt ist sie schwanger und muss mit dem Tanzen aufhören, gerade als die Zinsen hochgegangen sind, und plötzlich stehen die beiden kurz vor der Obdachlosigkeit.

»Mann, ich hätte mich nie mit den Geldsäcken einlassen sollen«, sagte Otto mit seinem pseudokalifornischen Akzent, den er sich in dem Jahr nach der Schule und vor der Uni zugelegt und nie wieder ganz abgelegt hat.

Und Serge antwortete, törichterweise, wie sich herausstellte: »Keine Panik, Mann. Ich bin flüssig. Ich strecke euch was vor.«

Aber die Sache ist die, heute Morgen hat er seine Kontoauszüge bekommen, und was er nicht versteht, ist, wie sie es bei Maroushkas Geburtstagsparty geschafft haben, zu siebt eine Rechnung von £ 13 107,01 zu machen. Und was er auch nicht versteht, ist, wieso alles mit *seiner* Kreditkarte bezahlt wurde. Er erinnert sich zwar, dass er am Anfang des Abends seine Kreditkarte hingehalten hat, ziemlich beharrlich sogar. Maroushka hatte ihn mit diesem geheimnisvollen Halblächeln angesehen, und ja, okay, es ist ein bisschen armselig, Schwanzgröße und Bankguthaben gleichzusetzen, und wahrscheinlich dachte sie überhaupt nicht an so was, aber man weiß ja nie, was Frauen denken, wenn sie einen so ansehen. Außerdem ist es guter alter Brauch, dass die Jungs sich am Ende des Abends die Rechnung teilen, oder? Vage erinnert er sich an ein Durcheinander von Karten und Geldscheinen irgendwann, ein paar Scheine wanderten in seine Richtung, und er schob sie in die Hosentasche. Er erinnert sich, dass der Restaurantchef ein bisschen unfreundlich war. Irgendwas wegen irgendwelchen blöden kaputten Gläsern. Er erinnert sich, dass er sich den Kopf angeschlagen hat und einen Blackout hatte. Er erinnert sich, dass er in der Herrentoilette gekotzt hat. Er erinnert sich außerdem, dass er im Taxi gekotzt hat. Auch der Taxifahrer war ein bisschen unfreundlich, was verständlich ist, und er musste ihm ein dickes Trinkgeld geben. Heute, als der Kontoauszug kam, hat er in seiner Hose nachgesehen; da war ein Kreditkartenbeleg, aber keine detaillierte Rechnung, und das einzige Bargeld, das er fand, waren vier zerknüllte Fünfziger.

Im neunten Stock des FATCA-Hochhauses tritt er aus dem Fahrstuhl und fragt sich, wie er das heikle Thema angehen soll. Die meisten Quants sitzen an ihren Plätzen. Tim the Finn ist nicht zu sehen, aber er muss schon da gewesen sein, denn der penetrante Duft seines Aftershaves hängt in der Luft. Die beiden Franzosen, Absolventen der École des hautes études commerciales, hatten an dem Abend mächtig einen gekippt. Jetzt sitzen sie in einer Konferenz mit einem Future-Analysten und versuchen einen Kakao-Deal zusammenzuschustern, der das Hauptrisiko eines Kursrückgangs auf die Kakaobauern abschiebt. Er wird später mit ihnen reden. Joachim Dietzel (den alle den Hamburger nennen, weil er aus Hamburg kommt – sehr sinnig) sitzt an seinem Schreibtisch und brütet über der Darstellung eines Martingals. Lucian Barton und Toby O'Toole (mit den Spitznamen Lucie und Tootie), die zwei Physiker vom University College London und größten Trinker der Bande, sind an ihren Plätzen und starren auf die Monitore. Lucie ist rosa und sommersprossig mit einem grauenhaften rötlichen Vokuhila, den er offensichtlich cool findet. Tootie hat blassgraue Augen mit seltsam vergrößerten Pupillen, eine unangenehme nasale Stimme und Aknenarben.

»Wisst ihr noch, Maroushkas Geburtstagsfeier?« Serge lehnt sich lässig an Lucies Schreibtisch. »Wusstet ihr, dass wir eine Rechnung von 13 Mille aufgemacht haben?«

Lucie zuckt die Achseln. »Vielleicht haben sie sich im Restaurant verrechnet.«

Tooties Lippen kräuseln sich. »Sag nicht, dass du ein Finanzproblem hast, Freebie.«

»Ich habe nur gedacht, wo wir doch zu siebt waren ...«

»Warum fragst du nicht sie? *Sie* hat den Château d'Yquem bestellt.«

Tootie nickt in Richtung Tür, durch die in diesem Moment Maroushka hereinkommt. Heute trägt sie Blassgrün und um den Hals eine Kette mit silbernen Kugeln. Auf dem Weg zu ihrem Glaskasten bleibt sie kurz an seinem Schreibtisch stehen, um zu fragen: »Alles normal?«

Soll er sie nach dem Château d'Yquem fragen? Nein, das wäre der ultimative Gesichtsverlust. Er wird es mit dem Restaurant klären oder die Jungs auffordern, ihren Teil beizusteuern.

Doch im Restaurant kann er erst anrufen, wenn er in der Mittagspause kurz rauskommt. Es sei denn ... Die Behindertentoilette ist der einzige Raum auf dem Stockwerk, den man von innen abschließen kann, und angeblich ist sie eine Höhle des verbotenen Sex und heimlicher Telefongespräche mit Headhuntern. Unauffällig verlässt er seinen Platz und wartet ab, bis die Luft rein ist, dann schleicht er sich in die Kabine, schließt hinter sich ab und nimmt das Telefon heraus. Es ist heiß und stickig hier, und es stinkt nach Chlor, Urin und ... was ist das? Ein vertrauter Geruch kitzelt seine Nase, ein vertrauter Geruch, der in einen anderen Zusammenhang gehört. Er konzentriert sich auf die Komponenten. Benzol. Anis.

Er findet keine Website des Restaurants, also muss er die Auskunft anrufen. Als er endlich die Nummer hat, klingelt und klingelt es, und er will gerade auflegen, als sich eine schlecht gelaunte Frauenstimme meldet: »Ja?«

Er verlangt nach dem Manager.

Die Frau sagt: »Wenn Sie das beschissene Poire-d'Or wollen, haben Sie die falsche Nummer. Sie sind heute schon der Vierte, und unter uns, ich würde da sowieso nicht hingehen, weil das Essen scheiße ist und sie einen ausnehmen wie eine Weihnachtsgans.«

»Tut mir leid, Miss. Sie müssen ja nicht gleich laut werden.«

»Leck mich am Arsch.«

Die Leitung ist tot.

Er sieht sich die Rechnung noch mal an. Irgendwas an der Zahl kommt ihm merkwürdig vor – £ 13 107,01. Der eine Penny am Ende – wo kommt der her? Auf der Karte war nichts, das mit einem Penny geendet hat, im Gegenteil, die Preise waren alle Vielfache von £ 20, sogar das Wasser. Es kann auch nicht der Prozentsatz für den Service sein. Es kommt ihm eher so vor, als hätte sich jemand die Zahl ausgedacht, mit ein paar Pennys am Ende, um exakt zu klingen. Nein, er hat die Zahl irgendwo schon mal gesehen. Er starrt sie an: Wenn man den Penny einfach dranhängt, steht da 131071. Ist das nicht die sechste Mersenne-Primzahl? $M_p = 2^p-1$, wobei p eine Primzahl ist, in diesem Fall 17? Ja!

Ein Zufall? Ein Muster?

Im Handelsraum ist es inzwischen lauter geworden, die Trader kommen in Gang. Ringsum wird mit phänomenaler Geschwindigkeit Geld gemacht – für einen dicken Batzen davon ist er selbst verantwortlich. Diese Typen sind nicht schlauer als er, wahrscheinlich würden sie nicht mal eine Mersenne-Primzahl erkennen, und trotzdem scheffeln sie Geld. Die Quants handeln normalerweise nicht, auch wenn manche Manager, Timo Jääskeläinen zum Beispiel, zweigleisig fahren. Er hat oft neben Timo gesessen und dem Tanz der Daten zugesehen, wenn sie versuchten, die Zahlen in einen Algorithmus zu spannen. Timo ist ein fähiger Typ, aber keine Rakete. Es wird gemunkelt, dass es Timo war, der Maroushka »entdeckt« hat, als er eines Nachts über einem Algorithmus brütete, während sie um seinen Schreibtisch herum staubsaugte. Sie zeigte ihm den Fehler, dann staubsaugte sie weiter. Wenn Timo durch Handeln Geld verdienen kann, kann Serge es auch. Dann könnte er sich den ganzen Ärger sparen, indem er die Rechnung erst mal selbst bezahlt, und falls das Restaurant nichts ausspuckt, holt er es sich von den anderen zurück.

Nicht zum ersten Mal denkt er daran, ein bisschen Handel in eigener Sache zu treiben. Als er die Anzahlung für seine Wohnung leisten musste, hat er angefangen, sich die Unternehmen um Doncaster näher anzusehen, zum Teil aus Sentimentalität, zum Teil weil er denkt, Ortskenntnis ist ein Vorteil. Aber dann hat ihm sein Broker die 110%-Hypothek angeboten, und er hat die Idee auf Eis gelegt. Jetzt liefert ihm das kleine Problem mit der Restaurantrechnung und Ottos knappem Cashflow einen Grund, sich wieder dahinterzuklemmen. Er wird ganz vorsichtig vorgehen, sich enge Grenzen setzen. Er wird nicht übermütig werden, wie er es bei anderen gesehen hat.

Er lehnt sich zurück und nimmt sich Zeit, die Fledgling-, SmallCap- und AIM-Indices der FTSE zu betrachten. Hier hat er eine interessante neue Aktivität bemerkt. Eine Art Zittern, das sich nach oben und nach unten bewegt. Das gleiche Zittern auf dem SmallCap-Markt, wo seine Zielaktien liegen, auch wenn man es nie wahrnehmen würde, es sei denn, man weiß, wonach man sucht. Das Muster ist vertraut, das gewöhnliche

Auf und Ab des Markts – ungewöhnlich ist das Retracement, das jeweils bis unter den vorherigen Pivot-Point fällt. Letzte Woche ist etwas Ähnliches passiert, und dann noch mal gestern, aber bis zum Börsenschluss hatte sich alles wieder eingependelt. Heute ist es wieder da, und diesmal liegt das Retracement bei 38,4 Prozent – das ist 0,2 Prozent niedriger, als es nach dem Fibonacci-Code der Fall sein dürfte. Liegt die Abweichung noch innerhalb der normalen Schwankungsbreite des Fibonacci-Retracements oder kündigt sie eine Trendwende an? Sein Puls legt einen Gang zu. Er ruft die Charts auf.

Die Sache ist die, bei der Vorhersage der Märkte ist ebenso viel Psychologie wie Wissenschaft im Spiel. Je mehr Leute etwas vorhersagen, desto wahrscheinlicher tritt es ein – der Herdeneffekt. Der Fibonacci-Code berücksichtigt diesen menschlichen Faktor, er ist ein intuitives System, das unter den Tradern ziemlich viele Anhänger hat, was natürlich zum Teil Dan Brown zu verdanken ist. Da draußen kursieren alle möglichen kruden Adaptionen des Goldenen Schnitts, aber das wahre Geheimnis des Geldverdienens ist simpel – man muss einfach nur zuerst da sein.

»Es steckt viel Geld in fallenden Märkten, wenn man den Mut hat, den Moment zu nutzen, und den Grips hat, zu erkennen, wann er gekommen ist.«

Er erinnert sich noch an Chickens exakte Worte bei dem Vorstellungsgespräch vor einem Jahr. Serge saß in einem Lederdrehstuhl, nassgeschwitzt vor Nervosität, halb erwürgt von derselben geborgten Queens'-College-Krawatte, die er auch heute trägt (der Unterschied ist, heute ist sie ironisch), mit zusammengepressten Knien und beiden Füßen fest auf dem Boden, um der Versuchung zu widerstehen, mit dem Stuhl Karussell zu fahren.

Als er den Job bekam und in das Spiel eingewiesen wurde, kam es ihm unglaublich vor, dass man sich Aktien leihen und sofort verkaufen kann, ohne sie überhaupt bezahlt zu haben, dann wartet, bis die Preise fallen, und sie für weniger zurückkauft, bevor man sie dem Verleiher zurückgibt und die Differenz in die eigene Tasche steckt. Bei der FATCA tun es die Trader jeden Tag. Manche von ihnen leihen sich die Aktien nicht mal – sie verkaufen sie einfach, um sie später zurückzukaufen. So was nennt man einen ungedeckten Leerverkauf, es ist vollkommen legal und die Art von Geschäft, bei dem seine Eltern die Wände hochgehen würden, wenn sie davon wüssten.

In Anbetracht der Millionen, die Serge der FATCA einbringt – ist es da so falsch, wenn er auch mal ein kleines Extra für sich selbst verdienen will, nur um einen Engpass zu überbrücken und einem Kindheitsfreund auszuhelfen? Ja, streng genommen ist es ein bisschen falsch – City-Jungs wie er dürfen während der Arbeitszeit keine Geschäfte in eigener Sache machen. Ihre Boni sind dafür da, die egoistischen Impulse zu befriedigen, die zur menschlichen Natur gehören, ganz gleich was Doro sagt. Doch es gibt viele, die persönliche Konten beim Compliance Officer registriert haben, der kontrolliert, dass sie keine Regeln brechen. Und manche haben auch unregistrierte persönliche Konten, wie Serge weiß, wo die Möglichkeiten größer sind. Obwohl alle ihre Anrufe aufgezeichnet und die E-Mails gespeichert werden, handelt es sich weitgehend um reaktive Überwachung – niemand liest das Zeug oder hört es ab, solange es keinen Grund dafür gibt.

Es ist nicht einfach, in den Zeiten der Geldwäschebestimmungen ein anonymes Bankkonto zu eröffnen. Aber die Sache ist die, Serge hat bereits Zugang zu einem halb ruhenden Konto auf den Namen »Dr. Black«, ein altes Club-Konto, das weiterläuft, weil ein paar Leute vergessen haben, ihre Daueüberweisung zu löschen – ein Überbleibsel aus der Studentenzeit, als Serge Schatzmeister der nur für kurze Zeit existierenden Queens' College Cluedo Society war. Außerdem wird er noch zwölftausend auf dem Sparkonto haben, nachdem er Otto rausgeboxt hat. Wenn die blöde Restaurantrechnung nicht dazwischengekommen wäre, wäre er nie auf die Idee verfallen, Nebengeschäfte für die eigene Brieftasche zu machen.

Also, wie stellt er es am besten an?

Sein berufliches Aufgabengebiet sind synthetische CDOs, Collateralised Debt Obligations – auf Portfolios basierte Kreditderivate –, mit denen das große Geld gemacht wird, aber er wird auf keinen Fall seine eigenen hart verdienten Kröten in diesen Brei aus windigen Hypotheken, Einzelhandelskrediten und ungesicherten Autofinanzierungen stecken, die mit ein paar Spitzenkrediten aufgepeppt werden, dann zusammengerollt und wie ein Apfelstrudel in Stücke geschnitten, einzeln verpackt, verkauft und wiederverkauft werden, bis niemand mehr weiß, was ursprünglich drin war. Sie nennen es Verbriefung oder Securitisation; was für ein Witz. Man kann sich kaum etwas Unsichereres vorstellen. Serge weiß – jeder weiß –, dass es nur eine Frage der Zeit ist, bis der Markt wieder einstürzt.

Bei altmodischen Aktien und Anteilen weiß man wenigstens, was man hat; man kann sich einigermaßen sicher sein, was in dem Paket drin ist, das man kauft. Leichtes Geld wird heutzutage verdient, indem man bei kleiner Marge mit großen Volumen handelt, aber dafür braucht man Kapital, und zu dieser Liga gehört er nicht. Um schnell an das ranzukommen, was er braucht, muss er Risiken eingehen.

Er durchsucht das Handelsregister nach Informationen zu Firmen in South Yorkshire, wo sein Lokalwissen und seine Kontakte von Vorteil sein und das Risiko minimieren könnten. Da ist eine, mit Sitz in Askern. Syrec: South Yorkshire Recycling. Der Name kommt ihm bekannt vor. Hat Clara nicht irgendwas von einem Förderungszuschuss gesagt? Zwar ist Askern Villa, die Fußballmannschaft, deren Anhänger er seit seiner Kindheit ist, fürchterlich abgerutscht, aber die Syrec-Story klingt doch positiv. Syrec ist zwar nicht gelistet, aber der Mutterkonzern, South Yorkshire Consolidated, ist am Alternative Investment Market der Londoner Börse notiert. SYC ist eine Portfoliogesellschaft mit Beteiligungen in den Bereichen Abfallverwertung, Finanzierung, Bauwesen, betreute Wohneinrichtungen, Wohnheime und Einkaufszentren. Zehn Minuten Recherche fördern zutage, dass sie eine ganze Reihe von Verträgen mit Lokalbehörden in Nordengland haben, aber dieser neue Förderungszuschuss scheint es noch nicht in die überregionalen Medien geschafft zu haben, denn es ist kein unmittelbarer Kursanstieg zu sehen. Das ist der Vorteil beim Lokalwissen. Der Hauptaktionär von SYC ist ein anderes Unternehmen namens DASYS Ltd, das in Luxemburg registriert ist. Luxemburg? Dort lassen sich die Eigentümer nicht leicht zurückverfolgen. Aber das Unternehmen scheint gut aufgestellt.

Edenthorpe Engineering, im SmallCap-Markt gehandelt, ist ein weiterer vertrauter Name: ein traditionsreiches Familienunternehmen in Yorkshire, das seit 1957 Maschinenwerkzeuge herstellt und in der Gegend von Doncaster ein großer Arbeitgeber ist. Er hat dort mal ein Praktikum in der Verwaltung gemacht, nicht weit von Claras Schule, und er hat gewisse zärtliche Erinnerungen an jenen Sommer und eine Empfangsdame namens Tiffany mit den weltschönsten Brüsten. Doch die letzte Rendite von Edenthorpe ist flau, und das Mantra der Banker lautet, auf den Märkten ist kein Platz für Sentimentalitäten.

Endon (Enterprise Doncaster – haha) und Wymad (West Yorkshire Media Advertising – etwas außerhalb seiner Region, aber was für ein bescheuerter Name – die sind doch zum Scheitern verurteilt) schaut er sich ebenfalls genauer an, und in den Zahlen erkennt er die Anfänge des Marktmusters, das auf die Wende vom Bullen zum Bären hinweist. Das könnte seine Gelegenheit sein.

Leute wie Doro denken, Reichtümer werden verdient, indem man Aktien kauft und wartet, bis die Kurse steigen, getragen vom Fleiß und Schweiß der Arbeiter. Sie begreifen nicht, dass Banken auch dann Geld verdienen, wenn die Märkte fallen, indem sie Aktien leihen und verkaufen, die sie gar nicht besitzen, und sie dann zurückkaufen, wenn der Preis gefallen ist. Das einzige Problem gibt es, wenn der Preis unerwartet steigt, dann müssen sie mit Verlust zurückgekauft werden.

Doro hatte fast einen hysterischen Anfall, als er mal so was erwähnte. »Es ist absolut unmoralisch, aus der Lebensgrundlage von Menschen ein Lotteriespiel zu machen!«, kreischte sie und hatte ganz offensichtlich überhaupt nichts begriffen.

Es wird nicht leicht werden, sie zu einer positiven Einschätzung seiner neuen Karriere zu bringen, aber darüber zerbricht er sich im Moment nicht den Kopf.

Er geht wieder zur Behindertentoilette, schließt sich ein und ruft eine Investmentfirma an, die in der Sonntagszeitung annonciert hat. Er ordert, zweitausend für je eine Short-Position auf die drei SmallCap-Aktien, mit denen er fast die Hälfte seiner Kohle verpulvert, und als Nachgedanke noch einen Long Put auf SYC am AIM. Das Ganze dauert weniger als zehn Minuten, aber seine Spannung hat einen derartigen Pegel erreicht, dass es ihm wie eine Stunde vorkommt. Während der Broker die Details bestätigt, bricht ihm der Schweiß aus. Da ist wieder dieser Geruch – Anis und Benzol –, der die stickige Luft sättigt. Ja, Tim the Finn mit seinen Prostataproblemen muss hier gewesen sein, der arme Teufel.

Als alle Transaktionen bestätigt sind, schleicht er vorsichtig auf den Flur und geht an seinen Platz zurück. Das Retracement ist immer noch da, schimmert durch den Strang der Graphen auf dem Monitor wie eine Meerjungfrau, die sich bei Ebbe in einem Fischernetz verfangen hat – man muss sie nur reinholen. Sollten die Märkte wirklich fallen, könnte das hier die große, die einmalige Gelegenheit sein, seine Tausende einzuholen, wenn die Kurse abstürzen. Er betrachtet das schimmernde Muster der Zahlen, die verblassen, sich auflösen und wieder aufbauen, und flüstert leise: »Also los!«

Doro

Unter dem wachsamen Auge von Che Guevara

Wie merkwürdig, denkt Doro, während sie ins Gemüsebeet Löcher sticht, dass weder Serge noch Clara große Begeisterung für die Hochzeitspläne ihrer Eltern gezeigt haben. Aber auch merkwürdig, dass Marcus das Ganze überhaupt vorgeschlagen hat, im Zusammenhang mit Oolies Adoption. Mit Oolie hat sie noch nicht darüber gesprochen. Dann müsste sie ihr nämlich erklären, dass Doro und Marcus gar nicht ihre wahren Eltern sind, und Doro ist noch nicht bereit, den ganzen Kummer wieder aufzuwühlen, der bis in die Zeit der Kommune zurückgeht.

Heute Morgen auf dem Rückweg von der Gärtnerei, wo sie die Setzlinge gekauft hat, ist sie an dem Feldweg vorbeigefahren, der zu Solidarity Hall führte, und plötzlich wurde sie von einer solchen Wehmutsattacke gepackt, dass sie nicht mal sagen könnte, ob sie süß oder bitter war. Früher hat sie sich nie über irgendwas den Kopf zerbrochen. Früher war alles lebendiger, die Tage waren länger, die Farben bunter, die Musik besser, die Leute lustiger. Sie lächelt bei den Erinnerungen – und weiß, es ist ein Zeichen dafür, dass sie alt wird, aber sie gestattet es sich trotzdem.

Die trockene Erde zerkrümelt in ihren Händen, als sie die Beete vorbereitet und sich fragt, ob es vielleicht noch zu früh für den Sommerkohl ist. Sie pflanzt die Setzlinge in die Löcher und drückt sie mit den Fingern fest. In gewisser Weise sind auch ihre Kinder ihre Setzlinge, die sie in den lockeren Boden der Siebziger gepflanzt hat, in den reichhaltigen Humus durchgerotteter Ideen, den sie damals durchgegraben haben wie neugierige Würmer auf der Suche nach Abenteuern und einer freieren, gerechteren Gesellschaft – was immer das sein soll. Wie so vieles kam ihr auch das früher klarer und heller vor. Jetzt müssen ihre Setzlinge in einer viel kälteren Welt wachsen. Sie macht sich Sorgen. Werden sie überleben und gedeihen?

Sie dachte, sie würde den Garten am meisten vermissen – fast tausend Quadratmeter wildes Land, die sie gezähmt und urbar gemacht hat –, die Sonnenblumen, die Tomaten und sogar die verfluchten Kaninchen. Als sie 1994, nach dem Brand, in das Haus in Doncaster mit seinem handtuchgroßen Vorgarten umgezogen sind, hat sie sich auf die Warteliste für einen Schrebergarten setzen lassen. Es hat sieben Jahre gedauert, bis sie endlich an der Reihe war, aber jetzt ist sie hier, in diesem sonnigen, vergessenen Winkel am Rande der Stadt, und pflanzt Sommerkohl. Und begreift, dass es nicht der Garten ist, den sie am meisten vermisst, sondern ihre Jugend, und die Kindheit ihrer Kinder.

Im November 1969 waren sie in Askern angekommen, beschwingt von dem Idealismus und der Fantasie, die so typisch für die 68er-Ära waren. Damals war es absolut verpönt, zuzugeben, dass man eine Privatschule besucht hatte oder zur Oberschicht gehörte oder aus einer reichen Familie kam. Und deshalb war es eine echte Überraschung, als sich herausstellte, dass der Rote Fred trotz seiner Wollmütze und dem Cockney-Englisch Zugriff auf ein Familienvermögen hatte. Beflügelt vom Überschwang ihrer Gespräche zog er eines Tages los und ersteigerte bei einer Auktion der staatlichen Bergbaugesellschaft für 1300 Pfund die einstige Villa des Zechenbesitzers in Askern, ohne je dort gewesen zu sein. Die Neuigkeit gab er bekannt, als sie in Hampstead um den Küchentisch saßen.

»Wir gehen von der theoretischen Praxis zur eigentlichen Praxis über«, erklärte er.

Sie hatte keine Ahnung, was er meinte, aber es klang inspirierend.

»Wir werden mit unserer Bildung dem Wohl der Gesellschaft dienen, nicht nur unserem eigenen«, setzte Marcus nach, mit seiner ernsten, tiefen Stimme, von der sie Gänsehaut bekam, »im Bewusstsein, dass die wirtschaftlichen Verhältnisse zwar eine Determinante sind, aber nur in der letzten Instanz.«

»Wir errichten eine Gesellschaft, in der jeder die Chance hat, sein menschliches Potenzial auszuschöpfen?«, fragte Doro zögernd und hoffte, nicht wegen ihrer Naivität ausgelacht zu werden.

»Weil das Persönliche politisch ist«, hauchte Moira mit der atemlosen Stimme, mit der sie Banalitäten aussprach.

Als sie sich zu fünft – Fred und ein Freund namens Nick Holliday und Marcus und Doro und Moira – in Nicks orangefarbenem VW Käfer auf die Reise nach South Yorkshire gemacht hatten, mussten sie erst mal ihre Enttäuschung herunterschlucken, als sie feststellten, dass die Villa gar nicht direkt an der Zeche stand, sondern abseits an einem idyllischen Feldweg in Richtung Campsall Village, einen knappen Kilometer von dem Kohlebergwerk in Askern entfernt, dessen Förderräder die endlose flache Landschaft aus quadratischen Feldern und struppigen Hecken beherrschten.

Solidarity Hall, wie sie ihr neues Heim tauften, war eine riesige, zugige gotische Backsteinvilla, ein St.-Pancras-Bahnhof im Kleinformat, auf halbem Weg zwischen Pontefract und Doncaster gelegen. Das Gebäude war 1890 für einen Zechenbesitzer erbaut worden, in der Nähe des hübschen Städtchens Askern, das einst wegen seiner Heilquelle berühmt gewesen war, und spiegelte die gigantischen Ambitionen jener Zeit – als Britannia die See beherrschte, als Yorkshires riesiges Kohlerevier den industriellen Aufschwung des Landes befeuerte und

Eisenbahnen und Schiffe antrieb, die den Handel bis in den letzten Winkel des Weltreichs brachten. 1946, im Eifer der Verstaatlichungen nach dem Krieg, wurde das Gebäude vom National Coal Board übernommen, der staatlichen Bergbaugesellschaft, die dort ihre Verwaltung unterbrachte, und es erhielt einen Anbau für die Wohnung des Grubenleiters. Dann aber wurden neue funktionale Büros direkt bei der Zeche gebaut, und der Grubenleiter war längst in einen gemütlichen modernen Bungalow in Askern umgezogen, so dass die Villa einige Jahre leer gestanden hatte, als die Kommune einzog.

Es roch feucht, die schmalen gotischen Fenster ließen wenig Licht herein und das kotzgrüne Dekor stammte aus den fünfziger Jahren; doch die Villa war in einem besseren Zustand als das Haus in Hampstead. Es gab sechs kalte Schlafzimmer, plus vier auf dem Speicher, wo eines Tages die Kinder ihr Reich haben würden. Sie rissen im Erdgeschoss die Sperrholzwände heraus, die die Verwaltungsbüros unterteilt hatten, so dass zwei gähnende dunkle Eingangshallen zum Vorschein kamen und eine riesige zugige Küche voller verkrusteter Laminat-Oberflächen und gesprungenem Emaille. Und dann war da noch der Anbau, in dem Moira ein ideales Atelier sah, während Marcus und Fred sich dort ein künftiges marxistisches Studienzentrum für die örtliche Gemeinde vorstellten. Doro war entzückt von dem riesigen Garten mit den Fliederbüschen und Apfelbäumen, den verwilderten Gemüsebeeten und wild wuchernden Weinreben, die in den Hecken wuchsen.

In Hampstead war die Althusserianerin stinksauer über den geplanten Umzug und stürmte wütend aus dem Haus, wobei sie Fred des Dilettantismus und der Interpellation von Funktion durch Ideologie bezichtigte. Sie warf so heftig die Haustür hinter sich zu, dass es vom Fenster im oberen Stock Glasscherben auf den Bürgersteig regnete. Woraufhin Nick Holliday, ein kleiner, ernsthafter Mathematik-Doktorand, der zwar nicht zum ursprünglichen Kollektiv gehörte, aber der Besitzer des orangefarbenen VW war, eingeladen wurde, mit einzuziehen. Als Doro Moira gestand, dass sie ihn auf seine streberhafte Art ganz attraktiv fand, mit seinen großen braunen Augen und langen dichten Wimpern, mit denen er durch die schwarze Brille blinzelte, verlor Moira keine Zeit, sofort mit ihm ins Bett zu steigen. So war sie eben.

Außerdem hatte Nick eine Freundin namens Jen mit lauten melodramatischen Allüren, die ab und zu auftauchte; sie behauptete, der Feminismus stamme vom Hexentum ab, und versuchte die Frauen dazu zu überreden, in der Mittsommernacht nackt um ein Feuer im Garten zu tanzen (das Wetter von Yorkshire war ihre Rettung). Es war schwer zu begreifen, was Nick an ihr fand, man konnte es höchstens mit der der Anziehung von Gegensätzen erklären. Irgendwann verschwand sie mit einem anderen Typen in einer Reichianischen Therapiekommune, wo sie Wiedergeburt und den Urschrei praktizierten, und Doro spürte eine gewisse schuldbewusste Erleichterung, als sie weg war.

Askern lag am Rand des Kohlereviers von Yorkshire, und Marcus bewarb sich um eine Stelle im Bergwerk, um Seite an Seite mit dem Proletariat zu arbeiten, doch man lehnte ihn als überqualifiziert ab und bot ihm stattdessen einen Job in den neuen Büros der staatlichen Bergbaugesellschaft an. Er war der erste promovierte Akademiker, den sie je hatten. Fred, dessen Doktorarbeit noch nicht fertig war, bekam eine Stelle unter Tage in der Zeche South Kirby, doch er hielt es nur einen Monat aus, bevor er beschloss, seine Energie dem Aufbau des marxistischen Studienzentrums in einem der Zimmer im Anbau zu widmen. Nick unterrichtete Mathematik an einer Gesamtschule in Doncaster und war wahrscheinlich der höchstqualifizierte Lehrer, den es dort je gegeben hatte. Moira arbeitete an zwei Tagen die Woche als Kunsttherapeutin in einer Klinik für Schädel-Hirn-Verletzte in Rotherham und hatte samstags einen Stand auf dem Markt in Pontefract, wo sie

Bilder, Lampenschirme und Mobiles aus buntem Papier und Glasperlenschmuck verkaufte, die sie am Küchentisch fertigte. »Um Schönheit ins Leben der Massen zu bringen«, erklärte sie. Doro hatte eine Teilzeitstelle am Doncaster Technical College, wo sie den Elektriker- und Schlosserlehrlingen der Bergbaugesellschaft die Geisteswissenschaften näherbrachte, und das ließ ihr genug Zeit, um mit der Zähmung des Gartens zu beginnen.

Abends saßen sie um den langen, gelb gestrichenen Tisch in der großen Küche, rauchten Joints unter dem wachsamen Auge des Che-Guevara-Posters an der Wand und diskutierten ihre Fortschritte beim Vorantreiben der Revolution.

Das Poster hat sie immer noch, zusammengerollt hinten in irgendeinem Schrank.

Clara

Die Langsamkeit der Pflanzen

Wann ist es endlich halb vier! Die Kinder haben Clara den ganzen Nachmittag zugesetzt. Wenn das Wetter warm und feucht ist wie heute, ist es am schlimmsten. Sie hat mit ihnen die Setzlinge auf der Fensterbank durchgenommen. Das Besondere an Pflanzen ist ihre Langsamkeit – sie brauchen Zeit, sich an ihre Umgebung zu gewöhnen; sie passen sich den Umweltbedingungen an. Manche Bäume brauchen dreizehnhundert Jahre, bis sie ausgewachsen sind; die Setzlinge auf der Fensterbank haben gerade erst angefangen, erklärt sie den Kindern. Die stöhnen und gähnen.

Bevor sie nach Hause fährt, sieht sie noch nach Hamlet. Er hat sich in seiner Streu verheddert. Mit einem Anflug von Panik entwirrt sie ihn, füllt den Wasserbehälter auf und krault ihm den Bauch. *Bitte, stirb mir nicht weg, Hamlet!* Er sieht sie griesgrämig an und verkriecht sich unter einer Schicht vollgepinkeltem Stroh.

Mr. Gorsts/Alans Wagen ist noch da, als sie geht, die Tasche voller Klassenarbeiten über der Schulter. Und da kommt er, schreitet mit großen männlichen Schritten über den Parkplatz. Sie lächelt; er lächelt zurück. Dann geht die Tür noch einmal auf, und eine weitere Person kommt auf sie zugetänzelt, in einem vollbusigen Empire-Kleid mit Gladiatorensandalen und einer Art Sherlock-Holmes-Reisetasche. Sie setzt sich auf den Beifahrersitz seines Wagens. Wo ist der prähistorische Fiat?

Abgeschrieben? Kann es sein, dass Mr. Gorst/Alan auf die historische Miss Postlethwaite steht, ihren schlechten Fahrstil, ihre atemlose Begeisterung und ihren fachspezifischen Kleidungsstil? Sie winken Clara freundlich zu und fahren davon.

Ja, sie weiß, ihre Reaktion ist irrational, unfreundlich und ungerechtfertigt, und aus diesem Grund begegnet sie Miss Postlethwaite immer mit besonderer Höflichkeit. Aber Miss Hippo ist einer dieser Menschen, derentwegen Clara die Gesellschaft von Pflanzen so schätzt.

Es ist fast sechs, als sie zu Hause ist. Auf dem Treppenabsatz hat Ida Blessingman, ihre Nachbarin, bei der Suche nach ihrem Schlüssel den Inhalt mehrerer Einkaufstüten ausgebreitet und flucht leise und schmutzig vor sich hin. Die Szene kommt häufiger vor.

»Wie war's?«, fragt Ida, als sie den Schlüssel endlich gefunden hat und ins Schloss steckt, »oder besser, wie war *er*?«

Clara hat ihr bereits von Mr. Gorst/Alan erzählt. Sie seufzt und berichtet von seiner Abfahrt mit Miss Hippo.

»Schätzchen, manche Männer lieben eben das Banale«, sagt Ida und schleppt die Einkaufstüten in die Wohnung. »Und dementsprechend suchen sie sich ihre Frauen aus.«

»Das Blöde ist, eigentlich ist sie ganz nett.«

»Egal. Versuch sie als Zicke zu sehen.«

Ida ist vier Jahre älter als Clara und mindestens zwanzig Pfund schwerer, aber sie trägt die Art von teuren, gut geschnittenen Kleidern, die sie wohlgeformt und elegant wirken lassen, und hat dichte schwarze Schäfchenlocken, die immer auf interessante Art ungekämmt wirken. Sie ist Anwältin in einer Kanzlei am Paradise Square, hat zwei Scheidungen hinter sich und behauptet, Käsekuchen Männern vorzuziehen.

»Auf Facebook hat sie als Hobbys Geschichte und Nähen angegeben«, sagt Clara.

»Wahnsinnskombination«, sagt Ida. »Du brauchst einen ordentlichen Gin.«

Serge

Die globale Elite

Im Poire d'Or hatte man, als Serge am Mittwoch endlich jemanden erreichte, keine Ahnung, was es mit der Rechnung auf sich hat, versprach aber nachzusehen. Seitdem haben sie nicht zurückgerufen, doch er zerbricht sich auch nicht den Kopf, denn die Aktien, auf die er eine Short-Position hat, rutschen kontinuierlich ab, und der Footsie hat am Donnerstagabend mit siebzig Punkten Verlust geschlossen. Er rechnet sich aus, dass er, wenn er jetzt zurückkaufen würde, auf seine Investition schon fast zwanzig Prozent verdient hätte. Nicht schlecht für eine Stunde Arbeit. Jetzt muss er nur noch die Nerven behalten und abwarten, um den Ertrag zu maximieren.

Bis Freitagnachmittag hat er zu seiner Verblüffung genug Geld verdient, um, wenn er wollte, den Großteil seiner Kreditkartenrechnung zu begleichen und Otto noch eine weitere Monatsrate auszulegen. Es war lächerlich einfach. Noch so ein Run, und er steht wieder da, wo er angefangen hat. Sogar ein bisschen drüber. Er hat seinen Fang eingeholt, und die Fibonacci-Retracements rutschen immer noch in seine Richtung. Ihm schwirrt der Kopf. Ganz ruhig! Er schickt Otto eine SMS und lädt ihn zur Feier des Tages zu einem Drink ein, bekommt aber keine Antwort, und so nähert er sich Prinzessin Maroushkas Tisch.

»Hast du heute Abend schon was vor, Venus?« Er beugt sich über ihren Stuhl und atmet ihr seltsames Parfum ein.

»Ja«, sagt sie. Blinkend schnurrt auf ihrem Monitor ein Fenster zusammen.

»Und morgen?«

»Ja auch.«

»Sonntag?«

»Was willst du, Sergej?«

Abrupt wirbelt sie auf dem Drehstuhl herum, und ihre Blicke treffen sich. Sie hat diese verunsichernde Art, zu lächeln ohne zu lächeln, die er unwiderstehlich sexy findet.

»Drink? Abendessen? Film?«

Das wäre die saubere Seite der Dinge, die er will, aber es wäre ein Anfang.

»Okay.« Sie dreht sich wieder zu ihrem Bildschirm um.

Vielleicht hat sie ihre Tage. In dieser Zeit des Monats sind Frauen oft gereizt. Bei Babs, seiner letzten Freundin, war es so – da hat sie ihn nicht in ihre Nähe gelassen. Er wird es später noch mal versuchen, wenn Maroushka sich ein bisschen beruhigt hat.

Doch Punkt sechs Uhr, bevor er für Sonntag die Einzelheiten festzurren kann, schlüpft sie in ihr Jackett und eilt zum Fahrstuhl. Wozu die Hast? Die meisten machen erst in einer Stunde oder so Feierabend. Er bleibt noch eine Weile, hat es nicht eilig, nach Hause zu kommen. Im ganzen Stock herrscht vibrierende Freitagabendstimmung, als wollte die ganze Welt ausgehen und das Ende der Arbeitswoche begießen. Tagsüber wird im Handelsraum Englisch gesprochen, aber mit zunehmender Lockerheit zersplittern die Gespräche in ein Sprachengewirr. Die drei blonden Australier haben sich mit den zwei blonden Amerikanerinnen zusammengetan (hoffentlich haben die noch eine dritte Freundin), sie planen, sich richtig die Kante zu geben. Die japanischen Anleihehändler in den adretten Anzügen lachen sich leise kaputt in ihrer Ecke. In ihrem Team sind auch zwei Singapurer, aber die hängen eher mit den Chinesen ab, in den Palästen der Ausschweifung auf der Gerrard Street in

Chinatown. Selbst die etwas steifen Devisen-Inder gehen heute in eine Bar, mit Lubkov, dem langhaarigen russischen Mathematiker, und Ishmail al-Ali, dem lächelnden palästinensischen Ex-Aeronautik-Studenten, von dem man sich erzählt, er habe der FATCA durch einen Computerfehler einen Verlust von fünf Millionen Pfund eingebracht. Sieht nicht so aus, als würde ihm das viel ausmachen.

Über dem ganzen Trubel hört er Tim the Finn das Lied ›I'm Forever Blowin' Bubbles‹ trillern, und ein, zwei andere stimmen mit ein.

Serge kann nicht singen, aber er spürt ebenfalls Leichtigkeit in sich hochsprudeln. Auch er hat etwas zu feiern, auch wenn er mit niemandem hier darüber reden kann, und er beschließt, sich den zwei Franzosen anzuschließen, die beide Ende zwanzig sind, gutaussehend auf diese zwielichtige dunkle gallische Art, und dem älteren hellhaarigen Hamburger, die zusammen in eine Bar wollen, wo sie auf die Schönheit des Lebens, die neugeborene Tochter des Hamburgers und das Lächeln von Carla Bruni trinken wollen.

»… hyper mignonne … plutôt baisable. Qu'en pensent les anglais?«

»Wie eine … *Comme une gazelle?*«, schlägt er vor.

Sie lachen, und er lacht auch, plötzlich überspült von einer warmen, klebrigen Welle des Gefühls, dazuzugehören zu dieser schönen, jungen, erfolgreichen, freischwebenden, ballastfreien globalen Elite, deren Titel Reichtum, deren Ausweis Intelligenz und deren einzige Nation das Geld ist.

Clara

Die Trumpffamilie

Im Radio läuft Bob Marley – ›By The Rivers of Babylon‹ –, als Clara am Freitagabend auf dem Heimweg nach Sheffield mit den Daumen aufs Lenkrad trommelnd auf der Autobahn im Stau steht. Der Song war damals in Solidarity Hall ihr Lieblingslied, und er führt ihre Gedanken zurück auf die halbvergessenen Pfade ihrer Kindheit.

»... there we sat down (ye-ea) we wept ...«

Nach dem Tod von Fizzy dem Hamster und ihrer Niederlage gegen die widerlichen Jungs aus den Prospects zog sie sich immer mehr in sich zurück; sie meldete sich nicht auf die Fragen der Lehrer; alles kam ihr so gedämpft und so weit weg vor, und sie hatte zu nichts Lust. Mit der Zeit fiel ihr das Lesen immer schwerer. Sie hatte häufig Ohrenschmerzen und schwänzte die Schule, um zu Hause in Solidarity Hall zu bleiben, wo immer irgendwas Interessantes los war.

»Ich will auf eine andere Schule«, sagte sie eines Tages zu Doro.

»Warum, Schätzchen?«

»Ich habe hier keine Freunde.«

»Wir müssen lernen, uns mit ganz unterschiedlichen Leuten anzufreunden«, sagte Doro.

»Warum?«

»Weil wir an Kooperation glauben.«

Wieso hatte ihr das bisher niemand gesagt?

»Warum?«

Doro zuckte die Schultern und nahm sie in den Arm. »Weil das eben unsere Einstellung ist.«

»… when we remembered Zion …«

Clara singt mit und erinnert sich.

Die anderen in der Schule hatten Mitleid mit den Kommunenkindern – weil sie ihre Kleider teilen mussten und jeden Tag heißhungrig über die Schulspeisung herfielen. Natürlich haben sie nicht wirklich gehungert, aber sie erinnert sich an den unbändigen Appetit auf Fleisch und Nachtisch, die in Solidarity Hall selten auf den Tisch kamen. Was die anderen Kinder nicht wussten, was sie ihnen nie erklären konnten, waren die Vorteile, die es mit sich brachte, wenn man von mehreren Erwachsenen großgezogen wurde, die sich auf wohlwollend willkürliche Weise um einen kümmerten und die man wunderbar gegeneinander ausspielen konnte. Die anderen Kinder ahnten nichts von der Freiheit im Spielzimmer der Kommune, das sie Spinnlandia nannten, weil es die Ex-Insel von Lennie dem großen Anführer war. Und Clara war Spinnlandias Königin.

»… carried us away … captivity … required of us a song …«

Einmal, kurz vor ihrem achten Geburtstag, ein paar Jahre nach dem Hamster-Vorfall, hörte sie, wie Mrs. Wiseman, die Klassenlehrerin, zum Rektor sagte: »Sie kommen alle aus Trumpffamilien, singend, wissen Sie.« Mrs. Wiseman flüsterte die Worte und versteckte dabei ihren dünnen lippenstiftroten Mund hinter den Seiten des Klassenregisters, als wäre der Ausdruck zu schockierend, um ihn laut auszusprechen, aber in Claras Ohren klang er wie Musik.

Inzwischen musste ihr Selbstvertrauen wohl wieder gestiegen sein, denn sie hob die Hand und fragte: »Was ist eine Trumpffamilie, Miss?«

»Ich habe nicht mit dir geredet, Clara«, gab Mrs. Wiseman zurück.

Am Abend beim Abendessen an dem langen gelb gestrichenen Tisch in der Küche von Solidarity Hall fragte sie: »Was ist eine Trumpffamilie?«

Wie gewöhnlich waren mehrere Gespräche im Gang, und alle redeten so laut, dass es schwer war, zu Wort zu kommen. Clara musste ihre Frage mehrmals wiederholen und mit dem Löffel auf den Tisch hämmern, um auf sich aufmerksam zu machen.

»Nicht schreien, Clara«, sagte Marcus. Er und der rote Fred diskutierten über Pirateigentum. (Aus irgendeinem Grund schienen sie das Thema unendlich faszinierend zu finden.)

Moira Lafferty war mit dem Kochdienst an der Reihe, und da sie Vegetarierin mit festem Glauben an ausgewogene Proteine war, gab es mal wieder Bohnen und braunen Reis. Otto und Serge fingen an, sich mit den knüppelharten Bohnen zu bewerfen – knüppelhart, weil niemand auf die Idee kam, sie vorher einzuweichen. Serge wich einer fliegenden Bohne aus und krachte mit dem Stuhl rücklings auf den Boden. Niemand außer Doro achtete auf ihn.

»Alles in Ordnung, Serge?«, fragte sie. »Du fällst ständig um. Man könnte meinen, du wärst dyspraktisch.«

Clara schlug wieder mit dem Löffel auf den Tisch. »Warum hört mir nie jemand zu?«

»Sprich dich aus, Clara«, sagte Nick Holliday.

»Was hast du gesagt, Liebes?«, fragte Doro.

»Die Lehrerin hat gesagt, wir sind alles Trumpffamilien, die immer singen. Ist das ein Kartenspiel? Und warum singt ihr dann nicht?«

»Selbstverwaltung heißt der Trumpf: Zieht euch selber aus dem Sumpf!«, skandierte der rote Fred mit seinem vollen Bariton am anderen Ende des Tischs.

»Wacht auf, ihr Amseln dieser Erde«, sang Marcus, »die stets man noch zum Schlummern zwingt!«

»Es heißt nicht Trumpffamilie, sondern Rumpffamilie, Clara«, erklärte Nick Holliday in seiner leisen Lehrerart. »Das bedeutet, dass Kinder nur Mutter oder nur Vater haben, die Single sind …«

Sie spürte einen Anflug von Verlustgefühl, als sie die schale Wahrheit hörte.

»Vögel, hört die Signale …!«, schmetterte der rote Fred dazwischen und hob aufmerksamkeitheischend die Kelle, um seinen Beitrag zur Diskussion abzugeben. »Ich würde sagen, eine Familie bedeutet immer das, was man darin sehen will. Historisch gab es eine ganze Reihe verschiedener Familienformen, darunter …«

»Sind wir eine Rumpffamilie?«, quiekte Serge.

»Natürlich nicht, Quatschkopf. Wir haben ganz viele Eltern.«

»Nenn mich nicht Quatschkopf.«

»Doro hat auch gesagt, du bist ein Quatschkopf!«

»Clara, Serge, bitte …«

»Sie hat angefangen!«

»Ach, halt die Klappe!«

»Tolles Essen, Moira.« Marcus riss Fred die Kelle aus der Hand und nahm sich einen Nachschlag des Eintopfs, der außer Bohnen nur ein paar gehackte Zwiebeln, Dosentomaten und mehrere von Moiras langen rotbraunen Haaren enthielt. »Solltet ihr Feministinnen Clara nicht erklären, dass die Familie ein patriarchalisches Konstrukt zur Subordination der Frauen und ihrer Unterjochung am heimischen Herd ist?«

Als sie diese Worte hörte, ging in Claras Kopf ein Licht an. Sie verrührte das Gehörte im Kopf wie einen magischen Trank. Sie prägte sich die Worte ein. Wenn sie allein war, sagte sie sie laut vor sich hin. Sie schmeckten nach Macht.

Und eines Tages bekam sie die Gelegenheit, sie auszusprechen.

»So, Kinder, ich möchte, dass ihr alle eine Seite über eure Familie schreibt«, sagte Mrs. Wiseman, die Klassenlehrerin.

Mrs. Wiseman hatte die Angewohnheit, ihnen Aufgaben zu stellen und sie damit eine Weile allein zu lassen, während sie sich ins Lehrerzimmer schlich und eine Zigarette rauchte. Durchs Fenster des Lehrerzimmers konnten die Kinder sie qualmen sehen.

Clara meldete sich. »Miss, die Familie ist ein Pfannkuchenprodukt der Suppennation der Frauen gegen das Überkochen am schweinischen Herd.«

Alle starrten sie verblüfft an. Die Lehrerin fixierte sie mit steinernem Blick.

»Das sind große Worte für ein so kleines Mädchen.«

Clara grinste nur, senkte die Augen und ließ die Worte ihr Zauberwerk verrichten.

Im Klassenzimmer erhob sich ein Scharren und Flüstern. Rebellion witternd, befahl Mrs. Wiseman ihnen, die Hefte herauszuholen, und verschwand schmollend zum Rauchen ins Lehrerzimmer. Sie kam erst kurz vor dem Mittagessen zurück, als längst ein Riesenkrawall im Gange war und Kinder schreiend durchs Klassenzimmer rannten: »Suppenfrauen!«, während andere die Pultdeckel knallen ließen und sangen: »Schweinkram! Schweinkram!«

»… how shall we sing the Lord's song in a strange land? …«

Von da an begannen die anderen, auch das Hamstermädchen, sie endlich mit Respekt zu behandeln. Clara wurde um Rat gefragt, wenn es um Rechtschreibung ging, Sex, Rauchen oder andere wichtige Bereiche des Lebens. Clara beantwortete alle Fragen offen und ausführlich, und was sie nicht wusste, erfand sie. Zu Hause vor dem Spiegel übte sie den strengen Blick.

Und dabei entdeckte sie die Freuden des Lehrens.

Es war Nick Holliday, der sie ermutigte, Lehrerin zu werden, mit seiner seltsamen, lauten Partnerin Jen, Ottos Mutter, bevor sie in eine andere Kommune abwanderte, wo alle Kinder »Wild« hießen. Manchmal vermisst sie das Kollektiv ihrer merkwürdigen Miteltern richtig: Chris Howe und der rote Fred, die Oolie-Annas Namen ausgesucht hatten, stellten Theorien über die Entwicklung der sozialistischen Persönlichkeit auf. Der rote Fred trug jahrein, jahraus denselben dungfarbenen Pullover mit der über die Ohren gezogenen Wollmütze und roch nach Käse und Abfluss, aber er spielte Gitarre und erzählte spannende Gutenachtgeschichten von Lennies Abenteuern in Spinnland. Und Chris Howe, dick und rosa wie eine Wurst, stolzierte nur mit einem T-Shirt bekleidet herum, und die Kinder kicherten wie wild. Moira Lafferty mit ihrem schönen Haar und den Muschelketten bastelte mit ihnen Masken und Fingerpuppen. Chris Watt führte das Gemüseschnitzen in der Kommune ein, um die Gemüsehaftigkeit von Gemüse zu verbergen, damit die Kinder, die über alles, was grün oder knackig war, die Nase rümpften, so tun konnten, als würden sie etwas anderes essen. (Clara hat festgestellt, dass der Trick bei ihr immer noch funktioniert, und bei Jason offensichtlich auch.) Und eine Weile war auch die merkwürdige Megan dabei – so nannten die Kinder sie, weil sie nie ein Wort sagte.

So viele Mütter und Väter, die einen mit ihren guten Absichten verkorksten. Clara seufzt, als sie an die schmuddelige Vertrautheit des Spielzimmers in Solidarity Hall denkt, mit der himmelblauen Decke und den Regenbögen an den Wänden und den staubigen Bücherstapeln in der Ecke und dem irren Glauben, den ihnen die Großen eingepflanzt hatten, dass sie die Mission hätten, die Welt zu verändern.

»... (ye-ea) we wept, when we remembered Zion ...«

Vielleicht hat Doro recht – vielleicht wäre es doch schön, noch einmal alle zusammenzutrommeln. Aus einer schweren lila Wolke, die tief über der Stadt hängt, platschen ein paar dicke Regentropfen auf die Windschutzscheibe. Die Luft riecht feucht und stickig. Sie stellt die Scheibenwischer an und betet, dass es zum Gemeindetag morgen aufklart.

Serge

High Heels

Regen liegt in der Luft, als Serge sich dem Strom anschließt, der gegen Feierabend aus den Büros quillt; einzelne Tropfen landen auf seinem Kopf, aber die Luft ist warm und sie trocknen schnell wieder. Er fragt sich, wohin Maroushka so schnell verschwunden ist. Die Franzosen und der Hamburger sind ein paar Schritte voraus, und er hält Distanz, bereit, sich abzusetzen, falls Maroushka wieder auftaucht.

Im Kielwasser der anderen überquert er den Platz vor St. Paul's Cathedral auf dem Weg zu einer Weinbar, die dem Hamburger zufolge den ultimativen Burgunder auf Lager hat. Dann bleibt sein Blick an etwas Gelbem mitten im Freitagabendgetümmel hängen. Ja, es ist Maroushka. Seltsamerweise genau an derselben Stelle, wo er sie neulich gesehen hat, als er mit Doro Kaffee trinken war. Ein Zufall? Ein Muster?

Er sondert sich von der Gruppe ab und geht in Maroushkas Richtung. Sie schlängelt sich durch die schwitzende Feierabendmenge und die Touristen, die sich um die Kathedrale drängen. Sie verschwindet. Dann sieht er sie wieder. Die gelbe Jacke ist leicht zu erkennen. Sie lockt ihn wie ein Leuchtfeuer. Poesie strömt durch seine Adern.

Prinzessin Maroushka!
Höre das Lied von Serge!
Spürst du der Sterne Stärke,

Die über uns am Himmel ziehn?
Blasse Fibonacci-Spiralen in fernen Galaxien.
Wir atmen kaum,
Warten auf den Blitz
Und trinken Slibowitz.

Na gut, vielleicht nicht Slibowitz.

Plötzlich drängt sich jemand an ihm vorbei, eine dünne große Frau mit blonden Strähnchen und einer Louis-Vuitton-Tasche am Arm.

»Ganz ruhig, Lady«, murmelt er, aber sie ist schon außer Hörweite und rempelt sich in Maroushkas Richtung durch die Menge. Sieht fast so aus, als wäre sie ihr auf den Fersen.

Als sie ihr näher kommt, stößt sie einen langgezogenen Schrei aus, etwas zwischen Stöhnen und Kriegsgeheul. Maroushka hört es, dreht sich um, sieht die Frau und läuft los. Auch die Frau beginnt zu laufen. Serge folgt ihnen, kämpft sich hinter ihnen durch die Menge, ohne sie aus den Augen zu verlieren.

Die Blonde ruft etwas, das wie »Marinekonflikt!« klingt.

Was zum Teufel ist hier los?

Maroushka dreht kurz den Kopf und schreit: »Geh weg, verpiss dich!« über die Schulter, dann legt sie noch einen Zahn zu – doch ihre hohen Absätze sind gegen sie, sie schwankt heftig, es sieht aus, als könnte sie sich jeden Moment den Knöchel brechen.

Die Blonde, die flache Schuhe trägt, holt auf.

Soll er eingreifen? Irgendetwas sagt ihm, dass er sich besser raushält.

Plötzlich bleibt Maroushka stehen, steigt aus den Schuhen, die sie auf der Straße stehen lässt, rafft ihren Rock bis über die Oberschenkel (wow!) und setzt zu einem echten Sprint an. Drei Sekunden später ist sie hinter einer Ecke und aus dem Blickfeld verschwunden.

Die andere Frau bleibt an der Ecke stehen und sieht sich um.

Er bleibt auch stehen.

Die Frau dreht sich um. Ihre Blicke begegnen sich. Er hebt die Schuhe auf und schiebt sie in seine Jacketttaschen. Sie bricht in Tränen aus.

»Lady …«

»Ihr seid doch alle gleich, ihr Arschlöcher! Sexbesessene Hurenböcke!«

Mit einem herzzerreißenden Schluchzen taucht sie wieder in die Menge ein und ist fort.

Er nimmt die Schuhe aus den Taschen und schnuppert daran. Sie riechen nach frischem Schweiß und neuem Leder. Schon stellt er sich ein köstliches Szenario nach dem anderen vor, wie er die Schuhe ihrer Besitzerin zurückgeben wird. Er schlendert die Godliman Street in Richtung Themse hinunter, die Schuhe unter dem Jackett eng an seinen Körper gepresst. Als er den Fluss erreicht, öffnet der Himmel seine Schleusen; er hebt das Gesicht und lässt den Regen wie Küsse auf sich niedergehen.

Clara

Die Karottenrakete

Obwohl ganz Yorkshire eine Woche lang in einer späten Hitzewelle gebraten hat, schlägt das Wetter in der Nacht zum Freitag um. Zu Claras Kummer gießt es am Gemeindetag in Strömen. Die Stände müssen drinnen aufgebaut werden, und die Kinder rennen rein und raus und schleppen Schlamm und schlechtgelaunte Eltern mit. Ein unangenehm süßlicher Geruch nach feuchter Armut hängt in der Luft, und es herrscht durchweichte Unruhe, als sich die Familien durch die engen Gänge schieben. Die Fenster sind beschlagen; der Geräuschpegel ist ohrenbetäubend.

Mr. Philpott, der Hausmeister, hat einen uralten braunen Anzug und eine rote Fliege angelegt, die ihm eine leicht abgewetzte Würde verleihen. Mr. Gorst/Alan trägt Khakihosen und einen Blazer und sieht zum Anbeißen aus. Er arbeitet sich durch die Menge, schüttelt Elternhände, lächelt den Lehrern ermutigend zu und wuschelt Kindern durchs feuchte Haar auf eine Art, die gleichzeitig bodenständig und gottgleich ist. Jetzt ist er bei Miss Hippo am Stand nebenan und gratuliert ihr zu der Foto-Schautafel »Das historische Greenhills«, die eine lärmende Meute mit dem Finger deutender Rentner angelockt hat; Miss Hippo lässt die Kleopatra-Ohrringe tanzen und wackelt mit dem Empire-Popo. Er hat noch nicht in Claras Richtung gesehen, aber sie ist die nächste in der Reihe. (Beruhige dich, o klopfend Herz!)

Leider hat an ihrem Stand bisher nur ein einziger Setzling ein neues Heim gefunden, bei einer Frau aus dem Rowan Drive, die allerdings statt der Eberesche, nach der ihre Straße benannt ist, unbedingt einen Kirschbaum haben wollte. Das Plastikflaschenkleinstampfen ist wegen des Wetters ausgefallen, und die Tüten voll alter Zeitungen und Plastikflaschen, die von den Eltern angeschleppt werden, stapeln sich unter dem Tisch und hinter ihr an der Wand; man überreicht sie ihr mit einem selbstzufriedenen Lächeln, stolz auf die eigene Großzügigkeit – »Hier, das ist für Sie, meine Liebe« –, als handle es sich um ein persönliches Geschenk für sie.

Die Petition gegen Fußball auf dem Rowan Green hat schon sechzig Unterschriften. Manche haben zweimal unterschrieben. Bei der Petition zum Kohlendioxidausstoß haben nur zwei Leute unterschrieben. Die Delphinpetition wurde zusammengefaltet und unter ein Bein des wackelnden Tisches gesteckt.

Clara fühlt sich allmählich etwas niedergeschlagen, als sich vor ihr plötzlich die Menge teilt und sie Jason Taylor entdeckt, der auf sie zukommt, im Schlepptau ein umwerfend hübsches Mädchen mit einem Wasserfall seidiger blonder Locken, die ihr ins Gesicht fallen.

»Das is sie«, flüstert Jason und gibt dem Mädchen einen Schubs. »Miss, das is meine Mam.«

Mrs. Taylor ist ganz anders als die reizlose, dicke, ungepflegte Person, die Clara sich vorgestellt hat.

»Hallo, Mrs. Taylor.« Sie schüttelt ihr die Hand, die so herzzerreißend klein und zerbrechlich ist, dass sie das Gefühl hat, sie würde eine Schneeflocke zerdrücken.

»Jason sagt, Sie können aus Karotten Raketen machen, Miss.«

Sie sieht aus wie siebzehn, was aber biologisch unmöglich ist, also schätzt Clara sie auf mindestens Ende zwanzig. Sie hat die gleichen tiefen grauen Augen wie Jason und die gleiche blasse

Haut, aber an ihr wirkt sie nicht kränklich, sondern zart, fast durchscheinend.

Plötzlich wallt ein unerwarteter Beschützerinstinkt in Clara auf. »Bitte nennen Sie mich Clara. Meine Mutter gibt nachher eine kleine Demonstration im Gemüseschnitzen.«

Mrs. Taylor lächelt und späht durch ihre Engelslocken. »Ist der neue Rektor auch da? Jason sagt, er ist sehr nett.«

»Ja, das ist er. Ich zeige ihn Ihnen.«

Mit zärtlicher Nervosität sieht Jason zu. »Alles klar, Mam? Alles klar, Miss?«

»Na ja. Wir haben nicht viel Glück mit unseren Pflanzen, Jason«, gesteht sie. »Anscheinend wollen die Leute sie nicht mal geschenkt haben.«

»Nee, Miss. Sie machen das falsch.«

Er greift nach dem Schild, auf dem steht: »Bäume für Greenhills – wir suchen ein neues Zuhause – GRATIS!«, dreht es um und beginnt, mit dem Petitionen-Stift in großen Buchstaben auf die Rückseite zu schreiben:

SONDERANGEBOHT
MINIBEUME NUR 1£
SUPER PREISS!

Im gleichen Moment sieht sie aus dem Augenwinkel, wie Mr. Philpott am anderen Ende der Halle aufgeregt den braun bekleideten Arm schwenkt. Sie winkt ihn herüber.

Er bahnt sich einen Weg durch die Menge. »Amlet – «

Da fällt sein Blick auf Mrs. Taylor. »O schöne Nymphe!« Er rückt sich die Fliege zurecht. »Sein oder Nichtsein, das ist hier die Frage.«

Mrs. Taylor wird rot und ihre Wangen bilden reizende Grübchen. »Ganz Ihrer Meinung, Sir. Ich hoffe, Jason macht Ihnen nicht zu viel Ärger. Wenn doch, sagen Sie mir einfach Bescheid, dann kriegt er eins auf die Nuss.«

»Mr. Philpott …!«, flüstert Clara, doch er ist weit weg in Helsingør.

Plötzlich entsteht Bewegung am Ende der Halle – eine laute vertraute Stimme ruft: »Komm, Oolie! Hier lang!«

Eine hohe Gestalt schiebt sich vor, an der Hand ein kleines pummeliges Mädchen. Die Person bewegt sich, von einem silbrigen Regencape umflattert, in einer Art rhythmischem Ausfallschritt, als wäre sie dem Set von *Let's Dance* entsprungen. Clara zuckt zusammen. Was zum Teufel hat ihre Mutter da an? In solchen Momenten wünschte sie, Doro wäre die Mutter von jemand anders, so dass sie sich aus sicherer Entfernung über ihre Exzentrik amüsieren könnte.

Oolie klammert sich ängstlich an Doro, weil sie keine Menschenmengen mag. Als sie Clara entdeckt, läuft sie auf sie zu und fällt ihr um den Hals.

»Hallo, Clarie. Die Pflanzen da haben wir eingetöpfert, stimmt's, Mum?«

Sie steckt den Finger in den Kompost und leckt ihn ab.

»Ja, Liebes. Aber jetzt lass sie in Ruhe«, sagt Doro. »Tut mir leid, dass wir so spät kommen, Clara. Ich habe das Gemüse für die Gemüseschnitzvorführung mitgebracht, wie du gesagt hast.«

Sie wirft das silberne Regencape ab, krempelt sich die Ärmel hoch und kramt in ihrer großen Tasche herum. Dann stellt sie sich auf einen Stuhl und ruft mit einer Stimme, die durch die ganze Halle schallt: »Eltern, Schüler, darf ich um eure Aufmerksamkeit bitten! Ich werde jetzt ein paar einfache Gemüseschnitztechniken vorführen.«

Selbst nach dreißig Jahren in Yorkshire klingen die Vokale ihrer Mutter immer noch unmissverständlich nach dem Süden Englands. Oolie dagegen spricht, seit sie auf der Förderschule ist, in reinem Doncaster-Tonfall.

»Was erzählt die da?«

»Appetitliche Gemüsekunst ist eine Zierde für jeden Tisch!«

Eine Zierde für jeden Tisch! Clara muss an den schmuddeligen gelben Tisch in Solidarity Hall denken, auf dem immer schmutzige Teller standen, überquellende Aschenbecher voller Jointstummel und verkrustete Töpfe mit den Resten irgendwelcher Gemüsepampen.

Mit ein paar geschickten Bewegungen schnitzt Doro halbkreisförmige Blütenblätter aus einem Radieschen und lässt es mit einer eleganten Geste in einen Krug Wasser plumpsen, den Clara zum Gießen der Setzlinge bereitgestellt hat.

»Das Geheimnis ist, sie in kaltes Wasser zu legen!«

Im Raum wird es still; alle Augen sind auf die große verrückte Frau auf dem Stuhl geheftet, die in einer Hand ein Radieschen und in der anderen ein Schnitzmesser hält.

»Dann schwellen die Blätter an und öffnen sich!«

Clara spürt, dass sie rot wird, als sich die Besucher nach vorn drängeln, um besser sehen zu können, wie ihre Mutter die peinliche Übung an weiteren Radieschen wiederholt. Jetzt schwingt sie eine riesige Karotte durch die Luft.

»Und nun schnitze ich eine Rakete!« Sie setzt das Messer an.

»Toll, nicht?«, murmelt Mrs. Taylor.

Von Doro unbemerkt, fischt Oolie die Radieschen mit den Fingern aus dem Wasser und steckt sie sich in den Mund. Clara wirft ihr einen strengen Blick zu, aber Oolie ignoriert sie.

Dann sieht sie, wie sich Mr. Gorst/Alan am Nachbarstand von Miss Hippo verabschiedet (wird auch verdammt noch mal Zeit) und durch die Menge zu ihrem Stand herüberkommt, mit gefährlich zwinkernden Augen. Ihr Herz schlägt schneller. Bei ihm ist ein Fremder, groß, sonnengebräunt und attraktiv wie ein alter Fuchs, mit Luchsaugen und Silberhaar.

»Ich möchte Ihnen Stadtrat Malcolm Loxley vorstellen, unseren Vorsitzenden des Schulbeirats.«

»Darf ich Ihnen einen Setzling anbieten?«, fragt Clara.

»Sie dürfen mir alles anbieten, meine Liebe. Ich nehme die Kirsche.« Mit einem verwegenen Lächeln reicht er ihr eine

Pfundnote. Ihr Blick fällt auf das kleine emaillierte Georgskreuz an seinem Revers. Fußballfan? Lokalpatriot? Chauvinist?

»Wie wäre es mit einer Karottenrakete, Stadtrat?«, ruft Doro von ihrem Stuhl herunter, wo sie immer noch fleißig schnitzt.

»Wer ...?«, flüstert Mr. Gorst/Alan.

»Meine Mutter – sie demonstriert, wie man Gemüse schnitzt.«

»Aha, verstehe. Faszinierend.« Dann fällt sein Blick auf Mrs. Taylor. »Wer ...?«

»Mrs. Taylor, Jasons Mutter«, stellt Clara vor. »Das ist Stadtrat Loxley, der Vorsitzende des Schulbeirats, und das ist unser neuer Rektor Mr. Gorst/A...«

Jason ist unter den Tisch gekrochen und öffnet die Tüten mit den Plastikflaschen. Sie wirft ihm ihren strengen Blick zu, aber er lässt sich nicht stören.

»Nett, Sie kennenzulernen, Sir ... Sir.« Mrs. Taylors Blick wandert zwischen Stadtrat Loxley und dem Rektor hin und her. Dann springt wie durch Telekinese der oberste Knopf ihrer Bluse auf. »Und ich dachte, er wär das.« Sie macht eine abfällige Geste zu Mr. Philpott.

»Tut mir leid, Mr. Philpott ... ein Missverständnis«, flüstert Clara, als sie sieht, wie sein Gesicht sich verdüstert.

Doch schon naht die nächste Krise. Oolie ist verschwunden.

»Oolie! Oolie!« Doro späht von ihrem Stuhl herunter.

Clara beginnt mit der Suche. Ihre kleine Schwester bricht schnell in Panik aus – sie ist so klein, dass sie in der Menge leicht untergeht.

Plötzlich hört sie einen Schrei. »Aufgepasst!«

Sie sieht auf, und im selben Moment schießt eine raketenförmige Karotte durch die Luft. Am anderen Ende des Saals ertönt ein spitzer Schrei von Mrs. Salmon, die ins Taumeln gerät und in den Kaffeestand fällt. Kochendheißer Kaffee schwappt über die dicht gedrängte Menge. Das kollektive Zurückzucken breitet sich aus wie eine Schockwelle. Schultern schieben, Hinterteile drängen, Ellbogen und Köpfe knallen aneinander – peng! Da fällt das Geschichtsplakat! Von Miss Hippo ist ein leises historisches Wimmern zu vernehmen.

Auf dem Boden vermengen sich Kaffee und Regenwasser, Plastikflaschen und herumtobende Kinder. Etwas reißt Clara die Füße weg, und im Fallen versucht sie sich irgendwo festzuhalten; das Nächste, was sie erwischt, scheint Mr. Gorsts/Alans Oberschenkel zu sein. Sie spürt ... doch bevor sie irgendwas Interessantes spürt, hat er nach ihrer Hand gegriffen und reißt sie so kräftig auf die Füße, dass sie gegen Doros Stuhl rempelt – »Entschuldige, Mum!« –, die ins Schwanken gerät und fällt – »Hi-i-ilfe!« –, wobei sie das »Grünes Greenhills«-Plakat und den Stadtrat mit sich reißt, der auf Mrs. Taylor landet, die auf Clara landet. Das Ganze ist ziemlich intim und verwirrend. Mrs. Taylors Bluse öffnet noch ein paar Knöpfe. Mitten im Chaos taucht Mr. Philpott unter dem Tisch auf, Oolie-Anna an der Hand. Sie lässt einen lauten Radieschen-Rülpser entweichen.

»Ich hab sie. Komm, du kleiner Clown.«

Clara versucht ihm einen warnenden Blick zuzuwerfen, aber es ist zu spät, Doro explodiert. »Wagen Sie es nie wieder, sie so zu nennen, Sie ignoranter alter Mann! Sie ist nicht lustig! Sie ist perfekt! Kapiert?«

»Mum, um Himmels willen!«

Clara hat Mr. Philpott noch nie so verängstigt gesehen.

Oolie fängt zu heulen an. »Ich bin wohl lustig! Ich will ins Fernsehen! Ich will mit Russell Brand poppen!«

Unter dem Tisch kichert jemand.

»Jason!«, schreit Mrs. Taylor, die jetzt ebenfalls explodiert. »Raus da, du kleiner Scheißer!«

Jason kriecht unter dem Tisch hervor und tauscht mit Oolie ein freches Grinsen. Mrs. Taylor, die Bluse immer noch halb aufgeknöpft, schnappt sich eine der Plastikflaschen vom Boden und schlägt damit auf seine schmächtigen Schultern ein, bis Clara dazwischengeht.

»Das reicht, Mrs. Taylor. Er hat es bestimmt nicht böse gemeint.«

»Und ob, der kleine Scheißer!«, sagt Mrs. Taylor.

Erst auf der Autobahn fällt ihr ein, dass sie vergessen hat, nach dem Hamster zu sehen. Und noch etwas macht ihr zu schaffen. Was ist mit ihren Setzlingen passiert? Sie sind alle spurlos verschwunden.

Doro

Pessimismus des Geistes und Optimismus des Willens

»Ich hätte den komischen alten Kauz nicht anschreien dürfen. Wahrscheinlich wollte er nur nett sein«, denkt Doro, die Oolie-Annas Hand festhält, als sie sich im fahrenden Bus die Treppe hochkämpfen. Außerdem wünscht sie, sie hätte Oolie nicht angeschrien, obwohl ihre Tochter sehr wohl einen Begriff davon hat, was unartig ist, und dazu gehört, Dinge nach Menschen zu werfen. Jetzt schmollt Oolie und sagt, sie will bei Clarie wohnen, und Doro muss sich zusammenreißen, um nicht zu sagen: »Clarie will dich aber nicht, Oolie. Sie hat ihr eigenes Leben.«

»Guck mal, Mum! Greggs! Komm, wir halten an!«

Oolie klopft gegen die Scheibe, als der Bus auf seinem Weg durch die Stadt an einer schäbigen Reihe von Schnäppchenläden und Karaokebars vorbeirumpelt. Die Bäckerei Greggs ist eins ihrer Lieblingsgeschäfte. Doch angesichts von Oolies Neigung zur Rundlichkeit muss Doro streng sein – vor allem, da sie selbst eine Schwäche für eine gelegentliche Sahneschnitte hat. Das ist ein weiterer Grund dafür, dass sie das Gefühl hat, Oolie ist noch nicht bereit für ihre eigene Wohnung. Sie würde ständig lauter Mist in sich hineinstopfen, und wer hätte dann ein Auge auf sie?

»Schsch. Wir essen zu Mittag, wenn wir zu Hause sind.«

Sie hat diesen aufdringlichen Sozialarbeiter mit seinem Klemmbrett und seinen gönnerhaften Faltblättern wirklich satt, der ihr einzureden versucht, dass sie überfürsorglich sei und dass Oolie-Anna aus der »Komfortzone« heraus und »ihren eigenen Träumen nachgehen« müsse, um »die Fülle ihrer Individualität zu entfalten«. Du lieber Himmel. Was glaubt er, wer Individualität und eigene Träume erfunden hat, damals in den Siebzigern?

Oolie winkt mit beiden Händen einem Hilfspolizisten zu, der einer Reihe von Autos vor der Ladenzeile Strafzettel verpasst. Doro hat dem Sozialarbeiter gegenüber nichts davon erwähnt, aber Oolies ungehemmte Sexualität ist auch ein Grund zur Sorge. Würde Oolie daran denken, jeden Abend die Pille zu nehmen, wenn niemand da wäre, der sie daran erinnert?

»Komm, Oolie, wir sind da.«

Ans Geländer geklammert steigen sie die Treppe hinunter und hinaus auf den Bürgersteig der Hardwick Avenue, wo Oolie schnurstracks auf eine Pfütze zugeht und mit beiden Füßen hineinspringt.

Die Doppelhaushälfte aus den dreißiger Jahren steht ein wenig zurückgesetzt hinter Ilexbüschen in einer ruhigen, mit Bäumen gesäumten Straße, wo die Nachbarschaft aus Zahnärzten und Steuerberatern besteht; es gibt drei großzügige Schlafzimmer und einen kleinen sonnigen Garten – ein Haus, wie sie es sich niemals leisten könnten, wenn sie jetzt nach London zurückzögen, wo sie für den gleichen Preis mit Glück eine Zweizimmerwohnung bekämen. Es hat mit der Deindustrialisierung des Nordens zu tun, erklärt Marcus. Die ganze Zeit hatten sie gedacht, sie würden mit revolutionären Lebenskonzepten experimentieren, doch die eigentliche Revolution vollzog sich unmerklich direkt vor ihrer Nase: der Niedergang der herstellenden Industrie und der Triumph des Finanzwesens.

Seit er im Ruhestand ist, hat Marcus sich in Serges altem Zimmer verkrochen, das er als Arbeitszimmer benutzt. Wollte Serge nach Hause kommen und seine Doktorarbeit hier fertig schreiben, müssten sie sich etwas überlegen. Gott weiß, was Marcus da oben macht. Er sagt, er schreibe eine Geschichte der nicht-kommunistischen, nicht-trotzkistischen Linken – die Fünfte Internationale, wie er sie nennt. Es kann nicht gut für ihn sein, so viel Zeit damit zu verbringen, über der Vergangenheit zu brüten, das macht die Menschen doch nur unglücklich. Ja, in letzter Zeit ist er wirklich immer verschlossener und brummiger geworden.

Sie setzt Wasser auf, öffnet den Kühlschrank und holt Milch heraus.

»Sei die Veränderung, die du sehen willst.« Das Zitat von Mahatma Gandhi ist mit einem grünen Froschmagneten an der Kühlschranktür befestigt; es hat den Platz von »Jeder nach seinen Fähigkeiten, jedem nach seinen Bedürfnissen« eingenommen, das in Solidarity Hall an der Kühlschranktür hing, von einem Magneten in Form einer roten Fahne gehalten.

Sie bringt eine Tasse Tee nach oben und stellt sie auf Marcus' Schreibtisch.

»Wie geht's, Liebster?« Sie streicht ihm mit den Fingern durchs Haar.

Er zuckt zusammen, schaut zu ihr auf, lächelt und blinzelt eulenhaft hinter der runden Brille, als sei er gerade aus tiefem Schlaf erwacht. »Der italienische Genosse, der 1984 zu uns kam – erinnerst du dich an seinen Namen?«

»Bruno. Bruno Salpetti.« Doro schließt einen Moment die Augen und stellt fest, dass sie sich nicht nur an seinen Namen erinnern kann, sondern auch an die rau-weiche Textur seiner Wangen, wo der stoppelige Teil aufhörte und die babyweiche Haut begann, den sauberen Duft seiner Seife, den feinen schwarzen Flaum an seinen Unterarmen und auf seinem Bauch und die dichteren schwarzen Locken darunter.

»Genau!« Marcus notiert sich den Namen. »War er in der Potere Operaio?«

»Lotta Continua.«

Ob Marcus von ihr und Bruno weiß? Und würde es ihm, nach all den Jahren, etwas ausmachen?

»Das war meine erste Begegnung mit der autonomen Bewegung. Hör dir das an.« Er beugt sich vor und liest vom Bildschirm ab. »Obgleich die Arbeiter ihre Zeit an den Kapitalisten verkaufen müssen, der den Arbeitsplatz besitzt, sind ihre menschlichen Bedürfnisse und Wünsche denen des Kapitalisten entgegengesetzt.«

»Meine wunderschöne *compagna*«, hatte Bruno sie genannt. Es ist lange her, dass Marcus etwas in der Richtung zu ihr gesagt hat. Ja, damals konnte sie mit Moira Lafferty gut mithalten, trotz deren rotbrauner Mähne und Doppel-D-Oberweite. Die neuen Männer, schien es, waren nicht viel anders als die alten.

»Autonomie ist der Kampf der Arbeiter für ihre eigenen persönlichen und ökonomischen Ziele ...«

Selbst der rote Fred, der seine Tage damit verbrachte, das wortreiche Dickicht der Theorie des Marxismus zu durchwandern, und die Nächte mit einer Reihe tränenreicher Freundinnen aus London, hatte eine Schwäche für Moira. Wahrscheinlich war er sogar der Vater von Star.

»... und gegen das gnadenlose Streben nach Profit durch den Arbeitgeber ...«

Alle Frauen waren Schwestern, und untereinander waren Wut und Eifersucht verpönt, weil alle Opfer des Sexismus waren und solidarisch sein mussten. Schöne Frauen waren unterdrückt, weil sie nur als Sexobjekt angesehen wurden, und hässliche Frauen waren unterdrückt, weil sie überhaupt nicht angesehen wurden.

Und wir waren wirklich wie Schwestern, Moira und ich, überlegt sie jetzt. Wir hielten zusammen wie Schwestern, und wir zankten und stritten uns wie Schwestern, vor allem um Bruno Salpetti.

Bruno war 1984, als der Bergarbeiterstreik begann, aus Modena nach Solidarity Hall gekommen, um, wie er erklärte, den Kampf des Proletariats zu unterstützen. Er schlief auf einer Matratze im marxistischen Studienzentrum, das längst zum Spielzimmer für die Kinder umfunktioniert worden war. Sein einziges Gepäck war ein kleiner Rucksack, der eine Auswahl von Texten aus Gramscis ›Gefängnisheften‹, einen Rasierer und ein Paar sehr kleine schwarze Unterhosen enthielt. (Natürlich fand Moira irgendeinen Vorwand, das auszukundschaften, und gab ihre Ergebnisse flüsternd an Doro weiter.) Der Rasierer wurde nicht benutzt – Bruno ließ sich einen Bart wachsen. Doro mochte normalerweise keine bärtigen Männer, aber an Bruno wirkte der Bart aufregend löwenhaft. Die Unterhose tauchte mit erfreulicher Regelmäßigkeit an der Wäscheleine auf. Bruno unterbrach die Monotonie der Hülsenfrucht-Körner-Diät mit köstlichen Spaghettigerichten, die er mit frischen Tomaten und Olivenöl zubereitete; er behauptete, dass Gramsci mehr zur Revolution beizutragen habe als Trotzki; und er glaubte an – und praktizierte – freie Liebe. Er war erst fünfundzwanzig, aber was macht ein Jahrzehnt unter Freunden für einen Unterschied?

Erwartungsgemäß war Moira die erste, die bei ihm landete.

»Er hat einen Schwanz wie ein Gorilla!«, berichtete sie mit ihrer typischen Subtilität.

Doro spürte einen Anflug von Ärger. Was wusste Moira schon von Gorillas?

»Ach, wirklich«, sagte sie.

Nicht genug damit, dass Moira zu jeder Tages- oder Nachtzeit mit Bruno ins Bett ging, sie musste ihren Spaß auch noch in einem Crescendo spitzer Schreie und Seufzer herausposaunen, die bis in den letzten Winkel des Hauses zu hören waren. Obwohl das Gebäude massiv gebaut war, sorgte irgendetwas am Grundriss von Solidarity Hall dafür, dass der Schall durch Treppen und Flure ins ganze Haus getragen wurde. Egal, womit man beschäftigt war, man musste einfach innehalten und aufhorchen – es gab kein Entkommen. Einmal stand der lockige Milchmann vor der Tür, um sein Geld abzuholen; Doro machte im Bademantel auf und suchte nach Kleingeld, als er plötzlich die Ohren spitzte. Ihre Blicke trafen sich. Ein Lächeln glitt über sein Gesicht und er sah sie fragend an.

»Sie hat Tbc«, erklärte Doro. »Sie hustet ständig so. Wahrscheinlich stirbt sie bald. Wirklich tragisch.« Und schlug die Tür zu.

Die Kinder waren natürlich neugierig, und Nick erklärte, die Geräusche bedeuteten, dass Moira sehr glücklich sei. Dies wurde wenig später von zwei Vertreterinnen der »Frauen gegen Zechenschließungen« bestätigt, die vorbeikamen, um Spenden für die kürzlich im Gemeindesaal eingerichtete Suppenküche zu sammeln. Doro lud sie auf eine Tasse Tee ein. Vorsichtig traten sie ins Haus, wichen dem Gerümpel im Flur aus, betrachteten neugierig die Plakate an den Wänden (»Die Tränen der Spießbürger sind der Nektar der Götter«) und schnüffelten die nach Linsen riechende Luft. Eng aneinandergedrängt folgten sie Doro durch den langen dunklen Gang in die Küche, wo Clara und Serge am Tisch, der seit gestern Abend nicht abgeräumt worden war, Erdnussbutter und Cornflakes aßen. Als sie sich setzten und Doro Teewasser aufsetzte, fingen plötzlich die Balken über ihnen zu knarren an und Moiras Freude war nicht zu überhören.

»Donnerwetter, die klingt glücklich. Der muss wohl 'ne gute Fee erschienen sein«, bemerkte die Jüngere, die Janey hieß.

»Kann man sich den ausleihen?«, fragte die Ältere, die June hieß und eine verrauchte Stimme und ein schlaffes, faltiges Gesicht hatte.

»Ja«, sagte Doro, »aber die Warteliste ist lang.«

Sie tauschten einen kurzen Blick.

Janey fragte: »Wollt ihr in der Suppenküche helfen?«

»Klar«, sagte Doro.

»Dann bringt ihn doch mit«, meinte June und ließ zwei Reihen unregelmäßiger perlmuttfarbener Zähne aufblitzen.

Ein andermal waren es die Zeugen Jehovas.

»Sie ist von einem Dämon besessen, den wir ihr auszutreiben versuchen …«, begann Doro, doch die beiden blieben nicht lange genug, um sich ihre Erklärung anzuhören.

Vielleicht war es der Milchmann, oder June und Janey, oder sogar die Zeugen Jehovas, jedenfalls machte es die Runde im Dorf, und plötzlich hatten sie einen steten Strom von Besuchern, männlichen und weiblichen, die unter irgendeinem Vorwand klingelten und versuchten, durch die offene Tür ins Haus zu spähen. In jenen Wochen des Bergarbeiterstreiks kam immer jemand vorbei, um Benzingeld für die Streikposten oder Spenden für die Suppenküche zu sammeln, wo die Bergarbeiter und ihre Familien wenigstens eine warme Mahlzeit am Tag bekamen. Die Kommunenmitglieder waren begeistert, endlich Kontakte zur örtlichen Gemeinde zu knüpfen, die bis dahin nur wenig Interesse am marxistischen Studienzentrum oder der Diskussionsrunde zum Antikolonialismus gezeigt hatte.

Bruno war hocherfreut, als Doro ihm ausrichtete, dass ihn die Frauen im Dorf eingeladen hatten, als Freiwilliger in der Küche zu arbeiten.

»Sie wollen italienische Küche probieren?«

»Hm … ich glaube, ja«, sagte Doro.

Moira war weniger erfreut. An der Streikpostenkette in Askern hatte sie ziemlich Eindruck gemacht mit ihrem flammenden Haar und ihren interessanten Slogans (»Bergarbeiter sind die Hebammen des Sozialismus!«), mit denen sie aus den Reihen der Streikposten verwirrte, aber bewundernde Blicke auf sich zog.

»Mich haben sie schon alles Mögliche genannt«, erklärte Jimmy Darkins, Kreisvorsitzender der Bergarbeitergewerkschaft, »aber noch nie Hebamme. Ich werd mal drüber nachdenken.«

Moira genoss die männliche Aufmerksamkeit aus vollen Zügen, das war klar. Sie und Bruno kamen jedes Mal wie berauscht vom Streikdienst zurück, warfen sich auf die Matratze und machten lautstark Liebe. Es war schrecklich.

Jetzt musste sich Moira entscheiden, ob sie ihre Zeit lieber mit einer Horde Frauen bei langweiliger Hausarbeit in epischem Ausmaß verbringen oder ihren Liebhaber allein auf diese hormonschwangere Umgebung loslassen wollte.

»Die Rolle der Frau ist absolut entscheidend in diesem Kampf, Bruno«, sagte Doro.

»Aber der wahre Kampf spielt sich an der Streikpostenkette ab«, flehte Moira.

»Hm. Gramsci sagt, ist wichtig, in alle soziale Institutione contra-hegemoniale Positionen zu bauen.« Bruno zwirbelte die Gabel durch die Pasta.

»Genau!«, rief Doro.

Moira zuckte besiegt die Schultern und stopfte sich eine Gabel Spaghetti alla napoletana in den Mund, so dass ihr die Soße übers Kinn lief.

»Donnerwetter!«, sagte June, als Doro am nächsten Tag mit Bruno in den Saal der Bergarbeiterwohlfahrt von Askern trat.

Im Raum wurde es still, als zwanzig Frauen die Hände ruhen ließen und den Neuankömmling anstarrten.

»Komm rein, Herzchen! Nur nicht schüchtern! Wir beißen schon nicht. Jedenfalls nicht vor dem Abendessen.«

Bruno lächelte unschuldig.

Janey flüsterte Doro zu: »Spricht er Englisch, Liebes?«

June flüsterte: »Spricht er die Sprache der Liebe?«

Leider musste Doro am Nachmittag unterrichten, so dass sie nicht lange bleiben konnte. Bruno kam mehrere Stunden später nach Hause und zog sich die Jeans zurecht, als er durch die Tür taumelte, das Gesicht übersät von roten Flecken.

»Wie war das Kochen?«, fragte Moira schmollend.

»Zutaten waren schlecht.« Er klang erschöpft. »Es ist Katastrophe, dass britische Massen Diät von solche Verarmung haben.«

»Wie hast du dich mit den Frauen der Bergarbeiter verstanden?«, fragte Doro.

»Diese proletarische Frauen haben starkes ... wie soll ich sagen ...?« Er suchte nach Worten. »... Klassenbewusstsein.«

Die Sache mit dem Klassenbewusstsein beschäftigte Doro tagelang. Wenn das das Geheimnis war, gab es für sie keine Hoffnung, sagte sie sich traurig und ertränkte ihre Enttäuschung im Seifenwasser, als sie das Frühstücksgeschirr spülte. Es ließ sich nicht mehr ändern, dass sie durch und durch zur Mittelschicht gehörte. Andererseits galt dasselbe für Moira. Es galt für sie alle, für ihre Gedanken, ihre Gewohnheiten, ihren Geschmack und ihre Vorlieben. Die Tatsache, dass sie sich in die Streikpostenkette einreihten, änderte daran keinen Deut. Trug etwa eine der Frauen aus der Suppenküche Latzhosen, las George Eliot oder aß vegetarische Pampe? Obwohl sie seit fünfzehn Jahren am Rand dieser Arbeitergemeinde lebten, waren sie kaum mit ihnen in Berührung gekommen. Als Doro mit dem Spülen fertig war, rauchte sie einen Joint und grübelte über die Ungerechtigkeit des Klassensystems nach, das ihr plötzlich jede Möglichkeit auf Glück zu nehmen schien.

»Warum bist du traurig, schönste *compagna*?« Bruno legte den Arm um ihre Schulter.

»Oh! Ich bin ...«, ihre Augen füllten sich mit Tränen, »... ich habe nur gerade über die Ungerechtigkeit ...«, ein Schluchzer brach aus ihrer Brust, »... des Klassensystems nachgedacht.«

»Weine nicht, mein noble Gefährtin. Natürlich ist ungerecht. Aber deshalb führen wir Kampf, oder?«

Seine flaumige Wange lag an ihrer, seine warmen Hände erkundeten ihre Bluse.

»Ja!«

»Pessimismus des Geistes und Optimismus des Willens?«

»Ja!«

Doro lernte noch eine Menge über Klassenbewusstsein und Kampf an jenem Tag. Und es steigerte ihr Vergnügen noch, als sie danach Moira in die Arme lief, die beleidigt aus dem Badezimmer kam.

Manchmal schlief Bruno mit Doro (die auch mit Marcus schlief, der nichts davon wusste), und manchmal schlief er mit Moira (die auch mit Nick Holliday und dem roten Fred schlief, die davon wussten), und manchmal kam er zu erschöpft aus der Suppenküche zurück, um irgendwas zu tun, außer zu schlafen. Doch eines Abends kam er von der Suppenküche nach Hause und hatte eine junge Frau dabei.

»Das ist Megan.«

Er stellte sie der Gruppe vor und zählte alle Namen für sie auf.

»Hallo.« Ohne zu lächeln blickte sie mit gesenktem Kopf auf und klebte an Bruno wie ein Schatten.

Zuerst empfand Doro Megan nicht als Bedrohung. Sie war nicht hübsch – zumindest nicht auf die herkömmliche Art –, sie hatte einen dünnen, kantigen Körper mit schweren Brüsten, langes dunkles Haar und wachsame graugrüne Augen. Sie bewegte sich lautlos wie eine Katze und redete kaum ein Wort. Selbst heute, nach all den Jahren, kann Doro nicht sagen, was für ein Mensch Megan eigentlich war. Doro kann sich gut an den Abend erinnern, als Bruno sie in die Kommune brachte. Sie schaudert.

Es war mitten im tiefsten Winter, dem langen bitteren Winter von 1984/85, und es war seltsam, erinnert sie sich, dass Megan gar nichts dabeihatte, nicht einmal einen Mantel. Bruno erklärte, sie sei vor einem brutalen Ehemann, einem Streikbrecher, geflohen. Die Kommune hieß sie ohne Fragen willkommen, richtete ihr ein Bett in Moiras Atelier im Anbau ein, und die Frauen liehen ihr die Kleider, die sie brauchte.

Es stellte sich heraus, dass Megan einen Sohn hatte, einen

mürrischen Fünfjährigen namens Carl, der unter der Woche bei Megans Mutter in Harworth wohnte, doch am Wochenende oft nach Solidarity Hall kam. Er war ein anhängliches, unsicheres Kind, das sich abseits hielt und aus der Kasse klaute. Sein Spitzname war Knirschkarl, weil er die Gewohnheit hatte, Insekten zwischen den Fingern zu zerknirschen – Spinnen, Fliegen, Schmetterlinge und was er sonst so erwischte. Einmal, als Chris Watt ihn deswegen zurechtwies, spuckte er sie an und nannte sie eine fette Schlampe. Sein Vater wurde nie erwähnt, und als Doro nachfragte, zuckte Megan nur die Schultern und sagte: »Ist halt abgehauen.«

Chris und Doro versuchten ihr zu erklären, worum es in der Kommune ging, ohne zu predigerhaft zu klingen.

»Wir versuchen eine Gesellschaft zu errichten, die auf gemeinsamen Zielen beruht, wir teilen, was wir haben, und wir kümmern uns umeinander.«

Megan starrte sie lange an. »Du meinst, ihr habt kein persönliches Eigentum?«

»Doch, wir haben Eigentum. Aber wir teilen das Geld, das wir verdienen, und die alltäglichen Dinge wie Bücher und Kleider.«

»Meine Kleider teile ich mit niemand!«

Doro sparte es sich, Megan darauf hinzuweisen, dass sie gerade *ihre* Kleider anhatte.

»Wir haben uns von der Nachkriegsvision einer Gesellschaft entfernt, in der Wohlstand geteilt wird, und befinden uns heute in einer Gesellschaft, in der es auf der einen Seite grotesk angehäuften persönlichen Reichtum und auf der anderen Seite eine wachsende Unsicherheit gibt.«

Marcus, der immer noch vom Bildschirm abliest, sieht auf und sucht ihren Blick.

»Trink deinen Tee, mein Lieber, bevor er kalt wird.«

Serge

Die Kaninchen

Serge muss knapp sechs gewesen sein, als er Fibonacci zum ersten Mal begegnete, denn er erinnert sich, dass die Großen in jenem Jahr ständig mit dem Bergarbeiterstreik beschäftigt waren und die Kinder in Solidarity Hall oft sich selbst überließen. Doch eines Tages bauten Nick Holliday und der Italiener im Garten einen Kaninchenkäfig aus Maschendraht für zwei Kaninchen, die die Kinder Verantwortung und rivalitätsfreies Spielen lehren und ihnen die Realität einer nicht-patriarchalischen Gesellschaft vorführen sollten, denn einen Mr. Kaninchen als Familienvorstand gab es nicht.

Allerdings kamen die Kinder eines Tages von der Schule nach Hause und entdeckten fünf winzige Kaninchenjunge, die sich an ihre Mutter kuschelten, noch blind, fast nackt und unglaublich süß. Sie nahmen sie einzeln heraus und reichten sie herum. Er war dabei, Clara, der lustige kleine Otto und Star, die zu jener Zeit in immer stinkenden Windeln herumwatschelte. (-Oolie-Anna war noch nicht geboren.)

Sie reichten also die kleinen Kaninchen herum und streichelten sie und küssten sie und drückten sie vielleicht ein bisschen zu fest, vor allem Star, die wollte, dass die Kaninchen die Augen aufmachten, und als sie die Jungen am Ende zurück in den Käfig legten, merkten sie, dass sie sich nicht mehr viel bewegten. Eigentlich bewegten sie sich überhaupt nicht mehr. Denn sie waren tot.

Clara, die die Älteste war und bereits ein Totes-Tier-Trauma hinter sich hatte, sagte, es sei das Beste, sie im Garten zu begraben und niemandem ein Wort davon zu sagen. Und das taten sie. Serge weiß nicht mehr, wo genau sie sie begruben, aber er erinnert sich, wie hart und trocken der Boden war, den sie mit einer Pflanzschaufel bearbeiteten, bis das Loch groß genug war, und er erinnert sich, dass er sich auf das Grab übergeben musste.

Verblüffenderweise tauchten ein paar Wochen später wie durch Zauberhand wieder Kaninchenjunge auf. Und zwar fünf. Otto war überzeugt, sie seien von den Toten zurückgekehrt, und fing an zu heulen. Serge selbst fürchtete – das sagte er aber keinem –, dass die Kaninchen gar nicht tot gewesen waren. Clara sagte zu Otto, er solle nicht so blöd sein, und erklärte, diesmal würden sie die Kaninchen in Ruhe lassen und gleich zu den Großen gehen. Nick Holliday, der Ottos Vater und Schullehrer war, ergriff die Gelegenheit, um den Kindern einen langen Vortrag über Sex und darüber, wo die Kinder herkommen, zu halten. Das Ganze klang überaus unwahrscheinlich.

Zwei der neuen Kaninchenjungen starben innerhalb einer Woche, aber drei überlebten. Dann, als sie sich gerade daran gewöhnt hatten, nun fünf Kaninchen zu haben, tauchten wieder sechs Babys auf. Jetzt wurde es den Kindern richtig unheimlich. Es schien, als wären die Kaninchen, die so unaufhaltsam nachrückten, in Wirklichkeit Zombie-Häschen, die auf unerklärliche, übernatürliche Weise mit den kleinen nackten Kadavern zusammenhingen, die sie beerdigt hatten. Die Häschen begannen sich aus dem Käfig auszugraben; wenig später war der ganze Garten voll von Kaninchen und Kaninchenlöchern. Und jeden Monat schienen es mehr zu werden.

»Wir ham sie im Garten eingepflanzt und jetzt wachsen sie«, flüsterte Otto.

Während sich die Kaninchen vervielfachten, wurden im Garten alle Blumen und Gemüse bis an die Wurzeln abgefressen, mit Ausnahme der Stachelbeeren und Sonnenblumen, die zu hoch oder zu widerspenstig waren. Die Kräuter in den Plastikeimern und dem gesprungenen Nachttopf an der Hintertür verschwanden. Nur der Rosmarin, eingepflanzt in eine alte Kloschüssel hoch genug über dem Boden, überlebte. Wo einmal Wiese gewesen war, war jetzt nackte Erde mit wenigen Grasflecken, und überall waren angefaulte Gemüsereste verstreut, denn die Kaninchen mussten natürlich gefüttert werden. Jedem klebten Hasenköttel an den Schuhen, und die kleinen Kotkügelchen wurden in den schmuddeligen Teppich getreten. Manchmal fiel Serge ein seltsamer Geruch im Garten auf.

»Wie viele Kaninchen, glaubst du, kriegen wir noch?«, fragte er Nick Holliday eines Abends vor dem Schlafengehen.

Nick wusste bestimmt, wann die Zeit gekommen war, dass der unheimliche Strom der Zombie-Kaninchen zum Erliegen kam. Serge redete gern mit Nick, weil Nick die Fragen der Kinder immer ernst beantwortete, auch wenn er dabei manchmal ziemlich weit ausholte.

»Es ist eine Fibonacci-Folge«, erklärte Nick. »Die Zahl wird einfach immer größer.«

»Fibber was?«

»Fibonacci war ein italienischer Mathematiker aus dem dreizehnten Jahrhundert. Er hat diese Zahlenfolge entdeckt.«

Serge spürte den unwiderstehlichen Drang, Nick das schreckliche Geheimnis der verbuddelten Kaninchen anzuvertrauen. Nick war ein sanfter Mensch, und bestimmt würde er das eher verzeihen als die anderen Großen.

Doch als Serge gerade erzählen wollte, was an jenem Nachmittag passiert war und dass alles ein schrecklicher Fehler gewesen sei, griff Nick nach einem Blatt Papier und fing zu zeichnen an.

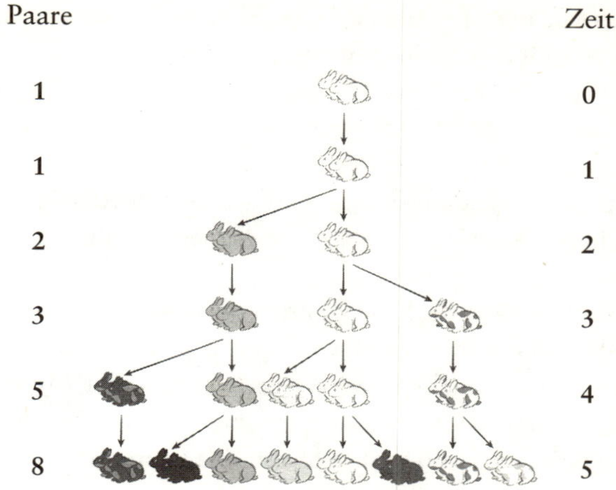

Als die Zahl der Kaninchen im Garten auf sechsundzwanzig stieg (zum Glück waren einige gestorben), beriefen die Großen eine Versammlung ein, um zu diskutieren, was zu tun sei. Marcus schlug vor, sie bei der Suppenküche in Askern abzuliefern, doch die vegetarischen Mitglieder der Kommune fanden diese Idee entsetzlich. Moira Lafferty versuchte sie bei einer Tierhandlung abzugeben, aber die Kaninchen waren dem Besitzer nicht hübsch genug, und er hatte sowieso schon zu viele. Doro stellte am Tor ein Schild auf, auf dem stand: SÜSSE KANINCHENBABYS SUCHEN LIEBEVOLLES ZUHAUSE, und eines Tages kam ein Mann mit einem Lieferwagen und nahm alle Jungen mit.

»Sie sind für arme Kinder, die keine Kaninchen haben«, sagte Doro.

Doch als der Lieferwagen das nächste Mal kam, entdeckte Serge die Aufschrift an der Tür: RANDYS REPTILIEN. Er verriet Doro nichts davon. Ehrlich gesagt wurden ihm die Kaninchen auch immer unheimlicher. Er hängte sich Nicks Diagramm an die Wand neben seinem Bett und studierte es abends vor dem Einschlafen. Irgendwann begriff er, dass die Folge unendlich erweitert werden konnte.

1 1 2 3 5 8 13 21 34 55 89 144 233 377 …

Dreihundertsiebenundsiebzig Kaninchen. Ein Anflug von Panik scharrte an seiner Brust, als er die neuen Zahlen addierte.

Er und Otto teilten sich ein Zimmer oben auf dem Dachboden, und sie redeten viel miteinander, auch wenn Otto noch keine vier war und viel Unsinn redete, wegen seiner Mutter Jen, die nicht mehr bei ihnen wohnte, aber Otto am Wochenende und in den Ferien mit in ihre Kommune nahm, wo sie den Urschrei praktizierten. Meistens war Otto heiser, wenn er zurückkam.

»Du sitzt in diesem Orgel-Ackermotor«, erklärte er Serge mit krächzender Stimme, »dann schreist du und kriegst Energie.«

»Wie fühlt es sich an?«, fragte Serge.

»Weiß nicht.« Otto lutschte am Daumen und zwirbelte mit einem Finger in seinen weißblonden Engelslocken herum. »Ich glaube, es ist wie die Kaninchen. Die werden wiedergeboren.«

»Aber Kaninchen schreien nicht, Otto.«

»Sie ham unter der Erde geschrien. Wir ham sie nur nicht gehört.«

Eines Nachts schrien die Kaninchen tatsächlich. Es war grauenhaft, markerschütternd, urschreiartig. Ihre Schreie zerrissen seine Träume, ließen ihn aus dem Bett springen und zum Fenster laufen. Im Garten war es dunkel, aber der Mond schien gerade hell genug, dass er sehen konnte, wie sich unten etwas bewegte, Schatten, die Schatten jagten.

»Sie machen es«, sagte Otto, der auf Zehenspitzen neben ihm stand, in eine bunte Häkeldecke gewickelt, weil er keinen Pyjama hatte. »So machen sie ihre Babys.« Seine schmalen Schultern bebten.

Serge legte tröstend den Arm um ihn, dann ließ er ihn schnell wieder los – obwohl er erst sechs war, wusste er bereits, dass Jungs so etwas nicht taten.

»Vielleicht sehen wir morgen früh die Babys«, sagte Otto.

»Nein, weil …« Er ahnte, dass Otto falschlag, aber er konnte nicht erklären, warum. Dann hörten sie noch etwas im Garten – menschliche Stimmen, die laut etwas schrien.

»Hau ab, du Mistkerl!«, das war eine Frau, und dann eine Männerstimme, die rief: »Verdufte!«

Am Morgen gab es keine Babys. Der ganze Garten war mit zerfetzten Fellstücken und verstümmelten Kaninchengliedern übersät. Da war er wieder, der seltsame Geruch, süßlich und stechend, ein bisschen wie Pisse. Jetzt begriff Serge, dass es der Geruch des Todes war. Kein einziges Kaninchen hatte überlebt. Otto wurde ganz still. Star begann zu weinen.

»Es war nur ein Fuchs. Los jetzt, zur Schule«, sagte Clara in ihrem gewohnten Kommandoton.

Es war ihre Aufgabe, dafür zu sorgen, dass sie alle sicher in die Schule kamen.

Als die Kinder um vier Uhr nach Hause kamen, stellte sich heraus, dass zwei Kaninchen das Massaker überlebt hatten, sie mussten in ein Loch geflohen sein, als der Fuchs angriff. In den folgenden Wochen sahen Serge und Otto täglich nach, ob es neue Junge gab, aber es tauchten nie wieder welche auf.

»Es liegt daran, dass beides Mamis sind«, erklärte Serge, aber Otto beharrte darauf, dass den Kaninchen die Energie ausgegangen sei und sie dringend in den Orgel-Ackermotor müssten.

Serge redete es ihm nicht aus, weil ihn etwas anderes beschäftigte, das Nick gesagt hatte. Das komplizierte Verzweigungsmuster der Kaninchenpaare in dem Diagramm, hatte Nick erklärt, sei dasselbe Muster, das man in der Blüte einer Sonnenblume findet, einem Tannenzapfen oder den Blättern, Zweigen und Ästen eines Baums. Das Muster steckte in jedem Schneckenhaus und in der Spirale jeder Galaxie, die sich durch den Weltraum schraubte. Den Goldenen Schnitt, der auf Fibonacci beruhte, fand man in der Musik und in den perfekten Proportionen der klassischen Architektur. Nick redete immer schneller, und seine Augen glänzten wie Marcus' Augen, wenn er vom Sozialismus redete.

Serge begann, in einem alten Schuhkarton, der unter seinem Bett stand, Schneckenhäuser und Kiefernzapfen zu sammeln, und jeden Abend fügte er seiner Fibonacci-Reihe ein paar neue Zahlen hinzu. An schlechten Tagen redete er mit den Zahlen wie mit Freunden, und erfand Reime, um sie sich besser merken zu können.

In den nächsten Jahren, als Oolie-Anna zur Welt kam, und Megan verschwand, und das Feuer ausbrach, und die Kommune zerfiel, und alle Großen durchdrehten, und Doro sich mit Moira Lafferty in die Haare kriegte, und Jen Otto endgültig abholte, und Nick Holliday auszog, und Clara mit dem Studium anfing, und die Chrises und ihre seltsamen Kinder eines Nachts wieder verschwanden, ging er oft hinauf auf den Dachboden, setzte sich aufs Bett, ordnete seine Schneckenhäuser und Kiefernzapfen zu Mustern an und dachte über das Geheimnis der Fibonacci-Zahlen nach, die Art, wie sie in einer unendlichen Spirale der Ordnung und Harmonie aufeinanderfolgten schienen, die alles miteinander in Zusammenhang setzte wie die Sterne am Himmel.

1 1 2 3 5 8 13 21 34 55 89 144 233 377 610 987 1597 2584 4181 6765 10946 17711 28657 46368 …

TEIL ZWEI

Familienschnappschüsse

Doro

Jeder nach seinen Fähigkeiten, jedem nach seinen Bedürfnissen

Doro hat ein paarmal versucht, Serge zu erreichen, ohne Erfolg, also ruft sie am Sonntagabend stattdessen Clara an, aus keinem besonderen Grund, nur um ein bisschen zu plaudern. Aber was als vollkommen nette Unterhaltung über Pflanzen und Bäume beginnt, schlägt plötzlich in einen Angriff auf ihre Gemüseschnitzdemonstration um. Warum ist Clara so kratzbürstig? Die Pubertätshormone müssten sich doch inzwischen eigentlich beruhigt haben. Ein bisschen peinlich, hat sie gesagt. Was ist daran peinlich? Doro hat nur versucht zu helfen.

»Wenn auch nur eine Familie dadurch mehr Gemüse isst, hat es sich gelohnt!«, schreit sie und legt auf.

Die Stille nach dem Streit hängt in der Küche. Von oben hört sie das Klappern von Marcus' Tastatur. Das Geräusch vermittelt ihr ein Gefühl von Leere und Nutzlosigkeit. Es ist, als wäre ihre ganze Energie immer in äußere Dinge geflossen – in ihre Beziehungen, ihre Kinder und den Alltag in der Kommune –, und es ist nichts übrig geblieben als Erinnerungen, bestimmt nichts, worüber sie ein Buch schreiben könnte.

»Möchtest du einen Tee?«, ruft sie die Treppe hinauf.

Serge war immer friedlicher als Clara, als Baby schon, eingesponnen in seine eigene komische kleine Welt. Ja, wenn er sich mit seinem Computer hier in seinem alten Zimmer installieren würde, weit weg von den Zerstreuungen des Studentenlebens, dann wäre er bestimmt bald mit seiner Dissertation fertig, davon ist sie überzeugt. Dieses Projekt am Imperial College in London scheint bloß eine weitere nutzlose Ablenkung zu sein. Außerdem versteht sie nicht, warum Clara darauf beharrt, er sei nicht am Imperial College, sondern am University College – anscheinend hat sie da was durcheinandergebracht. Wenn Clara nur ein bisschen gelassener sein könnte und aufhören würde, jedermanns Leben organisieren zu wollen, dann würde sie bestimmt bald einen toleranten und gutmütigen Partner finden, mit dem sie eine Familie gründen kann. Es wäre so schön, Großmutter zu sein. Und wenn das Wetter heute besser wäre, hätte Doro mit Oolie in den Schrebergarten gehen können, aber Oolie hatte einen Trotzanfall wegen des Regens, und Doro hatte keine Lust, allein zu gehen.

Wenn, wenn, wenn …

Sie setzt Wasser auf und sucht im Radio nach den Nachrichten, aber in ihren Ohren klingt immer noch Claras Schimpftirade nach.

Clara war das erste Baby in der Kommune, an ihr haben alle ihre Elternkompetenzen ausprobiert, vielleicht ist sie deswegen so dickköpfig geworden. Plötzlich hat Doro ein schlechtes Gewissen wegen Claras Kommunen-Kinderstube, auch wenn die nicht an allem schuld gewesen sein kann, denn Clara war schon von Geburt an ein quengeliger, vorwurfsvoller kleiner Fratz. Sie hat früh laufen gelernt, war früh aus den Windeln heraus und konnte schon mit drei längere Gespräche führen, die auf ihrer Seite nur aus einem Wort bestanden – »Warum?« – und aus ausführlichen, ideologisch korrekten Antworten seitens der Person, die gerade auf sie aufpassen sollte. Ja, es gab gelegentliche Missgeschicke. Einmal hat sie sich die Zähne mit Fungizid-Salbe geputzt, die eine der Frauen im Bad liegengelassen hatte. Das passiert, wenn man vier oder fünf hochmotivierte Co-Eltern hat, die alle ihre eigenen Erfahrungen und Prioritäten in die Erziehung mit einbringen, und keinen, der sich als oberste

Autorität versteht. Was zu Claras Selbstverständnis beigetragen haben muss. Schließlich war sie nicht einfach ein Kind, sie war der Prototyp eines neuen Menschengeschlechts – die Fackelträgerin der nicht-bürgerlichen, nicht-privaten, nicht-nuklearen, nicht-monogamen, rivalitätsfreien, gewaltfreien Gesellschaft, die zu schaffen sie ausgezogen waren.

Armes Kind.

Als Serge dazukam, und dann Otto und Star und schließlich Oolie, fanden die Erwachsenen ihre Erziehungsideale schon längst ziemlich langweilig und waren zufrieden, wenn sie mit den Kindern einfach Fußball spielen oder fernsehen konnten. Außerdem machte die Kommune selbst so viele Veränderungen durch, dass die idealistischen Prinzipien, mit denen sie vor fünfzehn Jahren begonnen hatte, inzwischen ziemlich ausgeleiert waren.

1985 waren Chris Watt (weiblich) und Chris Howe (männlich) in Solidarity Hall aufgekreuzt, nach der von großer Bitterkeit begleiteten Zersplitterung der Revolutionären Arbeiterpartei, die einige auf das Scheitern der Bergarbeiterstreiks zurückführten, andere auf finanzielle Verwicklungen mit Libyen und dem Irak, und wieder andere auf die sexuellen Eskapaden des Parteiführers Gerry Healy. (Einmal vertraute Chris Watt Doro an, dass Gerry Healy, wenn auch weniger attraktiv als Chris Howe, ein Tiger im Bett gewesen sei, was Doro einen doppelten Schauer des Grauens über den Rücken jagte.) Die Chrises und ihre zwei blassen, stillen Kinder standen eines Freitagnachmittags vor der Tür, bezogen das Zimmer, das Jen vor kurzem geräumt hatte, und vertilgten im Lauf eines Wochenendes den gesamten Vorrat an Obst, Baked Beans, Bier, Käse und Cornflakes der Kommune, wobei sie über das Fehlen von Fleisch und die historische Niederlage der Arbeiterklasse klagten.

Alle erwarteten, dass sie am Montag weiterziehen würden, doch gegen Mittag gab es immer noch keine Anzeichen von Bewegung in ihrem Zimmer. Erst als Fred und Marcus am Nachmittag mit neuen Vorräten vom Supermarkt zurückkehrten, kamen sie heraus und begannen wieder zu essen. Die blassen Kinder schlurften in den Garten und fingen an, einen Ball herumzukicken, wobei sie Doros Erbsensämlinge zertrampelten und die größte Sonnenblume köpften. Doro ging hinaus, um sich zu beschweren, aber als sie ihre leuchtenden Augen und die roten Wangen sah, brachte sie es nicht übers Herz, ihnen zu sagen, dass die Kinder nur auf dem struppigen Wiesenstück hinter den Obstbäumen spielen sollten.

Bis Donnerstag waren die Lebensmittelvorräte wieder erschöpft, und bevor sie zum Supermarkt fuhr, fragte Doro Chris Howe, ob sie einen Beitrag leisten wollten.

Chris Howe sah sie nicht direkt an. »Wie haltet ihr es mit dem Teilen? Ich dachte, bei euch läuft es je nach Fähigkeit und Bedürfnissen.« Er zeigte auf den Spruch am Kühlschrank.

»Ja, das stimmt«, sagte Doro. »Jeder leistet einen Beitrag, je nachdem was er oder sie verdient.«

»Wir verdienen nichts. Wir leben von der Stütze.«

Er sagte es mit einer solchen Endgültigkeit, dass Doro nur nickte und zum Wagen ging.

Schäumend vor Wut schob sie den Einkaufswagen durch den Supermarkt und belud ihn mit geschnittenem Weißbrot (reduziert), Kartoffeln (reduziert), Baked Beans (drei Dosen zum Preis von zweien), Cornflakes (Riesenpackung der Hausmarke), Teebeuteln (dito), Margarine (billig und eklig), Käse (milder Cheddar, in Plastik verpackt), Tomatensuppenpulver (billiger als aus der Dose), Linsen, Schälerbsen, roten Kidneybohnen, Haferflocken (alles Hausmarke), Dosentomaten (drei für zwei) und einer großen Tafel Schokolade von Cadbury, die sie auf der Heimfahrt aß.

»Hast du kein Bier gekauft?«, fragte Chris Howe, der ihr beim Auspacken half. Er trug ein ausgeleiertes Che-Guevara-T-Shirt und keine Hose. Und, wie sie schaudernd bemerkte, auch keine Unterhose.

»Können wir uns nicht leisten.«

Während er das Brot, die Kartoffeln und die Cornflakes in der Speisekammer verstaute, schlurften die bleichen Kinder aus dem Garten herein, rissen die Cornflakespackung auf und begannen sich die Cornflakes trocken in den Mund zu stopfen.

»Lasst das!«, schnauzte Doro.

Mit traurigen Augen sahen sie sie schweigend an.

Worauf sich Doro in ihr Zimmer zurückzog, mit einer Tasse Tee, einem schlechten Gewissen und leichter Übelkeit von der Schokolade. Das Buch, das sie gerade las, ›Die Frau am Abgrund der Zeit‹ von Marge Piercy, war von ihrem Nachttisch verschwunden und sie musste sich mit einer zwei Jahre alten Ausgabe der ›New Left Review‹ von Marcus' Nachttisch begnügen. Das Problem beim Leben in einer Kommune war, dass alles immer der Entropie entgegenstrebte. Wäre Marge Piercy je nach Solidarity Hall gekommen, hätte ihre utopische Zukunftsvision vielleicht ein wenig chaotischer ausgesehen. Es klopfte, und Chris Watts kam mit dem Buch in der Hand ins Zimmer geschlichen.

»Ich hoffe, es macht dir nichts aus. Ich hab mir dein Buch ausgeliehen.«

Es machte Doro sehr wohl etwas aus, aber sie sagte nichts. Sie sah mit einem Blick, dass ihr Lesezeichen im letzten Drittel verschwunden und durch ein Zigarettenpapier am Anfang des Buchs ersetzt worden war. Chris Watt hockte sich ans Fußende des Betts und sah sich im Zimmer um. Sie trug eine schmuddelige Leinenbluse und keinen BH.

»Du und Marcus, seid ihr ein Paar oder so?«, fragte sie.

»Mhm.« Doro versuchte unverbindlich zu klingen. Ein Paar zu sein war in manchen Kreisen verachtungswürdiger als die Bluthunde des Kapitals.

»Chris und ich auch. Aber wir dachten, es wäre an der Zeit, mal was auszuprobieren ... du weißt schon ... eine weniger monogame Art der Beziehung.«

Doro dachte an Chris Howe und den schlaffen rosa wurstartigen Penis, der unter seinem T-Shirt baumelte, und eine weitere Welle der Übelkeit überkam sie.

Chris Watt griff nach der ›New Left Review‹, die Doro aus der Hand gelegt hatte, und begann sie durchzublättern. Doro nahm ihren erdigen, seifigen und leicht nach Kräutern duftenden Geruch wahr. Offensichtlich hatte sie sich Moiras Shampoo geliehen.

»Nicht meinetwegen. *Er* will das mit der Nicht-Monogamie ausprobieren«, erklärte Chris nach einer Weile, fast flüsternd.

»Und … bist du nicht eifersüchtig?«, fragte Doro, die sich an ihre eigenen Anfälle unausgesprochener Eifersucht erinnerte, hauptsächlich in Bezug auf Moira.

»Chris sagt, nur die Bourgeoisie kennt Eifersucht. Er sagt, dabei geht es um Besitz – dass man glaubt, man hätte das Recht, einen anderen Menschen zu besitzen.«

»Das sagen Männer immer«, schnaubte Doro, die sich von Chris' Offenheit anstecken ließ. »Aber denkst du auch so?«

Chris zuckte die Schultern. »Den Kindern gefällt es hier.« Jetzt sah sie Doro direkt an. Ihre Augen waren braun und kuhartig, und etwas wässrig, als hätte sie geweint. »Sie haben mich gefragt, ob wir hierbleiben können.«

Doro spürte, wie sie rot wurde. »Aber habt ihr nicht … ich weiß nicht … eine eigene Wohnung oder so was?«

Ihr war bewusst, dass sie nicht sehr souverän reagierte.

»Es ist so, wir sind rausgeflogen, weißt du …«

»Aus der Partei, das weiß ich. Aber da, wo ihr wohnt …«

»Wir haben in Tufnell Park gewohnt, zusammen mit ein paar Genossen vom Internationalen Arbeitersolidaritätskollektiv. Wir haben im Keller Treffen abgehalten. Aber dann gab es einen Streit über die Gesellschaftsordnung der Sowjetunion. Die anderen sagten, es wäre Staatskapitalismus, aber Chris hält es mit Posadas und bestand darauf, dass die Sowjetunion ein teilerneuerter deformierter Arbeiterstaat ist. Ich weiß nicht genau, was die Argumente waren, weil ich im Wohnzimmer war und mit den Kindern fernsah. Aber dann kam Chris reingestürmt und sagte, wir sind rausgeflogen.«

»Oje!«

In der Kommune hatten sie sich immer noch nicht ganz an Brunos Weggang nach dem Ende des Bergarbeiterstreiks gewöhnt, an die stille, geisterhafte Anwesenheit von Megan, die inzwischen sichtlich schwanger war, und an die störenden Wochenendbesuche von Knirschkarl. Würden sie es verkraften, neue Mitglieder aufzunehmen? Wahrscheinlich hätte Doro im Herzen die beiden Chrises sogar Megan und Carl vorgezogen, trotz ihrer abstrusen politischen Ansichten und ihrer schlurfenden immerhungrigen Kinder. Aber Megan zu bitten auszuziehen kam nicht in Frage – sie war Brunos Abschiedsgeschenk.

Als die kleine schwarze Unterhose ein letztes Mal von der Wäscheleine verschwand, hatte Doro einen heftigen Verlustschmerz gespürt. Es war, als hätte Bruno Megan zurückgelassen, um sie alle daran zu erinnern, dass es in der Kommune nicht nur um freie Liebe ging, sondern vielmehr darum, füreinander da zu sein, vor allem für die, die am schwächsten und hilfsbedürftigsten waren. Ganz gleich wie sehr man sich bemüht, eine perfekte, sich selbst genügende Welt aufzubauen, es gibt immer noch Schwächere da draußen, die verzweifelt aufgenommen werden wollen. Man kann sie nicht abweisen, ohne sich von seinem besseren Ich abzuwenden. Letztendlich muss man dankbar dafür sein, dass man selbst nicht in ihrer Lage ist.

»Ihr seid also irgendwie obdachlos?«

»Irgendwie schon.«

Doro sah Chris in die Augen und glaubte eine Träne dort schimmern zu sehen.

»Ich weiß nicht, ob Jen wieder zurückkommt. Ich werde mal mit den anderen reden.«

»Danke, Schwester«, sagte Chris.

Clara

Daunsen-Trom

»Daun-sind-rum. Daun-Sündrom. Daunsen-Trom.«

Egal wie die neunjährige Clara die Worte anordnete, sie ergaben einfach keinen Sinn. Sie drückte das Ohr an die Tür und lauschte. Sie konnte das Schreien des neuen Babys hören und das Flüstern der Großen. Es war so anders als ihre Erinnerung an die Nacht, als Baby Serge nach Hause kam, oder die neugeborene Star, als die Korken knallten und gelacht wurde und Leute Blumensträuße brachten und gebrauchte Babysachen. Irgendwann öffnete Doro die Tür. Da saß Megan im Sessel, ein Busen hing ihr aus der Bluse. Sie sah erschöpft und dünn aus. Clara war nie aufgefallen, wie viele graue Haare sie hatte.

»Komm und lern deine neue Schwester kennen, Clarie. Sie ist ein ganz besonderes kleines Mädchen.«

Doro nahm sie an der Hand und führte sie ins Wohnzimmer, wo das Baby in tiefem Schlaf im Tragebettchen lag. Es sah gar nicht besonders aus, außer dass es niedlicher war als Baby Serge, der bei seiner Geburt schrecklich faltig und gelb gewesen war. Heimlich fand sie, dass Babys überschätzt wurden.

»Sie hat Daunsen-Trom.«

Clara sah Doro verständnislos an. Manchmal war das Zeug, das die Großen redeten, vollkommen unergründlich.

»Sie hat ein Krummsumm mehr«, erklärte Nick Holliday, der aus der großen braunen Kanne Tee ausschenkte. Marcus, Moira Lafferty und Chris Watt waren auch da, zusammengequetscht auf dem alten roten Sofa. Es war eiskalt im Zimmer, trotz des Feuers im Kamin.

»Schau mal, sie hat nur eine Linie«, sagte Marcus, nahm das winzige Händchen des Babys und drehte es um, damit Clara die Handfläche sehen konnte. »Das heißt, dass sie beim Aufwachsen viel Hilfe braucht.«

Er nahm sie in den Arm und setzte sie auf seinen Schoß. »Was meinst du, Clarie? Bist du dafür bereit, mein ganz besonderes Mädchen?«

Sie nickte. Es leuchtete ihr nicht ein, was eine Linie auf der Hand mit dem Aufwachsen zu tun hatte, aber sie mochte Marcus' Wärme und den Tabakgeruch seines Atems an ihrer Wange. Sie wollte, dass sie die Besondere war, nicht dieser schweigende Eindringling.

»Wir haben einen großartigen Namen für sie gefunden«, verkündete Chris Howe, der den Kopf durch die Tür streckte. »Wir nennen sie Oolie-Anna, zu Ehren von Lennie.«

Es war ein komischer Name, aber er war schön. Clara wusste alles über Lennie, den Anführer: von Fred, der den Kindern das Foto eines wilden Mannes mit einem großen Mantel und einem Ziegenbärtchen gezeigt und ihnen die Geschichte erzählt hatte, wie Lennie mit dem Zug zum Bahnhof von Spinnland gefahren war. Was das alles mit Oolie-Anna zu tun hatte, wusste sie nicht. Sie blieb eine Weile an ihrem Bettchen stehen, in der Hoffnung, das Baby würde die Augen öffnen oder irgendwas Interessantes machen, aber es lag nur da und schnorchelte im Schlaf.

Sie ging Serge holen, der im Anbau war und mit Fred ›Doctor Who‹ im Fernsehen sah.

»Komm und guck dir das neue Baby an.«

Er kam mit und stellte sich an Oolies Bett und versuchte so zu tun, als wäre er interessiert. Sie sah, wie er das Baby, als er sich unbeobachtet fühlte, mit dem Finger anstupste. Es wimmerte leise, dann war es wieder still.

»Sieht nett aus«, sagte er unverbindlich.

Sie ging hinauf in ihr Zimmer und bastelte eine Karte aus zusammengefaltetem Papier, auf die sie Herzen und Blumen und Schleifen malte, in die Mitte ein Baby und die Worte: »Herzlichen Glückwunsch zum Geburtstag, Oolie-Anna« in großen roten Buchstaben. Sie gab die Karte Megan, die zu weinen anfing.

Die Ankunft von Oolie-Anna (keiner nannte sie jemals Uljana) veränderte ihrer aller Leben. Während die Erwachsenen ihren Alltag umstellten, damit immer jemand bei Oolie-Anna war, übernahm Clara, gerade zehn geworden, mehr Verantwortung für die anderen Kinder, die sie zur Schule und wieder nach Hause brachte, deren Spiele sie beaufsichtigte und deren Hausaufgaben sie kontrollierte. Es schien kein großer Schritt, nachdem sie schon längst für die Haustiere zuständig gewesen war – erst den Hamster, dann die Kaninchen –, wenn auch mit mäßiger Erfolgsbilanz.

Clara hat nur eine verschwommene Erinnerung an Megan, die alle Kinder gewöhnlich ignorierte, Knirschkarl und Oolie-Anna eingeschlossen. Doro dagegen stürzte sich mit Leib und Seele in ihre neue Rolle als Mit-Mutter eines Down-Syndrom-Kindes, als könnte sie durch reine Willenskraft die entwicklungsstörende Wirkung des Extra-Chromosoms ausgleichen. Stundenlang übte sie mit Oolie Sprechen und Motorik, um die äußeren Anzeichen ihrer Behinderung zu minimieren. Sie las Ratgeber, belagerte Gesundheits- und Sozialämter und führte einen Feldzug gegen Beleidigungen und engherzige Diskriminierung. Oolie-Anna bei der vollen Entwicklung ihrer Fähigkeiten zu helfen, war Doros neues Projekt; und auch wenn es schwer war, wirklich eifersüchtig auf Oolie zu sein, ärgerte sich Clara manchmal über die viele Aufmerksamkeit, die sie bekam.

Ein neuer Oolie-Plan wurde zu den anderen Plänen gehängt,

die Eltern wechselten sich mit ihrer Betreuung ab. Doro reduzierte ihre Stundenzahl am College. Marcus tauschte seinen Job bei der Bergbaugesellschaft gegen einen Teilzeitlehrauftrag für Volkswirtschaft am Doncaster Institute, damit er mehr Zeit zu Hause verbringen konnte. Chris Howe wechselte die Seiten und fing beim Arbeitsamt an. Der rote Fred blieb zu Hause und startete etwas, das sich »theoretische Praxis« nannte und anscheinend hauptsächlich aus Telefonieren bestand. Inzwischen kam etwas mehr Geld herein. Gelegentlich gab es einen kleinen Luxus – Schokoladenkuchen und Eis, einmal die Woche Fish and Chips, Bier und manchmal eine Flasche Wein für die Großen. Nick Holliday, der sich nichts aus Babys machte, verbrachte mehr Zeit mit den größeren Kindern, und von ihm lernte Clara, dass man als Lehrer nicht nur Leute herumkommandierte. Megan, schweigsam und katzenhaft, beobachtete das Ganze unbeteiligt. Es war schwer zu sagen, was sie von all dem hielt.

Baby Oolie-Anna trug die bunten Sachen auf, die Moira einst gehäkelt hatte, und als sie Zähne bekam, schnitzte ihr Chris Watt Tiere und Blumen aus Gemüse. Chris Howe bastelte aus bemalter Pappe ein Ufo-Mobile, und Fred kam mit der Gitarre und sang ihr revolutionäre Lieder vor, zu denen geklatscht und mitgesungen wurde, woran sich Oolie mit sabbernder Begeisterung beteiligte. Marcus klebte einen neuen Spruch ans schwarze Brett neben die Haushaltspläne:

Die Größe einer Gesellschaft misst sich daran, wie sie ihre schwächsten Mitglieder behandelt.

Clara

Leviathan

Kaum hat Clara am Montagmorgen das Klassenzimmer betreten, spürt sie, dass etwas anders ist – eine feine Veränderung in der Luft oder der Stimmung. Es ist still, aber die Textur der Stille ist anders. Irgendetwas fehlt. Dann sieht sie, dass Hamlets Käfigtür zwar geschlossen ist – aber der Käfig ist leer. Sie hat vergessen, nach Hamlet zu sehen, bevor sie am Samstag nach Hause fuhr. Plötzlich steht ihr wieder die chaotische Szene am Gemeindetag vor Augen, und obwohl die 6F jeden Moment eintrudeln kann, läuft sie los, um Mr. Philpott zu suchen.

Er sitzt im Heizkeller und liest ein Buch, wobei er zwei Brillen übereinander trägt, denn das Licht ist schwach und schummerig. Der Boiler schwelt und verströmt einen trockenen Schlackegeruch, die Luft ist trüb von Hitze und Rauch. Alle Oberflächen sind mit einer feinen Schicht Asche und Kohlestaub überzogen.

»Was ist mit Hamlet geschehen, Mr. Philpott?«

»Ach, armer Amster …«

Ihr wird flau im Magen. Hätte sie ihn retten können, wenn sie am Samstag nicht vergessen hätte, nach ihm zu sehen?

»Aber wo ist der Leichnam? Er muss doch ordentlich begraben werden.«

»Woran denken Sie? Christliche Zeremonie? Islamisch? Indu?«

»Äh … was meinen Sie denn?«

Er antwortet nicht, sondern neigt nur den Kopf nach links, bis sie versteht, dass er auf den Boiler zeigt.

»Sie meinen … Hamlet …?«

»Feuerbestattung. Keine lange Buddelei auf dem Friedhof.«

In diesem Moment klopft es an die Tür, und ein bleicher, knubbeliger Schädel schiebt sich herein. Es ist Jason, mit rasiertem Kopf. Er sieht schrecklich aus.

»Ich habe Sie gesucht, Miss. Bitte, Miss. Die Kinder warten alle.«

»Oh – tut mir leid. Danke, Jason!«

Während sie zur Tür geht, schlurft Jason in seinen zu großen Turnschuhen auf Mr. Philpott zu und nuschelt: »Meine Mam fragt, könnten Sie mir Geld fürs Mittagessen leihen, Sir?«

»Jason, du weißt, Mr. Philpott darf dir kein …«

Doch Mr. Philpott hat bereits den Geldbeutel in der Hand und sucht nach einem Fünfer.

Jason greift danach, sagt: »Vielen Dank, Sir«, und verschwindet.

Im Klassenzimmer herrschen tumultartige Zustände. Die Kinder haben knapp fünf Minuten unbeaufsichtigt verbracht, und schon ist Anarchie ausgebrochen.

»Miss, Miss, was is mit dem Hamster passiert?«, ruft Tracey Dawcey schrill, als Clara hereinkommt.

»Ich hab ihn am Samstag noch gesehen, Miss. Hat kopfüber in seinem Rad gehangen«, ruft Robbie Lewis. »Der Kopf hing so komisch runter! Und er hat geblutet!«

»Miss hat ihn umgebracht, oder, Miss?«, schreit Jason.

Es ist das, was Hobbes den Krieg aller gegen alle nennt, und Clara muss der Leviathan sein, eine Rolle, die ihr Spaß macht. Sie wirft ihren strengen Blick in die Runde und r-e-d-e-t g-a-n-z l-a-n-g-s-a-m u-n-d e-i-n-d-r-i-n-g-l-i-c-h. Es ist so durchschaubar, aber bei den Kindern zieht es jedes Mal.

Sie mögen Strenge, sie gibt ihnen ein Gefühl von Sicherheit.

In der Mittagspause versucht sie mit Jason zu reden, aber er ist verschwunden, und sie verbringt die freie Stunde damit, dem Mann von Syrec hinterherzutelefonieren, der – Überraschung! – nicht aufgekreuzt ist, um die Plastikflaschen und Zeitungen abzuholen, wie er versprochen hat. Auf dem Festnetz erreicht sie nur einen Anrufbeantworterspruch mit einer Mobilfunknummer, unter der ein anderer Anrufbeantworter auf die Festnetznummer verweist.

Am Ende des Schultages, als die Kinder ihre Taschen und verstreuten Habseligkeiten packen und aus der Tür stürmen, knöpft sie sich Jason vor. Sie stellt sich ihm in den Weg und versperrt mit dem Arm den Ausgang.

»Jason, ich finde, du solltest Mr. Philpott die fünf Pfund zurückgeben.«

»Warum denn, Miss? Er hat sie mir gegeben.«

»Ich glaube, er dachte, er hilft damit deiner Mum aus …«

Sie befürchtet, dass die Kreditanfrage gar nicht von Mrs. Taylor kam, sondern eine spontane, opportunistische Eingebung von Jason war. Sie überlegt, wie sie es ausdrücken soll. Jason macht einen Vorschlag.

»Sie meinen, er denkt, für fünf Piepen kann er bei ihr landen?«

»Nein, das habe ich nicht gemeint.«

»Lassen Sie mich gehen, Miss. Meine Oma wartet. Ist es wahr, Miss, dass Sie den Hamster gekillt haben?«

»Natürlich nicht.«

Doch sie hat einen Moment nicht aufgepasst, und schon duckt sich Jason unter ihrem Arm durch, drängt sich an ihr vorbei und ist verschwunden.

Sie räumt auf, dann geht sie noch mal zu Mr. Philpott. Nach der Diskussion mit Jason ist sie niedergeschlagen. An solchen Tagen hat sie das Gefühl, dass sie mit diesen Kindern einfach nicht vorankommt – und dass sie eine Idiotin ist, es überhaupt zu versuchen. Doch Mr. Philpott ist auch nicht besser gelaunt.

Er hat immer noch mit den Aufräumarbeiten nach dem Gemeindetag zu tun und wischt den Boden der Eingangshalle mit Schmierseife und Sagrotan.

»Der ganze Müll!« Mit dem Besen deutet er auf den Berg von Plastikflaschen und Zeitungen. »Die Leute darf man gar nicht zu so was auffordern. Die würden sogar ihre toten Großmütter vorbeibringen, damit wir sie für sie beerdigen. Bande von Schmarotzern ist das.«

»Tut mir leid, Mr. Philpott. Ich telefoniere die ganze Zeit dieser Recyclingfirma hinterher. Am besten laden wir den Müll nach und nach in meinen Kofferraum, dann entsorge ich ihn beim Supermarkt in Sheffield. Hier –«, sie greift in die Tasche und nimmt einen Fünfpfundschein heraus, »– das wollte ich Ihnen zurückgeben.«

»Wofür ist das?«

Eigentlich wollte sie lügen und sagen, Jason hätte ihr das Geld freiwillig zurückgegeben. Aber dann platzt die Wahrheit aus ihr heraus und sie sagt: »Mrs. Taylor ist sehr hübsch, aber ich glaube nicht, dass sie die Richtige für Sie ist, Mr. Philpott.«

»Sie finden mich wohl zu alt?« Er nimmt die Brille ab und reinigt sie.

»Nein, nicht zu alt. Aber … vielleicht ist sie zu jung.«

Er faltet den Fünfpfundschein und schiebt ihn in die Brusttasche seiner Latzhose.

»Ein Gentleman in meinem Alter hat ’ner schönen jungen Witwe immer noch viel zu bieten.« Er zwinkert ihr zu. »Und grämen Sie sich nicht wegen dem Amster. Ich besorg Ihnen einen neuen.«

Als sie um halb fünf über den Parkplatz geht, sieht sie, dass Jason immer noch am Schultor herumsteht. Im nächsten Moment nähert sich eine Frau, eine elegante ältere Dame – Blazer, Lippenstift, Stöckelschuhe –, ganz anders als die anderen Mütter in ihren Jeans und Pullovern.

Jason rennt auf sie zu und umarmt sie. Das muss seine Oma sein.

Die Frau spürt, dass sie beobachtet wird, und sieht auf. Einen Augenblick lang treffen sich ihre Blicke.

Clara läuft ein Schauer über den Rücken, als etwas an verdrängte Erinnerungen rührt.

Warum kommt ihr die Frau so bekannt vor?

Serge

Gewitter

Am Montagmorgen erwidert Maroushka Serges Gruß mit ihrem üblichen Vier-Finger-Wedeln. Er sucht in ihrem Gesicht nach einem Anzeichen dafür, dass sie mitbekommen hat, dass er sie und die blonde Frau am Freitagabend gesehen hat, aber ihr Ausdruck ist wie immer undurchschaubar.

»Wochenende gutt?«

»Ja, danke, Studentenprinzessin.«

Fragt sie sich, was aus ihren Schuhen geworden ist, die zurzeit in seinem Schlafzimmer im Bücherregal stehen und auf den großen Moment warten? Er ist gespannt auf ihr Gesicht, wenn er sie ihr zurückgibt. Er muss daran denken, sie zu fragen, was es mit dem Marinekonflikt auf sich hat.

In der Mittagspause folgt er ihr, als sie den Handelsraum verlässt, sich in einen vollen Fahrstuhl nach unten drängt und aus dem Gebäude geht. Wo zum Teufel will sie hin? Er geht die Straße entlang und hält nach ihr Ausschau, doch es ist, als hätte sie sich in Luft aufgelöst.

Studentenprinzessin Maroushka!
Höre das Lied von Serge!
Das Liebeslied der Lerche …

Das Problem ist, es reimt sich nicht viel auf Serge, egal wie man es ausspricht, und noch weniger auf Maroushka.

Die Luft ist warm und feucht. Ein fernes Donnergrollen rollt über die Dächer. Er holt sich ein Sandwich bei Pret-A-Manger, das sich leider als Krebsfleischsandwich entpuppt (hier scheint es einfach nichts Anständiges zu essen zu geben), dann geht er mit beschleunigtem Schritt zurück zum Büro, doch er ist immer noch ein paar Straßen entfernt, als der Sturm losbricht. Mit einer Schar feuchter Fremder sucht er Deckung in einem Hauseingang, wo sie zusammengedrängt stehen und zusehen, wie es vor ihrer Nase wie aus Kübeln schüttet. Es donnert wieder, diesmal viel näher. Plötzlich kracht es direkt über ihnen. Einen kurzen Moment wird er von reinem Schrecken gepackt – und seine Gedanken springen zurück zu einem anderen großen Gewitter vor vielen Jahren.

Er und Otto waren Kinder, und Nick Holliday brachte sie ins Bett, oben auf dem Dachboden in Solidarity Hall. Serge erinnert sich, wie er sich vor den gewaltigen Donnerschlägen unter der Decke verkroch, und an das Prasseln des Regens auf dem Dach. »Vielleicht hat irgendwo auf der Welt ein Schmetterling mit den Flügeln geschlagen«, hatte Nick gesagt. Otto flatterte mit den Armen und lachte nervös. Doch während Nick weitersprach, verlor Serge seine Angst, fasziniert vom Bild des Schmetterlings, der mit seinen winzigen Flügeln schlug, einen unmerklichen Luftstrom in Bewegung setzte und damit irgendeine feine Balance ins Wanken brachte, deren Kippen, millionenfach verstärkt, einen Hurrikan auslöste, der an fernen Küsten Palmen verbog und riesige Wellen auftürmte.

Vielleicht ist auch Maroushka so – empfindlich abhängig vom Anfangsinput, ein dynamisches System, bei dem die kleinste Variation an irgendeiner Stelle anderswo ungeheure Wirkung haben kann. Er hat nur noch nicht den richtigen Auslöser gefunden, mit dem er den Taifun ihrer Leidenschaft entfesseln kann. Während er dasteht und wartet, bis der Regen nachlässt, und dabei über das Rätsel Frau nachdenkt, klingelt das Telefon in seiner Tasche. Er sieht vorsichtshalber aufs Display, bevor er rangeht, doch es ist nur Otto, immer noch voll von überschwänglichem Dank.

»Mann, du hast uns das Leben gerettet … ich zahl dir alles zurück, sobald ich wieder flüssig bin … Molly lässt auch grüßen.«

»Kein Problem … ja, klar … grüß sie auch.« Serge lässt Ottos Worte wie Wasser über sich hinwegspülen. »Lustig, ich habe gerade an dich und Nick gedacht. Erinnerst du dich an das Gewitter? Als er uns vom Schmetterlingseffekt erzählt hat?«

»Ja, und Knirschkarl hat gesagt, wir sollten allen Schmetterlingen die Flügel abreißen. Gruseliger Typ. Richtiger Psycho.«

Seltsam, wie das Gedächtnis funktioniert. Serge erinnert sich genau, wie er mit Nick und Otto auf dem Dachboden dem Sturm lauschte – aber dass Knirschkarl dabei war, hat er vollkommen vergessen.

»Irgendwie hatte ich immer ein schlechtes Gefühl wegen Knirschkarl. Weißt du noch, das große Feuer, als Oolie im Anbau eingeschlossen war?«

»Aber Knirschkarl war da schon längst weg.« Otto klingt skeptisch.

»Kann doch sein, dass er zurückgekommen ist, oder? Nach dem Feuer hat Doro ein paar Kiefernzapfen im Anbau gefunden. Und Knirschkarl hatte mir früher schon mal die Kiefernzapfen geklaut, die ich unterm Bett hatte, und damit unten im Wohnzimmer ein Feuer gelegt. Megan hat es gelöscht.«

»Das heißt gar nichts, Bruder.«

»Nein, nur dass er von meinen Kiefernzapfen wusste. Und er wusste, wo der Schlüssel zur Hintertür war.«

»Das hättest du der Polizei sagen sollen.«

»Ja. Aber Doro wollte das nicht.«

Er erinnert sich, wie Doro ihm eintrichterte, er solle das mit den Kiefernzapfen für sich behalten. Doch woran er sich vor allem erinnert, ist die faszinierende zufällige Verkettung so vieler unwahrscheinlicher Ereignisse: Ausnahmsweise wurde Oolie früher nach Hause gebracht; sein Schachclub fiel aus; Doro verspätete sich; Otto hatte den Bus verpasst. Und dazu: eine oder mehrere unbekannte Personen – der böswillige Anfangsinput als Katalysator. Wie hoch war die Wahrscheinlichkeit für all das?

»Clara dachte ja, es wären die Jungs aus den Prospects gewesen«, sagt Otto. »Weil sie Oolie schon immer auf dem Kieker hatten. Weißt du noch, wie Clara Steine nach ihnen geworfen hat? Wie geht's ihr eigentlich?«

»Gut, glaube ich. Hab sie eine Weile nicht gesehen.« Sein schlechtes Gewissen regt sich – er muss Clara unbedingt demnächst zurückrufen.

»Erinnerst du dich noch an die Geschichten, die sie uns erzählt hat? Von den schlummernden Amseln und der Suppennation der Frauen?«

Er fragt sich, ob Otto und Clara je was miteinander hatten. Das Liebesleben seiner Schwester ist Anlass zu unendlichen Spekulationen, da sie sich ärgerlicherweise weigert, mit ihm darüber zu reden.

»Doro war letzte Woche hier«, sagt er zu Otto. »Sie hat mir erzählt, dass sie und Marcus heiraten wollen.«

»Heiraten? Wieso das denn? Haben sie überhaupt noch Sex in ihrem Alter?«

»Keine Ahnung. Ich weiß nicht mal, ob Marcus noch einen hochkriegt.«

»Vielleicht sind sie endlich bereit, sich zum schweinischen Herd zu bekennen. Hehe.«

»Ich habe versucht, Doro zu sagen, dass ich in der City arbeite. Ich wollte es irgendwie beiläufig ins Gespräch einfließen lassen. Aber ich hab's einfach nicht geschafft. So wie sie drauf ist, würde ich ihr eher einen Kindsmord gestehen.«

»Ja. Die ganzen Schuldgefühle, die wir verinnerlicht haben.

Aber weißt du was, Bruder? Ich beneide den ganzen Haufen irgendwie – die hatten was, woran sie geglaubt haben.«

»Ich weiß. Werte und so was. Kommt einem heute total retro vor.« Sie lachen über die Rückständigkeit ihrer Eltern.

Als er auflegt, lässt der Regen nach, und am Himmel über St. Paul's schimmert ein halber Regenbogen. Wow! Dass etwas so Simples – etwas, das nicht mal was kostet – so unglaublich, lächerlich schön sein kann! Er holt das iPhone wieder aus der Tasche und fummelt an den Kameraeinstellungen herum, doch nach wenigen Sekunden ist der Regenbogen verschwunden.

Als er zurückkommt, sitzt Maroushka schon wieder an ihrem Schreibtisch. Er schüttelt sich den Regen aus dem Haar und hofft, es ist nicht zu offensichtlich, dass er das Gebäude verlassen hat. Chicken ist wieder im Handelsraum auf der Pirsch und gibt Weisheiten und Testosteron von sich.

»Weißt du, was die Wirtschaft kaputt gemacht hat?«

Er beugt sich über Tootie, der nichts sagt, aber seine hellen Augen hebt wie ein Kirchgänger, der die heilige Kommunion empfängt.

»Politiker, die sich in den freien Markt einmischen. Seht euch den Idioten Clinton an. Wollte Eigenheime für Schwarze, Latinos und andere Loser erschwinglich machen, die es sich einfach nicht leisten konnten. Fannie Mae, Freddie Mac, gigantische US-Subprime-Hypotheken-Spieler, Hauseigentum für alle, Kredite an Leute, die zu arm sind, um sie abzuzahlen – geniale Idee, solange die Immobilienpreise steigen. Aber dann ist die Blase geplatzt ... Moral der Geschichte, vertrau der Weisheit des Marktes.«

»Weisheit des Marktes. Toll formuliert, Chief Ken.«

Tootie ist ein Speichellecker der niedrigsten Kategorie.

Serges Blick folgt Chicken, als er näher kommt und eine fleischige Hinterbacke auf Maroushkas Schreibtisch platziert. Er beugt sich vor, um eine gute Aussicht in ihren Ausschnitt zu haben. Sie trägt eine weiße Bluse mit Lochstickerei, die zugleich jungfräulich und unwiderstehlich sexy wirkt.

»Weißt du, was in diesem Land nicht stimmt?«

Maroushka sagt nichts. Chicken macht eine Pause, genießt seine Großartigkeit, der Stoff um seine Lenden wölbt sich sichtbar.

»Soll ich es dir sagen?«

Maroushka nickt.

»Der Niedergang der Religion. Denk mal drüber nach, Maroushka. Die Menschen brauchen jemanden, der ihnen sagt, was richtig und was falsch ist. Werte.«

Maroushka kichert durch ihre kleinen weißen Zähne. »In mein Land Geld ist Wert. Religion ist für Babuschkas.«

Chickens Lächeln wird dünner. Sie sieht ihn kühl an. Wie kommt sie damit durch?

Als sie Serges Blick auffängt, schürzt sie kokett die Lippen, wie um zu sagen, dass sie Chicken nur bei Laune hält und unter anderen Bedingungen viel lieber mit Serge flirten würde. Aber die Bedingungen sind nun mal so, wie sie sind. Wenn er sich durch ihre Augen sieht, fühlt er sich von seiner eigenen Bedeutungslosigkeit verschluckt, ein Hamster im Laufrad des Kapitalismus, der unablässig Geld heranschafft, um den unbändigen Appetit der FATCA-Geldmühle zu füttern. Mädchen wie sie – sie fühlen sich zu Macht und Reichtum hingezogen. Sie können nichts dafür, es liegt in ihren Genen. Wenn er ihr Herz gewinnen will, muss er sein Schicksal selbst in die Hand nehmen.

Er hat das Darlehen an Otto wieder reingeholt. Er hat genug verdient, um Ende des Monats seine Kreditkartenrechnung auszugleichen – aber warum soll er das jetzt schon tun? Bis die 16 Prozent Überziehungszinsen anfallen, hat er bei 20 Prozent noch ein paar Tausend gemacht. Warum also aufhören? Warum nicht den nächsten Schritt wagen und ein finanzielles Polster anlegen, schneller, als er es mit seinem Gehalt und dem Bonus allein könnte, und dann raus?

Er hat die Trader von Spread-Betting reden hören. In kurzer Zeit lässt sich viel Geld machen, indem auf den Spread zwischen Höchst- und Tiefstpunkt des Markts gewettet wird. Es ist kinderleicht und steuerfrei. Natürlich ist es riskant – man kann auch in kurzer Zeit viel Geld verlieren. Man muss eben rechtzeitig aufhören. Aber er hat sich selbst bewiesen, dass er es kann. Und er ist nicht habgierig. Sobald er seine Million gemacht hat (oder zwei, mit einer Million kommt man heutzutage nicht mehr weit), wird er der City den Rücken kehren. Er wird nach Brasilien gehen, in einem Haus am Strand leben und sich wieder ganz der Mathematik widmen.

Dieser Plan existiert in seinem Kopf, seit er bei der FATCA ist, und mit jedem Deal nimmt er deutlichere Formen an. Er wird einen Bestseller schreiben, in dem er die Fakten über die Tricks und Betrügereien der City verrät. Er wird großzügig für progressive Zwecke spenden, um Marcus und Doro zu versöhnen. Er wird seiner Mutter ein paar anständige Outfits kaufen. Er wird an der Schule seiner Schwester einen Preis für die kleinen Ganoven stiften. Er wird Gedichte schreiben. Er wird Prinzessin Maroushka heiraten und sie aus diesem hohlen Leben der statistischen Prostitution erretten, indem er sie ins Reich der reinen Mathematik entführt. Eigentlich hat ihm das Restaurant mit dieser unsauberen Rechnung (die immer noch nicht richtiggestellt wurde, trotz seiner zahlreichen Anrufe) einen Gefallen getan, denn das hat ihm den Anstoß gegeben, seine Optionen kreativer zu betrachten. Und Otto mit seinem Hypothekenproblem – er war so überschwänglich dankbar, dass Serge es nicht übers Herz brachte, ihm zu sagen, wie egal es ihm ist, wann er es ihm zurückzahlt.

In dem Jahr, seit er hier arbeitet, ist ein ständiger Strom von Menschen an ihm vorbeigezogen, Gesichter, die auftauchen, lächeln, eine Weile Freunde werden, oder zumindest Trinkkumpane, dann spurlos wieder verschwinden, fortgeschwemmt wie Treibgut vom Passatwind des Handels. Was ist mit denen passiert, die man nicht mehr sieht? Mit denen, die den Anforderungen nicht gerecht wurden oder die bei irgendwas erwischt wurden, das sie nicht hätten tun dürfen, oder die es schafften, sich zu befreien – wo sind sie jetzt? Einen oder zwei Tage bleibt der Schreibtisch leer, dann sitzt ein neues Gesicht dort, frisch geschrubbt, unbeschrieben, willig, zu lernen und Geld zu scheffeln, so wie er selbst vor einem Jahr. Sie werden morgen da sein und übermorgen, bis zum Ende des Monats und zum Ende des Jahres, und wie viele Jahre noch? Er muss jetzt anfangen, seinen Abgang zu planen.

Um ihn herum herrscht Hysterie, die Trader platzieren ihre Deals in der Spitzenzeit, bevor die Börse schließt. Der Lärm schwillt an und ab wie Ebbe und Flut. Er konzentriert sich auf die Datensäulen auf den Monitoren und sucht nach den Fibonacci-Retracements. Doch die Zahlen wollen nicht stillhalten. Die Graphen tanzen wie Seegras in den unaufhörlichen Strömungen des Welthandels. Die Indizes pulsieren wie satte Mollusken. Profite steigen und fallen und steigen wieder mit den Gezeiten der Weltmärkte, die endlos von den breiten Strömen menschlicher Anstrengung gefüttert werden: 61,8 vor, 38,2 zurück. Phi. Der goldene Schnitt.

Clara

Benzin

Clara schlängelt sich auf dem Heimweg im Nieselregen durch die schäbigen Vororte von Doncaster und muss durch einen grauen Schleier spähen, der die Windschutzscheibe verschmiert, weil das Wasser in der Scheibenwaschanlage leer ist und sie nicht weiß, wie man es nachfüllt. Erst als sie auf der Schnellstraße zur Autobahn hält, um zu tanken, bemerkt sie, dass das Portemonnaie aus ihrer Handtasche fehlt. Der Mann an der Kasse, ein braungebrannter Kerl mit einer Goldkette um den Hals, reagiert nicht besonders verständnisvoll, als sie erklärt, dass sie weder Bargeld noch eine Karte hat. Er droht damit, die Polizei zu rufen.

»Schön, rufen Sie die Polizei«, zischt Clara. »Dann muss ich es nicht selber tun.«

»Die Leute hier haben keinen Respekt.«

»Respekt wovor?«

»Respekt vor Privateigentum. Alles Wohlfahrtsschmarotzer und Drückeberger mit faulen Ausreden.«

»Was meinen Sie mit Drückeberger?«

»Leute wie Sie«, sagt er.

»Früher waren das alles Bergleute und Stahlarbeiter, und wessen Schuld ist die jetzige Situation?«

»Meine nicht«, sagt der Tankstellenmann. »Ich arbeite hier nur.«

Dann entdeckt sie vor dem Tankstellenhäuschen neben den

regennassen Säcken mit dem Feuerholz und einem Eimer mit welken Nelken, die lächerlicherweise als »frische Schnittblumen« angepriesen sind, eine Kiste mit Topfpflanzen. Baumsetzlinge, um genau zu sein. Ein paar davon haben noch die Etiketten mit Doros Handschrift. Sie sind im Angebot für £ 5 das Stück.

»Wo haben Sie die her?«

»Keine Ahnung. Zahlen Sie jetzt oder nicht?«

»Das ist Diebesgut. Sie handeln hier mit Diebesgut!«

»Hau doch ab.«

»Das tue ich!«

Sie steigt ins Auto, schlägt die Tür zu und fährt nach Sheffield.

»Ja, ja. Keine Sorge, sobald ich meine neue Kreditkarte habe, gehe ich zurück und zahle, was ich schuldig bin«, sagt sie zu Ida Blessingman, die sie zu einem Pilzomelette eingeladen hat. »Aber es hat gut getan.«

»Soll ich dir fünfzig Pfund leihen, damit du erst mal über die Runden kommst?«, fragt Ida.

»Danke. Kannst du mir auch eine Kippe borgen?«

Serge

Die Kakerlake

Serge stellt fest, dass er wegen der vielen Zeit, die er mit eigenen Deals verbringt, Überstunden einlegen muss, um seine richtige Arbeit zu bewältigen. Nach den anfänglichen Gewinnen sind die Ergebnisse gemischt.

»Wie ich höre, verbringst du die halben Nächte hier, Freebie«, sagt Chicken am Freitagnachmittag und legt die Hände auf Serges Tisch. »Machst du Gewinne?«

Wer hat Chicken berichtet, wie lange er abends hier ist?

»Ja«, er grinst entwaffnend. »Ich habe da ... du weißt schon ... ein Projekt ...«

»Woran arbeitest du?«

»Ich mache eine Monte-Carlo-Simulation. Lasse ein paar Zahlen durchlaufen, mal sehen, wie sie sich entwickeln«, lügt er.

»Monte Carlo?«

Die hellen Hundeaugen zwinkern unsicher. Serge nutzt seinen Vorteil aus.

»Ja, wenn man mit einer Sequenz angefangen hat, kann man sie nicht mehr einfach unterbrechen.«

»Und deswegen bist du die halbe Nacht im Büro?«

Kann Chicken dahintergekommen sein, dass Serge in eigener Sache handelt? Kann jemand die übelriechenden geflüsterten Gespräche mit seinem Broker auf der Behindertentoilette belauscht haben?

»Wir achten auf unseren Ruf hier bei der FATCA.« Chicken redet jetzt leiser, und Serge fällt auf, dass sein linkes Auge zuckt, als er sich vorbeugt. »Wenn du gegen irgendwelche Regeln verstoßen hast, muss ich das wissen. Die Finanzaufsicht schnüffelt herum. Das Letzte, was wir im Moment gebrauchen können, ist eine Ermittlung durch die FSA.«

»Keine Regelverstöße, Chief Ken. Nur ...« In seinem Hinterstübchen schrillt eine Alarmglocke. Die Financial Services Authority? Und warum *im Moment*? »... elegante Zahlenspiele ...«

Er will schon zu einer Erwähnung seines sechsjährigen Mathematikstudiums in Cambridge ansetzen, der unvollendeten Doktorarbeit über Fraktale, aber vielleicht reagiert Chicken empfindlich, wenn er das Gefühl hat, man reibt ihm sein begrenztes Mathematikverständnis unter die Nase.

»Basierend auf ... äh ... einer Erweiterung der Chaostheorie.«

»Chaos, he?« Chicken sieht zufrieden aus. »Davon haben wir bald jede Menge auf den Märkten, jetzt, wo es Lehman Brothers an den Kragen geht. Es sei denn, es taucht noch ein Käufer auf. Verfolgst du die Nachrichten?«

Serge nickt.

»Guter Mann. Weiter so.«

Inzwischen ist Chickens Blick zu Maroushka gewandert, deren gelber Blazer hinter der Scheibe des Glaskastens aufleuchtet. Er richtet sich auf und zieht den Bauch ein. Beinahe kann Serge im Gegenlicht der Fenster die Beule seiner Erektion sehen, unter dem geschmeidigen Seidenwollstoff seines anthrazitgrauen Anzugs.

Er kann nicht hören, worüber Chicken und Maroushka im Glaskasten reden, der Geräuschpegel ist zu hoch. Dann setzt Chicken seinen Rundgang fort, und Serge loggt sich in den Computer ein.

»Sergej?«

Er sieht auf. Maroushka steht hinter ihm, beugt sich über seine Schulter. Er atmet ihr Parfum ein.

»Wie steht's, Prinzessin?« Das ist der Moment, ihr Interesse zu wecken. »Ich habe neulich etwas über einen Marinekonflikt gehört.«

»Du bist interessiert für Politik?« Ihre dunklen Augenbrauen wandern nach oben.

»O ja. Sehr interessiert. Ich dachte, du weißt vielleicht …«

»Mein Fach ist Mathematik, Sergej. Politik ist mir egal.«

»Ja, aber …«

»Du weißt, Sergej, ich nur hier mit Studentenvisum. Wenn Studium fertig, ich muss zurück nach Shytomyr. Aber Chicken beantragt richtige Arbeitsvisum für mich. Du verstehst, Sergej?«

»Ein Visum? Maroushka, wir könnten …«

Aber sie ist schon wieder auf dem Rückweg zu ihrem Schreibtisch.

Er ruft seine Programme auf. Eine Unregelmäßigkeit am AIM springt ihm ins Auge. Neue Daten flackern auf und formen sich zu Tabellen – ein neues Muster schimmert hervor. Er muss sich zwingen, sich auf den Bildschirm zu konzentrieren. Irgendwas ist da im Gang. Er hatte recht, der Footsie schmiert ab, und die Bankaktien haben kräftig eingesteckt, seit die Nachricht vom Abgang der Lehman Brothers draußen ist. Aber aus irgendeinem Grund bewegt sich der Small-Cap-Markt, wo die Aktien seiner Wahl gehandelt werden, in die andere Richtung. O Scheiße! Während er noch zusieht, gehen alle Gewinne, die er letzte Woche mit dem Leerverkauf der Süd-Yorkshire-Anteile gemacht hat, den Bach runter. Er verliert Geld im großen Stil. Er rennt zur Behindertentoilette, um eine Stoporder zu erteilen. Aber das Klo ist besetzt. O Scheiße!

Während er wartet, tigert er im Handelsraum auf und ab, wo der Boden interessanterweise die gleiche Farbe hat wie der mit

Hasenkötteln verklebte Teppich in Solidarity Hall. Seltsam, wie sich solche Muster wiederholen. Ein paar Leute sehen auf und nicken ihm zu, doch sie sind alle zu vertieft in ihre Bildschirme und Tastaturen, um weiter Notiz von ihm zu nehmen. Obwohl es erst früh am Nachmittag ist, dümpelt hinter den hohen, nach Osten ausgerichteten Fenstern der neue Mond wie ein Papierschiffchen auf der Wolkenbrandung.

Sobald er in die Kabine kann, muss er sich entscheiden, ob er retten soll, was zu retten ist, bevor die Kurse noch höher steigen. Oder soll er halten und auf einen späteren Absturz setzen? Wenn er die Reserven hätte, könnte er tun, was die Großen tun – durch konzentrierte Leerverkäufe die Kurse drücken. Das Problem ist, auf seinem Konto ist nicht mal genug Geld, um die Schulden zu zahlen, die er jetzt schon hat.

Aber die FATCA hat Geld. Die Schatzkammern der FATCA sind übervoll, und die ganzen aufgeputschten Trader, die besessen von ihrer Gewinn- und Verlustrechnung sind, schütten jede Minute noch mehr hinein – auch er hat in diesen Ozean des Reichtums sein Rinnsal gepinkelt. Ja, wenn er sich das Geld einfach von der FATCA *leihen* könnte, bis er sich aus dieser Klemme befreit hat … Wenn er seine Verluste nur *kurzfristig* auf die FATCA abwälzen könnte …

Er tigert weiter auf und ab. Aufhören. Halten. Aufhören. Halten. Plötzlich tritt er auf etwas Hartes. Er sieht nach unten. Vor seinem Tisch liegt eine kleine glänzende braune Hülse, in den Teppich gedrückt, genau an der Stelle, wo Chicken gestanden hat. Es sieht aus wie … kann das sein … eine Kakerlake? Angewidert zuckt er zurück. Wie zum Teufel ist das Ding hierhergekommen? Er sieht es sich genauer an. Tippt mit der Schuhspitze dagegen. Nein, es ist keine Kakerlake – es ist ein kleiner USB-Stick. Es muss Chickens USB-Stick sein. Er starrt ihn ein paar Sekunden an, dann hebt er ihn auf und lässt ihn in seiner Hosentasche verschwinden.

Doro

Sei realistisch – verlange das Unmögliche

Doro ist wütend, als sie am Freitag mit dem Staubsauger durchs Haus zuckelt. Sie muss nicht nur den schönen Nachmittag im Schrebergarten opfern, um mit dem verdammten Sozialarbeiter über Oolie zu sprechen, sondern aus irgendeinem unerfindlichen Grund fühlt sie sich auch noch verpflichtet, das Haus zu putzen, bevor er kommt. Die Generation ihrer Mutter sollte in der Hausarbeit Erfüllung finden, aber in Solidarity Hall war die Aufgabe so hoffnungslos, dass Doro alle diesbezüglichen Ambitionen schnell verloren hatte.

Marcus hat gesagt, er würde ihr helfen, doch er sitzt immer noch oben am Computer, und als sie hochgeht um ihn zu holen, stellt sie fest, dass er nicht arbeitet, sondern in seinem Bürostuhl eingeschlafen ist, den Kopf auf der Brust und eine Hand noch auf der Tastatur. Wenn sie ihn so sieht, fällt ihr auf, wie alt er geworden ist, wie krumm seine Schultern sind, wie grau sein Haar ist und wie schütter. Er muss fast siebzig sein, ein seltsames Alter zum Heiraten. Aber irgendwie romantisch. Unversehens erfasst sie eine Welle der Zärtlichkeit. Er ist ein guter Mann, denkt sie. Sie hat Glück gehabt. Auf Zehenspitzen schleicht sie hinaus, ohne ihn zu wecken.

Oolie ist bei Edenthorpe. Edna, die Managerin der Cafeteria, wird sie auf dem Heimweg kurz nach fünf zu Hause absetzen. Oolie arbeitet drei Tage die Woche in der Cafeteria, wo sie das schmutzige Geschirr einsammelt und spült. An den anderen zwei Tagen geht sie aufs College und lernt Schreiben, Rechnen und andere lebenswichtige Fähigkeiten in einer Behindertengruppe, die sie schon fast ihr ganzes Leben kennt, und die auch Doro kennt, weil sie sich bei Ausflügen oft freiwillig als Begleitperson meldet.

Als der Sozialarbeiter den Job bei Edenthorpe vorschlug, musste Doro unwillkürlich lächeln, weil sie sich an ihren letzten Besuch dort erinnerte, als sie am Fabriktor Flugblätter mit dem Aufruf zum Generalstreik verteilt hatte. Das muss gut dreißig Jahre her sein, denn Clara war noch ein Baby und sie hatte sie in einem Tragetuch auf dem Rücken getragen. Die Männer hatten gelacht und die Flugblätter zerknüllt, was Doro ihrem falschen Bewusstsein zuschrieb, und einer von ihnen hatte Clara ein Karamellbonbon gegeben, das Doro ihr wegnahm, womit sie einen Schreianfall auslöste. Es war ein seltsamer Gedanke, dass Oolie dort arbeiten sollte, und es war ungeheuerlich, dass der Hungerlohn, den Oolie bekam, auch noch von der Stadt subventioniert wurde.

Sie vermisst die Nachmittage, die sie früher gemeinsam im Schrebergarten verbrachten, glückliche Pausen vom Alltag bei sinnvoller Aktivität und Nähe. Oolie liebt Gartenarbeit, sie ist in ihrem Element, wenn sie mit ihren kurzen, kräftigen Fingern im schwarzen Kompost wühlen kann, die Wangen von der frischen Luft gerötet. Andererseits sieht Doro jetzt, wie Oolie abends voller Schwung nach Hause kommt und vor Geschichten übersprudelt, wer was gesagt hat und wer sich mit wem in die Haare gekriegt hat, und das hat Doros Einstellung geändert. In einer Kaffeebüchse spart Oolie ihr Geld und fängt an sich auszumalen, was sie sich eines Tages leisten wird. Sie hat eine Sammlung von Prospekten exotischer Orte, die sie besuchen will; ihr Wortschatz hat sich erweitert und enthält bis dahin unbekannte Schimpfwörter, und sie hat zu schwindeln gelernt.

Der Staubsauger röhrt und rasselt, als er unsichtbaren

Schmutz aus dem Teppich zieht; wenn es nur so einfach wäre, den Müll und Dreck wegzusaugen, der ihr eigenes Leben verstopft. Es ist weniger die Hausarbeit, die sie so ermüdend findet, als das Hätscheln, das Bitten, das Trösten, das Kümmern, das Vermitteln, das Streicheln von Egos – die ganze emotionale Arbeit, die Frauen ständig leisten und die niemand als Arbeit anerkennt. Außer man ist Krankenschwester, Sozialarbeiterin oder Lehrerin, dann hat einen die weibliche Sozialisierung zumindest auf die schlecht bezahlte Karriere in einem Beruf mit wenig Renommé vorbereitet. »Sei die Veränderung, die du sehen willst«, höhnt die Kühlschranktür. Ghandi hatte gut reden mit seiner Armee von Frauen, die um ihn herumscharwenzelten und ihn betüttelten, der musste sich um nichts Sorgen machen als um die ganz großen Dinge wie den Weltfrieden.

Sie kramt in der Schublade, in der sie T-Shirts mit dem passenden Slogan für alle möglichen Gelegenheiten aufbewahrt. Ah! Das hier ist für den Sozialarbeiter! »Sei realistisch – verlange das Unmögliche.« Sie zieht es sich über den Kopf und stellt bedauernd fest, dass ihre Brüste, die früher das »r« und das »t« hervorgehoben haben, jetzt bei »r« und »a« hängen. (Ihre Mutter hatte recht mit dem »Büstenhalter«, wie mit vielem anderen auch.) Dann fährt sie sich schnell mit dem Kamm durchs Haar und ist schon auf der Treppe nach unten, als es klingelt.

Mr. Clements ist ein kerniger junger Mann aus Yorkshire mit einem angenehmen rötlichen Gesicht, dickem blondem Haar, das über der Stirn steil nach oben steht, und hellen Stoppeln ums Kinn, aus denen vielleicht mal ein Bart werden soll. Er erinnert sie ein bisschen an Claras Exfreund Josh, der unter Umständen von der Bildfläche verschwunden ist, zu denen sich Clara nicht äußern will, was Doro mit leichtem Unwillen über ihre Tochter erfüllt, denn die hat immer noch keinen geeigneten Partner gefunden, und es gibt auch sonst keine Anzeichen, dass sie bald die Enkel produziert, die sich Doro so wünscht.

»Hallo, Mrs. Lerner. Wie geht's?«

»Gut.« Sie kann es nicht leiden, Mrs. genannt zu werden, obwohl sie nicht verheiratet ist, und noch dazu Lerner, was Marcus' Nachname ist, und nicht Marchmont, der ihrer ist. »Möchten Sie eine Tasse Tee?«

»Danke sehr. Mit Milch, ohne Zucker.«

Er setzt sich an den Küchentisch und streift die blaue Jeansjacke ab. Nur um ihm zu zeigen, mit wem er es zu tun hat, reicht sie ihm den Tee in einem angeschlagenen Becher mit der Aufschrift: »Veteran der Schlacht von Orgreave 1984«, ein Souvenir des Bergarbeiterstreiks.

»Mann, das ist lange her.« Er trinkt einen großen Schluck und betrachtet den Becher interessiert. »Da war ich noch ein kleiner Junge. Ich weiß noch, wie mein Vater verhaftet worden ist, und meine Mam dachte, es wäre das Ende der Welt. Aber für mich war's der Auslöser, was anderes mit meinem Leben anzufangen, als in die Grube einzufahren wie alle anderen.« Er zieht einen Hefter aus der Aktentasche. »Wie geht's Oolie-Anna bei Edenthorpe?«

»Gut.«

Mr. Clements nickt und macht ein Kreuzchen auf einem der Papiere in dem Hefter, und sie ist froh, dass er der Versuchung widersteht, sie daran zu erinnern, dass es seine Idee gewesen ist und sie seinerzeit entschieden dagegen war.

»Ja, sie ist 'ne Nummer. Edna sagt, sie hat immer die Lacher auf ihrer Seite.«

»Es macht ihr Spaß, mit Leuten zusammen zu sein«, gibt Doro widerstrebend zu. Sie findet es immer noch irritierend, dass Oolie ein soziales Leben außerhalb der Familie hat.

»Die nächste Stufe, über die wir nachdenken sollten, Mrs. Lerner, ist eine eigene Wohnung.«

»Dafür ist sie noch nicht bereit«, schnaubt Doro.

Mr. Clements sortiert seine Papiere und trinkt noch einen Schluck Tee.

»Es ist nur natürlich, dass Sie sich Sorgen machen, Mrs. Lerner. Aber auf lange Sicht ist es für alle Beteiligten besser, wenn Oolie-Anna lernt, auf eigenen Beinen zu stehen. Finden Sie nicht auch?«

Seine gute Laune ist gnadenlos. Doro weiß, dass sie manipuliert wird.

»Wir wollen alle das Beste für sie, Mr. Clements, aber wir haben unterschiedliche Ansichten darüber, was sie braucht.«

»Kann ich das als Ja nehmen?«

»Nein, können Sie nicht. Ich kenne Oolie-Anna sehr viel besser als Sie.«

Wütend starrt sie in sein junges rosa Gesicht auf der anderen Tischseite.

»Heutzutage müssen wir damit rechnen, dass Kinder mit Down-Syndrom ihre Eltern überleben.« Sein Ton ist immer noch unerschütterlich heiter. »Und wir wollen auf jeden Fall die Situation vermeiden, wo sie nicht nur ihre Eltern verlieren, sondern gleichzeitig ihr vertrautes Umfeld. Deswegen möchten wir so früh wie möglich mit dem Prozess der Ablösung anfangen …«

»Sie denken, Marcus und ich kratzen jede Minute ab?«, unterbricht sie ihn und spürt die Hitze in ihren Wangen.

Ungerührt nutzt Mr. Clements seinen Vorteil aus. Den Umgang mit wütenden Klienten hat er in seiner Ausbildung trainiert.

»Das habe ich nicht gesagt, Mrs. Lerner. Im Gegenteil, wir müssen so weit wie möglich im Voraus zu planen anfangen, damit wir nicht überrascht werden, wenn … wenn Sie und Ihr Mann einmal nicht mehr in der Lage sind, sich um Oolie-Anna zu kümmern.«

Weder hebt er die Stimme, noch weicht er von seinem Skript ab. Am liebsten würde sie ihn erwürgen.

»Es hilft, wenn Sie sich Ihren Ängsten stellen, Mrs. Lerner. Falls Sie eine bestimmte Sorge haben, können wir darüber reden. Es ist ganz natürlich, wenn Sie und Ihr Lebensgefährte besorgt sind …«

Wie viel Informationen hat er eigentlich? Gibt es in der Akte des Sozialamts von 1994 Querverweise auf den Polizeibericht?

»Wenn es darum geht, dass wir nicht verheiratet sind – wir haben nämlich vor …«

»Ihr Alter ist der Hauptfaktor, um den es hier geht, Mrs. Lerner – das ist bei Down-Kindern natürlich häufiger so.«

Doro widersteht dem Impuls, ihm auf die Aktentasche zu kotzen.

»Oolie-Anna ist kein Kind.«

»Genau davon spreche ich, Mrs. Lerner. Sollen wir dann einen Termin für nächste Woche ausmachen, wenn Sie und Ihr Lebensgefährte Gelegenheit hatten, darüber zu reden?«

Er ist hartnäckig, der Junge.

»Nein. Das ist nicht nötig.«

Sie steht auf und funkelt ihn an, bis auch er aufsteht.

»Also, ich muss dann mal weiter. Vielen Dank für den Tee, Mrs. Lerner.«

Er lächelt, geduldig, zuversichtlich. Er denkt, er macht Fortschritte.

Als er weg ist, sitzt sie noch ein paar Minuten am Küchentisch. Aus irgendeinem Grund fühlt sie sich vollkommen ausgehöhlt. An der Wand tickt die Uhr über einem verblassten Foto der Kommune, das im Garten aufgenommen wurde. Megan ist darauf zu sehen, mit Oolie, es muss also irgendwann zwischen 1985 und 1988 entstanden sein. Es wirkt alles so weit entfernt, die Frauen mit den langen ungekämmten Haaren, die Kinder verlottert und frech. Wo sind all die Jahre hinverschwunden? Sie wünschte, sie wäre nicht so aggressiv zu dem jungen Sozialarbeiter gewesen – das hat er nicht verdient, er meint es gut, und eigentlich macht er seinen Job ziemlich gut. Sie weiß, dass ihm ihr Widerstand dagegen, dass Oolie auszieht, unvernünftig vorkommen muss, aber sie ist nicht bereit, die sorgsam verdrängte Vergangenheit anzupacken.

Noch nicht.

Marcus kommt herunter und legt ihr den Arm um die Schulter – wahrscheinlich hat er die Haustür gehört.

»Alles okay?«

»Ja. Wie läuft's mit dem Buch?«, fragt sie.

»Sehr gut. Ich bin mit der Analyse der Linken fertig und fange jetzt mit der Rolle der Frauenbewegung an.« Sein Blick hellt sich auf.

»Mhm.« Sie richtet sich auf und versucht interessiert zu wirken, aber in Gedanken ist sie noch bei dem Gespräch mit dem Sozialarbeiter, besonders den Stellen, wo sie etwas anderes hätte sagen sollen.

»Mir wird langsam klar, wie wichtig der Feminismus in der Geschichte unserer Bewegung ist.« Er sieht Doro an, und seine Augen werden weich. »Vielleicht könntest *du* das Kapitel schreiben, Liebes. Aus der Frauenperspektive.«

Doro versucht an Feminismus zu denken, aber das einzige Bild, das ihr in den Sinn kommt, ist eine Handvoll von Moira Laffertys rotbraunem Haar in ihrer Faust. Sie greift nach seiner Hand und drückt sie – sie weiß, dass ihr hier eine große Ehre zuteil wird, aber das frühere Gefühl der Erschöpfung und der Wut klebt wie kalter Porridge an ihrem Herzen.

»Schreib du es, Lieber. Du weißt viel besser Bescheid als ich.«

Er wandert durch die Küche und setzt Wasser auf. »Wie ist es mit dem Sozialarbeiter gelaufen?«

Doro versetzt dem Stuhl, auf dem Mr. Clements gesessen hat, einen trotzigen Tritt. »Er will Oolie unbedingt in dieses verdammte Wohnprojekt reinkriegen. Er wird reden und reden, bis er sich durchsetzt.«

»Weißt du, es ist vielleicht gar keine so schlechte Idee, Liebes.«

Er fischt in seiner Tasse nach dem untergegangenen Teebeutel und drückt ihn zwischen den Fingern aus.

»Hast du vergessen, wie sie von den Kindern mit Steinen beworfen wurde, Marcus? Hast du den Brand vergessen? Sie ist viel zu verletzlich. Nein.«

Was sie nicht sagt, ist, dass in all dem Chaos, den Freuden und Enttäuschungen der Kommune Oolie ihr persönlicher Überraschungserfolg ist, mehr als Clara und Serge – Oolie ist der unstete funkelnde Stern, der über jenen Jahren leuchtet.

Serge

Die Gauß-Copula

Als Serge endlich in die Behindertentoilette kann, um seine Stoporder zu erteilen, ist er schon mit 40 000 Pfund im Minus.

Er kehrt an seinen Platz zurück und angesichts der Größenordnung seiner Verluste steigt Panik in ihm auf. Doch die kleine braune Kakerlake, die alles richten wird, ist sicher in seiner Hosentasche verwahrt. Zu Hause wird er sie auf seine Festplatte kopieren. Je länger er darüber nachdenkt, desto mehr Zeichen sieht er: die Mersenne-Primzahl; der verrückte Tango der Märkte; die Kakerlakenkapsel der Informationen. Alles muss irgendwie zusammenhängen.

Er glaubt nicht an Schicksal oder Karma oder sonst einen metaphysischen Hokuspokus – die Kommune hat ihn gegen all das immunisiert –, das Einzige, woran er glaubt, sind Muster. Er hat sie mit eigenen Augen gesehen, komplizierte, wunderschöne Muster, die sich aus scheinbar willkürlichen Ereignissen zusammensetzen. Er weiß, dass der Zufall selten so beliebig ist, wie er scheint – der Zufall und sein naher Verwandter, das Risiko.

Wie hoch ist das Risiko, dass Chicken zurückkommt und nach seinem verlorenen Memory-Stick sucht? Wie hoch ist das Risiko, dass er dahinterkommt, wenn Serge die Daten herunterlädt? Kann Serge die Risiken senken, indem er ein Täuschungsmanöver anwendet und den Stick in der Nähe eines anderen Schreibtischs platziert? Oder ist es das Beste, darauf zu setzen, dass Chicken überhaupt nichts mitbekommt? Es gibt eine Formel, die solche komplexen Risiken berechnet. Es ist die Gauß-Copula, heiß geliebt von den Derivateanalysten.

$$\Pr[T_A < 1, T_B < 1] = \varphi_2\,(\varphi^{-1}(F_A(1)), \varphi^{-1}(F_B(1)), \gamma)$$

Wenn er an die Copula denkt, muss er an Kopulation denken, und seine Gedanken wandern zu Maroushka. Die Chance, dass sie zusammen im Bett landen, liegt schätzungsweise bei fünfzig Prozent. Aber wenn Maroushka mit ihm im Bett landet, dann beträgt die Chance, dass er mit ihr im Bett landet, hundert Prozent. Wenn Maroushka dagegen mit Chicken im Bett landet, ist Serges Chance massiv vermindert, wenn auch nicht ganz bei null (es besteht immer die Möglichkeit einer Ménage à trois, wobei die Vorstellung einer Ménage à trois mit Maroushka und Chicken ziemlich furchterregend ist). Das Risiko, dass zwei Menschen in einem Bett vom Blitz getroffen werden, ist winzig klein. Wenn aber einer von beiden vom Blitz getroffen wird, steigt das Risiko des anderen im selben Bett, ebenfalls vom Blitz getroffen zu werden, auf 99 Prozent an, während das Risiko für einen dritten, der einsam in einem Bett woanders liegt, praktisch immer bei null liegt. Dagegen bleibt, wenn einer der beiden im Bett einen Herzinfarkt hat, das Risiko, dass der andere (oder die anderen) im selben Bett auch einen Herzinfarkt bekommt, unverändert. Ein Herzinfarkt und ein Blitzschlag sind unterschiedliche Arten von Risiko und doch kommt keins von beidem aus heiterem Himmel.

Fassen wir die unterschiedlichen Risiken zusammen und packen sie um. Schnüren wir ein Paket, das zum Beispiel den Blitzschlag, ihn und Maroushka im Bett und Chicken mit einem Herzinfarkt enthält. Das Risiko, dass alle drei Ereignisse eintreten, ist – wegen des Blitzschlags – äußerst gering. Was aber bleibt, wenn man den Blitzschlag aus der Gleichung rausnimmt? Serge hat keine Ahnung – und die Wahrheit ist, die meisten Leute, die mit risikobasierten Derivaten handeln, auch nicht.

Na gut, vergessen wir den Blitzschlag und die Ménage à trois und denken an Hypotheken, Autokredite, Leasingverträge – das sind die Arten von Risiken, mit denen sich die Leute vom Securitisation Desk der FATCA beschäftigen. Genau das machen sie jetzt gerade, an ihren Tastaturen, am späten Freitagnachmittag. Wie hoch ist das Risiko, dass jemandem auffällt, dass Serge nicht mitmacht? Er starrt die Bildschirme an und versucht sich wieder in die Veränderungen des Marktes hineinzudenken, aber sein Herz klopft so laut, dass er bald aufgibt und mit dem Fahrstuhl zur Cafeteria hinauffährt, um zur Beruhigung einen Kamille-Ashwagandha-Tee zu trinken.

Draußen vor dem Fenster der Cafeteria ballt sich eine stahlblaue Wolkenbank über der Stadt zusammen. Ein paar schwere Regentropfen klatschen gegen die Scheibe wie verglühende Sterne. Weit unten spannen Menschen, die wie Ameisen aussehen, Schirme auf, rennen auf Taxis und Busse zu und hasten nach Hause, bevor der Sturm losbricht. In etwa einer Stunde wird er auch dort unten sein, zur U-Bahn laufen, den geheimnisvollen Inhalt der Kakerlakenkapsel in der Hosentasche. Donner rollt und verhallt. Irgendwo hat der Blitz eingeschlagen.

Clara

Käsekuchen

Auch in Sheffield regnet es, als Clara am Freitagabend bei Waitrose an der Kasse steht, ihre Einkäufe auf das Fließband legt und sich fragt, ob es verwerflich ist, Mousse au Chocolat *und* Tarte au Citron *und* Käsekuchen *und* zwei Flaschen Prosecco zu kaufen. Nein, es ist nicht verwerflich. Weil ich es mir wert bin. Und weil ich Trost brauche.

»Bar oder Karte?«, fragt die Kassiererin.

Sie zieht einen von Idas Zwanzigern aus der Tasche und fährt mit ihrem Festmahl nach Hause.

Der Diebstahl ihres Portemonnaies hat ihr die ganze Woche die Laune verdorben, wie ein schlechter Geschmack im Mund. In ihrem Kopf spielt sich immer wieder die Szene ab, als Jason sich am Montag an ihr vorbeigedrückt hat, bevor er davonlief. Da muss es passiert sein. Als sie am nächsten Tag mit der Klasse sprach, hat sie Jason besonders eindringlich angesehen, aber er wich ihrem Blick aus und starrte auf den Boden. Mr. Kennys Beschreibung von Jason klebt wie Kaugummi am Boden ihrer Gedanken, schmuddelig, aber hartnäckig.

Als sie Mr. Philpott fragte, ob sie das Portemonnaie vielleicht im Heizkeller verloren hätte, sagte er nur: »Wer *mir* den Geldbeutel klaut, kriegt ’ne Tracht Prügel.«

Mr. Gorst/Alan zwinkerte mitfühlend und fragte, ob sie die Polizei einschalten wollte. Sie schüttelte den Kopf. Sie war selbst schuld – sie hätte ihr Geld in ihrem Schließfach im Lehrerzimmer lassen sollen. Sie hat den Kindern keine Vorwürfe gemacht, sondern nur gesagt, dass etwas aus ihrer Handtasche verschwunden sei, und an die gute Seite der Schüler appelliert.

»Wenn mir jemand etwas zurückgeben möchte, werde ich kein Wort mehr darüber verlieren und sehr froh und dankbar sein. Ihr könnt es mir einfach hier im Pult in die Schublade legen. Wenn einer von euch weiß, wovon ich rede, weiß er, was er tun kann.«

Immer wieder hat sie in die Schublade gesehen. Sie war sich ganz sicher, dass die Kinder das Richtige tun würden.

Doch sie taten es nicht.

»Und? Ist es wieder aufgetaucht?«

Ida nimmt sich ein Stück Käsekuchen aus der Schachtel auf Claras Küchentisch.

»Nein.« Clara zieht den Korken aus dem Prosecco und seufzt. »Ich schätze, wenn sowieso absehbar ist, dass man bei der Stütze landen wird oder bei irgendeinem aussichtslosen Job für lausige fünf Piepen die Stunde, dann bedient man sich eben bei anderen Leuten und gibt Geld aus, solange man welches in die Finger kriegt, oder? Wozu sich die Mühe machen, ein besserer Mensch zu sein?«

»Hier, du brauchst noch ein Stück.« Ida klatscht ein schweres Stück Käsekuchen auf Claras Teller. »Bevor du hier sentimental wirst.«

Sie schenkt zwei Gläser Prosecco ein, und zusammen verputzen sie den ganzen Käsekuchen, die halbe Tarte au Citron und fast die ganze Mousse au Chocolat. Weil sie es sich wert sind.

Serge

Passwörter

Offensichtlich hat Chicken eine sentimentale Seite. Als Serge zu Hause auf seinem Laptop endlich den Kakerlaken-Stick öffnet, ist er voller Schnappschüsse der Familie Porter. Ken und Caroline mit ihren Kindern William und Arabella, alle glücklich und strahlend, an Bord der Yacht oder am Pool der Villa im steuerfreien Monaco, wo sie ihren Erstwohnsitz haben, auch wenn sie, soweit Serge weiß, eigentlich in Holland Park leben. (So was weiß er, weil Chicken bei seinem morgendlichen Rundgang einer gelegentlichen kleinen Aufschneiderei nicht widerstehen kann.) Dann ist da eine Nahaufnahme, Chicken im Smoking, den Arm besitzergreifend um Caroline gelegt – eine große Blonde mit funkelnden Juwelen, glänzendem Lippenstift und tiefen traurigen Augen. Sie kommt ihm irgendwie bekannt vor.

Auf dem nächsten Bild trägt Chicken Tarnkleidung und schwenkt in einem verregneten Wald ein Paintball-Gewehr, zusammen mit vier anderen aus der Chefetage der FATCA – alle haben sie ein irres Grinsen im Gesicht. Ein Ordner mit Golf-Fotos – sein Partner ist ein blondgelockter Apoll, der einen Kopf größer ist als er und ein gelbes Polohemd trägt von … was für ein Logo ist das? Serge vergrößert das Bild. Gant. Hübsch. Dann ist da eine Reihe von Fotos, auf denen Chicken einem Typ mit Segelohren und einem aufgesetzten Grinsen die Hand schüttelt. Serge sieht genauer hin. Au Backe. Es ist Tony Blair!

Ein paar Fotos zeigen seine Kinder mit einer Auswahl an elitären Teenager-Accessoires: Cello, Quad, Golfschläger, Pony. Das Mädchen hat Chickens dunkles gutes Aussehen, Grübchen und kleine spitze Zähne. Der Junge ist kleiner und pummeliger, sein Gesicht ist rund – Serge sieht genauer hin –, er hat die gleichen mandelförmigen Augen, den gleichen halboffenen Mund und leicht verlorenen Blick wie Oolie. Eine Welle der Empathie treibt ihn beinahe vom Kurs ab. Wie kann er einen Mann mit einem Down-Kind bescheißen? Er verdrängt das Bild aus seinen Gedanken und öffnet den einzigen Ordner, der keine Fotos enthält, eine altmodische Kalender-App mit Jahrestagen, Geburtstagen (die Spitznamen der Kinder sind megapeinlich – Willywonka und Jinglebell), darunter auch Maroushkas (ach?) und verschiedene andere wichtige Daten.

Aber wo ist das Wesentliche? Wo ist der Ordner, der die Details zu Chickens FATCA-Konten enthält? Passwörter? Insiderhandel? Nichts als ein Haufen blöder Schnappschüsse. Er ist enttäuscht, und die ganze Vorfreude, die in seinem Kopf gebitzelt hat, löst sich in trübe, entgeisterte Niedergeschlagenheit auf. Das Loch der vierzig Riesen, die er gerade verloren hat, ist immer noch da, fast die Hälfte seines Jahresgehalts, auf die er bald Kreditkartenzinsen von 16 Prozent zahlen muss, und dazu Spread-Betting-Zinsen von 18 Prozent. Scheiße! Er schenkt sich noch ein Glas Barolo ein und isst die verbrannte Kruste der Pizza, die er sich auf dem Heimweg bei Peppe's geholt hat. Er muss wohl noch eine Hypothek auf seine Wohnung aufnehmen.

Sein Penthouseapartment ist wohltuend spartanisch eingerichtet. Im Wohnzimmer stehen ein weiches Sofa, ein Sessel und ein niedriger Tisch – mehr nicht. Die Küche ist voller Hightech-Schnickschnack, mit dem er sich nie auseinandergesetzt hat. Warum das Leben kompliziert machen, wenn Peppe's gleich um die Ecke ist? Er hat ein niedriges Bett aus Hartholz, von dem aus er durchs Fenster die Sterne zählen kann.

Es gibt einen begehbaren Kleiderschrank, ein paar Schubladen und ein Regal mit seinen Collegebüchern und Maroushkas Schuhen, die immer noch auf ihre Besitzerin warten.

Während er sich durch die Fotos geklickt hat, hat der Sturm nachgelassen, und jetzt ist die Nacht draußen vor dem Fenster klar und hell. Er betrachtet London von oben – das Pulsieren des Verkehrs zwischen den reglosen Gebäuden, die schwirrenden, brodelnden Muster von Scheinwerfern, die durch die Dunkelheit schneiden, und darüber, vom Schein der Stadt gedämpft, Galaxien von Sternen, Spiralen aus dem Nichts – Chaos und Ordnung, so weit das Auge reicht. Man könnte sich verlieren dort unten zwischen all dem Dunkel und Licht; man könnte der Entropie entgegentreiben, ohne dem Grauen der Unendlichkeit ausgeliefert zu sein, ohne ganz außer Kontrolle zu geraten, wie Zahlen es manchmal tun.

Vielleicht war der Barolo doch keine so gute Idee. Vom Zusammenprall des starken Weins mit seinen unlösbaren Problemen fühlt sich sein Hirn angeschlagen an, und seine Brust droht zu bersten, als würde ihm jemand ein Kissen aufs Gesicht drücken. Einem Impuls folgend greift er nach dem Regenmantel, steigt in den Fahrstuhl und tritt hinaus auf die leere Straße. Der Himmel ist klar, doch auf dem Pflaster stehen noch tückische Pfützen. Vorsichtig weicht er ihnen aus. Die vom Sturm gespülte Luft riecht nach Ozon und nassem Laub. Wie berauscht geht er mit schnellen Schritten durch die Nacht, ohne Ziel, hier von einem hell erleuchteten Café angezogen, dort von einer dunklen Gasse, in der im Laternenschein das Kopfsteinpflaster glänzt – bis er wieder tief und langsam atmet und das Dröhnen in seinem Kopf zu einem leichten Kopfschmerz verklingt.

Auf dem Rückweg bleibt er an einem Geldautomaten auf der Cheapside stehen, um Geld fürs Wochenende abzuheben. Als er seine vierstellige PIN-Nummer 0248 eingibt – Monat und Jahr von Doros Geburt –, kommt ihm ein Gedanke. Er weiß, dass man Geburtsdaten eigentlich nicht als Passwörter benutzen sollte, aber das tut jeder, oder? Schließlich gibt es so viele verschiedene Darstellungsformen und Kombinationen. So viele – und doch sind sie berechenbar. Auf einmal erscheint ihm Chickens Kalenderdatei mit den Geburts- und Jahrestagen in ganz neuem Licht. Hier könnte der Schlüssel liegen, den er braucht. Zwar hat er weder das Knowhow noch die Geduld, ihn zu identifizieren. Aber er kennt einen Mann, der über beides verfügt.

Otto ist nach dem Examen am Churchill College geblieben, um Software-Systeme in den abgelegensten Winkeln des Computer-Nerdtums zu studieren, und treibt sich in jenen abgefahrenen Galaxien herum, wo Mathematik, Programmiersprachen und Technologie zusammenkommen. Wenn Otto erzählt, was er macht, klingt es für Serge wie Science-Fiction. Er besucht Symposien zu Hypervisor-Chiffrierung und Kryptovirologie und ist, wie viele Cyber-Nerds, mehr an den technologischen Aspekten als an den ethischen Implikationen interessiert. Als Student hat er einmal einen Sniffer designt, um die Fragen des schriftlichen Theologie-Examens auszuspionieren, die er anschließend am Schwarzen Brett aushängte; das war seine Art von Humor.

»Er ist bei einer Konferenz.« Mollys Stimme klingt matt und nervös. »Ist alles in Ordnung? Ich meine, mit dem Geld?«

»Klar«, sagt Serge. »Kein Stress. Ich rufe am Montag noch mal an.«

Der Gedanke, sich Otto anzuvertrauen – dem geschwätzigen, leicht erregbaren, unzuverlässigen kleinen Otto –, ist beängstigend. Aber hat er eine Wahl?

Clara

Paukenröhrchen

Clara hält den Kopf unter den warmen Strahl der Dusche, massiert sich das Shampoo ins Haar und fragt sich, wie es kommt – trotz aller feministischen Rhetorik in Solidarity Hall, trotz der Tatsache, dass ihr Schulabschluss fast so gut wie Serges war –, wie es also kommt, dass Serge auf und davon nach Cambridge gegangen ist, nie nach Hause kommt und sich mit seinen verschrobenen Freunden in diesem mittelalterlichen Wunderland seinen seltsamen Vergnügungen widmet, während sie hier hocken geblieben ist, immer noch mit einem Bein in Doncaster, an ihre durchgeknallte Familie gekettet, immer noch versucht, vernachlässigte Kinder zu hüten (die es ihr danken, indem sie ihr das Portemonnaie klauen), immer noch versucht, den Idealen von Solidarity Hall gerecht zu werden. Der Gedanke »unfair« taucht in ihrem Kopf auf, doch sie schiebt ihn energisch beiseite. »Unfair« ist etwas für Versager und Jammerlappen, nicht für sie.

Das Problem ist, als ältestes Kind der Kommune wurde sie nach mehreren teilweise gegensätzlichen Idealen erzogen. Feminismus, Marxismus, Vegetarismus, Autonomie, Verantwortung, Spontaneität, Mut, Rücksicht, Selbstverwirklichung, Selbstvertrauen, Selbstlosigkeit. Es war immer jemand da, der ihr sagte, sie solle ihr Gemüse aufessen, sich die Zähne putzen, ein Buch lesen, rausgehen und spielen, denen helfen, die sich nicht selbst helfen können, sie selbst sein und nicht darauf achten, was andere sagen – es war, als hätte sich ein halbes Dutzend streitlustige gute Feen in die Haare gekriegt, während sie versuchten, Clara mit ihren Gaben zu überhäufen.

Sie spült sich den nach Kokos duftenden Schaum aus den Haaren und wickelt sich ein Handtuch um den Kopf, wobei sie sich mit einer um den Finger gewickelten Handtuchecke sorgfältig die Ohren innen abtrocknet. Selbst nach all den Jahren lässt sie bei ihren Ohren besondere Vorsicht walten. Ja, wenn Doro sich richtig um sie gekümmert hätte, statt mit dem einen Auge Serges Genie im Blick zu haben und mit dem anderen Oolies Behinderung, dann wäre ihr aufgefallen, dass Claras regelmäßige Ohrenschmerzen nach dem Haarewaschen nicht normal waren und nicht vom Shampoo kamen wie vielleicht das Brennen in den Augen. Und es war auch nicht Doro, sondern Chris Watt, die früher Krankenschwester gewesen war, die eines Morgens die Blut- und Eiterspuren auf Claras Kissen entdeckte.

»Leimohr«, erklärte sie, und dann wurde Clara von Marcus in die Kinderarztpraxis in Askern geschleppt. Er hielt im schäbigen, nach Desinfektionsmittel riechenden Wartezimmer ihre Hand und zeigte ihr die Narbe, wo man ihm den Blimbam entfernt hatte. Mit dem Finger fuhr sie über die dünne weiße Linie unter dem Gummi seiner Unterhose und fragte sich, ob sie auch einen Blimbam hatte und ob es wehtat, ihn sich entfernen zu lassen.

Die Paukendrainage, als sie dreizehn war, veränderte alles. Clara wurde besser in der Schule und nahm aktiv am Unterricht teil, statt mit den schlechten Schülern in der letzten Reihe herumzulümmeln. Die Welt wurde viel klarer und gleichzeitig profaner. In den Jahren vor der Paukendrainage waren anderer Leute Gespräche, wenn auch gedämpft, oft faszinierend, magisch, und forderten ihre Fantasie heraus, um die fehlenden Silben zu ergänzen. Mehr als Oolies Geburt oder ihre erste Periode war es das Einsetzen der Paukenröhrchen in Claras Ohren, das das Ende ihrer Kindheit einläutete.

Nachdem Megan mit Knirschkarl fortgezogen war, entspannte sich die Atmosphäre in der Kommune, alle wurden gelassener. Serge ließ sich von Nick Holliday stundenlang irgendwelche Strebersachen erklären, und Otto zottelte hinterdrein. Tosser und Kollon spielten mit Star in Spinnland und zeichneten seltsame Bilder von Spinnmännern und Spinnfrauen mit langen, dünnen Gliedern, die in Tunneln hausten. (Ja, die jüngst mit Paukenröhrchen versehene Clara versuchte ihnen zu erklären, dass es Finnland hieß, nicht Spinnland, aber sie waren aus London und behaupteten, das sei dasselbe.) Clara fing an, in ihrem Zimmer Romane zu lesen und Oolie-Anna aus dem Weg zu gehen, weil Oolie zwar süß war, aber auch anstrengend und Clara keine Lust hatte, zu stundenlangen Babysitting-Diensten verdonnert zu werden, während die Großen in ihren endlosen Meetings herumlaberten.

Dann kam der Tag, als Oolie-Anna selbst den Status quo veränderte.

Auf dem Schulweg nahmen sie immer die Abkürzung durch die Prospects, ein Labyrinth baufälliger Reihenhäuser, die in den dreißiger Jahren für die Bergarbeiter der Zeche Askern zusammengezimmert worden waren. Die Haustüren führten direkt auf die Gasse, und meistens hing eine kleine Clique von Halbstarken bei den alten Latrinenhäuschen herum und machte Sprüche, wenn sie vorbeikamen. An jenem Tag ging Clara auf dem Heimweg so schnell, dass die anderen hinter ihr zurückblieben. Ihre unansehnliche Entourage war ihr peinlich, und das konstante Gezänk ging ihr auf die Nerven, vor allem Tosser und Kollon mit ihren Vogelscheuchenhaaren und den lächerlichen Namen. (Eigentlich hießen sie Toussaint und Kollontai, aber für die Kinder in der Schule war das unaussprechlich.) Mit vierzehn ist man empfindlich, was sozialen Druck angeht.

Sie war gerade in die Prospect Street eingebogen, als ihr ein kleines pummeliges Kind in einem gelben Frotteeanzug entgegengerannt kam, das Haar zerzaust, das Gesicht dunkelrot vor Anstrengung und Angst, den Mund zu einem entsetzten Schrei aufgerissen. Es war Oolie-Anna. Zwei kleine Rowdys waren hinter ihr her, die mit Ziegelsteinscherben auf ihre Beine warfen und schrien: »Lauf, du Missgeburt, lauf!«

Oolie-Anna stolperte und warf sich an Claras Knie. Instinktiv griff Clara nach einem halben Ziegelstein und warf ihn nach den Rowdys. Blinde Wut führte ihren Arm, als sie einen der beiden auf die Nase traf. Das Blut spritzte nur so.

»Haut ab, ihr bescheuerten Deppen!«, schrie sie. »Haut ab, oder ich bring euch um, ihr Arschlöcher!«

Die Rowdys blieben wie angewurzelt stehen. Sie waren kleiner als Clara, aber sie waren zu zweit. Einen Moment starrten sie sie nur an. Dann sahen sie sich um, auf der Suche nach Unterstützung durch ihre sonst so wieselige Bande. Doch sie waren allein. Clara hob einen weiteren Ziegelstein auf. »Ich meine es ernst!«

Die beiden drehten sich um und rannten davon, über die Schulter riefen sie: »Missgeburt, Missgeburt, Missgeburt!«

Oolie-Anna klammerte sich heulend an Claras Beine.

»Alles ist gut«, sagte Clara. »Das sind nur ein paar Gestörte. Komm, wir gehen.«

Als sie zu Hause ankamen, stand die Tür offen und Moira Lafferty lag im Wohnzimmer auf dem Sofa und quasselte ins Telefon, mit silbernen Ringen an den lila lackierten Zehen und klimpernden Muschelohrringen. Sie winkte den Kindern mit der freien Hand zu, verströmte einen leichten Geruch nach Patschuli und Schweiß und quasselte weiter.

Eigentlich mochte Clara Moiras wohlwollend nachlässige Art den Kindern gegenüber. Moira arbeitete zwei Tage die Woche in einer Reha-Klinik für Menschen mit Hirnverletzungen, und sie behandelte auch die Kinder, als hätten sie einen leichten Dachschaden. Wenn sie mit ihnen am Küchentisch saß und Fingerpuppen oder Muschelketten bastelte, durften sie mitmachen oder den Kühlschrank plündern – gewöhnlich war nicht viel drin – oder einfach fernsehen. Doch seit kurzem gab es einen neuen Mann in Moiras Leben, und ihre Konzentration hatte einen Tiefpunkt erreicht.

Doro rastete völlig aus, als die anderen ihr erzählten, was passiert war. Die Kinder fanden es lustig, wie die Rowdys in ihre Reihenhäuser verschwunden waren und dabei eine Blutspur auf den Pflastersteinen hinterlassen hatten, aber Doro konnte nichts Witziges daran finden. Sie schrie Moira an, die sich entschuldigte, sie hätte nicht mitgekriegt, dass die Tür offen stand, das Telefon hätte geklingelt und so weiter … außerdem war ja nichts passiert, weil Oolie-Anna von ihrem guten Karma beschützt worden war.

Worauf Doro sich auf Moira stürzte und sie an den Haaren riss – »Ich geb dir dein verdammtes Karma!« – und Moira zu schluchzen anfing.

Im nächsten Moment fielen sie einander in die Arme, und Doro dankte Moira, dass sie den ganzen Nachmittag auf Oolie aufgepasst hatte. Dann fingen beide an, Oolie anzuschreien, weil sie fortgelaufen war.

Das war zu viel.

»Sie wäre *tot*, wenn *ich* nicht gewesen wäre!« Clara stampfte mit den Füßen auf, die Augen voll Tränen. »Ihr seid beides *Gestörte*!« (Sie wusste, dass sie zu Hause nicht »Arschlöcher« sagen durfte.)

»Sag dieses Wort nicht, Clara«, sagte Doro.

Kochend vor Wut und Selbstmitleid rannte Clara nach oben in ihr Zimmer und warf sich aufs Bett. Eine Minute später kam Oolie-Anna, warf sich zu ihr aufs Bett und schniefte ebenfalls. Clara nahm sie in den Arm und erzählte ihr von den schlummernden Amseln.

Fortan zuckelte Oolie-Anna hinter ihr her und sagte: »Erzähl mir das mit den schlumpen Amsen. Du bist meine beste Schwester, Clarie. Ich verlass dich nie.«

Und irgendwie wurde Clara die Verantwortliche für Oolie-Anna. Sie konnte nie mit Sicherheit sagen, ob sie es selbst gewollt hatte oder ob ihr die Großen die Rolle zugeschoben hatten.

Einmal, als sie auf dem Dachboden Hausaufgaben machen wollte und Oolie sie um eine Geschichte anbettelte, steckte Doro den Kopf durch die Tür und sagte: »Wir machen jetzt Yoga, Liebes. Kannst du eine Stunde auf deine kleine Schwester aufpassen?«

Clara fuhr wütend herum. »Warum immer ich? Warum fragst du nie Serge oder die anderen Jungs? Außerdem ist sie nicht meine Schwester, oder? Jedenfalls nicht meine *richtige* Schwester.«

Doro lief dunkelrot an. »Was für ein Blödsinn! Natürlich ist sie deine Schwester.«

Damit knallte sie die Tür zu und stapfte die Treppe hinunter. Oolie zog eine Schnute, ihre Zungenspitze erschien im Mundwinkel, und ihre kleinen Äuglein füllten sich mit Tränen.

»Tut mir leid, Oolie. Ich hab's nicht so gemeint.«

»Schon gut, Clarie, ich hab dich trotzdem lieb. Du verlässt mich nie, oder, Clarie?«

»Natürlich nicht.«

Sie nahm sie in die Arme, und so standen sie da, Oolies Gesicht an Claras Bauch gedrückt, zusammengeschmiedet in einer klebrigen Mischung aus Liebe und Schuld, und lauschten den Klängen der Yoga-Nidra-Kassette und ›Addio Lugano Bella‹ und den Wailers und der Anfangsmelodie von ›Doctor Who‹, die alle zusammen mit dem Geruch von Patschuli, altem Kohl und scharfem Bohneneintopf auf den Dachboden heraufzogen. Nach einer Weile hörten Oolies Schultern auf zu zucken, und Clara stellte sich darauf ein, dass sie wieder einmal die Hausaufgaben ausfallen lassen musste.

Trotz der häufigen Störungen bei den Hausaufgaben waren ihre Noten gut, und in der Oberstufe begann sie Bewerbungen an Universitäten zu schicken. Als Oolie Wind davon bekam, dass Clara weggehen würde, brach sie in ein solches Geheul aus, dass Doro eingreifen musste.

»Alles ist gut. Sie hat dich immer noch lieb, Oolie. Aber sie muss jetzt ihr eigenes Leben führen.«

Sheffield University war weit genug weg, um Clara Unabhängigkeit zu bieten, und nah genug, dass sie an den Wochenenden nach Hause fahren konnte. Nachdem sie Examen und Referendariat hinter sich hatte, sah sie sich nach einer Stelle in der Gegend um, doch trotz Oolies tränenreichem Betteln zog sie nicht nach Doncaster zurück. Ihre helle neue Wohnung mit dem sauberen Bad, den großen Fenstern mit Pflanzen auf der Fensterbank und dem Blick auf einen Platz mit Cafés und Brunnen ist ihr Kompromiss zwischen dem Sog der Verantwortung und dem Ruf der Autonomie.

Sie stellt den Föhn an und lässt von dem warmen Luftstrom den Stress und den Ärger des Tages wegwehen. Im Bad ist es dunstig, und es riecht nach Kokosnuss und Frische. Der Luxus ihrer eigenen Wohnung mit Zentralheizung, unbegrenztem Heißwasser und ohne fremdes schmutziges Geschirr in der Spüle löst immer noch ein Glücksgefühl in ihr aus, das sie erschauern lässt.

Die kleinen Rowdys, die Oolie damals aufgelauert haben, waren genau wie die verwahrlosten Kinder, die sie heute unterrichtet; der Unterschied ist nur, dass sie jetzt ihre Verletzlichkeit sieht, ihre Angst vor dem Unbekannten. Ja, sie und Serge waren die ersten Kinder ihrer Schule, die eine Uni besuchten, sie hatten das Glück, Lehrer zu haben, die besonderen Einsatz zeigten, um sie zu fördern. Genau das will sie auch. Doch heutzutage wird Engagement belächelt, der große Anreiz ist das Geld. Heute haben die Leute das Sagen, die sich ihr Leben lang nur um ihr eigenes Wohl gekümmert haben. Kein Wunder, dass die armen Kinder klauen, was sie in die Finger kriegen. Sie wickelt sich ein Handtuch um und geht barfuß in die Küche, um Wasser aufzusetzen.

Außerdem waren sowieso nur dreißig Pfund in ihrem Portemonnaie.

Serge

Dick Fuld

Als Serge am Montagmorgen, dem 15. September 2008, ins Büro kommt, eilt er sofort mit dem geborgten USB-Stick in der Innentasche über den Flur zum Männerklo und deponiert ihn unter einem Waschbecken. Dann geht er zurück in den Handelsraum.

Keiner hat es bemerkt.

Mittags sind die Nachrichten vom endgültigen Lehman-Brothers-Kollaps auf allen Bildschirmen, und in dem folgenden Durcheinander achtet keiner darauf, dass Serge das Gebäude verlässt, um vom St. Paul's Square Otto anzurufen.

»Hier ist Serge. Ich habe ein kleines Problem.«

»Ja? Erzähl.« Otto klingt nervös, als hätte er Speed genommen oder so was.

»Ich habe spekuliert und verloren.«

»Mhmm. Ihr Geld oder deins?«

»Meins. Und ich kann meine Schulden nicht decken.«

»Was ist passiert?« Ottos Stimme hat einen besorgten Unterton. Gewöhnlich ist er derjenige, der einen guten Rat braucht, nicht der, der ihn erteilt.

»Ich habe bei ein paar Aktien auf einen Spread gewettet. Ich dachte, ich hätte da was entdeckt. Das Fibonacci-Retracement. Erinnerst du dich an die Kaninchen? Ich dachte, die Aktien gehen runter. Aber dann sind sie in die falsche Richtung abgezischt. Ich hab vierzig Mille verloren.« Serge lacht trocken, als wäre das Ganze ein Witz.

Selbst wenn Otto ihm bis morgen jeden Penny zurückzahlen würde, wäre es nur ein Tropfen auf den heißen Stein.

»Vierzig Mille. Heilige Scheiße.« Otto klingt echt erschüttert. »Wenn du dein Geld zurückbrauchst, Mann, können wir sicher …« Er bricht ab.

»Es hat nichts mit dem Geld zu tun, das ich euch geliehen habe. Ich hab hier nur einen Fehler gemacht, das ist alles.«

»Ich dachte, du kennst dich mit dem Zeug aus. Ich dachte, du wärst der Zahlen-Flüsterer.«

»Niemand kennt sich so richtig mit dem Zeug aus. Wir benutzen ein paar Formeln wie das Fibonacci-Phi oder die Gauß-Copula, um das Risiko zu managen. Aber du weißt ja, wie es mit Formeln ist – wenn man Mist eingibt, kommt auch Mist raus.« Er versucht ruhig und locker zu klingen, so als hätte er alles unter Kontrolle.

»Mann, und mit so was verdienst du dein Geld?«

Im Hintergrund hört er Mollys Stimme und die gedämpften Klänge einer Bach-Fuge. Alles klingt so häuslich und gemütlich. Zum ersten Mal, seit er Otto kennt, spürt er einen Stich von Neid.

»Wir arbeiten in der Securitisation, also Verbriefung. Wir machen Hypotheken und Kredite zu Wertpapieren. Dann bündeln wir sie und verkaufen sie als Kapitalanlagen.« Serge hat keine Lust zu plaudern, aber er will Otto bei der Stange halten. »Normalerweise zahlen Leute, die einen Kredit für ein Haus bekommen, das Geld mit Zinsen an die Bank zurück. Aber bei der Verbriefung ist es so, du leihst dir das Geld für das Haus von der Bank, und die Bank verkauft deine Schulden an eine andere Bank oder einen Investor, so ähnlich wie einen Rentenfonds.«

Eine Pause entsteht.

»Ist das nicht etwas riskant?«, krächzt Otto. »Ich meine,

wenn ich jemandem zehn Pfund leihe, dann sorge ich dafür, dass er sie zurückzahlt. Aber wenn ich den Kredit einfach an irgendeinen Trottel weiterverkaufen kann ... dann würde ich doch jedem Penner Geld leihen, oder?«

»Ja. Aber wenn du die Schulden verkaufen willst, brauchst du was, das sicher *aussieht*. Etwas mit einem Triple A, Hypotheken-Sicherheiten – nichts ist so sicher wie Immobilien, wie man so schön sagt. Tja, du würdest dich wundern, was die Rating-Agenturen heute alles mit Triple A bewerten. Andererseits – wenn sie es nicht täten, würden die Banken ihre Geschäfte eben woanders abwickeln.«

»Das heißt, ihr sprecht euch mit den Rating-Agenturen ab?«

»Genau hier kommt die Mathematik ins Spiel. Die Entwicklung finanzmathematischer Risikomodelle.«

Allein es auszusprechen, führt Serge den reinen Wahnsinn des Ganzen vor Augen. Es ist, wie wenn man ein Flugzeug beobachtet – wie kann so ein Ding fliegen? Man muss schon eine besondere Denke haben, um zu glauben, dass so ein Riesenmetallklumpen tatsächlich oben in der Luft bleiben wird. Und doch ist es so – in den richtigen Händen hebt er ab und fliegt um die ganze Welt. Kein Wunder, dass viele der neuen City-Asse Physiker und Ingenieure sind.

»Und selbst wenn du dich im großen Stil verspekulierst, muss die Regierung dich rauskaufen. Denn wenn das System je zum Stillstand käme, wäre es das Ende des Kapitalismus.«

»Ist das nicht das, was die Großen in der Kommune immer gewollt haben?«

»Genau.« Serge kichert und versucht cool zu klingen. »Total irre.«

»Mann, ich habe mich echt gewundert, dass sie uns die Hypothek gegeben haben. Mir als Student und Molly als Tänzerin. Und schwanger. Aber wenn wir nicht zahlen können, dann nehmen sie uns die Wohnung weg, oder?«

»Ja. Natürlich in der Annahme, dass die Wohnung in der

Zwischenzeit im Wert gestiegen ist, weil Cambridge ein begehrtes Pflaster ist. Das heißt, ihr liegt wahrscheinlich in der mittleren Risiko-Tranche.«

»Also stimmt es doch, nichts ist so sicher wie Immobilien?«

»Ja, klar. Erst wenn die Häuserpreise fallen …« Er bricht ab. Er will Otto lieber keine Angst machen, jetzt, wo der gerade in den Immobilienmarkt eingestiegen ist.

»Aber die Risiken zu berechnen, ist doch dein Job, Bruder, oder? Darin bist du gut?«

»Ja, klar. Das Modellieren von Risikofaktoren. Aus der Gauß-Kurve das richtige Ende rauskitzeln.« Es ist ganz leicht, wieder in die Rolle des großen Bruders zu rutschen. Otto muss nicht wissen, wie die Risiken genau aussahen, die er eingegangen ist; das würde ihn nur noch mehr stressen. »Normalerweise geht es am Ende auf. Du weißt schon, die Weisheit des Marktes? Es war nur der Zeitrahmen, der nicht gestimmt hat. Deshalb brauche ich jetzt schnell etwas Geld.«

»Verstehe, Mann. Ich rede mit Molly …«

Im Hintergrund hat die Musik aufgehört, und er hört Molly flüstern: »Wer ist das?« Ihre Stimme klingt rau.

»Nein, ich habe doch gesagt, darum geht's nicht, Kumpel. Ich will mir nur ein bisschen Cash ausleihen, um einen kleinen Engpass auszugleichen – du weißt schon, inoffiziell? Nur ganz kurz? Von einem anderen Konto der Firma? Dann, sobald ich aus dem Engpass raus bin, kriegen sie alles zurück. Keiner merkt was.«

Erst als er es ausspricht, merkt er, dass der Plan in seinem Kopf längst steht.

Ein knisterndes Schweigen entsteht in der Leitung, dann sagt Otto: »Nur weil du ein paarmal verloren hast, heißt das nicht, dass du beim nächsten Mal gewinnst, Mann. Der Spielerfehlschluss, weißt du noch?« Er klingt leicht erschrocken über den unerwarteten Rollentausch. »Außerdem gibt's da bestimmt Sicherheitssperren.«

Doch einer von Ottos netten Zügen ist, dass er vollkommen unvoreingenommen ist. Er sieht nur das praktische Problem, nicht das ethische – in dieser Richtung ist sein Hirn unempfindlich.

»Wie wär's mit Passwörtern?«

»Du hast die Passwörter?«

»Nicht ganz. Aber ich habe Geburtsdaten. Ich hab den Memory-Stick von meinem Boss gefunden mit einem Haufen Fotos und einer Datei voller Geburtstage. Wenn du mir nur helfen könntest …«

»Junge, du bist wahnsinnig.« Otto klingt plötzlich ernst.

»Nicht wahnsinnig. Nur ein bisschen verzweifelt. Es muss doch möglich sein, sich da reinzuhacken, oder? Nur ganz kurz?«

Wieder Schweigen. »Hm. Hast du gesagt, du hast den Memory-Stick?«

»Ich hatte ihn. Ich kann nachher schauen, ob er noch da ist.«

»Weil, das Einfachste wäre wahrscheinlich, wenn wir ihm ein kleines Rootkit einbauen. Dann kannst du seine Dateien anzapfen, wenn er ihn wieder benutzt.«

Rootkit. Nettes Wort. Klingt irgendwie gesund und bekömmlich.

Zurück an seinem Platz, behält er die Türen im Auge und wartet ab, bis keiner auf dem Herrenklo ist, dann geht er rein, um den Memory-Stick zu holen. Als die Schwingtür hinter ihm zufällt, ist immer noch ein gedämpftes Summen aus dem Handelsraum zu hören. Er sieht unter dem Waschbecken nach, wo er den Stick platziert hat, ein wenig außer Sicht unter der Auskragung der Schüssel. Aber der Stick ist verschwunden. Er sieht noch einmal nach. Vielleicht ist er in den schmalen Spalt zwischen den Fliesen und dem Spritzschutz gerutscht, der die Rohre verdeckt. Er geht auf die Knie und legt das Gesicht auf den Boden, und dann entdeckt er ihn unter dem Abflussrohr, eine kleine glänzende braune Hülse, einen Zentimeter außerhalb seiner Reichweite. Der Spalt ist zu schmal für seine Hand, aber er hat einen Kamm in der Tasche. Er hält den Kamm zwischen den Fingerspitzen und versucht damit unter den Spritzschutz zu fahren. Während er dies tut, hört er, wie die Tür aufgeht, und im nächsten Moment schreiten zwei polierte braune Schuhe über die Fliesen auf die Urinale zu.

»Probleme, Kumpel?« Eine Stimme mit einem nasalen australischen Akzent. Es muss der neue VP vom Commodities-Team sein, an dessen Namen Serge sich nicht erinnert.

»Ja, ich habe was verloren.«

Der Aussie pinkelt, wäscht sich die Hände, dann kniet er sich neben ihn auf den Boden und späht unter den Spritzschutz. Genau in diesem Moment erwischt Serge den Stick mit dem Kamm und gibt ihm einen festen Schubs. Der USB-Stick ist leichter, als er dachte. Er fliegt in ihre Richtung, direkt auf den Australier zu, der das Gesicht neben Serges auf die Fliesen gelegt hat. Der Stick prallt vom Boden ab und bleibt dann in den blonden Haaren des Australiers hängen. Er steht auf, fummelt sich das Ding aus dem Haar und reicht es Serge. Nur dass es gar kein USB-Stick ist, sondern eine tote Kakerlake.

»Ist das deine?«, fragt er. Seine Augen sind blassblau. Er sieht auch ein bisschen blass um die Nase aus.

Serge versucht ein kryptisches Lächeln. »Meine Hauskakerlake. Heißt Dick Fuld.«

Der Australier wirft den Kopf zurück und lacht laut, bis er sich am Waschbecken festhalten muss.

»Sieht so aus, als wäre er tot.«

»Ja. Schade … stand wohl nicht so gut im Futter.«

Während der Rest im Handelsraum an den Bildschirmen klebt und das Drama des Lehman-Kollaps verfolgt, schleicht sich Serge auf die Behindertentoilette und ruft Otto an. Weil niemand rangeht, schickt er ihm eine SMS.

Stick ist weg.

Dann ruft er bei seiner Bank an und schafft es, eine weitere Hypothek auf seine Wohnung aufzunehmen – eine Investition, die er sich von Anfang an kaum leisten konnte, aber er hofft, dass der Wert inzwischen in die Höhe geschossen ist. Wenigstens sind die Zinsen niedriger als bei seiner Kreditkarte und dem Spread-Betting-Account. Der schleimige Widerling am anderen Ende der Leitung erklärt ihm mit kriecherischer Höflichkeit, dass sie ihm nur 200 000 Pfund leihen können. Etwas an seiner Art erinnert Serge an die tote Kakerlake in seiner Tasche. Als er sie herausklauben will, stellt er fest, dass ein Flügel abgegangen ist. Er wirft sie ins Klo und zieht die Spülung.

Er hat kein Vertrauen in Spread-Betting mehr, also ruft er seinen Broker an, um ein paar gewöhnliche Orders zu erteilen, die er sorgfältig absichert, wieder oben im vertrauten Yorkshire-Territorium, das ihm schon vorher Glück gebracht hat. Danach verbringt er den Rest des Montagnachmittags in einem wirren Nebel und tut so, als würde er den Lehman-Kollaps quantifizieren, wenn Tim the Finn ihm über die Schulter sieht. Selbst die leichte Berührung von Maroushkas Arm an seinem Rücken, als sie auf dem Weg zur Cafeteria an ihm vorbeigeht, erregt ihn nicht.

Erst am Abend ruft Otto ihn zurück.

»Was, hast du gesagt, war in der Datei, die du kopiert hast, außer Fotos?«

»Daten. Geburtstage.«

»Perfekt. Namen?«

Serge holt Luft. Plan A, das Rootkit, hat sich erledigt, aber offensichtlich arbeitet Otto schon an Plan B.

»Klar habe ich Namen. Sogar Spitznamen. Ich schätze, es ist die Frau oder die Tochter vom Chef.«

»Weil er ein sentimentaler Arsch ist?«

»Genau.«

Es ist ein naheliegender Sicherheitslapsus. Serge war immer davon ausgegangen, dass alle anderen Leute vorsichtiger wären als er, bis er einmal sah, wie Doro sich mit *seinem* Geburtstag einloggte.

»Ich hab hier eine hübsche kleine Software, mit der ich die Nuss vielleicht knacken kann. Hat er eine Hotmail-Adresse? Das ist ein einfacher Weg, Passwörter auszuprobieren. Oder Gmail. Oder BT.«

Serge kann das Tickticktick von Ottos Hirn fast hören, während er laut denkt. Er liebt die technische Herausforderung.

»Du glaubst also, er benutzt das gleiche Passwort für alle Transaktionen? Sogar seine Bankkonten?«

»Machst du das nicht?«, fragt Otto.

»Doch, aber nur, weil ich mir Passwörter nie merken kann.«

»Ich auch nicht. Zu viel anderer nutzloser Mist im Kopf. Hehe.«

Ottos Stimme – abgedreht, komisch, großspurig – ist nicht gerade vertrauenerweckend. Irgendwo darin hört Serge immer noch den verlassenen kleinen Jungen, der unter der Häkeldecke zitterte. Aber diesmal braucht er Otto, damit er ihn aus der Bredouille zieht.

»Erinnerst du dich, was die Großen in der Kommune immer gesagt haben – Eigentum ist Diebstahl?«

»Schick mir die Datei, Bruder. Ich spiel mal ein bisschen damit herum.«

Clara

Horatio

Mr. Philpott hält Wort. Als Clara die Tür zum Klassenzimmer öffnet, begrüßen sie vertrauter Pipigeruch und ein hektisches Rattern, das sie erst nicht einordnen kann, bis sie merkt, dass sich das Hamsterrad wie wild dreht. Der Neuankömmling im Hamsterkäfig ist ein bisschen dunkler als Hamlet und viel schlanker und lebhafter. Er hat das Wasserschälchen schon umgekippt und das Nest in Fetzen gerupft *(Muskelbepackter Hamsterchampion verbreitet Schrecken an örtlicher Schule)*. Doch keins der Kinder merkt, dass es ein anderer Hamster ist. Sie sind zu sehr vertieft in den Austausch ihrer Wochenenderlebnisse.

Jason Taylor und Robbie Lewis sitzen nebeneinander, schieben etwas unter dem Tisch hin und her, knuffen sich und grinsen. Sie wirft ihnen einen warnenden Blick zu.

Die beiden rutschen verstohlen herum, und sie muss innerlich lächeln. Sie hat das geklaute Portemonnaie zwar nicht vergessen, aber in den Kindern sieht sie manchmal schon die Erwachsenen durchschimmern, zu denen sie heranwachsen werden – regelmäßig Ärger mit der Polizei, arbeitslos, an Straßenecken rumhängend, es sei denn … Das »Es sei denn« ist der Grund, weshalb Clara noch hier ist.

In der Mittagspause geht sie in den Heizkeller, um sich bei Mr. Philpott zu bedanken.

»Gefällt er Ihnen? Besser als der letzte Stinker, nicht?«

»Haben Sie einen Namen für ihn?«

»Oratio. Der Philosoph.«

»Hm. Das ist gut. Was glauben Sie, wie wäre wohl seine Hamsterphilosophie?«

»Wenn ein Amster sprechen könnte, wir könnten ihn nicht verstehen.«

»Sehr tiefsinnig. Shakespeare?«

»Wittgenstein.«

»Wirklich?«

»Ich sag doch, um ein Aar wäre ich ein Intellektueller geworden.«

Es ist vier Uhr, und die Stille im Klassenzimmer wird noch von schrillen Stimmen auf dem Schulhof untermalt, dem Schlagen von Autotüren, Motorengeräuschen, die leiser werden. Da fällt ihr auf, dass die Stille stiller ist, als sie sein sollte. Ein unaufdringliches Geräusch, das den ganzen Tag im Hintergrund gerattert hat, ist plötzlich verstummt. Das Hamsterrad steht still. Sie will gerade nachsehen, was los ist, als es an der Tür klopft.

»Herein!«

Sie rechnet mit Jason oder einem anderen Schüler, der etwas vergessen hat, aber als die Tür aufgeht, kommt Oolie-Anna herein.

»Oolie! Was machst du denn hier?«

Sie rennt auf Clara zu und umarmt sie. »Edna hat mich gebracht. Ich hab ihr gesagt, dass Mum und Dad nicht daheim sind und dass du auf mich aufpasst.«

»Das geht aber nicht, Oolie. Mum macht sich bestimmt schreckliche Sorgen.« Das sagt Clara mit ihrer Leviathan-Stimme, und Oolie muss kichern.

»Macht sie nicht, weil du mich um fünf nach Hause bringst.«

»Aber warum das alles?«

»Weil ich mit dir reden will.«

Oolie wandert durch den Klassenraum, sieht sich die Zeichnungen an der Wand an und die Objekte in der Naturkundeecke. Ausnahmsweise hat sie eine kurzärmlige Bluse an, und Clara sieht mit einem leichten Schauder die Narben an ihrem Arm, die sonst immer bedeckt sind.

»Ich wünschte, du würdest meine Lehrerin sein, Clarie.«

»Ich bin froh, dass ich es nicht bin. Du wärst mir zu frech.«

Darüber muss Oolie lachen, wobei sie das kleine runde Kinn in die Luft reckt und die Augen schließt.

»Nein, wär ich nicht.« Sie zeigt auf ein Bild. »Das ist schön.«

Es ist die Zeichnung der Klassenstreberin Dana Kuciak vom Sonnenuntergang über der Kathedrale von Doncaster, von einem Foto abgemalt.

»Worüber möchtest du mit mir reden, Oolie?«

»Ich will ausziehen und meine eigene Wohnung haben.« Mit einer Schnute setzt sie sich Clara gegenüber und fängt an, mit den Buntstiften herumzuspielen. »Mr. Clemmins sagt, das geht. Aber Mum lässt mich nicht.«

»Wer ist Mr. Clemmins?«

»Der Sozialarbeiter, der sich um mich kümmert. Mum kann ihn nicht leiden.«

Clara zieht die Brauen hoch. Das hört sich interessant an.

»Warum nicht?«

»Sie sagt, dass er denkt, dass er alles weiß, aber das stimmt gar nicht.«

»Hm. Und warum willst du allein leben?«

»Weil Mum mich zwingt, dass ich im Garten arbeite, und Dad furzt die ganze Zeit.«

»Aber du weißt, sie haben dich lieb, deshalb wollen sie dich bei sich haben, Oolie.«

Oolie sieht nicht überzeugt aus. »Ich will nicht im Garten arbeiten. Das ist so langweilig.«

»Was willst du denn tun?«

»Ich will Filmer gucken, aber sie lassen mich nicht.«

Das ist neu. Kann Oolie einem Film überhaupt folgen?

»Sie lassen dich bestimmt.«

Es sei denn, Doro hat sich irgendeine neue Regel ausgedacht. In letzter Zeit benimmt sie sich immer unberechenbarer. Das können doch nicht mehr die Wechseljahre sein. Vielleicht die ersten Anfänge von Alzheimer?

»Was willst du denn sehen, Oolie?«

»Filmer.«

»Was für Filme?«

»*Mädchenspiele. Hämmerlos*. Hat mir ein Junge bei der Arbeit gegeben.«

»Ach, du meinst DVDs?«

»Ja. Filmer.«

»Oolie, kannst du darüber nicht selbst mit Mum reden?«

»Nein. Weil immer wenn ich was sagen will, redet sie wieder von du-weißt-schon-was und denkt, dass so was wieder passiert, wenn ich allein wohne, aber das passiert nicht, weil, ich bin doch jetzt viel älter und nicht mehr so blöd.«

Clara hat ihre Schwester noch nie einen so langen Satz sagen hören. Und sie kann sich nicht erinnern, dass Oolie je zuvor von dem Brand vor langer Zeit gesprochen hat, bei dem sie fast gestorben wäre und der schließlich die Kommune sprengte.

»Dass *was* wieder passiert?«, hakt sie behutsam nach.

Doch Oolie schüttelt den Kopf und sagt keinen Piep mehr.

Plötzlich wird die Stille von Papierrascheln in der Bücherecke unterbrochen. Ein paar Bücher sind zu Boden gerutscht, und eine unsichtbare Hand blättert durch die Seiten. Beide starren in die Ecke. Dann späht ein brauner pelziger Kopf hinter einer Seite hervor, reißt sie heraus und stopft sie sich in die Backen.

»Hey …«, flüstert Clara.

»Hey!«, quietscht Oolie und rennt hin.

Doch er ist schnell, dieser Horatio. Bevor Oolie bei ihm ankommt, ist er schon in der anderen Ecke des Klassenraums. Clara versucht ihm den Weg abzuschneiden, aber er huscht hinter dem Schrank an der Wand entlang und kommt beim Papierkorb wieder raus.

»Schnell, Oolie! Da drüben!«

Oolie ist nicht so flink. Sie stolpert über einen Stuhl, stößt sich den Zeh an und quiekt vor Schmerz. Der Hamster ist verschwunden. Clara geht auf Zehenspitzen zu der Stelle, wo sie ihn zuletzt gesehen hat, und lässt sich mucksmäuschenstill auf alle viere nieder.

Doch bei Oolie gibt es kein still. »Da! Da!«, brüllt sie. »Der kleine Scheißer!«

Inzwischen hocken sie beide auf dem Boden. Der Hamster ist in die Bücherecke zurückgeflitzt und starrt sie mit seinen Knopfaugen an. Sie kriechen auf ihn zu. Er lässt sie nicht aus den Augen, während er eine Seite von ›Horrid Henry‹ zerkaut und sich die Papierfetzen in die Backen schiebt. Als sie bis auf einen Meter herangekommen sind, ist er wieder verschwunden. Diesmal hat Clara gesehen, wo er hin ist. Zwischen Regal und Boden ist eine Lücke. Dort huscht er entlang, biegt um die Ecke und ist weg. Oolie rennt ihm nach, Stühle fliegen in alle Richtungen. Der Hamster peilt die Tür an und sie beide verfolgen ihn auf allen vieren, als plötzlich die Tür aufgeht und Mr. Philpott hereinkommt.

»Was zum …?«

»Schnell!«, ruft Clara. »Schnell! Er ist abgehauen!«

Sie läuft auf den Flur hinaus und sieht gerade noch, wie ein kleiner rotbrauner Pelzball um die Ecke saust.

»Da lang! Er ist ausgerissen!«

Die drei rennen los, aber der Hamster ist schneller. Als sie die Eingangshalle erreichen, bleiben sie nach Luft ringend stehen und sehen sich um. Vom Hamster fehlt jede Spur. Dann geht die Tür des Sekretariats auf und der göttlich-bodenständige Mr. Gorst/Alan kommt heraus.

»Was ist denn hier los?«

»Amster auf der Flucht!«, keucht Mr. Philpott.

»Ruft die Bullen! Schnell!«, quietscht Oolie (sie steht auf Männer in Uniform).

Mr. Gorst/Alan folgt ihnen in die Halle. Sie schwärmen in verschiedene Richtungen aus.

»Da ist er! Kleiner Scheißer!«

Oolie stürzt los und rennt laut schreiend auf den Spielplatz. Dann kommt sie mit roten Wangen und atemlos zurück.

»Ist abgehauen.«

Der Hamster ist wie vom Erdboden verschluckt.

»Du bist aber eine gute Läuferin«, sagt Mr. Gorst/Alan.

Oolie lacht. »Nicht so schnell wie der kleine Scheißer.«

»Ich hatte auch mal einen Hamster.« Ein verträumter Ausdruck gleitet über sein Gesicht.

Clara sieht tief in seine zwinkernden Augen und hört sich selbst mit honigsüßer Stimme raunen: »Wirklich? Erzählen Sie mir mehr davon, Alan.«

Doch aus ihrem Mund kommt kein Wort.

Auf dem Rückweg zur Hardwick Avenue ist Oolie ganz aufgeregt. »Der war süß.«

»Wer?«

»Der gesagt hat, dass er mal einen Hamster hatte. Ich will auch einen Hamster.«

Es ist nach fünf, als Clara Oolie zu Hause absetzt. Aber etwas lässt ihr keine Ruhe, als sie nach Sheffield zurückfährt. Etwas, das Oolie gesagt hat, vor der Begegnung mit Mr. Gorst/Alan, vor der Jagd nach dem flüchtigen Hamster.

»Ich bin doch jetzt viel älter und nicht mehr so blöd.«

Clara hat immer gedacht, dass Oolie nie von dem Brand redet, weil sie alles vergessen hat. Doch offensichtlich ist da noch etwas vorhanden in der Rumpelkammer ihrer Erinnerung, und wenn sie jetzt bereit ist, darüber zu reden, ist es vielleicht an der Zeit, die alten Geister auszugraben und ihnen endlich die letzte Ruhe zu gewähren.

Doro

Die Kreise des Kater Lismus

Nachdem Clara am Montagabend gegangen ist, widersteht Doro dem Impuls, mit Oolie zu schimpfen, weil sie nicht gleich nach der Arbeit heimgekommen ist, und macht sich stattdessen in der Küche zu schaffen. Fischauflauf mit Kabeljau, Shrimps, geräuchertem Schellfisch und Kartoffeln, überlegt sie, während die braunen Locken der Kartoffelschalen aus dem Schäler in die Spüle fallen.

Marcus und Oolie haben sich aufs Sofa vor den Fernseher gekuschelt. Zärtlich sieht sie ihnen durch die offene Tür zu und bemerkt, wie ähnlich sich die beiden sind, trotz Oolies Down-Physiognomie. Beide kräuseln beim Lachen auf die gleiche Art die Nase. Das ist ihr noch nie aufgefallen. Es heißt ja, durch das Zusammenleben werden Menschen einander ähnlich, so wie manche Menschen ihren Haustieren ähnlich werden. Manchmal meint Doro eine Spur von Bruno in Oolies Zügen zu erkennen und fragt sich, ob es ihr deswegen so leichtfällt, Oolie zu lieben.

Wo hört die Biologie auf und wo fängt der Einfluss der Umwelt an? In der Kommune hatten sie versucht, das ganze repressive Konzept der Kernfamilie über Bord zu werfen und sich stattdessen von den Kibbuzim in Israel inspirieren zu lassen. Waren geteilte Werte und Überzeugungen nicht eine viel bessere Basis für Liebe und Elternschaft als der bloße biologische Zufall? Es ist seltsam, aber irgendwie schön, dass Marcus nach all den Jahren heiraten will. Irgendwann müssen sie mit Oolie darüber reden. Oolie hat nie daran gezweifelt – warum auch? –, dass sie genauso ihr Kind ist wie Clara und Serge.

Hat Marcus sich je gefragt, wo Serge sein Aussehen her hat?, überlegt sie. Weder sie noch Marcus sind klein und dunkel, und die mathematischen Fähigkeiten hat er auch nicht von ihnen geerbt, das steht fest. Serge war immer ein seltsames, eigenbrötlerisches Kind. Dagegen sind Clara und Marcus sich sowohl äußerlich als auch vom Charakter her ähnlich – ernst, klug, unpraktisch. Weswegen Doro hier steht und Kartoffeln schält, und Marcus sich die Nachrichten auf Channel 4 ansieht. Um fair zu sein, Marcus hat gefragt, ob er helfen kann, aber seine Technik des Kartoffelschälens besteht darin, von allen Seiten der Kartoffel dicke Stücke abzuschneiden. Man könnte erwarten, dass jemand, der die Geschichte der Fünften Internationalen verfasst, mit einem Kartoffelschäler umgehen kann, aber anscheinend ist das utopisch.

»Komm und setz dich, Mum!« Oolie klopft neben sich aufs Sofa. »Papa sagt, es geht um die Kreise vom Kater Lismus.« Sie versucht Marcus zu kitzeln. »Kater Lismus!«

»Psst! Ich will da zuhören. Verdufte!« Marcus macht sich los und dreht die Lautstärke auf.

»Ich will mit dir fernsehen!«

»Kollaps einer großen amerikanischen Bank!«, ruft er Doro durch die offene Tür zu. »Krise der globalen Finanzmärkte. Genau wie wir es vorausgesehen haben. Was für ein Anblick – schau dir das an!«

Sie steckt den Kopf durch die Tür und sieht auf der Mattscheibe eine Prozession von Männern in Anzügen, die Pappkartons tragen.

»Was ist da los?«

»Das sind die Angestellten von Lehman Brothers, die mit ihren Sachen das Gebäude räumen.«

»Warum?«

»Es will keiner mehr Geschäfte mit ihnen machen. Sie haben das Geld ihrer Anleger in toxische Papiere gesteckt. Der Kapitalismus frisst seine Kinder.«

»Macht er nicht!«, sagt Oolie.

»Und sie werden bestimmt nicht die Letzten sein. Laut Kondratjews Theorie war schon lange ein Einbruch fällig.«

»Hm.« Doro schneidet die Kartoffeln in Scheiben und verteilt sie auf dem Fisch, bevor sie das Ganze in den Ofen schiebt. Dann setzt sie sich zu ihnen aufs Sofa.

Marcus trinkt in aufgeregten großen Schlucken aus seiner Flasche Lagerbier. »Was mir Angst macht, ist nur, dass eine Wirtschaftskrise wieder die hässliche Fratze des Faschismus auf unsere Straßen holen könnte.«

»Wirklich?«

Doro versucht sich auszumalen, wie Faschismus in Doncaster aussehen würde. Banden von Schwarzhemden, die im Stechschritt vor dem Einkaufszentrum aufmarschieren? Die Vorstellung ist irgendwie aberwitzig.

»Wenn die Menschen sich unsicher fühlen, suchen sie nach einem Sündenbock – Juden, Einwanderer, Zigeuner. So ist es nach der Krise von 1929 gewesen – überall kürzten die Regierungen die öffentlichen Ausgaben. Es herrschte Chaos. Die Große Depression. Dann kam Roosevelt 1933 mit dem New Deal. Er hat Millionen für Infrastruktur ausgegeben. Er hat Arbeit für die Arbeitslosen geschaffen. Er hat die ganze Geschichte umgedreht.«

»Aber wie konnte er so viel ausgeben, wenn das Geld weg war?«

»Er hat es sich geliehen. Man muss ausleihen, wenn man investieren will. Keynes war der Meinung, in England müssten wir das Gleiche tun, aber dann kam der Krieg und hat ihnen das erspart. Krieg ist natürlich der größte vorstellbare Anreiz für öffentliche Ausgaben.«

Marcus ist der einzige Mensch, den sie kennt, der in voll ausformulierten Sätzen spricht, aber seine Klugheit ist manchmal etwas irritierend. Es ist seltsam, dass jemand, der so schlau ist, so ahnungslos sein kann. Der liebe Marcus. Die Hitze, die früher zwischen ihnen geknistert hat, ist längst einer behaglichen Wärme gewichen, die angenehm ist, aber nicht unbedingt lodernd. Ihre Gedanken wandern zu dem Fischauflauf, dessen köstlicher Duft durch die offene Küchentür ins Wohnzimmer zieht.

»Eigentlich hieß es doch, wir seien die Generation am Ende der Geschichte, an der Schwelle eines neuen Zeitalters, in dem die Anhäufung grenzenlosen Reichtums möglich ist«, sagt er. »Aber jetzt kommt die Wahrheit hinter der verführerischen Fassade zum Vorschein.«

»Papa, du hast gefurzt.«

»Nein, habe ich nicht!«

»Schnell! Mach das Fenster auf!«

Oolie wedelt mit der Hand vor ihrer Nase herum. Die Flasche rollt auf den Boden, Bier tropft auf den Teppich. Ich darf nicht vergessen, das aufzuwischen, bevor es zu stinken anfängt, denkt Doro und fragt sich, ob sie am Ende doch wie ihre Mutter wird, ihre kluge, geistreiche Mutter, die sich nach der Geburt ihrer Kinder in die Häuslichkeit ergab.

Wie hat Clara es früher genannt? Gefangen in der Falle des schweinischen Herds?

Als die anderen im Bett sind, kratzt Doro die angebrannten Reste des Fischauflaufs aus der Form und erinnert sich, dass Bruno Salpetti einmal den gleichen Ausdruck verwendet hat wie Marcus heute Abend: »Die verführerische Fassade.«

Serge

Jinglebell

Auch Serge fühlt sich wie in der Falle, als er am Dienstagmorgen im vollen Fahrstuhl steht, Kinn an Kinn mit einem halben Dutzend leer vor sich hinstarrender Trader. Was macht er hier? Was ist der Sinn des Lebens? Gibt es einen Gott? Wohin bewegen sich die Immobilienpreise in Brasilien? Solche Fragen beschäftigen ihn in letzter Zeit immer mehr. Ihrem Blick nach zu urteilen, haben seine Kollegen auch keine Antworten. Sein ganzes Herz und seine Fähigkeiten darauf zu verwenden, in einem Hamsterrad herumzurennen, ist okay, solange man damit Geld macht, aber es ist demoralisierend und auslaugend, wenn man alles gibt und nichts dabei rauskommt. Der Lehman-Kollaps lässt die ganze Welt um sie herum unsicher und unwirklich wirken. Ist die FATCA als Nächstes dran?

Das Gespräch mit Otto gestern hat ihm gutgetan, doch Otto ist ein ziemlicher Fantast und so beflissen, es ihm recht zu machen, dass er alles Mögliche versprechen würde. Es war dumm, so viel Hoffnung auf den »geborgten« Memory-Stick zu setzen. Und selbst wenn Otto an irgendwelche FATCA-Konten herankommt, heißt das nicht, dass Serges Probleme gelöst sind, es könnte sogar alles noch schlimmer werden. Die Aktien, die er mit dem Geld seiner Refinanzierung gekauft hat, gehen nirgendwohin, steigen ein bisschen, fallen ein bisschen. Serge grübelt vor sich hin, als er an seinem Platz sitzt und versucht, Zahlen in eine neue Formel zu pressen, die auch die Rückschläge miteinbezieht, welche sich auf dem Subprime-Immobilienmarkt inzwischen häufen. Maroushka sitzt mit gesenktem Kopf an ihrem Platz und tut dasselbe.

Endlich, am späten Nachmittag, kommt eine Nachricht von Otto. Er spürt das Vibrieren in seiner Tasche. Die SMS besteht nur aus einem Wort.

Jinglebell

Ach nein. Alphanumerisch. Wie offensichtlich! Wirklich, da hätte er auch selbst draufkommen können. Er steht auf und geht zum Waschraum. Als er um die Ecke biegt, geht die Tür der Behindertentoilette auf und Tim the Finn kommt heraus. Er hat einen merkwürdigen Ausdruck im Gesicht, Schmerz vielleicht, wobei Serge sich fragt, ob es im Augenblick davor nicht ein Grinsen gewesen ist.

Als die Luft rein ist, schleicht er sich auf die Behindertentoilette und ruft Otto zurück. »Hast du einen Username?«

»Es gibt zwei: k.porter1601 oder Kenporter1601. 1601 ist der Geburtstag der Tochter.«

Genau wie er es sich gedacht hat. Ein Schauer der Erleichterung durchläuft seinen Körper. Dann holt er tief Luft, saugt die feuchte, muffige Luft in die Lunge. »Hotmail?«

»Gmail. Und ich habe ein Konto gefunden. Aber es ist ein Privatkonto, kein FATCA-Konto, und offensichtlich nicht sein Hauptkonto. Er scheint es nur zum Trading zu benutzen. Soweit ich sehe, ist es überhaupt nicht bei der FATCA registriert.«

»Ts, ts. Hast du reingesehen?«

»Ja.«

»Wie viel?«

»Etwas über siebenhunderttausend. Das sollte dein Problem lösen, Bruder. Das Komische ist, in den letzten Wochen war ziemlich was los da.«

»Ach ja?«

Das ist interessant – wenn es ein unregistriertes Konto ist, von dem die FATCA-Aufsicht nichts weiß, wird Chicken es sicher nicht eilig haben, Aufmerksamkeit darauf zu lenken. Bestimmt macht er lieber kein Aufhebens um ein paar irreguläre Transaktionen. Solange sie nicht *zu* irregulär sind. Der Fehler ist immer, zu gierig zu werden.

»Übrigens gibt es eine neue Remote-Desktop-App, mit der du übers iPhone online handeln kannst. Ich schick dir den Link.«

»Super. Danke, Otto. Und das bleibt unser kleines Geheimnis, ja?«

»Klar.«

Der schwarze Panther der Angst, der auf seinem Herzen gehockt hat, gähnt, streckt sich und verschwindet mit einem geschmeidigen Sprung durch die Fliesenwand. Serge wirft die Tür auf und kehrt beschwingt in den Handelsraum zurück.

Tim the Finn ist da und hackt auf seine Tastatur ein. Er hat nichts von Serges Abwesenheit mitbekommen. Maroushka sitzt im Glaskasten, isst einen Muffin und blättert durch ein paar ausgedruckte Diagramme. Am Ende der Reihe diskutieren die beiden Franzosen über Sarko und Carla und die Probleme bei der AIG, zwischen hektischen Einlagen von Zahlenakrobatik. Auf der anderen Seite des Handelsraums hört er die Stimme des australischen VPs, der Witze über die Notwendigkeit eines Bankenrettungsplans der Regierung macht. Auf dem riesigen Fernseher, der von der Decke hängt, beherrscht »Money Honey« Maria Bartiromo das Parkett wie eine stumme Königin mit ihren lebhaften, doch lautlosen Ansagen der Tageskurse. Die Fassade der Normalität ist intakt. Alles ist so, wie es sein sollte.

Doro

Die verführerische Fassade

»Hütet euch vor die verführerische Fassade des bürgerliche Feminismus«, hatte Bruno gewarnt und die Vokale dabei so-o-o verführerisch gedehnt. »Hinter seine revoltierende Äußere ist verborgen desolate Hinterland von Neurose und Unmaßigkeit.«

Als Bruno 1985 nach Modena zurückging, beschlossen die Frauen, die ihn geliebt hatten – Megan Cromer (heimlich), Moira Lafferty (lautstark) und Dorothy Marchmont (mit schlechtem Gewissen), um nur drei zu erwähnen (es gab bestimmt noch mehr) –, nicht im Sumpf der Eifersucht und der gegenseitigen Schuldzuweisungen zu versinken, sondern die Flamme der Erinnerung lebendig zu halten und zu seinem Gedächtnis die Kontakte mit den Bergarbeiterfrauen, die sie während des Streiks geknüpft hatten, zu vertiefen.

Eines Märztages 1986, als Oolie ein paar Monate alt war, machten sie auf dem alten Matrizendrucker draußen im Klohäuschen (wo er gelandet war, nachdem sie das marxistische Studienzentrum zum Spielzimmer umfunktioniert hatten) zweihundert Kopien eines Flugblatts mit dem Titel »Wo stehen die Frauen?«, die sie in den Briefkästen der Prospects und der nahe gelegenen Straßen in Campsall, Norton und Askern verteilten und mit dem sie alle Frauen für den folgenden Sonntag um 14.00 Uhr zu einer Versammlung in Solidarity Hall einluden, um über die Unterdrückung der Frau zu sprechen.

In Erwartung der Horden, die kommen würden, saugte Chris Watt Staub auf dem fadenscheinigen Teppich im Wohnzimmer, Doro brachte Stühle aus der Küche und stellte eine Vase mit Trockenblumen in den Kamin, um den Stapel alter Zeitungen, Pamphlete und anderer Papiere zu verbergen, die sich dort sammelten, und Moira Lafferty brachte drei nach Patschuli duftende Spiegelbrokat-Sitzkissen aus ihrem Zimmer nach unten und zündete ein Räucherstäbchen an, um den Geruch nach Feuchtigkeit und Mäusedreck zu überdecken. Megan war übers Wochenende zu ihrer Mutter und Knirschkarl nach Harworth gefahren, und auch wenn es niemand aussprach, war Doro überzeugt, dass sie nicht die Einzige war, die erleichtert aufatmete.

Sie hatten die Haustür aufgelassen, doch alle drei sprangen auf, als es klingelte. Eine große, schlanke Person mit sonnengebräunter Haut, grünblauen Augen und kleinen goldenen Löckchen zögerte einen Moment auf der Schwelle und trat dann ins Wohnzimmer. Das Problem war nur, es war ein Mann.

»Äh ... das hier ist eine Frauenversammlung«, erklärte Doro zögernd, denn er war wirklich bildschön und kam ihr außerdem vage bekannt vor – wo hatte sie ihn bloß schon mal gesehen?

»Ich habe euer Flugblatt bekommen. ›Wo stehen die Frauen?‹ Das frage ich mich auch oft.« Auch seine Stimme klang vertraut.

»Wir müssen die Antwort noch erarbeiten, deswegen treffen wir uns ja«, hauchte Moira errötend und fuhr sich mit der Zunge über die Lippen.

Ihre Blicke tauchten ineinander.

»Kann ich mitmachen?«

»Auf keinen Fall!«, erklärte Chris Watt.

»Na ja ... vielleicht doch?«, fragte Moira mit naiver Kleinmädchenstimme. »Ich meine, Männer und Frauen sind doch irgendwie vereint, oder? Ich meine ... im Klassenkampf.«

Die grünen Augen musterten sie interessiert, ihre geröteten Wangen und das rotbraune Haar.

Sie kann es einfach nicht lassen, dachte Doro. Sie kann nicht mit einem Mann reden, ohne zu flirten. Der Gedanke ärgerte sie. »Ausgeschlossen. Nicht bei dieser Versammlung. Aber du kannst gern zu anderen Treffen kommen ...« Doro sah in die dunkel umrandete Tiefe seiner Augen und schlug die Beine übereinander, die lang, schlank und nackt waren. Moira Lafferty hatte den Busen, aber *sie* hatte schöne Beine – und einen straffen Hintern. »... zum Thema Antifaschismus vielleicht oder Solidarität mit Kuba.«

Doch er starrte immer noch Moira an, die ihren gewohnten Geruch nach Patschuli, Zigarettenrauch und Körperflüssigkeiten verströmte, den manche Männer anscheinend unwiderstehlich fanden.

»Oder du kommst zur marxistischen Studiengruppe«, ergänzte Chris Watt. »Weißt du, wir entwickeln eine neue Politik der Linken, die weder kommunistisch noch trotzkistisch ist, sondern auf der Idee von der Autonomie der Arbeiter beruht.«

Der Ausdruck, der über sein Gesicht glitt, zeigte keine reine Begeisterung.

Dann klingelte es wieder. »Hallo! Jemand zu Hause?«, rief eine schrille Frauenstimme.

Die Person, zu der die Stimme gehörte, war eindeutig eine Frau, auch wenn Doro einen Moment brauchte, bis sie June Cox erkannte, eine der »Frauen gegen Zechenschließungen«, die während des Bergarbeiterstreiks mal hier gewesen war.

»Und?« June ließ sich in den bequemsten Sessel fallen und angelte ein Päckchen Zigaretten aus der Tasche. »Was habt ihr beschlossen, Mädels?«

»Das ist ein Nichtrau-«, begann Chris Watt naserümpfend, als sich der Rauch von Junes Zigarette zur blau gestrichenen

Decke emporkräuselte, aber Doro trat ihr ans Schienbein. Wenn Proletarier rauchen wollten, wer waren sie, sie davon abzuhalten?

»Sie überlegen noch, ob ich bleiben darf«, sagte der Mann mit den grünen Augen. »Typisch Frauen. Können sich einfach nicht entscheiden.«

Jetzt funkelte Chris ihn an. »Danke für den Einblick in deinen unreflektierten Chauvinismus.«

»Zeig uns, was du in der Hose hast, Junge. Dann überlegen wir's uns.« June blies eine Rauchwolke in seine Richtung, in der er kurzzeitig verschwand.

Seine Augen blitzten, und er griff tatsächlich an den Reißverschluss seiner Hose. Moira wirkte, als müsste sie sich zusammenreißen, um nicht loszustürzen und ihm zu Hilfe zu eilen. Doro schauderte – sie hatte einen Blick auf etwas unerfreulich grau und verschwitzt Aussehendes erhascht und hoffte, es war nur seine Unterhose.

»Schon gut, Junge! Das reicht! Mach wieder zu!«, bellte June, dann wandte sie sich an Doro und fragte leise: »Ist *er* da? Der mit den Spaghetti?«

Doro schüttelte den Kopf. June machte einen enttäuschtes Gesicht.

»Wir haben diese Versammlung einberufen, um über die Rolle der Frau zu diskutieren«, unterbrach Chris Watt. »Und um unsere Erfahrungen mit der Unterdrückung auszutauschen. Kannst du uns was davon erzählen, June?«

»Erfahrungen?« June schnippte einen langen Aschefinger in den Kamin, der das staubige Trockenblumengesteck noch staubiger machte. »Mein Mann Mickey war 'ne Erfahrung. Der kleine Mickey! 'n richtiges Turteltäubchen. Hat unten in Bevercotes gearbeitet. Jeden Mittwoch und Samstag haben wir's getrieben, pünktlich wie aufn Topf. Wenn er in die Grube runter ist, hatte er immer meine Schlüpfer dabei, unter seiner Unterwäsche. Stand auf das Gefühl von meiner Seide an seinem

Schniedel, wenn er untertage war – das erinnert ihn an mich, hat er gesagt. Hat sie auch angehabt an dem Tag, als er starb!« Sie seufzte und sah sich im Kreis der Augenpaare um.

»Hast du das nicht als Unterdrückung empfunden?«, fragte Chris.

Doro trat ihr wieder gegen das Schienbein.

»Steinschlag.« June studierte die schweigenden Gesichter ihres Publikums, dann zog sie eine frische Zigarette aus der Packung und zündete sie am glühenden Ende der letzten an, die sie in den Kamin warf. »Als er da auf der Krankenhaustrage lag, hat mein Herz wie 'n sterbender Fisch gebumpert, und ich werf mich auf die Bahre, und da macht er ein Auge auf und sagt: ›Weine nicht, Junie. Sie haben deine Unterhose gesehen. Aber Gott sei Dank hatte ich ja deinen BH nicht an.‹ Das waren die letzten Worte, die er gesprochen hat.«

Ein langes Schweigen entstand, das von einem unterdrückten Kichern gebrochen wurde – Doro wusste nicht, ob es von Moira oder dem Mann kam.

»Danke, June, dass du mit uns darüber geredet hast«, sagte Chris Watt. »Vielleicht sollten wir unsere Diskussion damit eröffnen, dass wir die Stereotypen der männlichen und der weiblichen Sexualität hinterfragen.«

Jemanden mit solchen Bulldozerqualitäten konnte man nur bewundern.

»Die redet viel, wenn der Tag lang ist«, flüsterte der Mann Moira zu, laut genug, dass es alle hörten. »Ihr Mickey ist quicklebendig und wohnt mit Dot O'Sullivan oben in Castleford.«

»Halt's Maul und geh wieder zu deinen Milchflaschen«, knurrte June.

Jetzt starrte Doro ihn wieder an. Ja, es war der liebestolle Milchmann.

»Warum verpisst du dich nicht einfach?«, fuhr Chris Watt den Milchmann an, dann hob sie witternd die Nase.

Auch Doro schnüffelte. Eine beißende Rauchwolke war hereingezogen – kein Zigarettenrauch, sondern blauer, stechender Qualm. Er kam in Schwaden aus dem Kamin; im nächsten Moment verschluckte eine lodernde Flamme das Trockenblumengesteck.

»Hilfe! Hilfe!«, schrie Moira und sah sich in alle Richtungen um, aber hauptsächlich in Richtung des Milchmanns, der sich schon wieder an seinem Reißverschluss zu schaffen machte.

Doro begann mit einem Kissen auf die Flammen einzuschlagen, so wie es immer in den Ratgebern stand. Glühende Funken, von der Zugluft im Kamin angefacht, hatten bereits den Zeitungsstapel in Brand gesteckt.

»Ich hole Wasser!« Chris Watt rannte in die Küche, doch bis sie mit einem Krug zurückkam, hatte der Milchmann bereits die Hose offen und löschte das Feuer mit einem goldenen Urinstrahl.

»Wow! Das ist unglaublich!«, schnurrte Moira.

Doro nahm Chris den Krug aus der Hand und leerte ihn über Moiras Kopf.

Als alle weg waren, räumten Doro und Chris Watt die Zigarettenkippen und die durchnässten Zeitungen weg, und am Ende fingen sie einen Streit darüber an, ob die Entscheidung, June Cox rauchen zu lassen, in die Hände der Ausbeuter spielte (sagte Chris Watt) oder ob es Respekt vor dem Recht auf persönliche Freiheit war (sagte Doro).

Serge

Die Märkte

Macht er sich zum Komplizen, wenn er Chickens unautorisiertes Konto benutzt, oder nutzt er nur die ihm zustehende Freiheit, auf jede Art Geld zu verdienen, die nicht strikt illegal ist?, fragt sich Serge, als er sich mit dem Passwort »Jinglebell« einloggt. Otto hatte recht – es sieht aus wie ein persönliches Konto in der Privatkundenabteilung einer konkurrierenden Investmentbank. Auf dem Konto findet Serge ein Guthaben von 751 224,34 – mit der neuen Hypothek, die er aufgenommen hat, ergibt das ein nettes Startkapital, mit dem sich handeln lässt. Früher wäre ihm die Summe galaktisch vorgekommen; jetzt, im Zerrspiegel der City-Gehälter, wirkt sie beinahe dürftig, gerade mal genug für eine Dreizimmerwohnung in seinem Apartmentgebäude.

Die meisten Transaktionen auf Chickens Konto laufen über zwei Online-Brokerfirmen, eine in London, die andere in New York. Als Serge das Muster der Passwörter erst einmal durchschaut hat, führt ihn ein kurzes Durchspielen der Varianten rasch zu den betreffenden Seiten und verschafft ihm Zugang. Morgen mit Handelsbeginn wird er das schwarze Loch in seinen Finanzen sicher schnell stopfen können. Der Nikkei und der Hang Seng sind zwar schon offen, aber die asiatischen Märkte sind notorisch unbeständig, und er wagt sich nicht auf unbekanntes Territorium. Er kann sich keine weiteren Verluste leisten; er wird dem Spread-Betting den Rücken kehren, sich an Unternehmen halten, deren Performance er kennt, und warten, bis die Londoner Börse öffnet.

Durch die Fenster seines Apartments (er kann immer noch kaum glauben, dass die schicke Butze ihm gehört – zumindest das Viertel davon, das nicht der Bank gehört) blickt er auf die City mit ihren hohen Lichttürmen, die in die Nacht strahlen, viel heller als die kleinen Sterne und der blasse, verwaschene Mond – das Geld stempelt seine Vormacht sogar an den Himmel. Er kann das FATCA-Gebäude nicht eindeutig erkennen, aber er weiß, dass es da ist, sein Hamsterrad, und auf ihn wartet.

Am nächsten Tag im Büro passt er den richtigen Moment ab, dann schließt er sich mit dem iPhone auf der Behindertentoilette ein und benutzt Ottos Remote-Desktop-App, um schnell und umsichtig seine Orders zu platzieren. Er hat mit dem Fibonacci-Retracement recht gehabt – er hätte die Nerven behalten sollen. Die Kurse fallen wieder, wenn auch unregelmäßig. Er hält SYC, die sich kürzlich in eine Kette von betreuten Wohneinheiten und Pflegeheimen im Norden Englands eingekauft hat, und öffnet eine weitere Short-Position auf Edenthorpe Engineering. Im Geschäftsbericht steht, dass Edenthorpe 2004 an die Börse gegangen ist, um das Kapital für ein neues Werk in Barnsley aufzutreiben. Obwohl es sich um eine gut geführte Firma mit qualifizierten Facharbeitern und gesunder Bilanz handelt – von Tiffanys Titten ganz zu schweigen –, ist der Schwermaschinenbau seiner Einschätzung nach dem Untergang geweiht. Wer braucht noch solche alten, rostigen Maschinen und die ganze bröckelnde gotische Infrastruktur, wenn sich mit den glänzenden Geldfabriken der City so viel Profit machen lässt? Im derzeitigen Wirtschaftsklima ist Edenthorpe der ideale Kandidat für Leerverkäufe. Jetzt kann er mit Zuversicht handeln, denn wenn er gewinnt, füllt sich Dr. Blacks Kasse, und wenn er verliert, geht die Rechnung an Kenporter1601.

Das größte Risiko ist natürlich, erwischt zu werden. Eine polizeiliche Ermittlung würde Dr. Blacks Identität sofort enthüllen, allerdings auch, dass Ken Porter ein unautorisiertes persönliches Konto hat und mit heimlichen Transaktionen gegen die FATCA-Regeln verstößt, und wer weiß, was er sonst noch auf dem Kerbholz hat. Schon allein die Existenz des 1601-Kontos ist verdächtig. Es ist, als hielten Chicken und er einander in einer tödlichen Umarmung; jeder mit dem Messer an des anderen Kehle. Solange Serge zurückgibt, was er sich borgt, wird Chicken wahrscheinlich keine Auskunft von der Bank verlangen. Er wird zwar sehen, dass jemand auf sein Konto zugreift, aber er wird nicht erfahren, *wer* dahintersteckt – nicht ohne selbst aus der Deckung zu kommen. Und wenn das Geld erstattet wird, hat Chicken noch weniger Anreiz, Fragen zu stellen. Schließlich stiehlt Serge nicht, sondern leiht sich nur (für kurze Zeit) den Ertrag aus der Straftat eines anderen.

Außerdem dürfte Chicken diese Woche andere Sorgen haben. Nach einem trägen Sommer herrscht nun Panik auf allen Märkten weltweit. Der Footsie ist unter 5000 gerutscht; an der russischen Börse wurde der Handel ausgesetzt; die Goldpreise sind so hoch wie nie zuvor; und die Regierungen rotieren. Der düstere Darling mahnt zur Ruhe. Der grimmige Gordon verspricht Disziplin. Lloyds übernimmt die schwächelnde HBOS, und sofort sind zwei Milliarden Pfund ihres Werts dahin. Die Gerüchte kochen.

»Sie wollen es auf die Leerverkäufe schieben«, gackert Chicken bei seinem morgendlichen Rundgang, auch wenn die meisten Trader schon selbst daraufgekommen sind. »Sie tun so, als hätten wir mit Leerverkäufen den Crash verursacht, dabei sieht jeder Vollidiot, dass wir leer verkaufen, weil die Aktien crashen. Die rationale Reaktion auf die Marktbedingungen. Und jetzt wollen sie Leerverkäufe verbieten.«

Serge hört ihn noch einen Gang weiter, die Stimme brodelnd vor unterdrückter Wut.

»Wisst ihr, was in diesem Land falsch läuft? Dass sich diese Gluckenstaatpinsel in die freie Wirtschaft einmischen. Seht zu, dass ihr eure Positionen öffnet, bevor sie uns die Tür zuknallen.«

Vielleicht wegen all dem Stress hat Tim the Finn besonders nachhaltige Beschwerden mit seiner Prostata, und das wird auch zum Problem für Serge, weil er, während Tim auf der Behindertentoilette langsam seine Blase leert, nicht reinkann, um seine Orders zu erteilen. Trotzdem findet er zwischendurch die Gelegenheit und handelt schnell und präzise, indem er das Marktgeschehen genau beobachtet und berechnet. Das Glück ist auf seiner Seite. Bis zum Ende der Woche, als die Finanzaufsichtsbehörde ein befristetes Verbot für Leerverkäufe der Aktien von neunundzwanzig Schlüsselunternehmen verhängt, hat er seine Verluste eingespielt und ist sogar zwanzigtausend im Plus. Wenn er gerade nicht handelt, sieht er sich heimlich im Internet Immobilienseiten mit Angeboten in Brasilien an.

Am Freitag beschließt er, dass er ein bisschen Eskapismus braucht, stöbert im Netz nach Filmen und entscheidet sich für *Iron Man*. Die Mischung aus subtiler Comic-Ironie und Retro-Science-Fiction-Heldentum passt gut zu seiner Stimmung, und die wohltuende Botschaft, dass das Gute über das Böse siegt und der Frieden triumphiert, ist beinahe spirituell.

Clara

Iron Man

Clara bereut, dass sie ihren Samstagabend damit vergeudet hat, in Meadowhall *Iron Man* zu sehen. Der Film war eine kindische Männerfantasie, und der Typ, mit dem sie im Kino war, ein Partner aus Ida Blessingmans Kanzlei, hatte einen dünnen schwarzen Schnurrbart und kalte gummiartige Finger, die ständig in ihren BH wanderten.

»Er hat sich gerade von seiner Freundin getrennt«, hatte Ida gesagt. »Ein Blind Date wird ihm guttun.« Wahrscheinlich dachte sie, sie täte auch Clara einen Gefallen.

Den ganzen Abend drehte er an ihren Brustwarzen herum wie an einer Playstation-Konsole, bis sie ihm irgendwann den Ellbogen ins Zwerchfell rammte, worauf er ein erfreuliches Ächzen ausstieß.

»Was ist denn?«, röchelte er.

»Ich versuche mich auf die Handlung zu konzentrieren.«

Nach dem Kino fuhr er sie mit seinem Audi nach Hause, sie küssten einander flüchtig auf die Wange, aber sie lud ihn nicht nach oben ein. Er hatte sie nicht mal bei der Wahl des Films gefragt. Das ist das Problem bei Männern – sie vermischen Fantasie und Realität. Kein Wunder, dass Ida Käsekuchen bevorzugt.

Sie gießt Wasser über einen Kamillenteebeutel und sieht zu, wie er sich aufbläht, während sie den deprimierenden Teichwassergeruch einatmet, und dabei muss sie an Josh denken, der wahrscheinlich auch *Iron Man* ausgesucht hätte, aber dafür wäre das Gefummel nicht ganz so verzweifelt gewesen. Es ist zwar nicht Oolies Schuld, dass sie sich getrennt haben, aber die Tatsache, dass Oolie bei ihrer letzten Begegnung mit Josh gesagt hatte: »Clarie sagt, du hast nie 'ne eigene Meinung«, war wenig hilfreich.

Bevor sie ins Bett geht, sieht sie nach ihren Facebook-Freunden, hauptsächlich Leuten aus der Studienzeit, die in Sheffield geblieben sind, weil sie, wie Clara, die Nähe des Peak District schätzen – Wandern, Radfahren, Klettern und andere sportliche Aktivitäten. In letzter Zeit haben alle angefangen, Paare zu bilden und Fotos von glatzköpfigen, ununterscheidbaren Babys zu posten. Sie schickt jedem neuen Mitglied der Spezies begeisterte Grüße und fragt sich, ob sie es je schaffen wird, selbst dieses Stadium zu erreichen. Wie Doro sie ohne große Subtilität zu erinnern pflegt, tickt ihre biologische Uhr unüberhörbar.

»Wie war's?«

Am Sonntagmorgen lädt sich Ida auf einen Kaffee ein. Sie ist noch im Bademantel, einem türkisen Seidenkimono mit goldenen Brokatdrachen, die sich um ihre großen Brüste schmiegen. Ida muss mindestens Kleidergröße 44 haben, aber sie bewegt sich auf eine Art, dass Clara sich neben ihr linkisch und knochig fühlt.

»Es hat nicht gefunkt.« Clara rührt den Kaffee um. »Ich glaube, es war der komische Schnurrbart. Wie ein Serienmörder.«

»Aber doch ganz süß, oder? Und nebenbei stinkreich.«

»Ha! Hätte ich das gewusst, ich hätte ihm nicht den Ellbogen in die Rippen gerammt«, schwindelt Clara, weil Ida ein bisschen ärgerlich wirkt.

»Warum hast du das denn getan?«

»Weil er die Finger nicht bei sich behalten konnte.«

»Hättest du lieber, dass dich der langweilige Schuldirektor befummelt? Hey, du wirst ja rot!«

Clara lacht.

Wie wäre es, mit Mr. Gorst/Alan ins Kino zu gehen?, fragt sie sich, während sie die Croissants zum Aufbacken in den Ofen schiebt. Er würde sich nicht *Iron Man* aussuchen, so viel steht fest. Mit ihm würde sie etwas Tiefgründiges, Inspirierendes sehen. Würde er ihre Hand halten? Würden sie fummeln? Oder würde die Liebe leise über sie kommen wie die Morgenröte aus dem Osten?

Er war so locker und liebenswürdig, als er neulich mit Oolie geredet hat.

Auf dem Heimweg hatte Oolie gesagt: »Der war echt nett. Mit dem willst du bestimmt poppen, oder, Clarie?«

Manchmal ist Oolie erschreckend hellsichtig.

Serge

Mädchen

Trotz des Verbots von Leerverkäufen haben die Aktien der Royal Bank of Scotland ein Fünftel ihres Werts eingebüßt. Das Finanzinstitut Bradford & Bingley steckt tief in der Scheiße und wird womöglich bald dem Beispiel von Northern Rock folgen. Der LIBOR schießt durch die Decke. Während alle um ihn herum von Panik gebeutelt werden, spürt Serge die Ruhe eines Tiefseetauchers, der sich tief unter allen oberflächlichen Turbulenzen bewegt. Da die Zahl der neubewilligten Hypotheken in Großbritannien einen nie gekannten Tiefstand erreicht hat, ist er vorübergehend entlastet und hat plötzlich mehr Zeit. Er kommt morgens später zur Arbeit und geht abends früher nach Hause. Keinem scheint es aufzufallen.

Tag und Nacht verschmelzen zu einem blauen Rechteck von Online-Stunden. Wenn er nicht durch Chickens Umsätze stöbert, sieht er sich dessen E-Mails an (wobei er sorgfältig darauf achtet, jede Nachricht wieder als »ungelesen« zu markieren, bevor er sie schließt), und genießt dabei die Intimität, quasi durchs Windows-Schlüsselloch in die Seele seines Chefs zu spähen. Wie ein Lehrling, der seine zukünftige Berufung studiert, fängt er an, anhand von Chickens Online-Shopping-Orgien mittelbare Kompetenz zu entwickeln, was teuren Whisky, erschwingliche Kunst und handgefertigte Humidore angeht. (Leider kommt so gut wie keine Kleidung vor – Chicken trägt Maßanzüge.) Was würden wohl Doro und Marcus von all dem

Zeug halten? Na ja, er weiß genau, was sie davon halten würden.

Marcus würde sagen: »So ein nutzloser Humidor kostet mehr als der durchschnittliche Monatslohn eines Arbeiters in Doncaster.«

Doro würde sagen: »Und genau so einen habe ich letzte Woche für 2,99 bei Oxfam gesehen.«

Manchmal fragt er sich, ob sie wirklich seine Eltern sind oder ob ihn irgendein Schnippchen des Schicksals nach der Geburt seinen echten (viel wohlhabenderen) Eltern weggenommen und in Solidarity Hall abgegeben hat.

Er lächelt. Der liebe Marcus, die liebe Doro, trotz ihres ergrauten Haars sind sie nie richtig erwachsen geworden. Sie sind in dem unschuldigen Vor-Konsumentenalter stecken geblieben, in dem er die Kiste mit den Fibonacci-Schneckenhäusern und den Kiefernzapfen unter seinem Bett gehütet hat – seine Kindheitsschätze, die ihm die Augen geöffnet haben für die ewige Schönheit der Mathematik. Plötzlich hat er einen Kloß im Hals.

Diese aufgeputschten FATCA-Trader geben keinen feuchten Dreck für irgendetwas anderes als ihre Gewinn- und Verlustrechnung und wo sie ihren Koks herkriegen. Zwischen hektischen Trading-Episoden hört er, wie sie damit prahlen, was sie mit ihrem Bonus machen werden, und dabei Markennamen verspritzen wie Weihwasser. Was tut er hier, in diesem Hamsterrad, mit diesen Leuten im gleichen Käfig? Er ist anders. Er wird sich nicht zum ziellosen Konsum verführen lassen, zur fetischartigen Hochstilisierung teurer Objekte, dem Feiern bis zur Bewusstlosigkeit, einem Leben, bestimmt von Gewinn und Verlust, einem Biorhythmus, bestimmt von Aufputsch- und Beruhigungsmitteln. Er braucht das Geld nicht, um Schnickschnack zu kaufen, sondern weil er sich die Freiheit erwerben will – die Flucht in das kleine Haus am Strand in Brasilien. Philosophie. Mathematik. Dichtung. Sex bis zum Morgengrauen. Maroushka. Na gut, vielleicht auch ein, zwei hübsche Anzüge.

Neben den Online-Shopping-Meldungen enthält Chickens Posteingang eine heiße Korrespondenz mit verschiedenen Frauen, und erst hatte Serge ein schlechtes Gewissen beim Lesen, aber die verlockenden Betreffzeilen sind stärker als seine Skrupel. Im Mai war es Gabriella, ein walkürenhaftes Prachtweib von Fixed Incomes mit schwindelerregenden Absätzen, in denen sie den meisten männlichen Kollegen bei der FATCA auf den Kopf spucken kann; zum Geburtstag hat sie ihrem »knuddeligen Kenny« einen Tiger-Herrenstring geschenkt. »Ich will deinen Saft schlürfen«, stand im Betreff ihrer letzten E-Mail. (Babs hat nie so was zu ihm gesagt!)

Vor Gabriella war da jemand namens Chrissie aus der Treasury-Abteilung; ihre Betreffzeile lautete »Hintern versohlen«. Serge hat keine Ahnung, wie sie aussieht, was nicht erstaunlich ist. Der Kontakt zwischen Frontoffice (Trader, Arbitrageure, Fondsmanager und so weiter) und Backoffice (das weniger gut bezahlte Fußvolk, dem die Verwaltung der Handelsdaten, das Konten-Management und die Betreuung der Geld verdienenden Elite obliegt) wird nicht gern gesehen, weil geheime Absprachen zwischen Front- und Backoffice in der City einer der Hauptwege des Insiderhandels sind. Chicken ist also ein Hasardeur und Regelbrecher, der sowohl die FATCA als auch seine Frau betrügt. Doch Top-Banker wie er stehen unter enormem Druck, und wenn das die Art ist, auf die sich Chicken gern entspannt, wird Serge ihn deswegen nicht verurteilen.

Chrissie hat Ken milden Bestrafungen unterworfen, allerdings nichts im Vergleich zu Juliette – ohne erkennbare Verbindung zur FATCA –, die Chicken jeden zweiten Freitagnachmittag in einer Wohnung in Clerkenwell übers Knie legt.

»Du böser Junge, du«, schreibt sie. »Am Freitag um 18.00 Uhr will ich dich sehen, und vergiss nicht, die Spezialstiefel in

Größe 42 mitzubringen ...« (Größe 42 ist ziemlich groß für eine Frau, oder nicht?), »... und wenn ich erfahre, dass du irgendwelches Schweinzeug mit anderen Damen getrieben hast, werde ich dich mit Velcro fesseln und lass dich um Gnade winseln und peitsche dich aus, und du weißt, was dann kommt.«

Er versucht sich Chicken vorzustellen, gefesselt und vor Juliettes Größe-42-Stiefeln um Gnade winselnd, während eine Peitsche im Ben-Hur-Stil auf ihn niederfährt. Das Bild hat einen gewissen Reiz.

Von Chickens sexuellen Abenteuern zu lesen erfüllt Serge mit einer Mischung aus Missbilligung und Neid, die ihn seltsam erregt. Oder auch nicht seltsam, denn Serge hat mit keiner Frau mehr geschlafen, seit ... Verdammt, die Trennung von Babs, seiner Freundin am Queens'-College, ist mehr als ein Jahr her. Masturbieren hat natürlich seine Vorteile: es ist billig, ungefährlich, und das Anbandeln ist weniger zeitraubend. Beim Gedanken an Babs bekommt er ein schlechtes Gewissen. Er muss Otto fragen, wie es ihr so geht.

Babs studierte Botanik und war ein molliges, lebenslustiges Mädchen mit Sommersprossen, dickem dunklem Haar, das ihr ins Gesicht fiel, und bleichen kräftigen Beinen in unvorteilhaften kurzen Röcken. Eigentlich war sie nicht sein Typ, aber die Mädchen, die er begehrte, spielten in einer anderen Liga. Die Sache ist die, die Hürde der für Cambridge erforderlichen Noten zu nehmen war gar nichts im Vergleich zu der gesellschaftlichen Schwelle, als er erst dort war. Wobei nicht die althergebrachten Essensrituale das Problem waren – auf den College-Speisesaal hatte ihn der gelbe Tisch in der Kommune mit seiner Bohnenwurf- und Löffelhämmer-Etikette hinreichend vorbereitet (auch wenn die Vielzahl der Bestecke anfangs verwirrend war). Auch nicht die exklusiven College-Clubs – denen er auswich, indem er sich mit anderen Fraktal-Freaks zusammentat. Oder die Tutoren – die im Allgemeinen nett und ermutigend waren. Nein, es waren die Frauen, diese furchterregend makellosen, beherrschten, von vornehmen Schulen kommenden Prinzessinnen. Wie zum Teufel kriegte man die ins Bett?

Sie lachten über seine Witze, tranken seinen Kaffee, aßen sein Essen, erlaubten ihm sogar, sie bei Prüfungsängsten und Liebeskummer mit einem platonischen Arm um ihre Gazellenschultern zu trösten. Doch das war das äußerste der Gefühle. Es gab Jungs an seinem College, einen Meter neunzig große blonde Ruderer-Typen von obskuren Privatschulen, die mussten nur den Innenhof betreten, und schon schien eine Phalanx von Mädchen auf sie zuzustürmen, die sich im Galopp die Schlüpfer auszogen. Ihm passierte das nie. In seinem zweiten Jahr wohnte im Zimmer über ihm ein amerikanischer Stipendiat namens Oliver, und die Treppe war ständig voller weinender Mädchen – Serge musste bloß die Tür aufmachen und die Hand ausstrecken, um eine reinzuholen, aber sie wollten immer nur seinen Toast essen und über Oliver sprechen.

Daher war er Babs dankbar, einer Lehrertochter aus Manchester, die er im Jahr vor seinem Examen kennenlernte und die das Thema Sex gut gelaunt und unkompliziert anging. Sie trafen sich nach den Vorlesungen in der Bar, gingen samstags manchmal ins Kino oder aßen Pizza und hörten Martha Wainwright. Nach drei Monaten zog sich Babs eines Abends plötzlich die Kleider aus und stieg in sein Bett. Ihr Körper war sahnig und plump, mit baumelnden weichen Brüsten, und sie sagte ohne Hemmungen, was sie wollte, und überwand so seine Nervosität. Er war sich nie ganz sicher, ob er ihre Klitoris korrekt geortet hatte, so wie es in ›Men's Health‹ stand, aber nachdem sie Liebe gemacht hatten, klammerte sie sich leise wimmernd an ihn, was er ziemlich rührend fand. Er hielt sie fest und flüsterte ihr süße Liebesworte ins Ohr, die sie, wie er hoffte, nicht allzu wörtlich nehmen würde.

Am Anfang war Babs anspruchslos und ließ ihm den Kopf

frei für Mathe. Er war ihr sogar ein paarmal untreu. Aber als sie nach rund drei Jahren ihrer Beziehung erwähnte, dass sie sich ein Baby wünschte, befiel ihn Panik. Er war erst sechsundzwanzig. Babys waren süß – er hatte nichts gegen sie –, aber die Kombination von Babs und Baby löste ein Gefühl von Hoffnungslosigkeit in ihm aus, wie es ein Gefangener empfinden musste, wenn er die Zellentür zufallen hörte.

In seiner panischen Suche nach einem Ausweg landete er bei einer Veranstaltung zur Anwerbung von Uni-Absolventen, wo ein ehemaliger Kommilitone von vor drei Jahren, den alle für einen vollkommenen Loser gehalten hatten, in einem Dries-Van-Noten-Anzug auftrat und von den Möglichkeiten in der Finanzwelt schwärmte. Serge steckte seine Visitenkarte ein und schickte ein paar Bewerbungen für City-Jobs los, ohne Babs etwas zu sagen, nur so, als Experiment. Er hatte nicht so schnell mit einem Angebot gerechnet. Das Gehalt, das die FATCA ihm anbot, war schwindelerregend, vor allem nach den Jahren mit dem mageren Doktorandenstipendium. Er zögerte, aber nicht lange.

Natürlich hatte er ein schlechtes Gewissen. Aber er hätte sich vermutlich noch schlechter gefühlt, wenn sie zusammen geblieben wären. Es war nicht nur die Baby-Geschichte, die zu seiner Panik beitrug; es war die Vorstellung, ein ganzes Leben in Babs rundlicher, weicher Umarmung gefangen zu sein. Er war einfach noch nicht bereit dafür. Er war noch nicht bereit, sich von seinem Traum eines freien, unbekümmerten Lebens weit weg von hier zu lösen, das er mit seiner Traumfrau teilte, die weder bedürftig noch laut war, wie Babs in letzter Zeit, sondern distanziert und herablassend wie die makellosen Prinzessinnen. Seine Traumfrau, mit der er bereits eine intensive einhändige Affäre hatte, war schlank und schön, und auch wenn die Details ihres äußeren Erscheinungsbilds noch verschwommen waren, wusste er, dass er sie sofort erkennen würde, wenn sie eines Tages an ihm vorbeischwebte, in sich selbst versunken, ohne ihn eines Blickes zu würdigen, nur der Hauch eines amüsierten Lächelns würde ihre Lippen umspielen.

Jemand wie Maroushka eben.

Als er sich aus Chickens E-Mail-Konto aus- und in das Kenporter1601-Konto einloggt, entdeckt er erschrocken eine umfangreiche Betriebsamkeit, einen wahren Schauer von Handelsaktivität, Zehntausende, die im Laufe des Tages rein- und rausgegangen sind. Was ist hier los? Er schaut sich die Details an und entdeckt, dass Chicken in jüngster Zeit mit den gleichen Aktien aus Yorkshire gehandelt hat wie er. Wie kommt das? Hat Chicken einen Bezug dorthin? Ist es Zufall? Teil eines Musters? Edenthorpe Engineering, Wymad und Endon, alle sind da. South Yorkshire Consolidated, der Mutterkonzern von Syrec, der Recycling-Firma in Askern; auch von denen wurden Aktien gekauft. Serge weiß, dass Syrec gerade erhebliche Mittel aus der Regionalförderung bekommen hat, was den Wertanstieg der Aktien erklären könnte. Aber wie hat Chicken davon Wind bekommen? Während SYC in die Höhe zu schießen scheint, ist Edenthorpe Engineering auf Talfahrt. Und Dr. Blacks Konto wird immer dicker.

Am Dienstag steckt er weitere 250000 Pfund in SYC und schließt sich Maroushka beim Lunch in der Cafeteria an, statt wie sonst ein Sandwich am Schreibtisch zu essen.

Sie ist in Plauderlaune.

»Hast du Krise in britischem Immobilienmarkt verfolgt, Sergej?«, fragt sie, während sie ein Steaksandwich mit Krautsalat und Pommes frites verdrückt. Die Mengen, die sie wegputzt, sind erstaunlich – sie scheint immer hungrig zu sein. »Markt sieht ziemlich windig aus. Genau wie bei amerikanische Subprime-Krise. Hohe Zahlungsausfälle wird immer häufiger. Erwartete Anstieg von Immobilienwert, worauf Kredite beruht, zeigt Schwächeln. Was denkst du, Sergej?«

Serge findet es schwer, sich auf Häuser und Sicherheiten zu konzentrieren, wenn sie vor ihm sitzt, in einer frostweißen Jacke über einem blauen Tupfenkleid, und gedankenverloren mit dem nackten Fuß über ihr Bein streicht und Pommes frites in die Mayonnaise stippt.

Prinzessin Maroushka!
Höre das Lied von Serge!
Unsere Leidenschaft wird branden
an entfernten Stranden
und in einer kleinen Auberge …

Wenn man mit einem Namen wie Serge geschlagen ist, muss man kreativ werden. Es gibt so vieles, was er sagen will, aber bevor er ein Wort herausbringt, fängt sie an, sich im Raum umzusehen, auf der Suche nach jemandem, dessen Anblick amüsanter ist. Sie fixiert einen Punkt hinter Serges linker Schulter, und als er sich umdreht, entdeckt er Chicken, der gerade hereinkommt.

Er hat zwei hochgewachsenen Typen dabei, die Serge noch nie gesehen hat. Sie schlendern zwischen den Tischen durch und sehen sich um wie Marschälle, die ihre Truppen begutachten, während Chicken sie unterwegs verschiedenen Leuten vorstellt.

»Craig Hampton und Max Vearling aus der New Yorker Zentrale.«

Sie sind glatt, geschmeidig und riechen nach Aftershave, das Lächeln weiß wie aus der Bleaching-Reklame. Maroushka blickt auf, flirtet mit den Augen. Die Besucher bleiben einen Augenblick stehen, dann gehen sie zum nächsten Tisch, lächeln ausdruckslos, schütteln routiniert die Hände. Craig Hampton und Max Vearling – wer zum Teufel sind sie?

Am nächsten Tag, Mittwoch, kommt Maroushka spät zur Arbeit, in einem neuen Paar spektakulär hoher Riemchenplateaus, wirft ihm ein flüchtiges Hallo zu und setzt sich gleich vor ihre Bildschirme. Er behält sie im Auge, nimmt sich vor, ihr zu folgen, falls sie das Gebäude verlässt, aber sie bleibt an ihrem Platz, den Kopf gesenkt, und klappert mit den Tasten. Als Timo Jääskeläinen mal aufs Klo geht, holt sie ihr Handy raus und geht für ein kurzes Gespräch in den Glaskasten, ansonsten bewegt sie sich bis zur Mittagszeit nicht von ihrem Platz, dann macht sie eine schnelle Kaffeepause.

Gegen drei schlendert sie zu Serge herüber und beugt sich über ihn, um ihm etwas ins Ohr zu flüstern, wobei ihr Haar seine Wange streichelt und ihr komplexer Duft seine Nüstern füllt, ohne dass er sagen kann, was ihr Parfum und was der Geruch ihres Körpers ist.

»Sergej, wir müssen Gauß-Formel neu bewerten. Zufällige systematische Faktoren-Berücksichtigung einbauen, Chance für viel Geld.«

Dann schwebt sie wieder in den Glaskasten, um noch ein Telefongespräch zu führen, solange Timo nicht da ist.

Auch Serge ist verwirrt vom Verhalten der Märkte, aber Maroushkas Verhalten beschäftigt ihn mehr. Sie geht ein Risiko ein, indem sie so offen telefoniert. Timo kann jeden Moment wieder auftauchen, und außerdem könnte einer der hundert Trader sie anschwärzen. Sie kann doch nicht dauernd mit ihrer Mutter in Shy… wie auch immer telefonieren? Er würde sie warnen, aber sie weiß selbst, dass sie gegen die Regeln verstößt, also öffnet er stattdessen einen neuen Algorithmus und konzentriert sich darauf, unter den neuen Marktbedingungen Gewinn zu machen. Wenn es funktioniert, müsste sein Bonus höher ausfallen als im letzten Jahr, trotz der Pirouetten auf dem Markt. Und Dr. Blacks Toiletten-Trades zeigen auch hübsche Erträge.

Doch als er abends nach Hause kommt und sich einloggt, stellt er fest, dass Kenporter1601 leergeräumt ist. Alles bis auf den letzten Penny wurde abgehoben. Das kann nur eins heißen: Chicken hat gemerkt, dass jemand mit seinem Konto zugange war. Natürlich musste es früher oder später so kommen; eigentlich ist er überrascht, dass Chicken so lange gebraucht hat. Ihm wird flau, als er sich fragt, was als Nächstes kommt. Dies ist der Moment, in dem Chicken entscheidet, ob er die Behörden einschaltet oder ob er lieber auf der anderen Seite des Gesetzes bleibt.

Serge spielt ein Horrorszenario nach dem anderen durch, und es ist drei Uhr früh, als er endlich einschläft, um dann von Kaninchen zu träumen, die sich in dunklen Höhlen zusammendrängen.

TEIL DREI

Paradies

Doro

Probleme im Kleingartenverein

Doro vermisst zwar den wilden, von Kaninchen bevölkerten Garten in Solidarity Hall, doch sie hat jetzt all ihre Leidenschaft in den Kleingarten gesteckt, einen Garten Eden im Handtuchformat, wo ihre Bohnen, Erbsen, Kartoffeln, Tomaten, Roten Beten, Beeren, Äpfel und Pflaumen prächtig reifen. Doch es ist nicht alles gut.

»Irgendwas ist da im Busch«, sagt Reggie Hicks, ihr Parzellennachbar und der inoffizielle Vorsitzende von GAGA, dem Kleingärtnerverein von Greenhills (Greenhills Allotments Gardeners Association), der von einem perfiden Plan seitens des Stadtrats Wind bekommen hat, das Land an einen Bauträger zu verscherbeln.

Auf der Wiese unter dem Pflaumenbaum neben dem gemeinschaftlichen Wasserhahn wurde eine Versammlung einberufen. Doro gesellt sich zu den GAGA-Mitgliedern, die es sich bei einer Tasse starkem Tee auf einer Sammlung bunt gemischter Liegestühle, alter Küchenhocker und einer gestohlenen Kirchenbank gemütlich gemacht haben, die freitägliche Spätnachmittagssonne genießen und ihre Möglichkeiten abwägen. Reggie Hicks, der 84-jährige ehemalige Bergarbeiter aus Rossington und Sieger des Lauchwettbewerbs seit sechs Jahren in Folge, ist für einen sofortigen Generalstreik; Ada Fellowes, 76, weist darauf hin, dass sie damit nur *denen* in die Hände spielen würden. Danny Fellowes, ebenfalls 76, ist für Verhandlungen und eine sehr, sehr vorsichtige Vorgehensweise. Jim Smith, der noch älter als Reggie ist und ebenfalls ehemaliger Lauchpreisträger, setzt zu einer langen Rede an, die keiner versteht, nur dass es irgendwie um Rosenkohl geht. Helen Smith schließt sich seiner Meinung an und ergänzt, dass man *die* am besten an den Eingeweiden aufhängen sollte. Winston Robinson, 66 und aus Trinidad, ungeschlagener Kürbis-Champion, schlägt vor, eine Petition zu verfassen.

Ernest Philpott, 64 und Hausmeister der Greenhills-Grundschule, sagt »Pfui darüber! 's ist ein wüster Garten, der auf in Samen schießt, verworfnes Unkraut erfüllt ihn gänzlich« und ruft zur sofortigen Besetzung auf.

Doro ist mit sechzig das Nesthäkchen. Sie sagt: »Könnten wir nicht unseren Namen in irgendwas ändern, das ein weniger unglückliches Akronym ergibt?«

»Was ist ein Aggro-Gnom?«, fragt Danny Fellowes.

»Was ist so schlecht an gaga?«, fragt Jim Smith.

In der Zwischenzeit macht sich das wahre Kleingarten-Nesthäkchen, Oolie-Anna Free, 23 Jahre alt, an den Hochbeeten mit dem Gemüse zu schaffen, beaufsichtigt von mehreren wohlwollenden Augenpaaren. Sie gräbt mit bloßen Händen im Kompost und zerkrümelt das zersetzte Pflanzenmaterial mit den Fingern über den Tomatenpflanzen. Unter dem kurzärmligen T-Shirt sind ihre vernarbten Arme zu sehen. Als Doro ihr zusieht, presst sich ihr Herz in einer so intensiven Aufwallung von Liebe zusammen, dass es sich fast wie Schmerz anfühlt.

Für Doro unterteilt sich ihr Leben in zwei sauber getrennte Hälften: das Leben vor Oolie und das Leben mit Oolie. Die Vor-Oolie-Doro war schlank, hübsch, sexy, experimentierfreudig, engagiert. Die Nach-Oolie-Doro ist rundlicher, älter, häufig zu müde für Sex, vorhersehbar, überengagiert. Meistens erinnert sie sich nicht, wie es sich angefühlt hat, die Vor-Oolie-Doro zu sein. Wir alle bauen unser Leben um die Unabänderlichkeiten herum, die es nun mal gibt, und sie hat ihr

Leben um Oolie gebaut. Der Kleingarten ist immer ein großer Teil ihres gemeinsamen Lebens gewesen, ein geteiltes Hobby, ein Ort der Sicherheit, ein Hafen der Ruhe während Oolies stürmischer Adoleszenz. Der Gedanke, dass all das von fernen kalten Bürokraten bedroht ist, die mit geldgierigen Baufirmen unter einer Decke stecken, ist unerträglich.

Das Erste, woran man bei jeder Offensive denken muss, ist, dass man Verbündete braucht.

Sie beugt sich hinüber und flüstert Mr. Philpott zu: »Tut mir leid, dass ich Sie neulich angeschrien habe.«

Die Septembersonne sickert durch das Laub des Pflaumenbaums und sprenkelt das Gras mit Licht und Schatten, und die Gärtner auch, die an ihrem Tee nippen und eine Packung leicht feuchter Kekse herumreichen. Hoch oben im Blau ziehen die Schwalben Schleifen und Kreise und jagen nach Mückenhäppchen. Bienen summen in den Obststräuchern, und auch das schwache Rauschen des Verkehrs auf der A630 ist ein Teil der natürlichen Landschaft geworden, wobei Reggie zufolge die gute Erreichbarkeit über die Schnellstraße dafür verantwortlich ist, dass die Kleingartenanlage überhaupt ins Visier der Baulöwen geraten ist.

»Irgendeine Kanaille mit tiefen Taschen will sich hier ’ne goldene Nase verdienen.«

»Sie planieren das Paradies …«, sagt Winston Robinson, frei nach Joni Mitchell.

»… und bauen ein Parkhaus drauf«, stimmt Doro ein.

Bei der dritten Kanne Tee nimmt ein Schlachtplan Formen an. Reggie, Danny und Jim werden die anderen GAGAs mobilisieren. Ada Fellowes setzt sich mit dem Pfarrer in Verbindung: »Es ist an der Zeit, dass der sich mal die Finger schmutzig macht.« Doro, die ja neulich Stadtrat Loxley kennengelernt hat, wird ihn zu einer Begehung der Kleingartenanlage einladen und versuchen, ihm die genauen Fakten des Bauvorhabens zu entlocken. Helen wird ihn mit ein paar Gläsern ihres in ganz Doncaster berühmten schwarzen Johannisbeergelees bestechen. Winston Robinson wird eine Petition verfassen. Mr. Philpott wird eine Liste von Forderungen zusammenstellen.

Seit Solidarity Hall hat Doro nicht mehr diesen Kitzel gespürt, sich an einer militanten Aktion zu beteiligen.

»Wann fahren wir heim, Mum?«, quengelt Oolie.

»Bald.« Doro nimmt sie in den Arm. »Wir machen hier nur einen Plan, wie wir den Kleingarten retten können. Du willst doch auch nicht, dass sie hier einfach ein paar Häuser draufstellen, oder?«

»Ist mir egal.«

Gelangweilt zieht Oolie eine Schnute. In letzter Zeit ist sie immer so schlecht gelaunt. Ihr altes quirliges Ich kommt nur noch zum Vorschein, wenn sie von der Cafeteria bei Edenthorpe erzählt oder Clara aufzieht.

»Schau, Oolie, die Schwalben!« Doro zeigt in den Himmel, doch Oolie zuckt die Schultern.

»Sind doch nur blöde Vögel.«

Als sie nach Hause kommen, setzt Doro aus reiner Gewohnheit Wasser auf – obwohl sie schon drei Tassen Tee getrunken hat und in ihrem Alter auf ihre Blase achten muss – und loggt sich ins Internet ein. Sie geht auf die Seite der Stadtverwaltung und notiert sich Malcolm Loxleys Nummer, unter der sich ein Anrufbeantworter meldet. Überrumpelt hinterlässt sie eine wirre Nachricht.

»Sie erinnern sich vielleicht … wir … äh … sind uns in der Grundschule von Greenhills begegnet … Ich wollte Sie um Hilfe bitten, in einer dringenden Angelegenheit …«

Das Radio läuft im Hintergrund, als sie Spaghetti kocht – irgendetwas über eine amerikanische Bank, die pleitegegangen ist. Geschieht ihnen recht. Bestimmt hat Marcus beim Abendessen das eine oder andere dazu zu sagen. Genau in dem

Moment, als die Pasta den kritischen Al-dente-Punkt erreicht, klingelt das Telefon. Mist! Sie balanciert das Telefon in einer Hand und den Topf in der anderen und versucht, ohne freie Hand für den Topfdeckel die Nudeln in der Spüle abzugießen.

»Ja? Doro Marchmont.«

»Malcolm Loxley. Sie hatten angerufen.«

Seine Stimme ist tief, samtig und selbstbewusst. Eine mächtige Stimme, der Yorkshire-Akzent klingt nur leicht in den harten Vokalen an.

»Was kann ich für Sie tun?«

»Ich habe im Namen des Kleingärtnervereins von Greenhills angerufen. Wir haben von Plänen gehört, unsere Kleingartensiedlung zu Bauland zu machen, die der Bauträger mit irgendwelchen reaktionären Mitgliedern der Gemeindevertretung ausgeheckt hat, und wir wollten Sie um Unterstützung für unsere Kampagne bitten« (sie spürt, wie sie in Fahrt kommt), »diese skrupellosen Profitjäger rauszuwerfen und das Recht der Arbeiter … ich meine, der Kleingärtner … ach, Mist! …«

Ohne Deckel sind die dampfenden Spaghetti mit einem Schwung aus dem Topf in der Spüle gelandet, wo sie sich um das ungewaschene Geschirr schlingen wie bleiche Würmer.

»… auf die Erträge ihrer Gemüsebeete zu schützen.«

»Ich verstehe.«

»Und …?«

»Kann ich Sie zurückrufen?«

Serge

Der 700-Milliarden-Pfund-Rettungsschirm

»Kann ich Sie zurückrufen?«, fragt Serges Broker.

Und Serge sagt: »Klar«, weil er ihm schlecht sagen kann, dass er sich zum Telefonieren auf einer Behindertentoilette versteckt hat und dass sein Telefon ansonsten den ganzen Tag abgestellt ist.

Nach dem Schreck der letzten Woche hat er beschlossen, die Finger von Kenporter1601 zu lassen und nur noch als Dr. Black zu handeln. Das einzig Überraschende ist, dass Chicken so lange gebraucht hat, bis er dahintergekommen ist. Serge nimmt seinen Taschenrechner zur Hand und kommt zu dem Schluss, dass sie quitt sind. Er hat nicht nur das ursprüngliche Geld zurückgezahlt, das er sich von dem 1601-Konto für seine Trades geliehen hat, er hat nach seiner Berechnung sogar £ 1343,20 zu viel überwiesen. Andererseits, solange Chicken nicht die gleiche Berechnung durchführt, wird ihm das nicht auffallen. Und die Sache ist natürlich die, Serge wird nie genau wissen, ob Chicken beschlossen hat, die Angelegenheit unter den Teppich zu kehren, oder ob er nur auf den richtigen Moment wartet, loszuschlagen.

Von der Anspannung und der Ungewissheit ist ihm flau im Magen. Mittags beschließt er, das Gedränge in der FATCA-Cafeteria zu meiden und ein Sandwich auf dem St. Paul's Walk zu essen, wo er ungehindert telefonieren kann. Der Himmel hängt tief und hat die gleiche Farbe wie der Fluss, dessen kraftloses Klatschen gegen die Mauer melancholische Gedanken an die Ewigkeit, den Sinn des Lebens und den Inhalt seines Sandwichs auslöst, das schon wieder mit Krebsfleisch belegt ist.

Er ruft seinen Broker zurück und ist angenehm überrascht, als er hört, dass Dr. Black über ein Guthaben von 599 087 Pfund verfügt. Er beschließt, die Hypothek noch nicht gleich zurückzuzahlen. Stattdessen ruft er Otto an, um sich nach ihm und Molly zu erkundigen und sicherzugehen, dass er seine Plauderneigung in Schach hält.

»Du bist ein echter Kumpel, Bruder. Ich zahl dir alles zurück, sobald wir wieder flüssig sind«, verspricht Otto.

»Kein Wort mehr davon. Das ist unser Geheimnis, ja?«

»Klar.«

»Wie geht's Molly? Wann gibt sich das neue Free-Baby die Ehre?«

»Noch sechs Wochen. Wir haben die ganze Wohnung mit coolem Babykram in nicht-geschlechtsspezifischen Pastellfarben ausgestattet. Dank dir, Bruder.«

»Nicht der Rede wert. Ach übrigens, hast du in letzter Zeit mal was von Babs gehört?«

»Ich hab nicht mit ihr geredet oder so, aber ich hab gesehen, dass sie sich auf Facebook geoutet hat. Hehe.«

»Das gibt's nicht!«

Babs – eine Lesbe! Die Vorstellung macht ihn irgendwie an. Vielleicht sollte er sich doch mal wieder bei ihr melden.

Der Gedanke lenkt ihn so ab, dass er vergisst, sein Telefon abzustellen, und einen Augenblick später klingelt es in seiner Tasche. Er geht ran, ohne aufs Display zu sehen. Andernfalls hätte er es wahrscheinlich klingeln lassen. Es ist Doro.

»Mein Schatz! Endlich erwische ich dich! Ich habe mir solche Sorgen gemacht! Ich dachte schon, der Erdboden hätte dich verschluckt.«

»Kein Grund zur Sorge, Mum. Alles in Butter.«

»Ich habe von den schrecklichen Skandalen in Cambridge gelesen. Unglaublich, was diese Akademiker sich ausdenken.«

»Oh. Ja. Schrecklich.«

»Aber dein Institut ist da nicht beteiligt, oder?«

»Äh ... nein, nicht wirklich.«

»Aber in der Mathematik soll es besonders schlimm gewesen sein.«

»Ach, das war mehr Informatik. Nicht meine Art Mathe.«

»Ach so. Informatik. Klingt scheußlich.«

»Na ja. Ein bisschen trocken.«

»Und was macht die Dissertation?«

»Nicht schlecht. Geht voran. Mum ...«

»Serge, ich hatte eine Idee – warum kommst du nicht für ein paar Wochen nach Hause nach Doncaster, um sie fertig zu schreiben? Du könntest in deinem alten Zimmer wohnen und dich richtig konzentrieren, ohne die ganzen Ablenkungen des Studentenlebens.«

»Ich denke drüber nach.«

»Ich meine es ernst. Wie wäre es nächste Woche?«

»Hm ... aber ich brauche die Bibliothek ...«

»Findest du heutzutage nicht alles online?«

»Nicht alles. Aber danke, Mum. Ich werde auf jeden Fall drüber nachdenken.«

Er wirft den Rest seines Sandwichs in den Fluss, und sofort stürzen sich die Möwen darauf und fangen einen Streit an. Die größte, aggressivste trägt die Kruste davon, die kleineren bekommen ein paar Krümel, und da ist eine ausgemergelte mit einem schiefen Flügel, die gar nichts bekommt. Serge schüttelt noch ein paar Krumen aus der Tüte, aber die Möwe flattert nur hoffnungslos im Kreis. Wenn Doro hier gewesen wäre, hätte sie ihr wahrscheinlich noch ein Sandwich gekauft.

Als er wieder im Büro ist, sitzen die meisten wieder an ihren Plätzen, aber es ist nicht viel los. Es ist so still, dass er erst denkt, es gäbe vielleicht ein Computerproblem. Ein paar Trader gehen in die Cafeteria, um sich einen Schuss Koffein zu besorgen, aber die Quants sind fast vollzählig im Handelsraum versammelt. Der Hamburger versucht die Franzosen für seine Babybilder zu interessieren. Lucie und Tootie starren auf den Bildschirm an der Decke. In der Datumszeile steht Montag, 29. September 2008, und »Money Honey« interviewt einen schnell sprechenden Amerikaner in einem geschmacklosen teuren Anzug.

»Was ist hier los?«, fragt Serge.

»Weiß der Henker«, sagt Lucie.

»George Bush bettelt vor dem Repräsentantenhaus«, sagt Tootie.

»Was heißt das?«

»Anscheinend sind sie dort nicht besonders scharf drauf, die großen Banken rauszuhauen.« Seine Aknenarben bilden Grübchen. »Sie haben noch nicht begriffen, dass sie keine Wahl haben.«

Die Tür geht auf, und herein schwebt Maroushka: roter Lippenstift, gelbe Jacke, hohe Riemchenschuhe. Ein paar Jungs drehen sich nach ihr um. Sie bleibt in der Tür stehen, dann geht sie mit wiegenden Schritten zu ihrem Tisch. Die Jungs starren immer noch. Was zum Teufel gibt's da zu glotzen? Dann erst merkt Serge, dass sie gar nicht Maroushka anstarren. Er folgt dem Blick der anderen und sieht drei Männer in der Tür, die direkt nach Maroushka hereingekommen sein müssen: der Chief und zwei Typen in Anzügen – nicht in derselben Klasse wie die Marschälle aus der New Yorker Zentrale letzte Woche; die hier tragen gewöhnliche Stangenware, schlappe Polyestermix-Hemden, glänzende Hosen. Sie haben billige Haarschnitte und müde, aber misstrauische Augen. Es sind Typen, wie sie im Backoffice bei der Compliance oder im Finanzamt arbeiten, oder bei der Financial Services Authority – nicht schlau genug, um das große Geld zu machen, aber voller Rachedurst gegen die, die es schaffen.

Plötzlich schlägt sein Herz schneller – bumm! Bumm! Bumm! Bumm!

Die Männer bleiben stehen und betrachten den Handelsraum mit ihren müden-aber-misstrauischen Augen. Einer von ihnen beugt sich vor und flüstert Chief Ken etwas zu. Sie blicken in Richtung Securitisation. Dann marschieren sie los.

Bumm! Bumm! Bumm! Bumm! Sein Herz hämmert, als sie die Junk Bond Trader passieren, die Franzosen, Toby und Lucian, die aufblicken und etwas murmeln, das Serge nicht versteht. Sie kommen direkt auf ihn zu.

Bumm! Bumm! Bumm! Bumm! Sein Herz hämmert gegen seine Rippen. Er krümmt sich, beugt sich über die Tastatur, die Augen geschlossen, und wartet auf die Hand, die sich auf seine Schulter legt. Als er die Augen wieder öffnet, sind sie bereits am Hamburger vorbei.

Bumm! Bumm! Bumm! Bumm! Er spürt einen leichten Lufthauch im Nacken. Dann nichts. Sie sind vorbeigegangen.

Am Ende der Reihe sind nur noch Timo Jääskeläinen und der Glaskasten, wo Maroushka an ihrer Handtasche nestelt, anscheinend ohne zu bemerken, was hier vorgeht. Sie nimmt einen Lippenstift und einen kleinen Spiegel aus der Tasche, schürzt die Lippen und tupft sie anschließend mit einem Taschentuch ab. Dann blickt sie auf. Einer der Schlapphemden starrt sie durch die Glasscheibe an, mit dem faszinierten Blick, mit dem die meisten Männer sie ansehen. Der andere beugt sich vor und flüstert Timo etwas ins Ohr.

Timo steht auf, sein Stuhl fällt um. Seine Wangen sind sehr blass. Er folgt Chicken zur Tür, die zwei Typen gehen hinter ihm. Der Hauch eines Aftershaves zieht vorbei – Anis und Feuerzeugbenzin –, und der Ausdruck in seinem Gesicht ist diesmal eindeutig eine Grimasse.

Clara

Teig

Claras Herz klopft schneller. Da ist die Frau wieder und wartet am Schultor. Sie sieht ein bisschen jünger als Doro aus. Mintgrüne kragenlose Jacke mit Goldknöpfen. Kurzes schwarzes Haar, präzise geschnitten, intensiv gefärbt. Dunkelroter Lippenstift. Goldenes Bettelarmband. Die Art Frau, die man als Doncaster-Jackie beschreiben könnte.

Durchs Wagenfenster kann Clara sie ungestört beobachten. Warum kommt sie ihr bloß so bekannt vor?

Im nächsten Moment kommt Jason herausgerannt und umarmt sie. Die beiden gehen in Richtung Hawthorn Avenue, und Clara fährt in die Hardwick Avenue, um auf dem Heimweg eine Tasse Tee zu trinken.

Doro und Oolie sind in der Küche, die Arme bis zum Ellbogen in Brotteig versenkt. Doros Teig ist locker und luftig und zu runden Brötchen geformt, die sie aufs Blech legt. Oolies Teig ist vom zu vielen Kneten platt und grau, weil sie sich nicht die Hände gewaschen hat; außerdem ist er mit kleinen Punkten einer unbekannten Substanz gesprenkelt – möglicherweise Popel.

»So ist es gut«, ermutigt Doro sie. »Hier, mach kleine Kugeln draus und leg sie da hin.«

Beim Zusehen denkt Clara an die Zeit vor Oolies Geburt zurück, als Doro mit ihr Brot gebacken hat. Ihr Teig war auch immer so schlapp und grau.

Als Doro die Bleche in den Ofen schiebt und die Uhr einstellt, fragt Oolie Clara in lautem Flüstern: »Hast du's ihr gesagt?«

»Was gesagt?«

»Mit meiner eigenen Wohnung. Dass ich Filmer gucken will.«

»Lass uns alle zusammen darüber reden«, sagt Clara, als Doro sich zu ihnen an den Tisch setzt.

Dann kommt Marcus mit mehreren alten Teebechern herein, die er in die Spüle stellt.

»Hallo, Clara. Wie schön, dich zu sehen.«

»Hallo, Dad.«

Sie genießt die unkomplizierte Wärme seiner Umarmung, die raue Wolle seines Pullovers, den Geruch nach Pears-Seife und Tabak. Doro setzt Wasser auf und stellt ein Kännchen Milch und Becher auf den Tisch. Einen davon, mit dem Bild eines Hamsters und einer kleinen abgeplatzten Stelle, hat Clara ihr vor rund zwanzig Jahren zum Muttertag geschenkt.

»Wie läuft es mit dem Garten?«, fragt Clara.

»Es wird ein gutes Jahr für Äpfel. Und Pflaumen.«

»Mm. Köstlich.«

»Die anderen Lehrer an deiner Schule«, sagt Doro, indem sie ziemlich auffällig das Thema wechselt, »verstehst du dich gut mit ihnen?«

»Vielleicht«, antwortet Clara argwöhnisch und fragt sich, worauf sie hinaus will.

»Und, ist jemand ... besonders Nettes dabei?«

Oolie hat keine Geduld für so was. »Sag's ihr schon! Sag ihr das mit den Filmern!«

»Was für Filme?«, fragt Marcus.

»Oolie will in eine eigene Wohnung ziehen, damit sie Filme anschauen kann.« Clara sieht, wie ihre Eltern einen Blick wechseln. »Anscheinend hat der Sozialarbeiter so was vorgeschlagen.«

»Hast du ihr auch gesagt, was für Filme du sehen willst, Oolie?«, fragt Doro.

»Ich hab's ihr gesagt. *Mädchenspiele. Hämmerlos.*«

»Nicht ›Hämmerlos‹, Oolie. Hemmungslos.«

»Na und?« Schmollend pult sich Oolie die Teigreste von den Fingern und rollt sie zu dünnen Würsten.

Doro sieht Clara an und formt lautlos mit den Lippen: »P-o-r-n-o-s.«

Clara zuckt die Schultern. Marcus zieht die Brauen hoch, nimmt die Brille ab und putzt sie ganz langsam und sorgfältig mit seinem Stofftaschentuch.

»Ich finde …«, fängt Clara an.

Oolie schiebt sich das Teigwürstchen in die Nase.

»Lass das!«, schimpft Doro.

Oolie zieht das Teigwürstchen wieder heraus und steckt es stattdessen in den Mund.

Doro beugt sich vor und gibt Oolie einen Klaps aufs Handgelenk. Marcus legt die Hand auf Doros Arm, um sie zurückzuhalten. Doro schüttelt ihn ab. Oolie grinst.

Der Duft von frisch gebackenem Brot zieht durch die Küche. Clara schließt die Augen und lässt sich von dem Duft in die Küche in Solidarity Hall zurücktragen, wo die ganze Kommune um den gelben Tisch saß und in Hochrufe ausbrach, als Doro rotwangig und lachend einen Kuchen aus dem Ofen holte. Clara war dreizehn Jahre und sieben Monate alt, und sie feierten ihre Menarche. Alle gratulierten ihr, dass sie zur Frau geworden war.

Es war ziemlich verwirrend. Einerseits war sie glücklich, weil sie im Mittelpunkt der Aufmerksamkeit stand und weil Feste einen doch glücklich machten. Aber was war so besonders daran, eine Frau zu sein? Es gab Millionen von Frauen da draußen. Und das mit der Menstruation fand sie eigentlich nicht so toll.

Außerdem wollte sie nicht, dass die ganze Welt davon wusste – vor allem nicht ihr kleiner Bruder, der anfing, blöde Kommentare über Blutflecken zu machen, und sie jedes Mal knuffte, wenn jemand ein Glas Erdbeermarmelade auf den Tisch stellte.

»Hast du was von Serge gehört, Mum?«

»Nein.«

»Ich auch nicht. Er geht nie ans Telefon.«

»Ich schätze, er ist noch in London am Imperial College.«

»Nicht am Imperial College, Mum, am University College.« Ihre arme Mutter wird langsam ein bisschen plemplem.

»Wahrscheinlich hat er an beiden Colleges zu tun, Liebes. Kein Wunder, dass er nicht dazu kommt, uns zurückzurufen.«

»Ich wette, er hat eine neue Frau in seinem Leben. Deswegen meldet er sich nicht.«

»Was ist eigentlich aus Babs geworden? Ich mochte sie wirklich gern.«

»Keine Ahnung. Warum nimmst du ihn immer in Schutz, Mutter? Warum interessierst du dich nie dafür, was *ich* tue?«

»Also? Gibt es jemand Neues in deinem Leben, Clara?«

»Mein Gott, Mutter!« Reiten andere Eltern auch ständig darauf herum? »Was ist eigentlich aus euren Hochzeitsplänen geworden? Davon redet keiner mehr.«

»Welche Hochzeit? Ihr habt mir gar nix von einer Hochzeit gesagt!«, ruft Oolie.

Hoppla!

»Also … wie würdest du es finden, wenn Doro und ich heiraten würden, Oolie?«, fragt Marcus.

Doro verdreht die Augen und geht in die Küche, um nach dem Brot sehen.

Clara trinkt schnell ihren Tee aus und bleibt nicht, um sich Marcus' und Doros Aussprache mit Oolie anzuhören. Sie findet das Trio irgendwie anstrengend – Doro und Marcus, die so rasch zu altern scheinen, und Oolie, die überhaupt nicht altert und scheinbar in ewiger Kindheit erstarrt ist.

Was wird aus Oolie, wenn Marcus und Doro sich nicht mehr um sie kümmern können? Wird dann Clara sie »erben«, zusammen mit der Protest-Poster-Sammlung von 1968, den T-Shirts mit den Sprüchen und Marcus' unvollendetem Manuskript? Sie muss mit ihrem Bruder darüber sprechen.

Auf der Heimfahrt nach Sheffield atmet sie den Duft der frisch gebackenen Brötchen ein, die Doro und Oolie ihr mitgegeben haben, und fragt sich nach dem wirklichen Grund, warum Serge nie ans Telefon geht.

Serge

Wodka

Serge schlägt blinzelnd die Augen auf. Er ist immer noch im Handelsraum, und die Uhr in der Ecke des Fernsehbildschirms zeigt immer noch dasselbe Datum – 29. September 2008.

Das ist gut. Es ist 18.40 Uhr.

Behutsam schließt er die Augen, dann öffnet er sie wieder: 19.02 Uhr.

»Was ist los?« Maroushka steht mit einem Glas Wasser über ihm.

Zumindest sieht es aus wie Wasser. Als sie es ihm an die Lippen hält, merkt er, dass es Wodka ist.

»Nichts. Alles gut.« Er versucht zu beweisen, wie gut es ihm geht, indem er sich aufsetzt, um einen Schluck zu trinken, aber ihm wird schwindelig, und er sinkt wieder auf den Schreibtisch. »Mir war nur ein bisschen schwummerig.«

»Schummelig? Nicht normal?«

»Was ist mit Timo passiert?«

»Polizei verhaftet.«

»Warum? Was hat er getan?«

Sein Herz fängt wieder zu hämmern an. Bumm! Bumm! Bumm! Bumm! Wie lange wird es dauern, bis sie merken, dass sie den Falschen verhaftet haben? Sie legt sich einen rotlackierten Finger an die Nase und zwinkert ihm zu. Einen Augenblick lang verrutscht die Maske der City-Frau, und sie sieht aus wie eine freche Zwölfjährige.

»Ich finde raus.«

Wenn das Betrugsdezernat erst auf der Matte steht, hat er keine Chance. Sobald Timo den Mund aufmacht, merken sie, dass sie den Falschen haben, und dann können sie ihn über das blöde Dr.-Black-Konto ruckzuck aufspüren.

Was, wenn es eine vollkommen simple Erklärung für Chickens 1601-Konto gibt?

Was, wenn es am Ende doch bei der Compliance-Abteilung registriert ist?

Was, wenn …?

Die meisten haben den Handelsraum verlassen, nur die Inder in der Devisenecke arbeiten noch fieberhaft an irgendeinem späten Deal. Der Rest der Quants ist bei Franco's, sagt Maroushka, um Lucians Geburtstag zu feiern.

»Wir gehen auch, Sergej?«

»Gleich.«

Er nimmt ihre Hand und zieht sie an sich. Sie sträubt sich nicht. Ihr Körper lehnt leicht an seinem, ihr Schenkel ist an sein Knie gedrückt. Ihr Parfum füllt seine Nüstern.

»Das Leben steht wie ein ewiger Frühling mit neuen glänzenden Farben vor mir.«

»Du redest verrückt, Sergej.«

»Carl Friedrich Gauß. Nicht verrückt. Sublim.«

Sie kippt ein wenig Wodka in seinen offenen Mund.

»Trink.«

Er hustet und prustet. »Verdammt. Hast du immer eine Flasche Wodka in der Handtasche?«

»Ich hab für Notfalle.«

»Ich liebe dich.«

Da, jetzt ist es raus. Hätte er darüber nachgedacht, hätte er es wahrscheinlich nicht gesagt. Und sie zuckt nicht voller Ekel zurück, sondern lächelt wieder ihr Zwölfjährigenlächeln und trinkt einen Schluck Wodka.

»Ich glaub, du bist immer noch schummelig, Sergej.«

Sie macht sich los, aber ihre Hand bleibt auf seiner Schulter liegen.

»Lauf mit mir weg, Maroushka.«

Obwohl er ihren Namen im Kopf so oft gesagt hat, ist es das erste Mal, dass er ihn laut ausspricht. Die Konsonanten verschmelzen in seinem Mund. Sie lacht. Sie merkt nicht, dass er es todernst meint.

»Warum weglaufen?«

»Ich habe …«

Der Wodka stimmt ihn leicht und vage optimistisch.

Prinzessin Maroushka!
Höre Serges Lied!
In jeder Notfalle
bin ich deines Glückes Schmied.

Wenn er die richtigen Worte finden kann, wenn er ihr den ultimativen Antrag macht, dann wird sie erkennen, dass er trotz seiner kleinen Statur und ironischen Art nicht nur ernstzunehmend, sondern auch fähig ist – der Mann, auf den sie ihr Leben lang gewartet hat, ohne es zu wissen, der Mann, der sie lieben und beschützen wird und der sie zum Lachen bringen wird.

»Ich bin …« Er zieht ihre Hand an seinen Mund und küsst die kleinen harten Knöchel. »… ich bin Serge.«

Einen Moment schwillt seine Liebe an wie ein herzförmiger Heliumballon und steigt über ihnen auf, und Turteltauben flattern unter der Decke des Handelsraums. Dann lacht sie und zieht die Hand weg.

»Du bist zu schummelig heute, Sergej.«

»Wir könnten zusammen schummelig sein. Wir könnten lauter schummelige Babys bekommen.«

Sie rollt die Augen auf diese Art, die er unwiderstehlich sexy findet. »Abnormale Dinge passiert auf Weltmarkt, Sergej. Timo hat kein Bedeutung, aber das hat Bedeutung. Congress hat gegen Bush-Plan gestimmt. Sehr interessante Situation. Dow Jones wird einbrechen. Von diese Position manche gewinnen und manche verlieren alles. Das müssen wir rausfinden. Gehen wir?«

Bei Franco's ist es laut und die Luft ist zum Schneiden. Es werden mehrere Partys auf einmal gefeiert. Eine Gruppe Trader, die im Post-Lehman-Massaker von großen Banken gefeuert wurden, ertränkt ihren Kummer, andere verpulvern ihre Abfindung, und die FATCA-Meute lässt sich zur Feier von Lucians Geburtstag mit Champagner volllaufen, während alle irgendeine Fernsehsendung verfolgen, in der erklärt wird, warum die weltweite Kreditschwemme ausgetrocknet ist und warum die großen Banken jetzt, da sie sich von den anderen nichts mehr leihen können, aufgehört haben, Kredite auszugeben, und eine nach der anderen zusammenbrechen. Tim the Finn scheint vollkommen vergessen, während alle fasziniert auf den Bildschirm starren, wo sich die Krise abspielt. Als Serge sich durch die Menge drängt, um zu den FATCA-Leuten zu stoßen, geht ironischer Jubel durch die Menge. Das US-Repräsentantenhaus hat soeben den Bush-Plan abgeschmettert und bestimmt, dass die Banken auf eigenen Füßen stehen müssen wie alle anderen auch. Werte, die sie alle für sicher gehalten hatten, Werte, die im boomenden Immobilienmarkt von Hypotheken gestützt wurden, Werte, die von Moody's und Standard & Poor's und Konsorten ein Triple A bekommen haben, sind plötzlich so porös und leicht wie Blätterteig. Ein Damm von faulen Krediten, durch (scheinbar) unendlich steigende Häuserpreise gestützt, ist gebrochen, und toxische Schulden fluten die Fundamente der Finanzinstitute auf der ganzen Welt. Wo wird das enden?

»Happy Birthday, lieber Lucie!«, grölt jemand.

»Danke, liebe Kunden!«, grölt ein anderer, als wieder eine Runde Korken knallt.

Toby O'Toole drückt Serge ein Glas in die Hand, und

er kippt es herunter. Wow! Was war das? Berauscht von der eigenen Ruchlosigkeit haben die Quants angefangen, Wein und Bier und Schnaps in den Champagner zu mischen, zu immer bizarreren und widerlicheren bitzelnden Cocktails, nach dem Vorbild ihrer synthetischen Portfolios.

»... Subprime-Hypothekenkredite ... Niedrigverdiener und Arbeitslose ... Anstieg der US-Zinsen von 1 auf 5,3 Prozent ... nie dagewesene Anzahl von geplatzten Krediten ... Einbruch der Immobilienpreise ... blablabla ...«, rattert der dünnlippige TV-Experte herunter.

»Lieber Gott, gib uns noch ein Jahr, bevor alles den Bach runtergeht!«, betet jemand.

»Und die Regulatoren über uns kommen!«

Toby hebt das Glas, und Serge macht mit, trinkt auf all die Hoffnungslosen, die alles zusammengekratzt haben, um sich ihr Traumhaus zu kaufen, auf die Loser und Verschwender, die eigentlich nie einen Kredit hätten bekommen dürfen und die nun nicht mehr mit den Ratenzahlungen nachkommen (Überraschung!), und deren vielfach vervielfachte Verluste eine Goldgrube für sie alle hier waren.

»Noch ein Jahr, noch eine Million!«, schreit einer der Trader, und alle jubeln.

Serge sieht sich nach Maroushka um, will den transzendenten Moment mit ihr teilen, aber sie steht allein im Hintergrund, ohne zu trinken, und betrachtet den Bildschirm mit dunklem, eindringlichem Blick.

Doro

Sex-Turnus

Um elf stellt Doro den Fernseher aus und geht hoch ins Schlafzimmer, wo Marcus schon seit einer halben Stunde schläft. Wovon träumt er unter der dicken Decke, die sich mit seinem Atem hebt und senkt, der den kleinen geschlossenen Raum stickig macht? Den ganzen Tag hat er am Schreibtisch gehockt und die Weiden der Vergangenheit abgegrast. Sie war draußen auf der Parzelle, und in ihren Gliedern sitzt die wohlige Müdigkeit von Bewegung an der frischen Luft – mit ein paar Pieksern in Knien und Wirbelsäule, die sie daran erinnern, dass sie nicht mehr die Jüngste ist. Oolie hat ihr gefehlt, und sie fragt sich wieder einmal, wie Megan vor all den Jahren davonlaufen und sie zurücklassen konnte.

Vielleicht wollte Megan keine Neuankömmlinge in der Kommune, oder vielleicht waren ihr die Chrises einfach unsympathisch, jedenfalls ist sie mit Chris Watt und Chris Howe nie gut klargekommen, trotz (oder vielleicht wegen) der Tatsache, dass die Chrises sich große Mühe gaben, sie umzuerziehen.

Chris Watt, die gelernte Krankenschwester war, half Megan bei der Behandlung ihrer Ekzeme und ermunterte sie, das Rauchen aufzugeben und Oolie zu stillen, was weder Megan noch Oolie leichtfiel. Chris Howe übernahm es, ihr die Grundlagen des Marxismus und der freien Liebe beizubringen.

Einmal bekam Doro eine Unterhaltung mit, als sie Geschirr spülte und Chris Howe und Megan noch am Frühstückstisch saßen. Knirschkarl hockte unter dem Tisch und quälte einen Marienkäfer, den es aus dem Garten hereingeweht hatte. Chris trug das lange graue Haar in einem Pferdeschwanz und hatte (Gott sei Dank) eine Pyjamahose und ein T-Shirt an mit dem fast ausgewaschenen Slogan »Trau keinem über dreißig«, unter dem sein behaarter rosa Bauch hervorquoll. Megan trug Moiras blau-lila Häkeltop und darunter einen gut sichtbaren schwarzen Spitzen-BH.

»Die sozialistische Gesellschaft wird die Frauen aus der repressiven Monogamie befreien, damit sie endlich sexuelle Erfüllung erreichen können«, erklärte Chris Howe, während seine Augen an den Umrissen ihrer Brüste unter dem Häkeltop klebten.

Megan sagte nichts.

Ihr Schweigen als Ermutigung auffassend, fuhr er fort: »Im Sozialismus wäre es zum Beispiel ganz normal, dass du und ich jetzt miteinander schlafen würden.«

»Du und ich?« Unwillkürlich zuckte Megan auf ihrem Stuhl zurück und musste sich an der Tischkante festhalten, um nicht rückwärts umzukippen.

»Mam, was ist Soßenlismus?«, nölte Carl unter dem Tisch.

»Was Schmutziges!«, knurrte Megan zurück.

Als Doro sich hinausschlich und leise die Tür hinter sich schloss, hörte sie das Klatschen einer Hand und Megans Stimme, die schrie: »Lass das, Carl!«, gefolgt von einem leisen Winseln.

Sie kam noch ein anderes Mal dazu, als die beiden am Küchentisch saßen.

Megan rauchte und starrte aus dem Fenster. Chris, diesmal ohne Hose, hatte einen Haufen Papiere auf dem Tisch ausgebreitet und erklärte: »Pass auf, im Kapitalismus gehören die Produktionsmittel den reichen Parasiten, und die Arbeiterklasse hat nichts zu verkaufen außer ihrer Arbeit.«

»Ich will reich sein«, sagte Megan und strich sich eine Strähne ihres dicken schwarzen Haars hinters Ohr, die ihr ins Gesicht gefallen war.

»Du willst ein Parasit sein?«

»Ja. Paris, London, New York, alles ist besser als hier.«

Es dauerte ein paar Tage, bis in der Kommune jemand mitbekam, dass Megan verschwunden war. Doro hatte ihre Abwesenheit zwar bemerkt, aber angenommen, dass sie mit Knirschkarl bei ihrer Mutter in Harworth war und bald wieder zurückkommen würde, wie bisher auch.

Falls jemandem auffiel, dass Megan ungewöhnlich lange wegblieb, dann wahrscheinlich eher mit Erleichterung als mit Sorge, so als wäre ein störendes Hintergrundgeräusch plötzlich verstummt – wobei es bei Megan gerade die von ihr ausgehende Stille war, die störte. Die Kinder waren froh, dass Carl ihnen nicht im Namen der Solidarität aufgezwungen wurde. Selbst Oolie wirkte ruhiger. Erst am fünften Tag fingen sie an, einander zu fragen, ob Megan irgendwem irgendetwas gesagt hätte. Doro warf einen Blick in ihr Zimmer und stellte fest, dass Megans und Carls Kleider fehlten, ebenso die Stofftiersammlung auf ihrem Bett. Die Kleider, die sie sich von den anderen geliehen hatte, lagen ordentlich zusammengefaltet auf einem Sessel, darunter auch Moiras blau-lila Häkeltop.

Am sechsten Tag fuhr Marcus mit dem uralten braunen Lada der Kommune nach Harworth, wo er durch die Straßen streifte und willkürlich Passanten ansprach.

»Kennen Sie eine Megan Cromer? Sie hat einen kleinen Jungen namens Carl?«

Es musste Zahltag sein, denn auf der Post war eine Schlange, die bis raus auf die Straße ging, aber niemand schien Megan oder Carl zu kennen.

»Vielleicht isse in die Sklaverei verkauft worden«, sagte eine ältere Frau mit Lockenwicklern unter einem Kopftuch. »Wie in sonem Buch.« Sie kicherte über ihren eigenen Vorschlag.

»Gefesselt und geschändet«, sagte ihre runzlige Begleiterin.

»Wegen dem Jungen müssten sie in der Schule Bescheid wissen«, sagte die Frau am Schalter.

Marcus wartete vor der Schule, bis die Kinder herauskamen. Carl war nicht dabei. Ein Lehrer fragte ihn, was er dort tue.

»Ich suche einen Jungen namens Carl Cromer. Er lebt bei seiner Großmutter in Harworth, soviel ich weiß.«

»Sie gehen jetzt besser, bevor ich die Polizei rufe.«

»Ich wette, die is mit Silver Birchs Leuten weg«, sagte ein Mann mit zahlreichen Piercings vor einem Zeitungskiosk. »Streikbrecher haben immer Kohle. Denen rennen die Weiber nur so hinterher.« Er schnaubte. »Wir haben den immer den Borkenkäfer genannt.«

Ein Mann an einer Bushaltestelle sagte zu ihm: »Nie was von denen gehört, mein Freund, aber ich geb dir zehn Pfund für deine Karre.«

»Was meinst du, wo könnte sie sein?«, hatte Doro gefragt.

»Megan ist Megan«, antwortete Marcus, was ihr damals merkwürdig vorkam.

Wochen später fand jemand eine wenig informative kleine Nachricht von ihr, die hinter ihr Bett gerutscht war.

Megans Weggang war Anlass, die Machtverhältnisse zwischen den Männern und den Frauen in der Kommune zu überdenken.

»Immer entscheiden die Männer, mit wem sie schlafen. Wir halten uns für so emanzipiert, aber eigentlich ist es doch nach wie vor der gleiche Mist«, erklärte Moira bei ihrem wöchentlichen Frauentreffen.

»Hm«, sagte Doro, die immer angenommen hatte, dass es Moira war, die entschied.

»Sie spielen uns gegeneinander aus.« Moira wickelte sich eine kupferrote Haarsträhne um den Finger. »Und wir spielen mit, weil wir begehrt werden wollen.«

»Mhm«, stimmte Doro zu und dachte, um ihr das klarzumachen, musste erst Megan kommen.

»Wir sollten die Sache selbst in die Hand nehmen und einen Sex-Turnus einrichten«, erklärte Chris Watt, obwohl sie Bruno gar nicht kennengelernt hatte. »Dann könnten *wir* entscheiden.«

»Hm«, sagte Doro und überlegte, wie sie die turnusmäßige Bekanntschaft mit Chris Howes rosa Würstchen vermeiden könnte.

Nach dem Scheitern von Megans Umerziehung hatten Chris Howes politische Ansichten einen Linksruck gemacht, oder besser gesagt, sie waren hinaus ins All geschossen.

»Weißt du, von wo der Sozialismus am Ende herkommen wird, Schwester?«, fragte er Doro eines Tages auf dem Treppenabsatz.

Sie schüttelte den Kopf und sah sich nach einem Fluchtweg um, wobei sie versuchte, die schlaffe Männlichkeit, die vor ihr baumelte, zu ignorieren.

»Aus dem Weltraum.«

»Ach, wirklich?«

»Ja. Posadas sagt, Wesen, die intelligent genug sind, um in den Weltraum zu reisen, müssen zwangsläufig längst eine sozialistische Gesellschaft gegründet haben. Das ist ein Gebot der Logik.«

Bei der Erinnerung muss Doro im Dunkeln lächeln, als sie sich an Marcus schlafenden Leib kuschelt, und sie empfindet stille Dankbarkeit dafür, dass der Sex-Turnus so kurzlebig war.

Die eigentliche Nutznießerin war Chris Watt, die weiß Gott etwas Abwechslung verdient hatte.

Serge

Fortuna

Es ist fast zwei. Serge hält sich den Bauch und hofft, dass er nicht im Taxi kotzen muss. Es war dumm, sich so die Birne wegzuknallen, aber verzeihlich unter den Umständen. Der Wodka, den Maroushka ihm eingeflößt hat, war sein Rettungsanker gewesen. Ein paar Gläser Champagner obendrauf haben nicht geschadet. Das Bescheuerte war, sich dem Wettbewerb der anderen Quants anzuschließen, wer am meisten von der toxischen Mischung aus Champagner, Whisky, Brandy, Bier, Rotwein, Pernod, Campari, Fruchtsaft, Worcestersoße und einem orangen Zeug vertragen konnte, das wie Fleckentferner schmeckte.

Irgendwann hatte der Barmann, ein kleiner dunkelhäutiger Typ mit einem Ohrring und wenig Haar, vorsichtig vorgeschlagen, dass sie alle einen Gang runterschalten sollten, worauf Lucian, das Geburtstagskind, fuchsteufelswild wurde und ihn anschrie: »Schenk aus, du mieser kleiner Proll! Mach deinen beschissenen kleinen Job!« Dabei warf er die Arme in die Luft, taumelte gegen einen Tisch und warf ein paar Gläser auf den Boden.

Ein alter Schulfreund von Lucian, der bei Cazenove arbeitete und bereits sternhagelvoll war, umarmte seinen Kumpel und gab ihm einen feuchten Kuss.

»Yay! Wenn du's nicht kriegst, bist du's nicht wert!«

Der Kerl war blond und groß – so groß, dass Serges Kopf bequem unter sein Kinn gepasst hätte. Serge sah sich nach Maroushka um, weil er sehen wollte, ob sie dem Typen schöne Augen machte, aber sie quatschte mit dem Hamburger.

»Der ganze verdammte Reichtum in dieser verdammten schönen Stadt, den haben wir gemacht, wir haben ihn verdient, und wir werden ihn verdammt noch mal versaufen!«, brüllte Lucian wie ein Prophet mit Vokuhila.

»Weil morgen vielleicht alles vorbei ist«, fügte Toby hinzu. »Herzlichen Glückwunsch zum Geburtstag, Kleiner!«

Er kippte Lucian sein Glas über den Kopf. Die klebrige Flüssigkeit lief ihm übers Gesicht, und er streckte die Zunge heraus, um sie aufzufangen. Ein paar Leute klatschten, aber die meisten sagten nichts, auch im Smog des Vollrauschs vage gewahr, dass ihre Kollegen zu weit gegangen waren.

Serge beugte sich über den Tresen und flüsterte: »Tut mir leid. Die sind nicht immer so.«

Der Barmann senkte schweigend den Kopf und ließ den nächsten Korken knallen. Das war der Zeitpunkt, als Serge klar wurde, dass er hier rausmusste. Er sah sich nach Maroushka um, aber sie war verschwunden.

»Danke. Der Rest ist für Sie!«

Serge reicht dem Fahrer einen Zehner und schafft es gerade noch rechtzeitig aus dem Taxi, bevor er vor seinem Häuserblock einen mächtigen sauren, gelben Schwall auf die Straße kotzt.

Doch das Glück bleibt ihm hold – er schafft es, nichts auf seine Kleider zu bekommen.

Glück: bleib immer auf der richtigen Seite dieser unsteten Lady, schmeichle ihr, studiere ihre Gewohnheiten, kenne ihre Launen, umwirb sie mit Versprechen und Geschenken. Halte sie nie, nie für selbstverständlich. Er kennt Fortuna und auch ihre zwei flatterhaften Schwestern Risiko und Zufall. Das ungezogene Trio treibt sich auf den Kursdiagrammen der Börsen herum; er ist ihnen in Prüfungssälen häufig begegnet; sie suchen die düsteren Winkel der Geschichte heim wie die alten Weiber, die einst strickend neben der Guillotine saßen, stets Ausschau haltend nach einem großen Kopf.

Bevor er ins Bett geht, wirft er aus Gewohnheit einen schnellen Blick auf Chickens Bank- und E-Mail-Konten. Keine Aktivität den ganzen Tag. Auf Kenporter1601 herrscht immer noch die große Null. So weit, so gut. Aber die bleiche Grimasse auf Tims Gesicht, als er aus dem Handelsraum geführt wurde, hat sich ihm eingeprägt. Inzwischen muss er mit den Bullen geredet haben.

Was hat er ihnen gesagt?

Wird Chicken sie auf die irregulären Transaktionen auf seinem 1601-Konto ansetzen?

Oder lässt er seine eigenen Trading-Aktivitäten lieber im Dunkeln?

Serge weiß, dass ihm das Glück bis jetzt hold war, aber wie lange noch? Um auf der richtigen Seite des Glücks zu bleiben – die Lady zu ermutigen, die Dinge aus seiner Warte zu sehen –, beschließt er, ihr ein kleines Geschenk zu machen. Er loggt sich ein und überweist £ 5000 von Dr. Black zu Kenporter1601, eine großzügige Zinszahlung für das Geld, das er sich geborgt hat. Der Zahlung fügt er ein einziges Wort hinzu: DANKE.

Clara

Mr. Gorst/Alan hat einen Bart

Als Clara am Dienstagmorgen zur Schule kommt, ist Mr. Gorst/Alan im Lehrerzimmer und versucht eine Konferenz zu organisieren, um über die Ergebnisse der staatlichen Uni-Zugangs-Tests zu diskutieren.

»Wir könnten besser sein.« Er winkt mit dem dicken Stapel des Schreckens in die Runde.

Doch sie kann den Blick nicht von den dunklen Stoppeln auf seiner unteren Gesichtshälfte wenden, aus denen möglicherweise ein Schnurrbart oder, schlimmer noch, ein Vollbart werden soll.

Oh, nein! Tu das nicht! Du bist wunderbar, so wie du bist, Alan! Ihrer Meinung nach steht Gesichtsbehaarung so gut wie niemandem.

Nachdem der Direktor weg ist, flüstert Mr. Tyldesley ihr ins Ohr: »Es ist, als würde man von einem schlecht gerupften Huhn abgemahnt werden.«

»Oder dem verflixten Che Guevara«, murmelt Mr. Kenny laut genug, dass es jeder hört.

Nur Heidi Postlethwaite eilt zu seiner Verteidigung.

»Für die alten Griechen war der Bart ein Symbol der Männlichkeit.« (Luder!)

Clara versucht noch einmal zu telefonieren. Sie hat immer noch kein Glück mit dem Typen von Syrec gehabt, der die Säcke mit dem Papier und dem Plastik zum Recycling abholen sollte. Vielleicht hatte Mr. Kenny recht mit dem Förderzuschuss.

In der Mittagspause steckt sie den Kopf durch die Tür des Heizkellers, wo Mr. Philpott mit einem Buch auf dem Schoß vor sich hin döst: ›Per Anhalter durch die Galaxis‹. Er fährt erschrocken hoch, und zwei Brillen rutschen ihm von der Nase auf den Schoß.

»Danke, dass Sie die Säcke für mich verwahrt haben, Mr. Philpott. Ich nehme heute ein paar mit nach Hause für die Recyclingtonne.«

Die zugeschnürten schwarzen Müllsäcke stehen im Flur vor dem Heizkeller. Ein Windstoß fährt durch die offene Tür und zerrt an ihnen, so dass sie flattern wie eine unordentliche Schar riesiger Krähen. Mr. Philpott hilft ihr, ein paar Säcke zu ihrem Wagen zu tragen und in den Kofferraum zu stopfen. Sie schlägt den Kofferraumdeckel zu und geht zurück ins Klassenzimmer. Dieser blöde Syrec-Mensch.

Sie probiert es wieder mit der Mobilnummer von Syrec, und zu ihrer Überraschung meldet sich diesmal jemand. Es ist die gleiche Teenager-auf-Speed-Stimme wie beim letzten Mal.

»Ja, ja. Oh, Scheiße. Das hab ich total vergessen. Tut mir leid. Ja. Vor zwei Wochen. Drei? Wo sind Sie? Gut, ich komme vorbei. Ja, genau. Heute Nachmittag um vier. Zwanzig Pfund.«

Am Nachmittag ist Geschichte dran, Miss Postlethwaites Fach, die den Lehrplan erstellt und in ihrer Popowackelweisheit beschlossen hat, dass die Kinder von Greenhills etwas über das alte Ägypten lernen sollen. Vielleicht haben die alten Schlackehügel von Yorkshire sie an die Pyramiden erinnert.

»Wer weiß noch, welcher Fluss durch Ägypten fließt?«, fragt Clara und behält die Wanduhr im Auge, die ganz langsam auf 15.15 zukriecht.

Es wird geraschelt und gekichert. Niemand will sich als Erstes melden, außer Dana Kuciak aus Polen, der es egal ist, dass alle sie für eine Streberin halten.

»Bitte, Miss, der Nail.«

»Fast richtig, Dana! Gut! Und wer weiß es genau?«

»Ich weiß es, Miss! Der Nippel!«, ruft Robbie Lewis, mit den Händen heimlich unter dem Tisch beschäftigt. Die neueste Mode ist, dass jedes Wort, das mit »N« anfängt, durch »Nippel« ersetzt werden kann, was das Signal für sofortige Anarchie ist. Ein Chor von Geschrei, Gestöhn und Gekicher erhebt sich.

Im Stillen verflucht Clara Miss Hippo und schreibt die Antwort an die Tafel.

»Wer weiß sonst noch etwas über das alte Ägypten?«

»Pyro-miden!«, ruft Jason.

»Ja, Pyramiden! Gut, Jason!«

Er hat wirklich etwas gelernt! Er sieht so erfreut darüber aus, dass sie ihm das gestohlene Portemonnaie fast verzeiht.

»Knutschen Sie jetzt mit mir, Miss?«

»Nein, Jason.« Aber sie muss lachen. »Wer kann mir sagen, wozu die Pyramiden gut waren?«

»Tote Leute!«, rufen mehrere Stimmen.

»Tote Feen«, sagt Dana selbstgefällig.

»Und die Menschen glaubten, wenn man stirbt, wird das Herz gegen eine Feder gewogen, und jede böse Tat macht das Herz schwerer.« Warum gibt sie diesen unwissenschaftlichen Unsinn von sich? Vielleicht sollte sie mal mit Mr. Gorst/Alan darüber reden. »Und nur die Leute mit den leichtesten Herzen dürfen ins Paradies.«

Das Schweigen von dreißig den Atem anhaltenden Kindern füllt den Raum. Die gesamte 6F ist überaus empfänglich für jede Art von abergläubischem Quatsch. Dann meldet sich Dan Southey, dessen Bruder beim Metzger in der Beckett Road arbeitet.

»Miss, unser Pat hat mal ’n Schweineherz heimgebracht, und das war so schwer wie ’n Sack Kartoffeln.«

»Aber Menschen sind nicht dasselbe wie Schweine«, sagt Tracey Dawcey.

»Oink, oink«, macht Robbie Lewis.

Sofort kaspern, stupsen und quieken alle durcheinander, und sie muss sie mit dem strengen Blick zur Ordnung rufen, gefolgt von einem von Miss Hippos langweiligen Arbeitsblättern.

Als sich der Uhrzeiger 15.30 Uhr nähert, meldet sich Jason und sagt: »Warum müssen wir Sachen über die alten Ägypter lernen, Miss?«

»Nun, Jason …« Sie holt tief Luft und zählt im Stillen bis zehn. Als sie bei neun ist, klingelt es, und das Problem ist gelöst. Ein weiterer Tag in der Ausbildung der 6F ist vorüber.

Sie liebt die Stille, die sich am Ende des Tages über das leere Klassenzimmer legt. Sie liebt die verklingenden Stimmen der Kinder, die auf dem Flur verschwinden, wie der Rückstrom einer Welle an einem Kiesstrand. Sie geht durch die Reihen, sammelt die Arbeitsblätter ein, auf denen sie ihre Taten festgehalten haben, meistens schlechte – »Jed geboxt«, »Mams Kippen geklaut«, »mit Rackel Oliver gepoppt«. Das sieht aus wie Jasons Handschrift.

Dann sieht sie durchs Fenster, wie ein bulliger schwarzer Geländewagen auf den Parkplatz fährt. Die Fahrertür geht auf und ein junger Typ steigt aus, das Handy ans Ohr gepresst, stapft einmal rund um den Platz und verschwindet um die Ecke. Bis sie ihn findet, hat ihn schon jemand zu Mr. Philpott in den Heizkeller geschickt, und die beiden haben angefangen, die Müllsäcke in den Geländewagen zu hieven, wobei sie mit dem Septemberwind zu kämpfen haben, der den ganzen Müll auf den Spielplatz zu fegen droht.

»Hallo, ich bin Clara Free. Ich glaube, wir haben telefoniert …«

»Ach ja, genau.« Er schüttelt ihr federnd die Hand. Er sieht aus wie Anfang zwanzig, ein bisschen pickelig, mit gegeltem, vom Wind zerzaustem Haar, tief sitzenden Jeans und einer schwarzen Jacke mit Reißverschluss.

»Ich dachte, Sie kommen mit einem Lieferwagen oder so was.«

»Geht schon, das passt alles hier rein.«

Er und Mr. Philpott stopfen die letzten paar Säcke in den Geländewagen, auf dessen Tür ein Firmenlogo steht: »First Class Finance: jederzeit verfügbar, für jedermann bezahlbar. Worauf warten, wenn Sie Ihre Träume wahr machen können?« Und die gleiche Handynummer, unter der sie ihn vorher erreicht hat.

»First Class Finance. Sind Sie das?«

»Ja, genau.«

»Ich dachte, Sie wären ein Recycling-Unternehmen?«

»Ja, das machen wir auch. Multiples, unbeschränkt diversifiziertes Portfolio.«

»Ich verstehe.« Sie versteht überhaupt nichts.

»Dreißig Pfund, Miss, bitte.«

»Eigentlich hatten wir zwanzig gesagt.«

»Dreißig. Drunter wird's nichts.«

Er öffnet den Kofferraum und holt einen Sack wieder heraus. Hastig nimmt sie die Scheine aus der Tasche. Er hält sie gegen das Licht, bevor er sie einsteckt, dann steigt er in seinen Geländewagen und fährt mit aufheulendem Motor davon. Der Wind packt den zurückgebliebenen Sack mit alten Zeitungen und wirbelt sie über den Parkplatz. Clara läuft herum, um sie wieder einzufangen, bis sie völlig entnervt und außer Puste ist.

Als sie nach Hause kommt, ist es sechs und sie ist reif für ihre einzige Zigarette des Tages, aber sie hat keine mehr und die Läden sind schon zu. Also streift sie die Schuhe ab, stellt Wasser auf, setzt sich aufs Sofa und googelt First Class Finance. Nichts. Dann googelt sie Syrec. Eine Website öffnet sich – Harfenmusik und Bilder von Schmetterlingen, die über Weizenfelder gaukeln, dann erklingen Geigen in einem ambitionierten

Arpeggio, während eine Stimme mit amerikanischem Akzent aus dem Off erklärt, wie Syrec dazu beiträgt, unser einzigartiges Erbe für zukünftige Generationen zu bewahren. (Aufs Stichwort pflücken zwei kleine blonde Mädchen in weißen Kleidern auf einer üppigen Wiese Gänseblümchen. Typische Alltagsszene in Doncaster.) Es gibt eine Kontaktseite mit einer Adresse in Askern und der gleichen Handynummer, die sie hat. Das ist alles.

Inzwischen braucht sie dringend ihre Zigarette. Sie geht vor die Tür und klingelt bei Ida Blessingman. Keiner macht auf, obwohl sie sicher ist, dass sie Ida vorhin nach Hause kommen hörte. Sie klingelt noch einmal. Nach ein paar Minuten taucht Ida in ihrem türkisen Morgenmantel und mit einer Zigarette im Mund auf.

»Hallo, Ida, hast du vielleicht eine Zigarette für mich …?«

Aus der Tiefe der Wohnung hinter Ida ruft eine Männerstimme: »Wer ist es denn?«

»Niemand«, ruft Ida über die Schulter zurück.

Durch die halboffene Tür sieht Clara, wie jemand aus der Küche ins Bad flitzt. Auch wenn er schnell ist, erhascht sie einen flüchtigen Blick auf einen nackten Mann mit einem dünnen Serienmörderschnurrbart.

Ida nimmt sich die Zigarette aus dem Mund, steckt sie Clara zwischen die Lippen und schlägt die Tür zu.

Als sie vor dem Zubettgehen auf ihre Facebook-Seite geht, entdeckt sie noch etwas Interessantes. Ihre Freundin Tammy aus Studientagen hat eine neue Facebook-Freundin namens Barbara, eine Botanik-Postdoktorandin in Cambridge mit einem niedlichen pummeligen Gesicht und kurzem dunklem Haar, die von ihrer Leidenschaft für die nordische Sumpf-Orchidee *Dactylorhiza purpurella* (Purpurblütiger Fingerwurz) schreibt, einem Knabenkraut, das wie ein borstiger lila Penis aussieht und anscheinend reichlich im Sumpfland um Doncaster vorkommt. Das eigentlich Interessante ist, dass diese Barbara genauso aussieht wie Babs, Serges Freundin in Cambridge, die Clara ein paarmal getroffen hat, auch wenn sie jetzt eine andere Frisur hat. Clara schickt Barbara eine Freundschaftsanfrage, erwähnt, dass sie die *Dactylorhiza purpurella* in Potteric Carr gesehen hat, und fragt, ob Barbara einen gewissen Serge Free vom Queens' College kennt. Dann gießt sie ihre Pflanzen, staubt die Blätter ab und wünscht ihnen gute Nacht.

Serge

A cappella

Die Kaninchen sind los. Sie rennen im ganzen Garten herum, und Serge versucht sie wieder in den Käfig zu treiben. Clara ist auch da – die herrische neunjährige Clara –, sie schreit die Kaninchen an, und ihn auch. Schließlich wird das letzte Kaninchen in die Enge getrieben und zur Käfigtür gescheucht, doch dann bleibt es stehen und sieht ihn an, und er erkennt, dass es gar kein Kaninchen ist, sondern ein Mädchen. Ihre Nase ist stupsig und zuckt wie bei einem Kaninchen, aber die Augen sind groß und braun und glänzen von Tränen. Es ist Babs. Er versucht, sie in den Käfig zu schieben, aber sie will nicht – sie wehrt sich, zeigt ihm die großen Kaninchenzähne, stemmt sich mit beiden Händen gegen seine Brust. Mit pochendem Herzen wacht er auf; sein Kopf dröhnt. Mann, was hat er gestern bloß getrunken?

Als er zur Arbeit kommt, sind die anderen Quants bereits im Glaskasten versammelt, wo sie sich an ihren Kaffeebechern festhalten und Informationen austauschen. Timo Jääskeläinens Problem war, wie sich herausstellt, nicht die Prostata, sondern sein Gesangsquartett. Man wirft ihm vor, mit den drei anderen Mitgliedern seines A-cappella-Quartetts Insidergeschäfte betrieben zu haben, indem er eine Reihe von kodierten Textnachrichten an einen der anderen Sänger schickte, der die Information an die Gruppe weitergab, die daraufhin über eine

Spread-Betting-Agentur bis ans Limit wettete, statt direkt an der Börse zu handeln, wo die Kontrollen strenger sind. Gleichzeitig hatte der listige Tenor die massiven Reserven der FATCA benutzt, um die Preise zu manipulieren. Der ganze Schwindel lief seit mindestens zwei Jahren.

Die Quants und Trader aus der Securitisation-Abteilung werden einzeln in den Konferenzsaal im obersten Stock geladen, um sich von den Detective Inspectors Birkett und Jackson befragen zu lassen, die von der FSA dazugerufen wurden, welche wiederum alarmiert worden war, als den Controllern im Backoffice der FATCA irreguläre Aktienbewegungen im Umfeld von Timo Jääskeläinen aufgefallen waren. Sie konnten ihm aber zunächst nichts nachweisen, da er bei dem Spread-Betting nicht selbst in Erscheinung trat. Von seinem Mobilfunkunternehmen bekam die Polizei dann die Details seiner Handy-Kontakte. Auf den ersten Blick schien es, als würde Timo nur SMS an seine Gesangskollegen bezüglich ihres Repertoires schicken. Was noch nicht geklärt werden konnte, ist die Höhe der Summen, die sie beiseiteschaffen konnten, und wohin.

»Wenn ich sicher wäre, dass sie mich nicht schnappen, würde ich das auch machen«, sagt Toby O'Toole mit einem Schulterzucken, das zugleich Missbilligung und Bewunderung ausdrückt. »Ein Verbrechen ohne Opfer, oder?«

»Le banking, c'est toujours un casino«, erklärt einer der Franzosen.

»Privat-Betrug ist nicht gut für Ruf von Bank«, sagt Maroushka. »Durchschnittsleute brauchen Glauben an Banksystem. Er hätte vorsichtiger müssen. Was denkst du, Sergej?«

»Ich denke, du hast recht. Wie immer, Maroushka. Wie hat Chicken reagiert?«

»Er hält Ruhe.«

Toby grinst und fixiert Serge mit hellen Augen. »Du hättest ihn mal erleben sollen, bevor er zu seinem Antiaggressionstraining verdonnert wurde, Freebie.«

»Aggression? Ich finde ihn eigentlich ganz …« Es ist schwer, Chickens Anziehungskraft zu beschreiben – eine Mischung aus Charme, Energie und guten Klamotten.

»Charismatisch ist das Wort, nach dem du suchst. Das haben sie auch mit ihm trainiert, in so einem Kurs, wo man mit Paintball-Wummen in den Wald geschickt wird, um Führungsstärke zu lernen. Hast du das nicht gewusst?«

Serge antwortet nicht. Tooties Kombination aus privatem Zynismus und öffentlicher Arschkriecherei ist manchmal schwer zu ertragen.

»Du bist genau wie der junge Lucie. Noch eine unschuldige Seele, die vor Chickens Altar betet. Übrigens soll ich ausrichten, dass Lucie sich für gestern Abend entschuldigt. Hat sich heute krankgemeldet. Fühlt sich hundeelend, unser Kleiner.« Er grinst unangenehm. »Weiß einfach nicht, wann er aufhören muss.«

Als Serge an der Reihe ist, im Konferenzsaal Fragen zu beantworten, sagt und fragt er so wenig wie möglich und versteckt seine Nervosität hinter einer Maske der Lässigkeit. DI Birkett und DI Jackson ihrerseits verstecken sich hinter einer Maske schmallippiger Professionalität.

Er versucht in ihren Gesichtern zu lesen, ob sie noch andere im Verdacht haben, aber er kann dem Gespräch nicht mehr entnehmen, als dass sie Timos Kontakte unter die Lupe nehmen und er noch nicht auf der Liste der Verdächtigen steht.

»Ist Ihnen mal aufgefallen, dass er viel Zeit auf dem Klo verbracht hat?«, fragt DI Birkett.

Er zuckt die Schultern. »Eigentlich nicht.«

Sobald er am Abend nach Hause kommt, fährt er seinen Laptop hoch und wirft einen Blick auf Chickens Konten. Kenporter1601 ist wieder leer. Von den 5000 Pfund, die Serge überwiesen hat, ist nichts zu sehen, aber bei Dr. Black sind sie auch nicht mehr. Das heißt, seine Zahlung wurde akzeptiert. Das ist positiv.

Er nimmt sich eine Flasche kaltes Lagerbier aus dem Kühlschrank, dann schlendert er hinaus auf den Balkon des Penthouses und atmet tief ein, betrachtet das herbstliche Leuchten in der Luft und das goldene Abendlicht, das die Dächer der Stadt mit Glanz überzieht. Der Knoten in seinem Magen löst sich, seine Schultern werden locker und das kalte Bier gleitet die Kehle hinunter wie Seide. Hier oben, direkt unter dem weiten Himmel, öffnet sich seine Seele und philosophische Erkenntnisse strömen herein. Er denkt an Tim the Finn, der irgendwo in einer Zelle schwitzt, verwirrt vor Angst, und sich zu erinnern versucht, was er gesagt hat und was nicht, während sein Porsche immer noch in der Tiefgarage steht und auf einen Besitzer wartet, der vielleicht nie wiederkommt. Genauso gut hätte es Serge treffen können.

Nein, er darf nicht zu gierig werden. Die 5000 Pfund Entschädigung wurden angenommen. Jetzt muss er zusehen, dass er seinen legal verdienten Bonus in die Höhe treibt, indem er all seine Energie in seinen eigentlichen Job steckt. Solange er bei der FATCA ist, wird immer die Möglichkeit einer Ermittlung in der Luft hängen. Er wird nie wissen, wann er aus dem Schneider ist, wird nie die Angst los sein, doch noch erwischt zu werden. Er muss vorsichtig sein. Doch er ist noch nicht bereit zu gehen.

»Lauf mit mir weg«, hat er gesagt, und sie hat nur gelacht, nicht grausam, sondern einfach nicht überzeugt. Er braucht Zeit, um sie zu gewinnen. Denn Liebe ist der ultimative Bonus.

Weil Liebe das ist, was Geld nicht kaufen kann (obwohl Geld hilft).

Weil er, wenn er geht, will, dass sie mitkommt.

Doro

Stangenbohnen

Doro liebt Marcus, das weiß sie, mit der tiefen kameradschaftlichen Liebe, die der Prüfung von vierzig Jahren standgehalten hat, und deshalb überrascht es sie selbst, dass sie ein bisschen aufgeregt ist, als sie sich am Mittwoch auf das Treffen mit Stadtrat Loxley zur Begehung der Kleingärten vorbereitet. Nach dem Duschen, Haarewaschen und Föhnen tupft sie sich einen Hauch von Chanel No. 5 hinter die Ohren, das Überbleibsel eines Flughafenkaufrauschs vor vielen Jahren, und steht mit einem Gefühl nagender Unzufriedenheit vor dem Spiegel. Wo kommen die Tränensäcke her? Seit wann hat sie diese beiden senkrechten Linien zwischen den Augenbrauen? Und die schlaffen Wangen rechts und links von ihrem Kinn – wie lange hat sie die schon? Wenigstens kann sie sie noch verschwinden lassen, indem sie lächelt. Schon besser. Das heißt aber, sie muss den ganzen Tag herumlaufen und lächeln. Vielleicht ist das der Grund dafür, dass alte Frauen immer so glücklich aussehen.

Als Nächstes durchforstet sie die Kommode auf der Suche nach einem passenden T-Shirt. »Lasst 100 Blumen blühen.« Sie zieht es sich über den Kopf, sieht in den Spiegel, und das Gefühl von Unzufriedenheit ist wieder da. Das T-Shirt sieht – wie alle ihre Motto-T-Shirts – ausgeleiert und antiquiert aus. Dann greift sie stattdessen nach einer weißen taillierten Bluse, die sie sich mal für irgendeine College-Veranstaltung angeschafft hat, und einem Paar blauer Leinenhosen, die immer noch gut an ihren Hüften sitzen, auch wenn der Reißverschluss ein bisschen spannt. Sie bürstet sich das Haar zur einen Seite. Dann zur anderen. Dann bürstet sie es zurück und lässt es natürlich fallen. Die breiten weißen Strähnen über den Ohren sind eigentlich ganz attraktiv, denkt sie. Im letzten Moment legt sie sich noch eine Halskette um.

Als sie um kurz nach halb fünf den Eingang der Kleingartenanlage erreicht, leicht außer Atem, ist er schon da und wartet. Sein schwarzer BMW parkt vor dem Zaun, er lehnt an der Motorhaube und spricht in ein Handy, braungebrannt und entspannt, in grauen Hosen und einem karierten Hemd, dessen oberster Knopf geöffnet ist. Sie muss an einen leicht ausgefransten Paul Newman denken.

»Ah, Mrs. Marchmont!«

»Hallo, Stadtrat Loxley. Es ist wirklich nett von Ihnen, dass Sie uns Ihre wertvolle Zeit opfern«, gurrt sie. (Was redet sie da? Sollte sie nicht entschlossener auftreten?)

»Ist mir ein Vergnügen. Ich habe einen Blick auf die Unterlagen geworfen.«

»Und?«

Sie haben die Anlage betreten und folgen dem Gitternetz der grasigen Wege durch die Parzellen.

»Sie müssen bedenken, dass für die Stadt bei dem Verkauf ziemlich viel Geld auf dem Spiel steht ...«

»Aber das können Sie doch nicht machen! Die Leute hier bewirtschaften die Gärten seit Jahren; sie ziehen Obst und Gemüse für ihre Familien!«

»Es geht um grundlegende öffentliche Dienstleistungen, die finanziert werden müssen. Die Gemeinde kann es sich nicht leisten, eine wertvolle Ressource wie diese unterkapitalisiert zu lassen.«

»Das ist keine Ressource, das ist ein Paradies!«

Irgendwas läuft hier schief. Sie sollte ihm Informationen entlocken und sanfte Überzeugungsarbeit leisten, keine Predigt halten.

»Ich lasse mich gern umstimmen«, sagt er, und seine Hand streift zufällig ihre.

Sie führt ihn an Dots und Dannys Obststräuchern vorbei und an Reggies preisgekröntem Lauch, zum oberen Ende der Gärten, wo Ian Wests Weinreben die Hagedornhecke überwachsen. Die Sonne steht tief, aber es ist noch warm, die Luft ist so feucht, dass man den Tau fast einatmen kann, bevor er fällt, und im Schatten blitzen die Flügel der Schnaken auf, die auf die Dämmerung warten, bevor sie herauskommen und auf die Jagd gehen. Auch die Pflanzen in den Gemüsebeeten atmen tief die Feuchtigkeit ein. Ihre Blätter sind stramm aufgerichtet, die Früchte und Schoten sind saftig und prall. In den höchsten Ästen trillern feiste Singvögel, wohlgesättigt von Früchten und Mücken, und durchbrechen die Stille, die sonst nur vom fernen Murmeln des Verkehrs untermalt ist, dem leisen Geplauder von Menschenstimmen und dem Klopfen eines Hammers irgendwo, wo jemand ein Hüttendach repariert.

Der Stadtrat bleibt an einem Beet mit Stangenbohnen stehen, um einem drahtigen, sonnengebräunten älteren Herrn beim Festzurren der Drähte zuzusehen, die die Stangen zusammenhalten.

»Malcolm Loxley, vom Stadtrat.« Er hält ihm die Hand hin. »Bei der Ortsbesichtigung.«

Der alte Mann wischt sich die Hände an der Hose ab. »Harry Stringfellow. Ich höre, die Stadt will uns dichtmachen.«

»Glauben Sie nicht alles, was Sie hören. Es ist noch nichts beschlossen. Wir sind noch bei der Folgenabschätzung.«

»Aber müssen Sie nicht erst eine öffentliche Ausschreibung machen? Müssen Sie nicht alle Beteiligten konsultieren?«, fragt Doro.

»Das tue ich ja gerade.« Er wendet sich wieder an den alten

Mann. »Prima Bohnen haben Sie da.« Seine Stimme klingt leicht verändert – rauer, mehr regional eingefärbt. »Mein Großvater war ein großer Gärtner. Hat prachtvolle Feuerbohnen gezogen.«

Eine flinke Amsel lässt sich von ihrer Anwesenheit nicht stören und fängt an, einen Wurm aus einem Hochbeet zu zerren. Zu dritt sehen sie zu, fasziniert vom Zusammenprall der Kräfte, rosa gegen schwarz, Widerstand gegen Entschlossenheit, bis der Gärtner in die Hände klatscht, um den Vogel zu verscheuchen, und der Wurm sich in die dunkle Erde zurückzieht.

»Gierige Biester. Kriegen den Hals nicht voll«, sagt der Stadtrat.

Doro, die zur Amsel gehalten hat, deren geschmeidige Schönheit und Heißhunger sie irgendwie für den Vogel einnehmen, sagt nichts.

»Hier«, sagt der alte Mann und pflückt ein paar dicke Bohnenschoten. »Probieren Sie die mal.«

»Danke. Die gibt's gleich heute bei uns zum Abendessen.«

Er nimmt die Bohnen, drückt dem Gärtner die Hand und geht weiter.

»Kommen Sie, ich zeige Ihnen meine Parzelle.«

Doro führt ihn über einen schmalen Pfad durch das Herz der Anlage zum tiefer liegenden Teil, wo das Sonnenlicht schon nicht mehr hinfällt und in der abkühlenden Luft feuchte Tropfen auf dem Gras erscheinen.

»Wissen Sie, die meisten Leute hier haben nicht viel Geld. Der Garten ist ihre Zuflucht. Eine andere Welt. Kein Stress. Freundschaften. Bewegung an der frischen Luft. Ein gesunder Lebensstil.« Sie lacht. »Was kann ich noch sagen, um Sie zu überzeugen?«

Er lacht mit und kneift die Augen zusammen. »Sie sind gut im Überreden, Mrs. Marchmont. Sie sollten in die Politik gehen. Dann würden Sie merken, wie schwer es ist, solche Entscheidungen zu fällen.«

Sie schneidet drei dicke, rosige Rhabarberstangen ab und gibt sie ihm.

»Hier, noch etwas zum Nachtisch.«

»Als ich klein war, gab es sonntags immer Rhabarberkuchen.«

Sie fragt sich, wer heute Abend den Rhabarber für ihn kochen wird. »Als Kind mochte ich keinen Rhabarber. Er war mir zu sauer. Jetzt dünste ich ihn mit Honig und Ingwer. Schmeckt köstlich. Oolie – meine Tochter – kann nicht genug davon bekommen. Sie haben sie kennengelernt, erinnern Sie sich?«

»In der Schule. Wie geht es ihr?«

»Gut. Sie arbeitet bei Edenthorpe.«

»Jeder kann einen Beitrag leisten.«

Seine Yorkshire-typischen flachen Vokale klingen so authentisch, bodenständig und liebenswürdig, er ist gewiss nicht der Typ, der mit Baulöwen und Gaunern unter einer Decke steckt. Unwillkürlich gesteht sie: »Dieser Ort ist sehr wichtig für mich – für uns. Wir haben hier so viel Schönes erlebt.«

»Leisten Sie doch noch ein bisschen mehr Überzeugungsarbeit«, sagt er mit einer Stimme, die ihr einen Schauer über den Rücken rieseln lässt.

Sie stehen einen Moment lang einfach nur da, lauschen dem Vogelgezwitscher, spüren die Kühle des Spätnachmittags, die sich auf ihre Haut legt. Und sie vergisst vollkommen, ihn nach dem zeitlichen Rahmen zu fragen oder nach den Details der Ausschreibung für die geplante Erschließung.

Serge

Warum sich entschuldigen?

Nach der Nachricht von dem gescheiterten Bail-out sind die asiatischen Aktienmärkte abgestürzt. Bankaktien sind praktisch nichts mehr wert. Leute, die Geld anzulegen haben, kaufen Gold. Doch die Quants, die am Mittwoch im Glaskasten zusammenstehen, sind mit anderen Dingen beschäftigt. Ohne Tim the Finn verbringen sie mehr Zeit hier, quatschen und tauschen Informationen aus. Der Hamburger hat eine Schachtel Mozartkugeln mitgebracht, um die Kollegen aufzuheitern. Maroushka ist in der Cafeteria und holt Kaffee für alle. Es wird richtig gesellig.

»Das weiß ich gar nicht mehr. Was habe ich gesagt?«, fragt Lucian Barton nervös.

»Du hast ihn einen miesen kleinen Proll genannt«, sagt Toby O'Toole.

»Oh Mann!« Sein sommersprossiges Gesicht zeigt Betroffenheit.

»Vielleicht kannst du dich bei ihm entschuldigen?«, schlägt der Hamburger vor und reicht die Schokolade herum.

»Entschuldigen?«

»Jawohl«, sagt Toby feierlich. »Wir gehen alle zusammen hin und hören zu, wie du dich entschuldigst. Das wäre anständig gehandelt, Lucie.«

Entschuldigen? Anstand? Was ist denn hier los?, fragt sich Serge. Es denkt doch hier sonst niemand in solchen Kategorien.

»Oh Mann!« Lucian sieht sich im Kreis der ernsten Gesichter um, als würde er darauf hoffen, dass sie endlich losprusten.

»Was meinst du, Maroushka, soll er sich entschuldigen?«, fragt Toby, als sie mit einem Tablett Kaffee hereinkommt.

»Warum entschuldigen?«

Sie stellt das Tablett auf den Tisch und reicht Zuckerpäckchen und Löffel herum.

»Dafür, dass er den Barmann einen Proll genannt hat.«

»Aber stimmt doch, oder? Er ist Proletarier.«

»Ich weiß, aber es ist unhöflich, es ihm ins Gesicht zu sagen.«

»Warum ist unhöflich, dass er Proletarier ist?« Maroushka macht dieses leicht überdrüssige Gesicht, das Serge so unwiderstehlich sexy findet. »Wenn er ist Proletarier, muss hart arbeiten, um Situation zu verbessern.«

Toby kichert offen. »Wie Lucie gesagt hat: der ganze verdammte Reichtum, den haben wir gemacht, wir haben ihn verdient!«

»Oh Mann!«

»Warum soll er entschuldigen für Wahrheit? Ist doch normal, dass schlaue Leute kriegen mehr Geld als durchschnittliche Leute. Ich studiere fünf Jahre an renommierte staatliche Technologie-Universität von Shytomyr. Ich war die Beste von Klasse. Ich verdiene Milliarden von Griwna für Blutsauger-Oligarchen. Ich sollte auch reich sein!« Maroushka dreht sich auf dem Drehstuhl um, der vorher Timo gehört hat. »Was denkst du, Sergej?«

»Ich denke … äh …« Er zögert, als er Maroushkas glühende Augen und rote Wangen sieht. »Ich finde, er soll sich entschuldigen. Denn egal wie schlau du bist, du hast trotzdem nicht das Recht, andere Leute zu beleidigen.« Und als er sieht, dass sie eine Schnute zieht, fügt er schnell hinzu: »Wie du so richtig gesagt hast, Maroushka.«

Der Barmann, der, wie sich herausstellt, Jonas heißt, muss aus der Küche herbeigeholt werden. Verlegen kommt er herein und wischt sich die Hände an der Schürze ab. Trotz seines exotischen Äußeren hat er eindeutig einen Südlondoner Tonfall.

»Wofür soll ich mich entschuldigen?«, fragt er.

Serge fängt seinen Blick auf, als er das Grüppchen anstarrt. Er kann sich offensichtlich überhaupt nicht an sie erinnern.

»Nein, er ist hier, weil er sich bei *dir* entschuldigen will.« Toby gibt Lucian einen kleinen Schubs zwischen die Schulterblätter.

Lucian stolpert einen Schritt vor. »Ja, tut mir leid, Mann. Ich war ziemlich hinüber.«

»Kein Problem. Schnee von gestern. Hatte ich schon vergessen.« Jonas will wieder in die Küche zurück, aber Toby ist noch nicht zufrieden.

»Er hat dich einen miesen kleinen Proll genannt, weißt du nicht mehr? Er hat dir gesagt, du sollst uns mehr einschenken.«

Serge fängt an, sich unbehaglich zu fühlen. Anscheinend wird hier eine uralte Rivalität ausgetragen. Der Hamburger und die Franzosen senken die Köpfe und studieren die Weinkarte.

»Ach, ja.« Jonas blinzelt. »Schon gut. Alles cool. Wir besaufen uns alle manchmal.«

»Es war mein Geburtstag. Ich war voll wie ein Kutscher«, stammelt Lucian, erleichtert, dass der Barmann es nicht auf eine Konfrontation anlegt. »Ich meine, wenn man einen ordentlichen Bonus kriegt, muss man auch ordentlich feiern, aber …« Er grinst feucht.

»Sag's ihm, Lucie«, unterbricht ihn Toby. Irgendein Teufel scheint ihn zu reiten. »Sag ihm, was du verdienst. Sag ihm, wie hoch dein Bonus ist.«

Jonas' Blick fliegt zwischen Lucian und Toby hin und her. »Schon gut, Mann. Kein Stress.« Er schaut sehnsüchtig über die Schulter zur Küche.

»Manche Leute halten uns für überbezahlt«, beharrt Toby. »Ich wette, du zum Beispiel. Weißt du was? Vielleicht hast du recht. Aber keiner tut was dagegen, weil sie alle eine Scheißangst haben, dass wir einfach nach Singapur ausfliegen. Und dann können die ganzen Bars, die ganzen Läden hier, die ganze City – das ganze verdammte Land kann dichtmachen.«

Er breitet die Arme aus, um die lange, verspiegelte Bar mit den Reihen von Flaschen und Gläsern einzuschließen. Jonas, der eigentlich ein netter Typ zu sein scheint, macht einen Schritt rückwärts.

»Ja, schon klar. Es ist nur ... ich meine, was macht ihr eigentlich, dass ihr so viel Geld verdient?«

»Wir entwerfen Algorithmen für Derivate?« Inzwischen hat Lucies Stimme diesen kriecherischen Frageton.

»Derivate?«

»Sachen, deren Wert indirekt von anderen Sachen abgeleitet ist, von zugrundeliegenden Assets? So was wie Hypotheken, Wertpapiere, Termingeschäfte?«, plappert er. »Zum Beispiel Optionen auf Terminkontrakte mit Bananen – damit hast du die Möglichkeit, die Bananen von morgen zum Preis von heute zu kaufen? Oder Weizen? Oder Kaffee? Du wettest darauf, dass der Preis hochgeht?«

»Oder du kannst den Preis selbst hochtreiben«, erklärt Tootie. »Und du kannst mit Optionen handeln, genau wie mit Bananen. Nur ohne Wetterprobleme, ohne Lager- oder Transportkosten, ohne Streiks.«

»Also so 'ne Art Glücksspiel?«

»Nicht Glücksspiel! Weil neue Mathematik eliminiert Risiko.« Maroushkas Wangen sind gerötet. »Bald alle Handelsgeschäfte computerisierte Hochfrequenz Algorithmen Nonstop-Rendite.«

Jonas starrt sie an, als wäre er überrascht, dass ein Wesen von solchem Liebreiz sprechen kann. Serge fängt seinen Blick auf und schüttelt den Kopf, aber der arme Trottel grinst immer noch hoffnungsvoll. Bildet sich wirklich ein, er hätte eine Chance.

»Die Banken erfüllen eine lebenswichtige Aufgabe in der Wirtschaft, indem sie Unternehmen und Hauskäufern Kapital zur Verfügung stellen«, wirft der Hamburger milde ein. »Aber ich glaube, eine Gesellschaft kann auch zusammenbrechen, wenn die Schere der Ungleichheit zu weit auseinander geht.«

Die Franzosen, die sich bis jetzt nicht beteiligt hatten, sehen auf.

»Zerbrechen«, korrigiert der eine krittelig.

»Auseinanderbrechen«, sagt der andere.

Maroushkas Ärger ist um noch einen Grad gestiegen.

»Nein, nein! Das ist alles kommunistische Propaganda! Freier Markt ist überlegene Form von wirtschaftliche Organisation. Ich kenne Leben in Planwirtschaft. Schlechtes Essen. Schlechter Kleidung. Schlechte Häuser. Alles stinkt Kohl!« Sie rümpft die Nase. »Faule und dumme Leute kriegen Belohnung für ganzen Tag auf Hintern sitzen. Was denkst du, Sergej?«

»Nichts«, seufzt er und denkt an den Geruch nach gekochtem Kohl und alten Räucherstäbchen, an die feuchte Mäusemuffigkeit von Solidarity Hall; schlabberige Latzhosen, formlose Baumwollröcke; das Klappern von Stricknadeln; Doro und Marcus, wie sie lachend über irgendwelche Prinzipien diskutieren, an dem gelben Tisch, auf dem überquellende Aschenbecher stehen und Flaschen und Gläser, die im Kerzenlicht funkeln, weil wieder mal der Strom abgestellt wurde. Und Doro, die ihn plötzlich fest an sich drückt und ihm ins Ohr flüstert: »Wir erschaffen eine bessere Welt für dich, Serge.«

Doro

Grau und ausgeleiert

Doro kuschelt sich an die Rundung von Marcus' schlafendem Rücken und drückt das Gesicht in seine grauen Locken, die schwach nach Zigarettenrauch, Kräutershampoo und Träumen riechen. Er bewegt sich, zieht sie an sich, gibt ein paar gemurmelte Worte und Schnaufer von sich, die eine Liebeserklärung oder auch eine Analyse von Band zwei des ›Kapitals‹ sein könnten oder eine Traumkombination aus beiden. Sie bedeckt seine Schulter mit kleinen Küssen, die schon jetzt einen leichten Beigeschmack von Betrug haben, und überlegt, wie sie auf die E-Mail antworten soll, die sie am Nachmittag bekommen hat, eine Woche nach der Begehung der Kleingartensiedlung mit dem Stadtrat.

Können wir uns nächste Woche in den Schrebergärten sehen? Malcolm Loxley.

Eigentlich weiß sie schon, was sie antworten wird; worüber sie nachdenkt, ist, was sie anziehen soll. Sie hat noch nicht zurückgeschrieben – damit wartet sie anstandshalber bis morgen –, aber sie hat einen Blick in ihre Wäscheschublade geworfen, seufzend die Sammlung verwaschener Schlüpfer und grauer ausgeleierter BHs gemustert und beschlossen, dass sie einkaufen gehen muss. Für den Fall, dass die Liebe erblüht, oder auch nur Lust, will sie nicht in ausgeleiertem Grau dastehen.

Das letzte Mal untreu war sie Marcus vor mehr als zwanzig Jahren, während des Bergarbeiterstreiks, und sie fragt sich, wann er *ihr* das letzte Mal untreu war. Damals war Untreue natürlich bedeutungslos, weil sie Eifersucht und Besitzansprüche auf die Müllhalde der Geschichte geworfen hatten, zusammen mit Privatbesitz und dem Kernfamilienideal. Wenn das grünäugige Monster doch einmal seine Klauen zeigte, lächelte man tapfer und biss die Zähne zusammen, denn wer Eifersucht zugab, zeigte damit, dass er an der atavistischen bürgerlichen Ideologie klebte, und das war sogar noch schlimmer als betrogen zu werden. Weil sie Marcus wirklich liebte, auch wenn sie ihm nicht immer treu war, ersparte sie ihm diese Demütigung und behielt ihre Eskapaden für sich, und zweifellos tat er das Gleiche für sie. (Im Gegensatz zu Moira, die immer wollte, dass jeder wusste, wie viel Spaß sie hatte, und mit wem.)

Außerdem ging es in der Kommune nicht in erster Linie um Sex – anders als Unbeteiligte glauben –, sondern darum, eine neue gesellschaftliche Ordnung vorzuleben und einen neuen Menschentyp zu schaffen: befreit, selbstlos, nicht materialistisch, für das Gemeinwohl engagiert. Natürlich war es nicht so einfach, wie sie es sich vorgestellt hatten. In der Kommune zu leben bewahrte Liebende nicht davor, vor Eifersucht durchzudrehen, oder Genossen davor, Schokolade zu horten, oder Eltern davor, die eigenen Kinder denen der anderen vorzuziehen. Aber sie hatten die besten Absichten. Und ihre wunderbaren Kinder – Clara, Serge, Otto und Star, Toussaint und Kollontai (auch wenn sie nur für kurze Zeit zur Kommune gehörten) und allen voran Oolie – machten ihnen Ehre.

»Ich liebe dich«, flüstert sie Marcus ins schlafende Ohr, kuschelt sich enger an ihn, streichelt seinen weichen Bauch, die schlaffe Haut an seinen Schultern und Armen. Ihre Körper sind zusammen alt geworden, ausgeleiert und bequem wie ihre Unterhosen, und auch wenn sie nicht mehr die leidenschaftlichen Gipfel ihrer Experimentierjahre erreichen und Sex nicht mehr so häufig stattfindet, ist er immer noch zärtlich und liebevoll.

Warum also dieser unerwartete Stachel des Begehrens, dieser Fadenzieher im behaglichen Gewebe ihres Lebens?

Malcolm Loxley ist nicht mal ihr Typ – nein, es liegt nicht an ihm; es liegt an ihr. Es liegt an ihrem sechzigjährigen Körper, der ihr vorzugaukeln versucht, dass sie noch mal dreißig wäre. Nur ein Mal noch.

Clara

Süßstoff

Als Clara am Donnerstag nach der Schule in der Hardwick Avenue vorbeifährt, steigt ihr der Geruch nach altem Essen, Bohnerwachs und ungelüfteten Fluren in die Nase. Er erinnert sie … woran? Sie geht ihr Geruchsgedächtnis durch. Ja, genauso roch das Haus ihrer Großeltern in Norwich, wenn sie als Kinder zu Besuch kamen. Es ist der Geruch nach alten Leuten, schwach noch, aber unverkennbar. In der Spüle stapelt sich schmutziges Geschirr, und ein Wäschehaufen liegt neben der Waschmaschine, in der eine feuchte Ladung darauf wartet, aufgehängt zu werden. Mit dem Haushalt geht es hier eindeutig bergab.

Sie setzt Teewasser auf und fahndet erfolglos nach einer Packung Kekse.

Doro ist unterwegs, bei einem Treffen des Kleingartenvereins, und Marcus sitzt oben an seinem Computer, also sind es nur sie und Oolie, die in der Küche Tee trinken. Oolie schaufelt sich zwei Löffel Zucker in den Tee, dann rührt sie noch ein halbes Dutzend Süßstofftabletten hinein.

»Brauchst du wirklich so viel Süßstoff, Oolie?«

»Mum sagt, den soll ich nehmen, dann bleib ich schlank.«

»Du musst den Zucker weglassen, nicht mehr Süßstoff nehmen, wenn du schlank bleiben willst.«

»Mum sagt, ich werde pummlig.«

»Aber du musst den Süßstoff anstatt des Zuckers nehmen,

nicht beides zusammen, Oolie. Schmeckt der Tee so nicht viel zu süß?«

Oolie rührt entschlossen um. »Mum sagt, ich brauch Süßstoff.« Sie trinkt einen Schluck, dann schnappt sie nach Luft, weil sie sich die Zunge verbrannt hat. »Aua, ist das heiß!«

Clara zuckt die Schultern.

»Das bin ich, als ich ein Baby war, oder?« Oolie zeigt auf das gerahmte Foto an der Wand unter der Uhr, die Kommune von Solidarity Hall, aufgenommen irgendwann in den Achtzigern. »Da war ich auch schon pummlig, nicht? Mum sagt, jetzt werd ich wieder pummlig.«

Clara betrachtet das Foto, das sie schon tausendmal gesehen hat, ohne richtig hinzuschauen. Da ist Oolie als niedliches Kleinkind an Megans Hand. Megan starrt stirnrunzelnd in die Kamera. Trotz der anderen Frisur und des jüngeren Gesichts erkennt Clara plötzlich die Frau vom Schultor wieder. Der Schock geht so tief, dass sie einen Moment braucht, bis sie merkt, dass Oolie immer noch auf das Foto zeigt und weiterredet.

»Mum denkt, ich wär's gewesen, aber ich war's nicht.«

»Du wärst was gewesen?«

»Du weißt schon. *Das.*«

»Ich weiß nicht, was du meinst.«

Oolie steht auf, wandert ins Wohnzimmer, nimmt die Fernbedienung und beginnt an den Tasten herumzuspielen.

Zu spät begreift Clara, wovon sie geredet hat. »Wer war es? Wer hat das Feuer gelegt?«

Doch Oolie hat angefangen, durch die Kanäle zu zappen.

»Ich war's nicht, diese Jungs warn's.«

»Welche Jungs? Bitte, sag es mir, Oolie. Du musst es mir sagen.«

Oolie zappt schneller und murmelt irgendwas vor sich hin.

»Mit mir kannst du reden, das weißt du. Ich bin deine beste Schwester. Ich sag es auch Doro und Marcus nicht, wenn du das nicht willst. Oolie?«

Aber Oolie schüttelt nur den Kopf in ihrer sturen Art, die Clara immer auf die Palme bringt. »Ich will sehn, ob Russell Brand im Fernsehn ist.«

Auf der A6182 wirbeln von den Herbststürmen abgerissene Blätter und Zweige über die Fahrbahn. Clara fährt vorsichtig, in Gedanken noch bei der Unterhaltung mit Oolie. Als sie zu Hause ist, versucht sie wieder, Serge zu erreichen.

Keine Antwort.

Wütend und neugierig schickt sie ihm eine SMS und eine E-Mail. Dann lädt sie Ida zu aufgewärmtem Risotto und einem Glas Wein ein, das sie vor dem Fernseher essen.

Bevor sie ins Bett geht, sieht sie noch mal in den Computer. Ihr Herz setzt einen Schlag aus. Nichts von Serge, aber eine E-Mail von Barbara.

Du kannst deinem arschgesichtigen Bruder ausrichten, dass ich das nächste Mal, wenn ich in London bin, bei ihm in der Bank vorbeikomme, und dann reiße ich ihm mit bloßen Händen die Eier ab und brate sie in Olivenöl mit Knoblauch und feingehackter Dactylorhiza purpurella.

Doro

Unterwäsche

Doro ist sich nicht sicher, ob die E-Mail von Malcolm Loxley wegen eines Treffens in der Kleingartensiedlung einen sexuellen Unterton hat oder nicht. Vielleicht will er sich einfach nur mit Bohnen und Grünzeug eindecken. Doch für alle Fälle geht sie am Samstagnachmittag in die Stadt, wo sie kurz verwundert innehält beim Anblick der Menschenschlange vor der Bausparkasse. Dann geht sie weiter zu Marks & Spencer.

Es ist ruhig hier – alle sind draußen, genießen den windigen, sonnigen Herbsttag oder schließen sich dem geschäftigen Treiben auf der Straße an. Im kühlen, neonbeleuchteten Innern des Kaufhauses stöbert Doro durch die Unterwäsche, lässt Satin und Spitze durch ihre Finger gleiten und fragt sich, was in sie gefahren ist. Ihr Körper fühlt sich merkwürdig lebendig und elastisch an, als wäre es möglich, allein durch Optimismus die schlaffen, aus der Form geratenen Stellen zu straffen. Ja, es ist Optimismus, der sie zu einem cremefarbenen Satin-Push-up-BH greifen lässt und zu dem passenden spitzenbesetzten Hemdhöschen, die sie vor dem Spiegel anprobiert – 80B, das ist immer noch ihre Größe. Der schamlose Luxus des seidigen Stoffs lässt ihre Haut prickeln wie unter einer Liebkosung. Sie legt zwei Sets in den Korb – ein cremefarbenes und ein schwarzes. Soll sie das wirklich tun?

Ja. Weil sie weiß, dass früh genug Klettverschlüsse, Inkontinenzeinlagen und Hörgeräte auf sie zukommen werden; bröckelnde Zähne, schmerzende Gelenke, büschelweise Haarausfall, Schmerzen und Krankheit und riesige Lücken in der Erinnerung, die Monate und Jahre ihres Lebens verschlucken werden. Doch jetzt ist Sommer, und ihr Körper funktioniert noch einigermaßen – manche Stellen scheinen sogar auf Hochtouren zu laufen –, und da ist ein Mann mit Luchsaugen, der auf sie wartet, und alles andere spielt keine Rolle.

Sie schiebt die Kreditkarte in das Gerät und gibt die PIN ein: Serges Geburtstag. Eines Tages wird sie sogar dieses Datum vergessen.

Das Mädchen lächelt und reicht ihr die Tüte mit ihrem Einkauf. »Einen schönen Tag.«

»Den habe ich bestimmt«, sagt Doro.

Serge

Engel

Mit stürmischem Wind zieht der Herbst in die City, reißt Zweige von den Bäumen, fegt Ziegel von den Dächern und bringt weitere heftige Erschütterungen auf den Märkten. Die irische Wirtschaft kracht zusammen. Isländische Banken, von toxischen Schulden verseucht, fallen um wie faules Holz. Trotz des Verbots von Leerverkäufen segeln die Aktien weltweit in die Tiefe wie die fallenden Blätter. Ein paar der großen Banken haben bereits angefangen, Stellen zu streichen: 5000 bei Lehman Brothers, etwa genauso viele bei Merrill Lynch. Credit Suisse, UBS, Barclays und Nomura setzen ein paar Hundert Leute an die Luft, und die mächtige Citigroup hat 1500 Entlassungen angekündigt. Selbst das mega-mächtige Unternehmen Goldman Sachs droht, jeden Zehnten der Londoner Belegschaft zu entlassen. Angst infiziert die Handelsräume in der City, und auch die Quants sind dagegen nicht immun – zwar ist bei der FATCA noch alles ruhig, aber niemand weiß, warum. Serge zieht den Kopf ein und konzentriert sich darauf, mit der Strömung zu surfen; er hat genug andere Sorgen, die seinen Adrenalinspiegel oben halten.

Seine Immobiliensuche in Brasilien ist zielstrebiger geworden. Er hat sich für eine Gegend entschieden, einen Küstenabschnitt, die Mindestzahl der Zimmer (drei) und die Obergrenze beim Preis (500 000 Dollar). Außerdem fügt er bei der Ausstattung Klimaanlage und einen Swimmingpool hinzu. Ist das genug, um sie zu reizen? Eines Abends googelt er aus Neugier die Stadt, aus der sie kommt. Er muss ein bisschen herumprobieren, bis er die Schreibweise richtig hat – Shytomyr. Kein Wunder, dass sie in den Westen wollte. Die Stadt wirkt eindeutig wie ein Ort, an dem man nicht sein will. Keine belebten, hell erleuchteten Straßen mit Geschäften und Cafés, sondern riesige, marode Betonklötze, düstere Plätze mit traurigen Leuten in formlosen Kleidern und graue Denkmäler von Typen, von denen er noch nie was gehört hat – irgendein Technokrat, der angeblich die Raumfahrt erfunden hat (haha), und ein Kerl in einem schlechtsitzenden Anzug mit einem Ziegenbart, der ihm vage bekannt vorkommt. Er vergrößert das Foto, und ein Bild aus seiner Kindheit taucht vor ihm auf. Hey! Es ist Lennie der Anführer! Was zum Teufel macht der denn da?

Die Temperatur im Glaskasten der Quants ist gestiegen, nicht wegen der Sonne, die sich für dieses Jahr verabschiedet zu haben scheint, sondern aufgrund des Wettkampfs um den frei gewordenen Drehstuhl. Chief Ken lässt sich Zeit mit der Benennung eines Nachfolgers für Tim the Finn – fast ist es so, als spielte er mit ihnen, als jonglierte er mehrere Bälle in der Luft.

Maroushka versucht Ansprüche geltend zu machen, indem sie sich auf Tims Drehstuhl dreht und ihre schönen Beine vorführt. Ginge es um Beine, oder auch nur um Mathematik, hätte sie vielleicht sogar eine Chance. Aber sie ist relativ neu, und ihre Visumsituation ist immer noch nicht geklärt. Außerdem, sie ist eben eine Frau. Und nicht nur das – es herrscht allgemein die unausgesprochene, aber durch Seitenblicke deutlich ausgedrückte Meinung, dass unter Maroushka zu arbeiten so ähnlich wäre, wie von einer Mischung aus Kristin Davis und Attila dem Hunnen geknechtet zu werden.

Offensichtlich ist auch Toby O'Toole scharf auf den Posten, denn bei Chickens häufiger gewordenen Besuchen in ihrem Bereich schleimt er sich hemmungslos ein, indem er Ken nach Investitionen fragt, die über dessen Horizont hinausgehen, über Golf redet und Ken überhaupt so tief wie möglich in den Arsch kriecht. Toby ist clever und effizient, aber sein Charakter hat diese hässliche cholerische Seite, die ziemlich verstörend sein kann.

Soweit Serge es sagen kann, sind die meisten für den Hamburger als Nachfolger von Timo Jääskeläinen (außer Maroushka, die sich selbst favorisiert), weil er am längsten dabei, ein guter Mathematiker und ein ruhiger, gutmütiger Kerl ist. Doch nach dem A-cappella-Debakel ist aus der New Yorker Zentrale eine Welle des Misstrauens gegenüber den Kontinentaleuropäern herübergeschwappt. Die auch die Franzosen betrifft, vor allem, da sie gewöhnlich freitagabends mit dem letzten Eurostar nach Paris fahren, anstatt mit den anderen zu Franco's zu gehen.

Lucian ist noch zu grün hinter den Ohren, womit eigentlich nur Serge übrig bleibt. Er ist ein ebenso guter Mathematiker wie Maroushka, aber er ist noch nicht lange genug hier, und er hat sich auch nicht aggressiv vermarktet, weil er keine Aufmerksamkeit auf sich lenken will. Er muss seine Position absichern, für eine Rückversicherung sorgen für den Fall, dass seine persönliche Situation ans Tageslicht kommt, und in aller Ruhe einen Fluchtplan entwerfen. Er braucht ein kleines Schutz-Portfolio – wie die Portfolios, die er für die Märkte zusammenstellt –, um einen Risikoausgleich zu schaffen und im schlimmsten Fall seine Haut zu retten. Ein Portfolio mit E-Mails zum Beispiel.

Ich will deinen Saft schlürfen.

Ich werde dir deinen ungezogenen Schwengel straffziehen, bis es wehtut.

Was, wenn …?

Bis jetzt hat er seine Spuren verwischt, indem er die E-Mails, die er liest, als ungelesen markiert. Aber was, wenn Chicken seinen Posteingang öffnet und neue Nachrichten findet, die bereits von jemand anderem geöffnet wurden? Natürlich will Serge ihn nicht wirklich erpressen – das wäre unter seiner Würde, und riskant wäre es auch –, er will ihm nur einen kleinen Hinweis geben, dass derjenige, der Zugang zu dem Kenporter1601-Konto hatte, auch Zugang zu seinen E-Mails hat. Zum Beispiel zu dem Klassiker heute morgen von Juliette.

Ich erwarte dich, du ungezogener Bengel, Freitag, 18.00 Uhr, und du musst jeden schmutzigen Befehl ausführen, den ich dir erteile, sonst werde ich dich bestrafen.

Serge liest die E-Mail, und zum ersten Mal schließt er die Nachricht, ohne sie als »ungelesen« zu markieren.

Später, als er in der U-Bahn dem Blick der abendlich geröteten Augen seiner Mitreisenden ausweicht, denkt er über die Folgen dessen nach, was er getan hat, und bricht in kalten Schweiß aus.

Seit Timo weg ist, taucht Chicken ein-, zweimal die Woche bei ihren morgendlichen Meetings im Glaskasten auf. Er leistet zwar keinen Beitrag zur Diskussion der Algorithmen, die ihm zu hoch ist, aber dafür lässt er die Jüngeren gern an seiner Weisheit teilhaben.

»Wisst ihr, was die wahre Gefahr für dieses Land ist?«, hört Serge ihn zu Lucie sagen, der nicht antwortet, sondern die Augen zu ihm aufschlägt und auf Erleuchtung wartet.

Chicken lässt die Zähne aufeinander klacken. »Zu viele Frauen in Burkas. Denk mal drüber nach.«

Lucie senkt den Kopf wie ein Messdiener bei der Kommunion.

»Da ist was dran, Chief Ken«, schleimt Toby.

Burkas?, denkt Serge. Ist Chicken möglicherweise leicht irre?

»Weißt du, was mit diesem Land nicht stimmt, Freebie?«

Chicken zieht einen Stuhl neben ihn, und Serge spürt den

Hasentritt der Panik in der Brust. Hat er seine E-Mails schon gelesen?

»Äh … das Wetter …? Kriminalität …? Drogen …? Die Regierung …? Schwache sportliche Leistungen …? Burkas …? Ich weiß nicht.« Er setzt sein entwaffnendes Lächeln auf.

Eine Reihe von Regungen tanzt über Chickens Gesicht wie bei einem Flipperautomaten, während der Ball des Gedankens in seinem Kopf umhersaust.

»Der öffentliche Sektor. Es gibt einfach zu viel von der Scheiße, Freebie.«

»Ach ja?«

»Beamte. Bürokraten. Sozialarbeiter. Die Wichtigtuer im Rathaus. Sesselfurzer. Büroklammernzähler. Däumchendreher …« Sein Gesicht glüht und bebt, als die Liste wächst.

»Was ist mit Lehrern, Kantinenköchinnen, Professoren …?«

»Sind nicht produktiv. Produzieren keinen Wohlstand wie du und ich.«

»Ich?«

»Genau. Wir zahlen für die alle. Und ihre verdammten Renten.«

»Ich habe Mathematik studiert …«

»Genau. Warum soll ich dafür zahlen, dass das Kind von jemand anders zur Uni geht? Sollen sie doch selber dafür zahlen.«

»Ärzte und Krankenschwestern …?«

»Nichts gegen Krankenschwestern, Freebie. Ich lasse nicht zu, dass irgendwer etwas Schlechtes über Krankenschwestern sagt. Das sind wahre Engel.« Plötzlich ist seine Stimme belegt, und seine Augen werden feucht. »Als unser Sohn Willy im Krankenhaus war …«

»Wahre Engel. Schön gesagt, Chief Ken!« Tobys Stimme bebt vor geheuchelter Empathie. Vollkommen schamlos.

»Ich denke, größtes Problem in diese Land ist zu viel Steuer«, sagt Maroushka und dreht sich in Timos Stuhl. »In mein Land niemand zahlt Steuer. Ist freiwillig. Nur Rentner zahlen und Leute, die zu unintelligent sind, um nicht zu zahlen.«

Sie sieht so reizend aus in ihrem engen seegrauen Etuikleid, dass Serge sich fragt, ob er versuchen soll, sie zu einer aufgeklärteren Sicht zu bekehren, in Vorbereitung auf ein mögliches Treffen mit seinen Eltern, aber sie hat diesen strengen Blick in den Augen, mit dem man sich besser nicht anlegt. Außerdem würde sich ja niemand, der noch bei klarem Verstand ist, für höhere Steuern aussprechen.

Chicken dreht sich zu ihr um und verschlingt sie mit den Augen. »Absolut, Mary. Negative Anreize. Wenn die Steuern noch höher werden, hör ich lieber ganz zu arbeiten auf. Werde selber ein Faulenzer. Lass mir Stütze zahlen.« Er kichert. »Das Problem ist, da draußen gibt's jede Menge ignorante Bürokraten, die keine Ahnung von der City und dem Bonussystem haben, aber glauben, sie könnten es regulieren. Wie dieser Scheißkerl Adair Turner von der FSA, der behauptet, was wir tun, hätte keinen Nutzen für die Gesellschaft. Dem würde ich gern mal in den Arsch treten! Grrr!« Er dreht den Kopf zur Seite und schnappt mit weißen spitzen Zähnen in die Luft. »Wir sind die größte Wachstumsindustrie dieses Landes. Wir schaffen Reichtum. Wir schaffen Arbeitsplätze für Tausende. Unsere Angestellten zahlen Steuern. Was daran, bitte, hat keinen gesellschaftlichen Nutzen?«

Serge sagt nichts, denn er hat gelegentlich ähnliche Gedanken gehegt wie die ignoranten Bürokraten. Hat Doro nicht neulich in die gleiche Kerbe gehauen? Irgendwas im Zusammenhang mit Hundekacke. Andererseits, wenn man drüber nachdenkt, haben ziemlich viele schöne Dinge keinen gesellschaftlichen Nutzen – Bananensplit, Parfum, Schulterpolster, Bummeln, um nur ein paar zu nennen.

»Wo wir gerade vom gesellschaftlichen Nutzen sprechen«, Chicken wirft einen Blick auf seine Rolex und steht auf. »Ich muss noch zu einem anderen Meeting. Am elften Loch.«

Mittags nimmt Maroushka ihr passendes seegraues Jackett und verschwindet, bevor Serge ihr folgen kann. Er erträgt die Cafeteria jetzt nicht, also geht er zu Franco's, halb in der Hoffnung, Jonas zu sehen, aber es ist nur die mürrische Barfrau da. Die Küche bei Franco's ist italienisch-hochklassig, serviert in angeberisch kleinen Arrangements auf riesigen quadratischen Tellern. Als er den Blick über die Karte wandern lässt, überkommt ihn plötzlich Appetit auf Lammkotelett mit Pommes frites und Daddies Brown Sauce. Stattdessen entscheidet er sich für Agnolotti alla zucca, setzt sich in eine Ecke, holt das Telefon raus und ruft seinen Broker an.

Er hat immer noch offene Positionen auf mehrere Aktien, und der Index ist unter 4000 gerutscht. Allein gestern ist er um 325 Punkte gefallen, der größte Absturz der letzten fünf Jahre. Er kauft die Hälfte seiner Endon-Aktien zurück, die, schätzt er, ihren Tiefststand erreicht haben, aber er hält die Edenthorpe-Engineering-Anteile in Erwartung weiterer Kursverluste. Dann bestellt er einen doppelten Espresso.

Während er wartet, klingelt das Telefon in seiner Hand. Es ist Clara. Er drückt sie weg, aber sie versucht es gleich noch mal, und so ergibt er sich dem Unvermeidbaren.

»Hi, Clara. Schön, von dir zu hören. Wie läuft's so?«

»Na endlich. Hör zu, du kleines Frettchen, ich habe mit Babs gesprochen. Sie sagt, du bist überhaupt nicht mehr in Cambridge.«

»Ich ... ich arbeite an einem Projekt mit einem Team vom Imperial College ...«

»Reite dich nicht noch tiefer in die Scheiße, Serge. Hör einfach zu. Aus reiner Herzensgüte gebe ich dir Zeit bis Ende nächster Woche, es Doro und Marcus selbst zu sagen. Du hast sie die ganze Zeit angelogen, stimmt's?«

Das Schlimmste ist die unverhohlene Schadenfreude in ihrer Stimme.

»Es ist nicht so, wie es aussieht! Jetzt beruhig dich erst mal.«

»Sag nicht, ich soll mich beruhigen, du Hamstermörder. Also?«

»Okay! Okay. Ich sag es ihnen.«

Er will das Telefon abstellen, aber bevor er die Taste gedrückt hat, klingelt es wieder. Es ist Doro.

»Hallo, Mum. Schön, von dir zu hören. Wie ist es im eisigen Norden?« Er spielt auf Zeit.

»Alles gut hier oben. Ich bin froh, dass ich dich endlich mal erwische, mein Schatz. Wie geht es dir?«

»Gut. Alles gut. Mum ...«

»Hast du von Clara gehört?«

»Ja, sie hat gerade angerufen. Die Sache ist die, Mum ...«

»Da bin ich aber froh. Sie hat sich schon Sorgen gemacht, weil du nie zu erreichen warst.«

»Mhm. Wir haben nett geplaudert.«

»Wunderbar. Und wie läuft es mit der Doktorarbeit?«

»Gut. Schön. Die Sache ist die, ich muss ...«

»Ich bin so stolz auf dich, Schätzchen. Diese bahnbrechende Forschung, die du betreibst. Um das Wissen der Menschheit voranzutreiben. Es ist traurig, dass so viele junge Leute heutzutage nur noch ans Geld denken. Als wir jung waren, in den Sechzigern, haben wir geglaubt, wenn man Talente und eine Ausbildung hat, soll man das als Chance sehen, anderen, weniger Privilegierten zu helfen. Ob du's glaubst oder nicht, die Leute damals wollten ihre Fähigkeiten dafür einsetzen, die Menschheit zu verbessern. Ich nehme an, so was wirkt altmodisch für eure Generation. Heute ist für die Leute, die was im Kopf haben, ihr Grips nur die Lizenz dafür, andere auszunehmen. Sieh dir Marcus an, er ist so gescheit, aber er würde nie auch nur einen Moment lang ...«

Und so geht es immer weiter. Nach zehn Minuten fühlt sich Serge moralisch völlig ausgelaugt.

»Arbeitest du immer noch an dem Projekt in London?«, fragt sie abrupt.

»Äh ... ja ... nein ... nicht richtig.«

»Also bist du wieder in Cambridge?«

»Ja. Ich meine, nicht ganz ... Die Sache ist die, Mum ...«

»Wunderbar, weil Oolie und ich einen kleinen Ausflug planen. Wir dachten, wir kommen nach Cambridge und verbringen den Tag mit dir. Wie sieht es nächstes Wochenende aus?«

Doro

Die Spinne

Oolie freut sich schon auf den Ausflug nach Cambridge nächstes Wochenende, aber Doro freut sich noch mehr auf den Ausflug in den Garten heute Nachmittag.

Es hat den ganzen Morgen geregnet, doch eben ist die Sonne herausgekommen und strahlt golden zwischen den klumpigen Wolkentürmen herab. Der Regen hat die anderen Kleingärtner abgeschreckt, und es sieht so aus, als hätten sie die ganze Anlage für sich allein. Auch die Insekten sind weg, aber die Vögel sind schon wieder da und picken ungeduldig an den Früchten, sprühen Tropfen von den Blättern, durchwühlen mit dem Schnabel die feuchte Erde, verschlingen Würmer, die sich an die Oberfläche getraut haben, stochern und zerren und machen sich kaum die Mühe, wegzuflattern, als Doro und Malcolm Loxley zum zweiten Mal zwischen den Gemüsebeeten und Obstbäumen hindurchschlendern, deren Äste sich bereits unter dem Gewicht der reifen Äpfel, Pflaumen und Birnen biegen.

Er trägt ein weißes Hemd und graue Hosen und hat eine Aktentasche dabei. Sie trägt einen ausgestellten Rock und ein seidiges Oberteil, tief ausgeschnitten, um das V zwischen ihren Brüsten zu betonen, die von dem verdrahteten und gepolsterten schwarzen Spitzen-BH von Marks & Spencer in Form gebracht werden. Sie blickt an sich herunter und sieht, wie beim Gehen die Wölbungen ihrer Brüste beben. Hat er es auch gesehen? Er lässt es sich nicht anmerken.

Am gemeinschaftlichen Brunnen setzt er sich auf einen der Stühle und klappt die Aktentasche auf. »Ich dachte, das hier interessiert Sie vielleicht.«

Er reicht Doro einen Stoß Papiere, die sie aufmerksam studiert, um ihre Verlegenheit zu verbergen, dass sie seine Absichten falsch gedeutet hat. Es ist das Protokoll der Sitzung eines Stadtratsausschusses über die Zukunft der Kleingartensiedlung, und darin steht, dass Stadtrat Loxley ein Moratorium für das Bauvorhaben und eine neue Sichtung der Sachlage befürwortet. Sieht aus, als wollte er wirklich nur über das Bauvorhaben reden.

»Sie unterstützen uns also? Waren es die Bohnen, die Sie überzeugt haben, oder der Rhabarber?«

Er lächelt. »Ich stehe allen Möglichkeiten offen gegenüber.«

»Welchen Möglichkeiten?«

»Wir könnten eine Einigung mit dem Bauträger treffen, dass ein Teil des Grundstücks für ein Einkaufszentrum genutzt wird …«

»Wozu brauchen wir ein Einkaufszentrum? Die Hälfte der Läden in der Stadt steht jetzt schon leer.«

»Es würde die Wirtschaft ankurbeln. Arbeitsplätze schaffen. Und es gibt Zuschüsse für umweltfreundliches Bauen …«

»Sie denken, das alles hier mit Beton zuzukippen, wäre umweltfreundlich?« Sie weiß, sie sollte ihn nicht dauernd unterbrechen, aber die Worte sprudeln einfach so heraus.

»Kommt darauf an, wie es gemacht wird. Ein Teil des Grundstücks könnte einer sozialen Einrichtung zur Verfügung gestellt werden, einem Kindergarten, einer Arztpraxis oder – und das fände ich persönlich am sinnvollsten, Mrs. Marchmont –«, er grinst wie ein Kartenspieler, der kurz davor ist, einen Trumpf zu ziehen, » – einer betreuten Wohneinrichtung für Behinderte.«

Sie zuckt zusammen und setzt schnell ein Lächeln auf. Wenn bloß einer der anderen GAGAs hier wäre, um sie zu unterstützen. Ah, da kommt jemand! Winston Robinson stapft den Gartenweg herauf, mit zwei prallen Tüten in den Händen.

»Hallo, Winston. Komm, setz dich zu uns! Wir reden gerade über die Baupläne für die Kleingartensiedlung.«

Doch Winston schüttelt den Kopf. »Ich muss heim zu meiner Frau, sonst krieg ich Ärger. Bin nur hier gewesen, um ein paar Pflaumen zu pflücken, bevor sie der Regen runterholt.« Er öffnet eine der Tüten und nimmt eine große Handvoll reifer Victoria-Pflaumen heraus. »Hier. Davon gibt's noch jede Menge. Dieses Jahr läuft der Baum Amok! Bedient euch.« Und er eilt davon.

Sie lässt ein paar Pflaumen in ihre Handtasche fallen und steckt sich eine in den Mund. Saft läuft ihr übers Kinn. Auch der Stadtrat beißt in eine reife Pflaume und verstaut den Rest in seiner Aktentasche.

»Inzwischen sieht man sie wirklich überall, nicht?«

»Pflaumen?«

»Unsere farbigen Mitbürger.«

Der Schock trifft sie wie ein Eimer kaltes Wasser.

»Er ist sehr nett«, sagt sie und merkt gleich, wie lasch ihre Reaktion ist.

Den meisten der GAGAs fällt schon lange nicht mehr auf, dass Winston der einzige Schwarze im Verein ist. Doch was Doro am meisten entsetzt, ist die Unverblümtheit von Loxleys Worten, die beiläufige Annahme, sie wäre seiner Meinung. Sie sieht, wie er rot wird, als er seinen Fehler bemerkt.

»Oh, ja, natürlich. Viele von denen sind nett. Verstehen Sie mich nicht falsch.«

»Er ist keiner von denen, er ist einer von uns.«

Zum ersten Mal verweilt sein Blick auf dem tiefen V zwischen den bebenden Wölbungen ihrer Brüste. Sie spürt, wie sie errötet, und wünschte, ihr Dekolleté wäre weniger offenherzig und nicht so wackelig. Sie versteht überhaupt nicht mehr, was in sie gefahren ist an dem Abend, als sie neben ihrem schlafenden Mann lag, welcher kleine, quengelige Teufel sie geritten hat, sich so herzurichten.

Plötzlich klatscht ein dicker Regentropfen auf ihren nackten Unterarm. Ein Donnerschlag folgt, und ein Windstoß fegt ihr die Papiere aus der Hand. Als sie versucht, die fliegenden Blätter einzufangen, öffnet der Himmel die Schleusen und riesige Regentropfen prasseln auf sie herunter wie eine lauwarme Dusche. Über die rutschigen Pfade läuft sie zur Hütte auf ihrer Parzelle und kramt in ihrer Tasche nach dem Schlüssel. Loxley rennt hinter ihr her, rutscht im Matsch aus, fällt hin, und dabei öffnet sich seine Aktentasche. Er rappelt sich hoch und sucht hektisch den Inhalt zusammen, der sich im Matsch verteilt hat. Sie kommt ihm zu Hilfe, kriecht unter die nassen Stachelbeerbüsche, um die feuchten Papiere, Stifte, Lineale, Taschentücher, Drops, Winstons Pflaumen und einen kleinen in Folie verpackten Gegenstand einzusammeln, den sie erst, als sie ihn in der Hand hält, als Kondom erkennt.

»Hier.« Sie spürt, wie ihr die Hitze in die Wangen schießt.

»Danke.« Er weicht ihrem Blick aus und steckt es in die Hosentasche.

»Kommen Sie am besten mit rein!« Sie schiebt die Tür der Hütte auf und schüttelt sich das nasse Haar aus den Augen. Kleine Regenbäche laufen in ihr Dekolleté. Er folgt ihr, schüttelt sich wie ein Hund und streift sie im beengten Raum, ein Eindringling in ihrem kleinen Reich.

Die Gartenhütte ist klein und muffig, aber trocken. In den Regalen stapeln sich Blumensamen, Bindfadenrollen, Gartenhandschuhe, Rosenscheren, Handschaufel und -rechen, Stöcke, Pflanzenetiketten, Kataloge, Plastikbinder, Blumentöpfe, Marmeladengläser, Schneckenkorn, Flüssigdünger, Unkrautvernichter und irgendwelche Substanzen, die sie mal in andere Behälter umgefüllt hat. Sie hat vergessen, was es war, aber wenn es ihr irgendwann wieder einfallen sollte, können sie sicher noch nützlich sein. In der Ecke stehen die größeren Werkzeuge:

Forke, Astschere, Spaten, ein Rechen. Gegenüber ist ein kleines, mit Spinnweben überzogenes Fenster, und darunter stehen zwei Segeltuchstühle und ein Klapptisch, wo sie und Oolie immer Tee trinken und plaudern. Sie wünschte, sie wäre mit Oolie hier, nicht mit ihm.

Auf dem Boden liegt ein Stück Teppich, leicht feucht. Es gibt einen Primusofen, aber die Gasflasche ist leer. Eine Dose Milchpulver steht da, doch der Deckel fehlt und das Pulver ist zusammengebacken wie Zement. Und es gab mal eine Packung Kekse, über die sich die Mäuse hergemacht haben. Nicht ein Krümel ist übrig. Immerhin sind zwei Teebeutel da.

»Wir sind nicht allzu gut ausgestattet, wie Sie sehen.« Sie lacht, um ihre Verlegenheit zu überspielen.

Er sagt nichts, sieht sie nur an.

Sie wünschte, sie hätte ein anderes Oberteil an – ein T-Shirt mit einem Slogan, das ihnen Redestoff bieten und ihre Brüste bedecken würde, die sich unter diesem enganliegenden Seidenstoff heben und senken wie in einem billigen Erotikreißer, vor Panik, Anstrengung, Aufregung oder einer beängstigenden Mischung aus allen dreien. Sie denkt an die Vorfreude, mit der sie den BH anprobiert hat, und weiß, dass es ein furchtbarer Fehler war. Wie zum Teufel kommt sie da wieder raus?

»Setzen Sie sich doch.«

Sie zeigt auf einen der Stühle und setzt sich auf den anderen, doch er bleibt stehen, sperrt mit seinem massigen Körper das Licht aus, das durchs Fenster fällt. Der Regen trommelt immer noch aufs Dach, und das Donnergrollen scheint näher zu kommen. Sie könnten eine Weile hier festsitzen.

»Also, dieses Bauvorhaben. Sie meinen, dass …?«, plappert sie, ihre Stimme kratzt an der Stille.

»Dass es eine betreute Wohneinrichtung beinhalten könnte? Ja.« Er starrt sie an.

Sie zittert. »Aber Sie haben etwas von einem schrecklichen Einkaufszentrum gesagt. Hier, an diesem wunderschönen

Ort …« Vage zeigt sie zum Fenster, wo eine dicke Spinne an einem seidigen Faden auf ihr Abendessen zukrabbelt, eine gefangene Fliege, die hilflos in der Ecke des Netzes zappelt.

Die Spinne stürzt sich auf ihre Beute. Ah! Doro zuckt zusammen und es gibt ein reißendes Geräusch; unter ihr gibt das brüchige Segeltuch nach und sie springt auf die Füße, doch dabei prallt sie gegen Loxley, weil er in dem engen Raum zu dicht bei ihr steht. Er reißt sie an sich und presst sein Gesicht gegen ihres; sie spürt seinen Mund auf ihrem Mund; riecht sein moschusartiges Aftershave und die animalisches Grundnote seiner warmen Haut. Sie weicht einen Schritt zurück und tritt auf die Zinken des Rechens; der Holzgriff knallt ihr gegen den Kopf. Im nächsten Moment rollen sie beide auf dem leicht feuchten Teppich herum.

Das Schlimmste ist, sie weiß, dass es allein ihre Schuld ist.

Sie will sich wehren, stößt gegen die umgefallenen Klappmöbel. »Nein …«

Er bedeckt ihren Mund mit seinem; sein Gewicht lastet schwer auf ihr.

»Komm schon, Dorothy. Das ist es doch, was du willst!«

»Nein! Ich wollte nur über …«

Seine Hand ist unter ihrem Rock und arbeitet sich nach oben vor. Soll sie schreien? Aber es ist keiner da, der sie hören könnte. Sie versucht es mit Reden.

»… über die Pläne sprechen …«

Sie muss Ruhe bewahren und seine Aufmerksamkeit wieder auf das Bauvorhaben lenken.

»Die Behindertenwohnung?« Sie dreht den Kopf weg, um sich von seinem Mund zu befreien. »Darüber würde ich gern reden.«

»Reden wir später darüber.«

Er nimmt ihr Gesicht in beide Hände und fängt wieder an, sie zu küssen. Ihr Kopf stößt gegen die Holzwand, und aus dem Augenwinkel sieht sie, wie die Spinne, die mit dem Essen fertig ist, wieder an ihrem Netz hochgeklettert ist und sie interessiert zu beobachten scheint.

»... das Einkaufszentrum ...«

»Das hier ist nur zwischen dir und mir.«

»Nein! Bitte! Erzählen Sie mir von dem Einkaufszentrum!«

»Du weißt, dass du darauf gewartet hast.« Eine Hand ist in ihrem seidigen Oberteil.

»Gibt es auch einen Marks & Spencer?«

»Komm schon, Dorothy.«

»Einen Möbelladen ...?«

Sie versucht sich aus seiner Umklammerung herauszuwinden, doch ihre Gegenwehr scheint ihn eher noch anzustacheln.

»Hat dir schon mal jemand gesagt ...« Die andere Hand schiebt sich in ihren Schlüpfer.

»Oder Sainsbury's!«, schreit sie. »Nein! Halt!«

»... dass du einen tollen Körper hast ...« Jetzt fummelt er an seinem Reißverschluss herum. »... für dein Alter ...«

»Für mein ...?! Aaaah!«

Sie tritt zu und erwischt das Blatt des Spatens, der zwischen den Zähnen der Forke klemmt, die im Griff der Astschere steckt. Der ganze Haufen stürzt über ihm zusammen. Die Astschere trifft ihn an der Wange. Blut spritzt und läuft ihm in den Mundwinkel, so dass er aussieht wie ein grinsender Vampir. Wenn sie ihm nur einen Pfahl durchs Herz treiben könnte. Wo hat sie bloß die Rosenschere gelassen?

Eine schnelle Bewegung am Fenster lässt sie aufblicken – die Spinne krabbelt durch ihr klebriges Netz. Und hinter dem Netz, hinter dem Fenster, ein Gesicht, vertraut, ein flüchtiger Blick auf – sie erstarrt.

»Oolie!«

»Was ist los?« Er setzt sich abrupt auf. »Ich dachte, du wolltest ...« Blut läuft ihm übers Kinn auf sein Hemd.

Sie reicht ihm ein Taschentuch aus ihrer Handtasche. »Ich glaube, Sie gehen jetzt lieber.«

Er rappelt sich auf und streicht sich die Kleider glatt. Doro zieht ihr Oberteil hoch und den Rock herunter und öffnet die Tür der Hütte. Es regnet immer noch, aber nicht mehr so stark. Es ist keine Spur von irgendjemandem zu sehen.

»Auf Wiedersehen, Mrs. Marchmont«, sagt er.

Seine Augen sind hart. Seine Stimme ist kalt. Es läuft ihm immer noch ein Rinnsal Blut über das Gesicht. Er nimmt seine Aktentasche.

»Ich werde mir Ihre Begeisterung für Marks & Spencer merken.«

Dann geht er rutschend über den matschigen Weg davon.

Doro wartet, bis er außer Sichtweite ist, dann lässt sie sich in den verbliebenen Segeltuchstuhl fallen und wünschte, es wäre noch Gas im Ofen. Für eine Tasse Tee würde sie jetzt sonst was geben. Selbst wenn ihre Absichten heute Morgen nicht ganz ehrbar waren, hat sie doch wohl das Recht, ihre Meinung zu ändern, wenn sie feststellt, dass sie es mit einem Mann zu tun hat, der von der Idee eines Einkaufszentrums besessen ist; einem Mann, der sich an der Hautfarbe eines Menschen stört; einem Mann, der sagt, sie sei attraktiv *für ihr Alter*!

Das flüchtige Bild von Oolies liebem Gesicht im Fenster muss eine Vision gewesen sein, ausgesandt, um sie zu retten. Die Spinne ist aus dem Netz verschwunden und krabbelt irgendwo herum, aber als Doro durch die staubige Scheibe sieht, entdeckt sie jemanden, der durch die Parzellen auf sie zumarschiert kommt, den Kopf im Regen eingezogen. Jemand mit einer runden Brille und einem braunen Overall, und – was für ein Segen! – er hat zwei Becher Tee dabei.

»Oh, vielen Dank, Mr. Philpott! Woher wussten Sie …?«

»Ich habe Sie mit diesem Stadtrat gesehen. Alles in Ordnung?«

»Ja. Schon gut. Ich meine …« Wie viel hat er mitbekommen?, fragt sie sich. »… eigentlich ist überhaupt nichts gut, weil sie auf die Hälfte des Grundstücks ein Einkaufszentrum setzen wollen und auf die andere irgendein Wohnheimprojekt.«

Er seufzt. »Etwas ist faul im Staate Doncaster!«

»Ja. Allerdings. Ich bin etwas mit ihm aneinandergeraten, aber …«

Sie hofft, das erklärt ihr zerzaustes Aussehen und auch das Herumgerolle auf dem Boden, falls er es mitbekommen hat. Da sieht man mal wieder, dass man in einer Kleingartensiedlung nie so allein ist, wie man vielleicht denkt.

Clara

Umpofressionell

»Oolie, das darfst du dir aber nicht angewöhnen.«

Oolie-Anna kommt in Claras Klassenzimmer geschlichen, setzt sich zu ihr ans Lehrerpult und fingert an einer Schachtel Wachsmalstifte herum.

»Ich will mit dir reden.«

»Wieder über Filme?« Clara seufzt.

Es hat gerade vier geschlagen, die Kinder sind alle fort, und in der stillen Verschnaufpause am Ende des Schultags ist sie im Kopf gerade noch einmal den heutigen Unterricht durchgegangen und hat überlegt, was gut gelaufen ist und was sie hätte besser machen können.

»Keine Filmer.« Oolie zeigt aufs Fenster. »Isser wieder da?«

Clara braucht einen Moment, bis sie begreift, dass Oolie den Hamster meint. Sie fragt sich, ob Oolie ein Geständnis ablegen will.

»Bist du hier, weil du über den Hamster reden willst?«

»Nicht über den Hamster.« Oolie schüttelt wieder den Kopf. »Es ist wegen Mum.«

»Was hat sie jetzt wieder getan?«

Clara merkt, dass sie ungeduldig ist. Wirklich, Doro und Oolie sind beide auf ihre Art unmöglich. Ihr Vater muss ein Heiliger sein, dass er es mit ihnen aushält.

»Sie hat mit diesem Mann gepoppt.«

Clara schnappt nach Luft und versucht ruhig zu klingen.

»Mit welchem Mann?«

»Du weißt schon. Dem.«

»Ich weiß es nicht. Außerdem, woher willst du das überhaupt wissen?«

Oolies Wortschatz ist anzüglicher geworden, seit sie bei Edenthorpe arbeitet, aber es ist nicht klar, ob sie immer weiß, was sie da sagt.

»Ich hab sie gesehen. Im Garten. Dad hat gesagt, ich soll Mum holen, und sie war nicht im Garten, also bin ich zur Hütte gegangen.«

»Oolie, das erfindest du doch.«

»Gar nicht, ich hab's *gesehen.*«

»Was hast du gesehen?«

»Ich hab sie gesehen, wie sie gepoppt haben. Alle beide. Aufm Boden.«

»Wann?«

»Weiß nicht.« Sie macht eine trotzige Schnute, beleidigt, dass Clara ihr nicht glaubt. »Es hat geregnet, und da haben sie gepoppt. In der Hütte.«

»Wer war der Mann?«

»Na, der mit den grauen Haaren.«

Clara geht im Kopf alle grauhaarigen Männer durch, die sie kennt. Wahrscheinlich gibt es irgendeine ganz simple Erklärung.

»Bist du sicher, dass es nicht Dad war?«

»Klar. Ich bin doch nicht blöd.«

»Ich weiß, dass du nicht blöd bist, Oolie.« Sie kennt Oolies wunde Punkte. »War es Mr. Philpott? Der Mann, der uns geholfen hat, als wir den Hamster fangen wollten?«

Sie weiß, dass Mr. Philpott auch eine Parzelle in der Kleingartenanlage hat. Aber er und ihre Mutter beim Poppen? Andererseits ist Doro in letzter Zeit alles zuzutrauen.

»Nein, der war's nicht. Es war der Große.«

»Welcher Große? Hast du ihn schon mal gesehen?«

»Ja, hier in der Schule.«

Clara versucht sich an die letzten Gelegenheiten zu erinnern, als Oolie da war.

»Der Schuldirektor? Der mit dem Hamster?«

»Nee, aber mit dem würde ich auch gern poppen. Nein. Du weißt schon. An dem Tag. Mit den Blumentöpfern.«

Sie muss vom Gemeindetag im September reden. Was für ein Chaos!

»Meinst du den Stadtrat?«

»Ich weiß nicht, ob er ein Rad hat oder was.« Sie zuckt die Schultern.

»Oolie, versuch dich zu erinnern.«

»Ich erinnere mich ja. Ich weiß nur nicht, wie er heißt.«

Clara stellt fest, dass ihr Herz zu schnell klopft. Sie weiß nicht, was sie glauben soll.

»Was haben sie getan?«

»Ich hab's dir doch gesagt, die haben gepoppt. Auf dem Fußboden. Er hat auf ihr draufgelegen.« Trotzig lehnt sich Oolie in ihrem Stuhl zurück, erschöpft von der Anstrengung so vieler Erklärungen.

»Ist gut, Oolie.« Clara kniet sich vor den kleinen Stuhl und legt den Arm um sie. »Danke, dass du es mir gesagt hast. Du hast dich wirklich gut erinnert.«

Oolie strahlt. »Ich bin den ganzen Weg zurückgerannt. Ich bin klitschenass geworden.«

»Komm. Ich bringe dich nach Hause.«

Als Clara vor dem Haus in der Hardwick Avenue parkt, geht die Haustür auf und ein junger Mann mit hellem Haar kommt auf die Veranda gestürzt. Hinter ihm schließt sich die Tür mit einem Knall. Er steht perplex da, einen Packen Papiere in der Hand, und versucht seine Aktentasche zu öffnen, während er mit seiner Jacke kämpft.

Oolie rennt die Stufen hoch und umarmt ihn.

Die Papiere gleiten ihm aus der Hand, werden von einem Windstoß erwischt und im Garten verteilt. Clara sammelt sie ein, gibt sie ihm zurück und denkt, was soll dieser alberne kleine Bart?

»Hallo, ich bin Clara, Oolies Schwester. Kennt ihr euch?«

»Das ist Mr. Clemmins. Er hat gesagt, ich brauch meine eigene Wohnung, damit ich Filmer gucken kann.«

»Mike Clements.« Er streckt Clara die Hand hin. Sie ist fest, warm und etwas verschwitzt. Als sie nichts sagt, erklärt er: »Ich glaube, ich habe Ihre Mutter auf dem falschen Fuß erwischt.«

Clara und Oolie sehen sich an.

Clara sagt: »Das kann passieren.«

Dann geht die Tür wieder auf, und Doro streckt den Kopf heraus.

»Was ist hier los? Oolie? Clara? Was macht ihr da?« Sie sieht den jungen Mann an. »Sie sind immer noch da? Warum verschwinden Sie nicht endlich? Und nehmen Sie Ihre verdammten Fragebögen mit!«

Oolie flüstert Clara etwas zu, laut genug, dass jeder es hört: »Mum mag ihn nicht. Sie sagt, er ist umpofressionell.«

»Das reicht, Oolie«, sagt Doro.

»Sagen wir es so, sie hat mich an meine Grenzen gebracht«, erklärt Mr. Clements, stopft die fliegenden Papiere in seine Aktentasche und zieht ab.

Jammerschade, das mit dem Bart, denkt Clara.

Serge

Die Brücke am Cam

Am letzten Oktobersonntag schlendert Serge durch den Kreuzgang seines alten Colleges und versucht nostalgische Gefühle zu mobilisieren, aber das Einzige, was er fühlt, ist äußerste Anspannung, die ihm die Brust einschnürt. Er trägt eine Plastiktüte mit Briefen in der Hand, die er gerade von der Pförtnerloge abgeholt hat. Die meisten sind von seiner Bank und adressiert an Dr. Black, Queens' College Cluedo Society. In dem einzigen, den er bis jetzt geöffnet hat, steht, er möge sich bitte sofort bei seiner Filiale melden. Die anderen macht er gar nicht erst auf und versucht, fürs Erste nicht an ihren Inhalt zu denken.

Kurz vor eins stellt er sich vor den Eingang zum Queens' College und sieht die Silver Street hinunter. Da kommen sie, Hand in Hand, Doro lächelt und kommentiert im Vorbeischlendern die Gebäude und die Leute auf der Straße, Oolie macht bei jedem dritten Schritt einen kleinen Hüpfer. Was zum Teufel hat Doro da an? Er kann es nicht fassen. Neonpink von circa 1990. Mit spitzem Revers. Oh Gott. Und Oolie ist auch nicht viel besser angezogen, in einem weißen Anorak, in dem sie aussieht wie das Michelin-Männchen, aber zumindest hat sie die Entschuldigung, dass Doro ihn für sie ausgesucht hat.

Kaum hat Oolie Serge entdeckt, lässt sie Doros Hand los und rennt auf ihn zu, um ihn zu umarmen.

»Hallo, Sellerie!«

»Hallo, Oolie. Hallo, Mum.«

Weitere Umarmungen folgen. Schlichte, frohe Umarmungen. Er hat Tränen in den Augen. Wenn er sich nur der Last seiner Geheimnisse entledigen könnte. Wenn er nur nicht diese Tüte mit Briefen mit sich herumschleppen müsste wie eine Eisenkugel an einer schweren Kette um sein Herz. Wenn er nur Teil ihrer schlichten, frohen Welt sein könnte.

»Was meint ihr, sollen wir uns einen Kahn mieten?«

»Willst du uns nicht dein Zimmer zeigen, Serge? Oolie würde so gern dein Zimmer sehen.«

»Nein, das geht gerade nicht. Wisst ihr ...«, er senkt die Stimme zu einem Flüstern, er hat sich vorbereitet, »... eine Freundin von mir, sie besucht ein Frauencollege, und jetzt hat sie die Liebe ihres Lebens kennengelernt, jedenfalls hält sie ihn dafür, aber sie kann ihn nicht mit in ihr Zimmer nehmen, weil Männerbesuch nicht erlaubt ist. Ich habe gesagt, wenn sie will, kann sie mein Zimmer haben. Da ich sowieso den ganzen Nachmittag mit euch unterwegs bin. Ihr wisst ja«, sagt er und lächelt entwaffnend, »die Wege der Liebe ...«

Doro lächelt mitfühlend. »Man sollte meinen, dass diese archaischen paternalistischen Regeln inzwischen abgeschafft wären.«

»Poppen die?«, fragt Oolie.

Der Kahnverleih ist direkt um die Ecke. Er steigt zuerst ins Boot, verstaut die Tüte unter dem Sitz und hilft Oolie. Sie springt unbeholfen an Bord, und der Kahn schwankt bedenklich.

Doro kreischt auf.

Der junge Mann vom Kahnverleih sagt: »Keine Sorge, die Dinger sind total stabil. Kommt so gut wie nie vor, dass eins kentert.«

Serge steht am hinteren Ende, den Staken in der Hand. Er hat das ewig nicht mehr gemacht, aber wenn man erst mal den

Rhythmus gefunden hat, ist es ganz einfach. Noch einfacher ist es, wenn man groß ist und einen Waschbrettbauch hat, der sich unter dem T-Shirt abzeichnet, aber obwohl beides nicht auf ihn zutrifft, sehen die beiden Frauen in seinem Kahn voller Bewunderung zu ihm hoch. Er stößt ab – *swuusch*!

Es ist einer dieser perfekten Oktobertage, sonnig und klar, mit goldenen Blättern, die auf dem schwarzen Wasser treiben, und späten Touristen, die sich auf den Brücken sammeln wie Vögel, die bald gen Süden fliegen. Die Luft ist frisch und kalt, aber er schwitzt bereits, als er unter der berühmten Mathematikbrücke hindurchmanövriert. Seine Laune bessert sich, als er den wohlbekannten Vortrag über Tangenten und Radialverbindungen von sich gibt.

»Die Brücke war der eigentliche Auslöser, warum ich ans Queens' College gegangen bin.«

»Ich sehe keine Tang-Enten«, sagt Oolie.

»Du bist so klug, mein Schatz«, sagt Doro.

Bis jetzt läuft alles wie geschmiert.

Auf dem Fluss herrscht noch Betrieb. Zwischen King's College Bridge und Clare Bridge gleiten sie an den Backs vorbei, friedlichen Rasenflächen, die sich bis zum Flussufer erstrecken, wo Trauerweiden die Äste ins Wasser hängen lassen. Zu guter Letzt überkommt ihn doch ein Hauch von Nostalgie.

Oolie taucht die Hand ins Wasser und spritzt Doro nass.

»Hör auf, Oolie«, sagt Doro. »Und setz dich richtig hin, sonst bringst du das Boot zum Kentern. Was für ein wunderschöner Ort. Schade, dass er einem privilegierten Kreis vorbehalten ist. Ich wünschte, meine Studenten an der Doncaster Tech hätten auch so was. Ich bin fest davon überzeugt, dass Schönheit der Seele guttut. Nein, Oolie, wirf ihn zurück ins Wasser. Er ist tot.«

Serge hört nur halb hin. Er konzentriert sich auf die Route des Unterwasserpfads und hält Ausschau nach ausscherenden

Kähnen. Sie passieren Trinity Hall und nähern sich der Seufzerbrücke, wo es zum üblichen Stau kommt, weil die Kähne einzeln unter der Brücke durchfahren müssen. Manche der Stakenden sind wirklich unfähig, vor allem Frauen, die sich unter schrillem mädchenhaftem Gekreisch im Kreis drehen und aneinanderrempeln. Er holt den Staken ein und lässt den Kahn langsam auf die wartende Gruppe zutreiben. Dann plötzlich entdeckt er sie, mit dem Rücken zu ihnen in einem Kahn ganz vorn im Bootsstau. Das leuchtend gelbe Jackett und das lange dunkle Haar. Maroushka! Was zum Teufel macht sie in Cambridge? Und wie kann er es vermeiden, ihr Doro und Oolie vorzustellen, die ohne den Schatten eines Zweifels seine Chancen bei ihr für immer zunichtemachen würden?

Bis jetzt hat sie ihn nicht gesehen. Er hat noch Zeit, umzudrehen.

Er ergreift den Staken und rammt ihn hastig ins Wasser. Der Kahn macht einen Ruck und schwingt scharf nach links, wo er mit einem anderen kollidiert, der neben ihnen liegt. Ein Schwall Wasser schwappt herein und durchnässt seinen Mantel, den er mit der Tüte unter dem Sitz verstaut hat. Doro und Oolie kreischen laut und halten sich am Rand des Kahns fest, der immer noch heftig schaukelt, so dass auf beiden Seiten noch mehr Wasser hereinplatscht und um ihre Füße gurgelt. Serge versucht sich abzustoßen, mit eingezogenem Kopf, doch inzwischen sehen die Passagiere der anderen Kähne herüber und lachen. Diese Art von Zusammenstößen gehört zum Spaß auf dem Fluss. Er verschätzt sich, stößt mit zu viel Kraft, und mit einem Ruck prallen sie ans andere Ufer und kentern beinahe. Eine tief hängende Weide streift den Bug. Plötzlich ist ein lautes Platschen zu hören.

Ein Schrei. Noch ein Schrei.

»Serge! Oolie! Sie kann nicht schwimmen!«

Doro reißt sich die neonpinke Jacke herunter. In dem Moment, den er braucht, um zu begreifen, was passiert ist, ertönt noch ein Platschen etwas weiter weg, ein dunkler Kopf taucht auf, sieht sich um und verschwindet wieder. Serge springt hinterher und schwimmt zu der Stelle, wo Oolie strampelnd versucht, sich an der Weide festzuhalten, und gurgelnd nasse Blätter ausspuckt. Bevor er sie erreicht, ist der andere Mann bei ihr und hält ihren Kopf über Wasser. Oolie klammert sich an seinem Hals fest und drückt ihn nach unten, während sie mit den Füßen strampelt.

»Nicht strampeln, Miss! Ich halte Sie!«

Oolie blickt in die dunklen afrikanischen Augen ihres Retters und hört auf, sich zu wehren. Zusammen und mit Doros Hilfe, die an ihren Beinen zieht, hieven sie Oolie zurück in den Kahn. Der junge Mann schwimmt noch einmal zurück und rettet auch ihren Staken.

»Willst du zu uns ins Boot kommen?«, fragt Oolie und blinzelt ihm kokett zu.

Er schüttelt lachend den Kopf, so dass silberne Tropfen aus seinen kurzen schwarzen Locken stieben, und klettert zurück in seinen eigenen Kahn.

»Alles in Ordnung?«, fragt die junge Asiatin in der gelben Jacke.

Fünfzehn Minuten später landen sie am Ponton des Kahnverleihs, Oolie wringt ihren Anorak aus, Serge ist klitschnass und zittert, und Doro versucht ihm ihre neonpinke Jacke anzudrehen.

»Komm, wir gehen auf dein Zimmer, machen uns eine schöne Tasse Tee und wärmen uns auf.«

»Die Sache ist die, Mum ...«

»Sag mir nicht, dass die beiden es immer noch machen! Wir waren fast zwei Stunden unterwegs.«

»Ich weiß, aber wir können nicht ...«

»Das war echt ein schöner Mann, der Neger. Mit dem würd ich gern poppen«, sagt Oolie.

»Oolie, bitte sag nicht dauernd dieses Wort!«

»Ich dachte, wir könnten Otto besuchen«, schlägt Serge vor, verzweifelt improvisierend. »Er wohnt ganz in der Nähe. Ich hab ihm gesagt, dass ihr nach Cambridge kommt. Er freut sich.«

Er versucht sich zu erinnern, wo Ottos Wohnung sein soll. Irgendwo in der Mill Road. Es muss eine dieser Wohnungen über den Geschäften sein.

»Meinst du wirklich, Schatz? Nicht dass wir ihm den Teppich ruinieren.«

»Im Gegenteil, Mum, Otto wäre echt enttäuscht, wenn er wüsste, dass ihr in Cambridge wart und ihn nicht besucht habt.«

»Otto! Otto! Ich will Otto besuchen!«, singt Oolie und klatscht in die Hände.

»Seine Freundin ist schwanger. Sie bekommen bald ein Baby.«

»Bebie! Ich will das Bebie sehen!«

»Es ist noch nicht da. Glaube ich zumindest.«

Wann, hat Otto gesagt, ist der Termin?

Inzwischen führt er sie weg vom Queens' College, die Silver Street hinauf, am Emmanuel College vorbei, quer durch einen Park, dessen Wege vom feuchten Laub rutschig sind, in die geschäftige Mill Road. Hat Otto gesagt, die Wohnung ist über einem Café oder über einem Reisebüro? Es ist fast fünf; der Himmel ist klar und kalt, auf den Bürgersteigen herrscht Hochbetrieb und die Abgase des dichter werdenden Verkehrs steigen in der kühlen Herbstluft auf. Doch irgendwas stimmt nicht. Er hatte doch eine Tüte. Scheiße, er muss sie unter dem Sitz im Kahn vergessen haben. Hoffentlich ist sie nachher noch da.

Um wie viel Uhr macht der Kahnverleih zu? Oder soll er gleich umkehren?

»Wann sind wir da?«, fragt Oolie mit klappernden Zähnen.

»Bald.«

An der Ladenzeile vor der Abzweigung zum Friedhof bleiben sie stehen. Es ist kein Reisebüro zu sehen, aber mehrere Cafés. Serge zieht das Telefon aus der Jeans, doch es ist nass und lässt sich nicht mal anstellen.

Da hält ein Stück vor ihnen ein Taxi und hupt.

Serge geht zum Fahrer und klopft ans Fenster. »Entschuldigung …«

Der Taxifahrer ignoriert ihn und steigt auf der anderen Seite aus, um dem Paar die Tür zu öffnen, das gerade auf dem Bürgersteig aufgetaucht ist. Die Frau ist hochschwanger und hält sich den Bauch. Der Mann ist Otto.

»Hallo, Otto!« Doro umarmt ihn. »Wie schön, dich wiederzusehen nach all den Jahren. Du siehst blendend aus. Wie groß du geworden bist! Was machst du so?«

»Äh …« Otto blickt sich um.

Oolie umarmt Molly, die sie noch nie gesehen hat. »Kann ich dein Bebie sehen?«

Serge fängt Ottos Blick auf. »Ich erklär dir alles. Könnten wir nur mal kurz zu euch in die Wohnung …?«

Otto sieht aus, als wäre er am Rande des Nervenzusammenbruchs. »Ja, Mann, aber wir müssen jetzt sofort ins Krankenhaus, weißt du?«

»Ich dachte, du hättest gesagt, noch sechs Wochen …«

»Ja, aber Mollys Fruchtblase ist geplatzt.«

»Ich war im Wasser!«, ruft Oolie. »Es war toll. Ein schöner Mann hat mich gerettet!«

»Fahrt lieber los! Wie aufregend!«, ruft Doro, als Otto und Molly sich aus den Umarmungen befreien und ins Taxi steigen. »Alles Gute! Alles Gute!« Sie wirft ihnen mit beiden Händen Küsse nach, als das Taxi abfährt und sich in den Berufsverkehr einfädelt.

»Wir kommen bald wieder und sehen uns das Baby an!«

Clara

Verdufte

Am Sonntagabend ruft Clara bei Doro an und versucht die Wahrheit über Oolies Kleingarten-Sex-Märchen herauszubekommen. Aber Doro lenkt das Gespräch sofort in andere Bahnen, indem sie ewig von einem Besuch in Cambridge erzählt, und erst nach zehn Minuten fällt Clara auf, dass da irgendwas nicht stimmt: Wie kann Doro Serge in Cambridge besuchen, wenn er, wie Babs sagt, in London lebt?

»Cambridge? Ihr wart in Cambridge?«

»Ja, das sage ich doch die ganze Zeit. Hörst du mir denn gar nicht zu, Clara?«

»Wart ihr auch in seinem Zimmer?«

»Nicht ganz. Er hatte es jemandem zur Verfügung gestellt, einem Mädchen. Wir wollten Otto besuchen, aber …«

»Hm«, sagt Clara und überlegt, dass sie Babs noch mal schreiben und fragen muss, ob sie Ottos Adresse oder Telefonnummer hat. »Und, hat er irgendwas davon gesagt, dass er einen neuen Job hat?«

»Meine Güte, Clara. Was soll denn die inquisitorische Fragerei? Er ist immer noch dabei, seine Dissertation zu Ende zu bringen, Liebling. Ich weiß, es dauert ewig, aber ich glaube, jetzt ist er wirklich bald so weit.«

»Hm.«

Warum ist ihre Mutter in letzter Zeit so schlecht gelaunt? Die Menopause muss sie doch längst hinter sich haben.

Clara könnte ihr jetzt ganz einfach erzählen, was Babs über Serge gesagt hat. Aber sie hält sich zurück. Es wäre gemein und feige und gegen den Geist von Solidarity Hall. Sie will nicht die Petze sein. Und auch wenn Serges Weigerung, Verantwortung zu übernehmen, nervt, ist er immer noch ihr kleiner Bruder, und sie merkt, dass sie trotz allem immer noch einen seltsamen Beschützerinstinkt ihm gegenüber hat.

Eine uralte Erinnerung blitzt auf: Sie stehen im Garten, Serge in der Schlafanzughose, Otto in seine Häkeldecke gewickelt und Star in ihrer nassen Windel, alle heulend und schluchzend beim Anblick der blutigen, zerfetzten Kadaver ihrer sechsundzwanzig Kaninchen.

»Es war nur der Fuchs«, hat Clara gesagt und versucht, ruhig und erwachsen zu klingen und den Schrei herunterzuschlucken, der aus ihrer Kehle will. »Kommt schon. Wir dürfen nicht zu spät zur Schule kommen.«

Wenn sie an das Kaninchenmassaker denkt, läuft es ihr nach all den Jahren immer noch eiskalt über den Rücken – jenes schreckliche Gefühl von Verantwortung gepaart mit Hilflosigkeit überfällt sie in Stresssituationen heute noch. Sie hatte den nächtlichen Tumult nicht gehört – sie schlief in der Dachbodenkammer zur Straße hin –, aber am Morgen war sie die Erste gewesen, die nach unten kam, und hatte die Überreste des Gemetzels überall im Garten entdeckt.

Und irgendwo in ihrem Gedächtnis dümpelt noch eins der ungelösten Geheimnisse ihrer Kindheit, etwas, das Serge an jenem Tag gesagt hat.

Er sagte, Megan sei draußen gewesen, nachts, in der Dunkelheit im Garten, und habe den Fuchs angeschrien: »Hau ab, du Mistkerl!«

Und noch jemand, ein Mann, hatte gerufen: »Verdufte!«

Dieser Ausdruck – ein vertrauter Ausdruck aus ihrer Kindheit.

Ein altmodisches Wort, sehr muttersprachlich, kein Wort, das ein Italiener verwenden würde.

Wer war es dann?

Denn nach dem Aufklärungsunterricht in der Schule bei Mrs. Wiseman hat Clara die Wochen gezählt, und sie hat sich ausgerechnet, dass Oolie-Anna genau neun Monate nach dem Kaninchenmassaker zur Welt kam.

Serge

Verunglimpfung

Serge öffnet die Augen und versucht das Geisterkaninchen wegzublinzeln, aber es hockt immer noch da, am Fuß seines Bettes. Er hatte wieder diesen Traum. Das Geisterkaninchen scharrt vor sich hin, gräbt tiefe Tunnel mit seinen schrecklichen Klauen. Wonach sucht es? Nach etwas Verlorengegangenem. Dann erinnert er sich – die Tüte mit den Briefen seiner Bank, die er am Samstag im Kahn liegen gelassen hat. Er hat natürlich beim Verleih angerufen, aber der verschnarchte Typ am anderen Ende hatte keine Ahnung und war offensichtlich auch nicht bereit, aufzustehen und nachzusehen. »Vielleicht ist die Tüte in den Fluss gefallen.«

Vielleicht, aber es kann nicht schaden, mal nachzusehen, oder, du Blindgänger?

Nervös zieht er sich an und fragt sich, was er jetzt tun soll. Die örtliche Bankfiliale aufzusuchen, wie der Brief nahelegt, den er geöffnet hat, scheidet als Option natürlich aus.

Es gibt Verluste – und Verluste. In den Frühnachrichten im Radio verkündet ein Sprecher der Bank of England, dass die Geldinstitute weltweit seit dem Sommer 2008 2,8 Billionen Dollar verloren haben. Es lässt ihn kalt.

Wie so oft nach dem Traum fühlt er sich durcheinander, als wäre die Welt aus dem Lot, ohne dass es jemand merkt, oder sie tun alle so, als wäre alles normal. Man muss sich nur die Politiker ansehen. Alistair Darling und Gordon Brown haben die Anti-Banker-Rhetorik hochgeschraubt, und genau auf so was fahren Marcus und Doro ab, dabei ist es vollkommen belanglos. Die Typen reden, als hätten sie irgendwelche Macht über die City, während in der City jeder weiß, dass die Politiker alle Macht verloren haben. Es gab einen Zeitpunkt im letzten Jahr, da hätten sie agieren können, Regulierungen verhängen, Transparenz erzwingen, aber damals haben sie gekniffen, und jetzt haben die Banken ihre Rettungsgelder, warum also sollten sie irgendetwas anders machen? Es ist die ultimative Wette ohne Risiko. Wenn sie gewinnen, streichen sie die Einnahmen ein – und wenn sie verlieren, übernimmt der Steuerzahler die Rechnung. Darüber muss sich auch keiner beschweren. Das ist eben einfach so. So wie sich Kaninchen nun mal vermehren.

Chicken hat einen guten Spruch dazu. »Wisst ihr, was mit diesem Land nicht stimmt? Das ganze Land ist von den Banken abhängig, aber sie können die Banker nicht ausstehen. Ha! Das ist die Politik des Neids.« Serge hört es zufällig mit an, als Chicken Toby und Lucian am Nebentisch zulabert. »Sie denken, es gäbe eine bessere Art des Bankwesens. Ethischer. Mit niedrigeren Boni. Was glauben die, was passieren würde, wenn sie uns zwingen würden, unsere Boni zu kürzen? Wir sind genauso im System gefangen wie sie.«

»Interessanter Gedanke, Chief Ken«, schleimt Toby, »aber können sie überhaupt irgendwas tun?«

»Keine Chance.« Chicken zeigt seine spitzen Zähne. »Denn wenn sie's versuchen, dann packen wir unsere Koffer und ab geht's nach Singapur, oder?«

»Genau«, Toby nickt. »Oder nach Liechtenstein.«

»Wisst ihr, die Jungs bei Barclays hatten die richtige Idee. Die haben das verdammte Rettungsgeld abgelehnt. So kann die Regierung ihnen nicht in die Boni pfuschen. Das Geld, das sie brauchten, haben sie im Nahen Osten aufgetrieben, für 14 %, ohne Haken und Ösen.«

»Aber für das Geld vom Schatzamt hätten sie doch nur 10 % zahlen müssen, oder?«, fragt Lucie naiv.

»Ist doch alles steuerlich absetzbar. Soll der Steuerzahler mitbezahlen. Soll der Pensionsfonds was spüren. Dann wissen sie, was sie davon haben, wenn sie sich einmischen.«

»Ist das nicht irgendwie ... unmoralisch?«

Chicken wirft den Kopf zurück und schnalzt entzückt mit der Zunge. »Banken haben keine Moral, Lucie, sie haben Kostenstellen. Was denkst du, Maroushka?«

Maroushka kommt gerade mit einem Kaffee aus der Cafeteria und geht auf ihren Schreibtisch zu. Sie trägt heute Rot, nicht das laute Londoner Autobus-Rot, sondern ein tiefes, subtiles Rosenrot, das beim Gehen ihre Knie umspielt.

»Was ich denke von was?«

»Die Verunglimpfung der Banker in den Medien. Ist es zu weit gegangen?«

»Was heißt Verunglipfung?«

»Du weißt schon, wie sie diskreditiert werden.«

»Diskredit? Sie kriegen kein Geld?« Sie macht ein erstauntes Gesicht.

Chicken prustet. »Nein, nur mit Worten diskreditiert.«

»Wörter!« Sie zuckt die Schultern. »In mein Land gibt nur Wörter! Geld ist besser.«

Als sie den Computer anstellt und sich einloggt, sehen ihr Chickens Raubtieraugen gierig zu. Serge fühlt sich matt und schwach. Das war's dann also – der tumbe Tootie wird auf den Drehstuhl befördert und Maroushka auf den weichen Hochflorteppich in Chickens Büro. Es heißt, Chicken hätte mit den meisten weiblichen Angestellten der FATCA was gehabt, es liegt also eine gewisse Unvermeidbarkeit darin.

Und was soll aus ihm werden? Ja, der Ausflug nach Cambridge hat ihn zum Träumen gebracht. Die Stille und die alten Gemäuer. Das goldene Licht. Der feuchtfröhliche Nachmittag mit Doro und Oolie auf dem Fluss. Und Otto und Molly mit ihrem neuen Baby. Gutzi-gutzi-sabber-sabber-blubb-blubb. Vielleicht ist es an der Zeit, dass auch er sesshaft wird. Er darf nicht vergessen, die junge Familie anzurufen. Ihnen ein schönes Geschenk zu kaufen. Irgendwas Teures, Überflüssiges, das sie sich nie selbst kaufen würden.

Er hält den Kopf gesenkt und starrt auf ein paar Gleichungen, während er darauf wartet, dass Chicken verschwindet, damit er sich mit dem Handy auf die Behindertentoilette schleichen kann, aber als er wieder aufsieht, stehen Maroushka und Chicken zusammen im Glaskasten und studieren irgendwelche Ausdrucke. Er kann nicht hören, was sie sagen, doch er kann sehen, wie sie kichert, und Chickens geiles Grinsen sieht er auch. Merkt sie nicht, dass der nur hinter ihrem Körper her ist?

Höre das Lied von Serge!
Chicken ist ein Arsch …

Er wird ihr keine Babys und beständige Liebe schenken, so wie Serge. Aber vielleicht ist ihr das auch klar, und sie weiß nur nicht, wie sie ihn taktvoll abwimmeln soll. Mädchen haben manchmal Schwierigkeiten, ihren Willen kundzutun. Gedanken an Ritterlichkeit schießen ihm durch den Kopf. Zum ersten Mal empfindet er etwas, das an Hass erinnert, für Chicken, seine geistlosen Ansichten, seinen Mangel an Ironie, seine animalische Körperlichkeit.

Drüben in der Devisenecke ist plötzlich lautes Gebrüll zu hören. Irgendetwas Großes ist gerade auf den Märkten passiert. Er wirft einen Blick auf den Fernsehbildschirm. Die isländische Regierung hat die Zinsen auf unglaubliche achtzehn Prozent erhöht. Wogen des Wahnsinns branden durch den Handelsraum, als die Trader losstürzen, um so schnell wie möglich Kasse zu machen. Die ganze Welt ist verrückt geworden. Selbst Chicken kommt heraus, schreitet zur Mitte seines Handelsraums und breitet die Arme aus, das Gesicht von innerer Freude erleuchtet, wie ein Heiliger, der darauf wartet, in den Himmel aufzufahren.

Auf dem Weg zum Ausgang bleibt er einen Moment an Serges Schreibtisch stehen.

»Kannst du gegen vier zu mir ins Büro kommen, Freebie? Ich möchte was mit dir besprechen.«

Doro

Woolworth

Am Dienstagnachmittag, als Oolie Unterricht hat, nimmt Doro den Bus ins Zentrum und geht zu Marks & Spencer. Obwohl es draußen regnet, ist das Kaufhaus fast leer, und selbst die paar Leute, die durch den Laden schlendern, scheinen mehr zu gucken, als zu kaufen. Sie geht hastig an der Wäscheabteilung vorbei, ohne auch nur den Kopf zu drehen. In der Tasche hat sie den neuen cremeweißen Bügel-BH, den sie noch nicht getragen hat, und den Kassenbon.

»Er ist nicht sehr bequem.« Sie überreicht den BH der Frau an der Kasse. »Ich hätte gern das Geld zurück.«

Was sie nicht sagt, weil es zu demütigend wäre, ist, dass sie gestern Abend den schwarzen Satin-BH anhatte, und Marcus hat sie lange und nachdenklich angesehen, als sie sich auszog, und schließlich gesagt: »Keynes glaubte, dass diese letzte Stufe des Kapitalismus, die von der Finanzialisierung der Wirtschaft geprägt ist, den Sieg der Spekulation über den Unternehmergeist darstellt.«

Mit anderen Worten, das verdammte Ding ist ihm noch nicht mal aufgefallen.

Danach geht sie zu Woolworth, um einen neuen Schrubber zu kaufen. Sie hat ihre Lektion gelernt: Einer Frau ihres Alters steht Hausarbeit besser als Reizwäsche.

»Bar oder Karte?«

Die Verkäuferin ist eine Frau mittleren Alters mit steifem gelbem Haar, das in die Höhe steht, als wäre es aus Styropor. Sie nimmt die Karte und steckt sie in das Gerät, während Doro zusieht. Irgendwie kommt sie ihr bekannt vor. Als sie wieder aufsieht und Doros Blick auffängt, starren sie einander einen Augenblick an, und dann lächelt die Frau zögernd.

»Gehören Sie nicht zu denen, die früher in der alten Villa der Bergbaugesellschaft gewohnt haben?«

Doro nickt verwirrt. »Ich weiß, dass ich Sie kenne, aber …«

»Janey Darkins. Die Suppenküche in Askern. Wissen Sie noch?«

»Natürlich!«, lacht Doro. »Das ist so lange her. Ihr müsst uns alle für total durchgeknallt gehalten haben.«

»Nur ein bisschen.« Janey lächelt. Ihre Zähne sind makellos und viel zu weiß.

»Wir haben geglaubt, dass die Revolution kurz bevorsteht.«

»Ja, das haben wir mitbekommen.«

»Und ihr habt für uns den revolutionären Geist der Arbeiterklasse verkörpert.«

»Ach Gott! Wir wollten nur, dass sie die Zeche nicht dichtmachen, und unseren Kerlen die Arbeitsplätze retten.« Sie hält inne, und unter dem gelben Styroporhaar sieht man ihrem Gesicht das Alter an. »Aber ihr wart da, als wir euch gebraucht haben, Schätzchen. Weißt du noch – als Maggie uns den ›inneren Feind‹ genannt hat.«

»Ich weiß es noch.«

»Es waren nur so Spinner wie ihr, die sich für uns eingesetzt haben. Bloß wer Kohle hat, hat immer genug Anhänger.«

»Wie ist es mit euch weitergegangen, als sie die Zeche dichtgemacht haben?«, fragt Doro.

»Jimmy und ich haben uns getrennt. Aber es ist nicht alles nur schlecht gelaufen. Ich hab auf der Abendschule die Mittlere Reife gemacht. Und das war eigentlich wegen dem Italiener – Bruno. Der bei euch gewohnt hat. Also, der hat uns ein, zwei Sachen beigebracht. Und zwar nicht nur Spaghettikochen.«

»Ich wusste gar nicht, dass zwischen dir und Bruno was gelaufen ist.«

»Ich bekomme immer noch ab und zu einen Brief von ihm. Er ist jetzt verheiratet.«

Sie kramt unter dem Tresen herum und legt ein Familienfoto auf den Tisch: zwei Mädchen, noch keine Teenager, eine hübsche dunkelhaarige Frau in einem rosa Kleid und Bruno, älter, grauer und irgendwie trauriger, aber immer noch herzzerreißend schön. Als sie das Foto sieht, spürt Doro einen Stich der Eifersucht, nicht nur auf die Frau im rosa Kleid, sondern auch auf Janey, die wenigstens ein Foto von ihm hat. Gegen alle Vernunft und Erfahrung hatte sie tief im Herzen das Gefühl gehabt, er gehörte eigentlich ihr.

»Kanntest du Megan? Megan Cromer?«

»Du meinst Megan Risborough?«

»Sie hat gesagt, sie heißt Megan Cromer.«

»Die hat immer geschwindelt. Sie und ihr Mann, der Streikbrecher.«

»Bruno sagte, ihr Mann hätte sie geschlagen.«

»Die hätte ich auch geschlagen, wenn ich sie in die Finger gekriegt hätte.«

Doro lacht und wünscht, sie könnte auch einmal so frei von Schuldgefühlen und politischer Korrektheit sein. »Aber irgendwie hatte sie immer was Trauriges an sich«, sagt sie. »Die ganzen Stofftiere auf ihrem Bett. Dass sie den Jungen immer bei ihrer Mutter ließ. Als wäre sie selbst nie erwachsen geworden. Auch dass sie sich einen falschen Namen gegeben hat. Als wollte sie lieber jemand anders sein.«

»Die hat doch ständig gelogen. Sie hat rumerzählt, Bruno wäre der Papa von dem Kind gewesen – von dem kleinen mongoloiden Mädchen.«

»Du meinst …«

»Das wäre gar nicht gegangen, Schätzchen. Ich weiß es, weil er die ganze Zeit bei *mir* war. Sieh dir den Kalender an. Aber du kannst sie auch selbst fragen. Sie ist wieder da. Wohnt oben in Elmfield. Kümmert sich viel um ihren Enkel. Sie war sogar ein-, zweimal hier.«

»Ich erinnere mich noch an den Tag, als Bruno sie mitgebracht hat.«

Janey kichert. »Der ist ganz schön rumgekommen, was? Na ja, da war er nicht der Einzige.«

Plötzlich kommt Doro ein ernster Gedanke. »Habt ihr von dem Feuer gehört?«

»Ja, davon haben damals alle geredet. Waren es nicht irgendwelche Jungs aus den Prospects?«

»Wird hier heute noch bedient oder wollt ihr Mädels bis Feierabend rumschnattern?«

Ein älterer Herr mit Schirmmütze, dicker Brille und auffälligem Hörgerät hält ein paar grün glänzende Satin-Boxershorts hoch. Hinter ihm stehen zwei weitere ungeduldige Einkäufer Schlange.

»Tut mir leid – wir haben uns seit Ewigkeiten nicht gesehen. Wir müssen zwanzig Jahre aufholen.«

»Ja, das konnten wir alle hören«, sagt eine forsche Frau in einem zu engen Bleistiftrock, die nach dem Mann an der Reihe ist. »Herzchen, mein Rat dazu ist, werd Lesbe, oder Nonne.«

»Oder beides«, sagt der alte Herr.

»Geben Sie mir die, mein Lieber«, Janey nimmt ihm die Boxershorts ab. »Wollen Sie sie kaufen oder umtauschen?«

»Raten Sie mal«, sagt er glucksend.

»Jetzt machen Sie schon«, zischt die Frau in dem engen Rock. »Manche von uns müssen arbeiten.«

»Ich komme bald wieder vorbei«, sagt Doro zu Janey. »Dann gehen wir einen Kaffee trinken.«

»Kann ich auch mitkommen?«, fragt der alte Herr.

»Werd erwachsen, Opa«, sagt die Frau.

»Was ist eigentlich aus June geworden?«, fragt Doro, als sie ihre Einkäufe einsammelt.

»Sie ist gestorben«, sagt Janey. »Und Carl, Megans Junge, auch. Hast du das nicht in der Zeitung gelesen?«

Serge

Morgenluft

»Kann ich Ihnen etwas zu trinken bringen? Er ist in einer Minute da.«

Noelline, kompetent und geschmeidig in einem Bleistiftrock und Schleifenbluse, geleitet Serge in Chickens Büro, das eine Ecke der obersten Etage einnimmt, mit riesigen gebogenen Fenstern nach Süden und Westen. Er sieht hinaus auf die weite Flussschleife, einen roten Bus, der über die London Bridge kriecht, die Kuppel von St. Paul's und dahinter das unendliche Panorama eines dramatischen Himmels, wo die Wolken an den Spitzen anderer Geldtürme vorbeijagen, die noch größer als die FATCA sind.

Das Büro ist mit schwerem Mahagoni und maskulinem schwarzem Leder ausgestattet, im Stil eines gediegenen Herrenclubs. An der Wand hängen Stiche von Jagdszenen und ein ziemlich kitschiges goldgerahmtes Gemälde, ein Porträt – das muss Caroline sein, blondiert, geliftet und mit schwerem Schmuck behängt. Er erkennt sie von den Fotos, die er von Chickens Memory-Stick heruntergeladen hat, und … irgendwo hat er sie doch schon mal gesehen? An den zwei fensterlosen Wänden stehen deckenhohe Bücherregale mit Reihen über Reihen identischer ledergebundener Bände: das Gesamtwerk von Charles Dickens, das Gesamtwerk von Sir Walter Scott, das Gesamtwerk von Anthony Trollope, das Gesamtwerk von Jeffrey Archer. Anscheinend hat Chicken intellektuelle Ambitionen. Auf dem Regal hinter dem Schreibtisch stehen vergoldete Golftrophäen und gerahmte Fotos. Da ist eins von Chicken mit dem Gant tragenden Golf-Apoll. Da sind Chickens Kinder William und Arabella, adrett und strahlend in ihrer Schuluniform – Arabella mit den Grübchen, William mit der Stupsnase und den Mandelaugen.

»Das ist Willy Wonka. Ein richtiger kleiner Racker.« Chicken kommt hinter Noelline herein, die ein Tablett mit einer Kaffeekanne und zwei Tassen trägt. »Setz dich doch, Freebie.«

Chicken fläzt sich entspannt in seinen Sessel, den Rücken zum Fenster, die langen Beine unter dem Tisch ausgestreckt, und beobachtet ihn mit seinen Jagdhundaugen. Serge fühlt sich irgendwie nackt im hellen Licht, als könnte Chicken direkt in seine opportunistische, in Zegna gekleidete Hochstaplerseele blicken. Seine Hände sind feucht, glücklicherweise hatte Chicken kein Händeschütteln im Sinn. Serge riecht sein Aftershave – moschusartig, stechend, einschüchternd – es erinnert ihn an ... Er schließt die Augen und erinnert sich an die Szene im Garten am Morgen nach dem Kaninchenmassaker – der Geruch des Fuchses. In seinem Kopf laufen lebhafte Worst-Case-Szenarien ab: sie feuern ihn; sie rufen das Betrugsdezernat; er wird öffentlich vor dem Team gedemütigt, vor Maroushka.

»Meine Adoptivschwester ...«, er hört, wie seine eigene Stimme peinlich Vertrauen heischend über die Worte stolpert, »sie ist wie Willy ...«

Er versucht an ihre »gemeinsame Menschlichkeit« zu appellieren, wie Doro sagen würde. Aber ist Chicken menschlich?

»Down-Syndrom?« Chicken schnalzt mit der Zunge und verwandelt sich abrupt vom Dobermann in eine Glucke. »Die meisten Leute haben keine Ahnung von der Liebe – dem reinen Sonnenschein, den diese Kinder dir ins Leben bringen. Kannst du dir vorstellen, Freebie, dass die Nazis sie vergasen wollten? Sie daran hindern, sich fortzupflanzen? Sie haben Gaskammern für sie gebaut, noch bevor sie mit den Juden angefangen haben. Entsetzlich!« Sogar eine Träne glänzt in seinem Auge, als er sagt: »Der kleine Willy hat uns gezeigt, was im Leben wirklich zählt.«

Serge spürt, dass auch er zu schniefen anfängt. Ach du Scheiße, jetzt schniefen sie beide. Das ist surreal.

»Du fragst dich bestimmt, warum ich dich hier raufgebeten habe, Freebie.«

»Ja. Liebe. Der perfekte Algorithmus.« Er murmelt unzusammenhängendes Zeug. Sein Herz schlingert in alle Richtungen.

»Wir entwickeln ein neues CDO-Investment. Die Prämisse ist simpel. Aufschwung auf dem Immobilienmarkt.«

»Immobilien? Aufschwung?« Es hat also gar nichts mit dem 1601-Konto zu tun. Serges Schultern lockern sich. Er lächelt. Puh!

Chicken bemerkt sein Lächeln. »Ich weiß, was du denkst, Freebie. Aber sieh es mal so. Es gibt eine Menge Anzeichen dafür, dass der Crash von 2007 zu weit gegangen ist. Es steht eine Korrektur bevor. Die jüngsten Zahlen auf dem Immobilienmarkt sind positiv. Alle warten nur darauf ... und wir sind dann die Ersten, die so ein Produkt auf den Markt bringen. Wir schöpfen die ganze Kohle da draußen ab, die auf der Suche nach einer besseren Rendite ist. Und den Fonds nennen wir Morgenluft.«

Im Handumdrehen ist die Glucke wieder zum Dobermann mutiert.

»Morgenluft. Der ewige Frühling in neuen glänzenden Farben«, sagt Serge.

Chicken sieht ihn seltsam an. »Maroushka stellt die Portfolios zusammen, und sie hat das großartig gemacht, das steht fest. Spitzenmädel. Wir sind schon fast in der Rating-Phase. Das übliche Bündel von Schulden, verstehst du? Strukturiert in risikoabhängigen Tranchen. Aber um das Ganze erfolgreich auf den Weg zu bringen, brauchen wir für den größtmöglichen

Teil der Tranchen unbedingt Triple-A-Ratings. Kannst du mir folgen?«

Serge nickt.

»Da gibt es nur ein kleines Problem, Freebie. Das Klima ist zurzeit nicht das beste, um den Rating-Agenturen so was zu verkaufen.« Er beugt sich über den Tisch und sieht Serge durchdringend an. »Aber wir *müssen* es ihnen verkaufen, und ... in meinen Augen ist Maroushka nicht die Richtige dafür.«

»Warum?« Kalter Schweiß läuft Serge im Hemd herunter. »Warum nicht?«

»Das hier ist streng vertraulich, Freebie, es bleibt unter uns, ja?«

Serge spürt, wie sein Herz hämmert. »Klar.«

»Sie ist eine Frau. Sie ist jung. Sie ist aus der Ukraine. Sie hat nur ein Studentenvisum. Und wie sie aussieht – für eine Menge Leute in der City hat so jemand nicht die nötige Glaubwürdigkeit. Versteh mich nicht falsch – ich hab größten Respekt vor ... Aber du weißt, bei einer Triple-A-Bewertung geht es nur um Vertrauen. Die Märkte brauchen ständige Bestärkung. Sonst gibt es Panik. Was ich meine, ist, egal wie helle sie ist, Maroushka sieht nicht aus wie jemand, der ...« Er hält mitten im Satz inne. »Du hast doch in Cambridge studiert, oder, Freebie? Und das Ganze ist ungefähr dasselbe wie deine Asset-Backed Securities, nur dass es weniger um Mietinvestments geht. Größere Anteile von Eigentumswohnungen und Gewerbe. Neue Bauprojekte. Morgenluft. Verstehst du, was ich meine?«

Vor dem Fenster schiebt sich eine große Kumuluswolkenmasse vor die Sonne. Ihre wattigen Umrisse erinnern an ein hockendes Kaninchen. Vor seinen Augen lösen sich die Ränder auf, und die Form verschwimmt – aber jetzt ist die Sonne ganz verschluckt worden, und die Wolke verändert sich, wird massiger, dem Kaninchen wachsen Flügel, ein Schnabel, und riesige Lichtstrahlen fluten zwischen seinen Krallen hervor.

»Du meinst, du willst, dass ich …?«

»Genau. Wir treffen uns am Dienstag in zwei Wochen in Canary Wharf mit den Leuten von der Rating-Agentur, du hast also vierzehn Tage Zeit.«

»Ich weiß nicht, ob …«

»Das Glück hilft dem Mutigen, Freebie! Morgenluft. Mach was draus!«

Chicken steht auf. Serge steht auch auf und fragt sich, worauf er sich da eben eingelassen hat.

Serge

Die umgekehrte Kurve

Sie ist clever, dieses Mädchen. Der Algorithmus, den sie geschaffen hat – er ist wunderschön. Sauber, simpel, ökonomisch. Sie weiß, was sie tut. Sie sitzt neben ihm, fährt mit ihrer scharlachroten Fingerspitze die Linien nach und erklärt: »Ich habe Verbesserung gemacht für Zufallsfaktor bei Modell für risikospezifische Darstellung auf Super-Senior-Tranchen.«

Er kann keinen Fehler finden.

Er hat ihr gesagt, Chicken wolle, dass sie ihm alles zeigt, um zu sehen, ob Feinabstimmungen nötig sind. Er hat ihr nicht gesagt, dass Chicken will, dass er … Was genau will Chicken eigentlich von ihm? Dass er ihren Algorithmus klaut und ihn für seinen eigenen ausgibt? Dass er ihr erklärt, ihr fehle es an Glaubwürdigkeit? Wenn er Verbesserungsvorschläge hätte, gäbe es zumindest einen Vorwand für eine Partnerschaft, aber sie braucht seine Hilfe nicht, höchstens vielleicht, um ihre Grammatik aufzupolieren.

Es ist nach zehn, und es ist fast keiner mehr da. Bei den Commodities hängen noch ein paar Nachteulen rum. Irgendwo heult ein Staubsauger. Doch im Glaskasten ist es still. Beinahe kann er ihr Herz klopfen hören.

»Er ist perfekt, Maroushka. Ein perfektes Beispiel für die Darstellung von Single-Tranche-CDOs beim Auftreten einer konvexen Volatilitäts-Kurve.«

Was er meint, ist – *du* bist perfekt. Die Kurve deiner Wange. Die Strähne deines dunklen Haars auf deiner sahneweißen Stirn, die du so konzentriert in Falten legst. Er hält den Atem an und legt den Arm um sie, spürt die Wärme ihres Rückens, die schmalen Schultern unter dem roten Stoff.

»Und wie ich sehe, hast du auch schon eine passende Preisbildungsmethodik für die verschiedenen Klassen von Multi-Name Products entwickelt – «

»Auch exotische CDOs und CDO_2s. Weiterentwickelter Algorithmus kann Preise bilden und kalibrieren Multi-Name-Faktoren-Modell zwischen maßgeschneiderte und Standard-Indices-Portfolios.« Sie sagt es mit einem leichten Kichern, als hätte sie Angst, ihn zu langweilen. »Ist gut. Oder, Sergej?«

Er riecht ihr Parfum. Er berührt das Wunder ihrer Haut.

»Ja. Ist gut.«

Im nächsten Moment liegen sie einander in den Armen, Mund auf Mund gepresst, ihre Zungen sind wie hungrige Mollusken, die einander verschlingen … Na gut, nicht wie Mollusken. Ihr Lippenstift ist verschmiert wie bei einem kleinen Mädchen, das zu viel Erdbeermarmelade gegessen hat.

»Geh mit mir fort, Maroushka.«

Sie lacht. »Warum du willst immer weglaufen, Sergej? Wir bleiben hier, machen gutes Geld.«

»Weil du zu gut bist für diese Welt, Prinzessin. Weil hier alles zusammenbrechen wird.«

»Wenn alles zusammenbricht, dann sind wir reich.«

»Wir könnten so glücklich miteinander sein.« Er zieht sie an sich, hält sie fest in den Armen, küsst sie immer wieder. »Reichtum ist nicht alles.«

Sie versucht sich aus seiner Umarmung zu befreien.

»In mein Land, Sergej, Reichtum ist alles.« Ihre Augen funkeln. »In Sowjet-Zeit alle Leute waren mittelmäßig. Jetzt haben wir reiche Elite. Diese Personen sind mehr intelligent. Ich bin auch intelligent. Also warum nicht auch ich?«

Sein Überschwang sinkt in sich zusammen, Melancholie

umfängt ihn wie grauer Nebel und erstickt jede Chance, jede Hoffnung auf zukünftiges Glück; denn in diesem Moment der Wahrheit begreift er, dass er sie niemals – nicht in einer Million Jahren – mit nach Hause nehmen und sie Marcus und Doro vorstellen kann.

Doro

Gurken statt Gier

An einem Montag im November nehmen Marcus und Doro vor dem Rathaus von Doncaster an einer bunten Parade gelebter Demokratie teil. In dreißig Minuten soll die Stadtratssitzung beginnen, und der Zaun ist mit Bannern aus bemalten Bettlaken geschmückt – »Greenhills soll grün bleiben!«, »Veggiepower!«, »Donnygate ist nicht vergessen!« –, die feucht im böigen Wind flattern. Auf der obersten Stufe im Schutz des Eingangs steht Doro, betrachtet die Menge der Demonstranten – es sind fast hundert, schätzt sie – und schwenkt dabei ein Schild mit einem Kohlkopf, auf dem »GAGA!« steht. Unten auf der Straße, im Wald der selbstgemachten Plakate, spielt die Zechenkapelle von Rossington auf Einladung von Reggie Hicks ›The Red Flag‹, während die üblichen Verdächtigen umherwandern und versuchen, ihre Zeitungen zu verkaufen – die Britische Liga der Trotzkisten, die Allianz der Anarchisten von Barnsley, die Liga zur Legalisierung der Trepanation und die Vereinigte Befreiungspartei von Pontefract –, die die Zahl der Demonstranten anschwellen lassen, während sie ihre eigenen obskuren Ziele verfolgen. Es nieselt, aber die Stimmung ist gut.

Reggie wurde abgesandt, um vor dem Stadtrat zu sprechen, und Ada Fellowes wird die Petition mit mehr als zweihundert Unterschriften vorlegen (einige gefälscht), die allerdings zu spät kommt, um den Planungsbeschluss der Stadt noch zu beeinflussen. Doro, die den Verdacht hat, dass das Spiel längst verloren ist, gibt sich damit zufrieden, auf den Stufen zu stehen und Parolen zu skandieren. Sie fühlt sich zurückversetzt in die alten Zeiten der Demos und Märsche, und sie ist froh, dass sie Marcus überredet hat mitzukommen – erst wollte er nicht, aber jetzt steht er auf der Stufe unter ihr, schwenkt heftig sein Plakat und ruft: »Gurken statt Gier!«

Als die Mitglieder des Stadtrats auftauchen, einzeln oder zu zweit, schiebt sich die Menge vor und brüllt: »GAGA!«, »Legalisierung jetzt!«, »Raus! Raus! Raus!« Doro hält nach Malcolm Loxley Ausschau und versucht sich zu entscheiden, ob sie ihm tapfer ins Gesicht sehen soll oder wegschauen und so tun, als hätte sie ihn nicht gesehen.

Plötzlich taucht eine kleine, aber sehr lautstarke Gruppe weiterer Demonstranten am Ende der High Street auf, die geballten Fäuste in die Luft gereckt, und brüllt: »Alle Macht den Kleingärten!«

»Wer zum Teufel sind die?«, fragt Marcus.

Sie kann nur die schwarzen Buchstaben PISSF auf dem roten Banner erkennen, aber als sie näher kommen, liest sie: »Posadistische Internationale Sozialistische Solidaritätsfront.« In einer Ecke sind Hammer und Sichel aufgemalt. In der anderen eine fliegende Untertasse.

»Äh … siehst du den Dicken mit dem Pferdeschwanz, der das Banner hochhält?«

»Ist das nicht Chris …?«

»… Howe!«

Er sieht gepflegter, sauberer aus, fast flott, trotz seines Bierbauchs.

»Genossen!«

Er hat sie im gleichen Moment erkannt wie sie ihn und lässt sein Ende des Banners fallen, um sich durch die Menge zu drängen.

»Marcus! Doro! Toll, euch zu sehen. Ich wusste gar nicht, dass ihr noch in der Gegend seid!«

Marcus umarmt ihn schulterklopfend. »Gut, dich zu sehen, Chris! Seid ihr hier, um uns zu unterstützen?«

»Kleingärten sind die neue Speerspitze des Klassenkampfs im deindustrialisierten England, Genosse! Weißt du, was Posadas gesagt hat? Wenn uns die außerirdische Intelligenz den Sozialismus bringt, wird er zuerst von den Neo-Narodniki und den Delphinen angenommen. Hallo, Doro! Toll, dass du immer noch den Glauben hochhältst!« Er greift nach ihrer Hand.

Doro reagiert kühl. Sie hat Chris immer noch nicht ganz seinen Anteil an dem verziehen, was 1994 passiert ist. Na gut, als er nur mit einem T-Shirt bekleidet an die Tür ging, konnte er nicht wissen, dass die Polizei draußen stand. Aber er hätte wirklich den Grips haben können, nicht über die Schulter zu schreien: »Die Bullenschweine sind da!«

Und als die Polizei sich an ihm vorbei in den Flur drängte, hätte jeder vernünftige Mensch sich erst mal was angezogen, statt auch das T-Shirt auszuziehen und zu rufen: »Verhaftet mich doch und schleppt mich weg, ihr Faschisten!«

Was sie natürlich taten.

»Ja, ich habe eine Parzelle in der Kleingartensiedlung, Chris.« Sie lächelt dünnlippig.

Im Rückblick ist es natürlich irgendwie komisch. Und vielleicht wäre es auch damals komisch gewesen, wenn Oolies damaliger Sozialarbeiter die Sache nicht so ernst genommen hätte, der plötzlich zu der Überzeugung kam, dass Solidarity Hall eine Höhle der Pädophilie und des rituellen satanischen Missbrauchs sei, und einen Tsunami von Untersuchungen anzettelte, der die Chrises schließlich vertrieben hatte.

»Toussie, Kollie … die kennst du doch noch, Doro?«

Zwei schüchterne große junge Menschen mit strähnigem schwarz gefärbtem Haar, Gothic-Klamotten und gepiercten Augenbrauen drängen sich vor, und sie umarmt die beiden herzlich.

»Wie seid ihr gewachsen! Und was ist mit Chris? Ist sie bei euch?«

»Na ja, Chrissie und ich haben uns getrennt«, sagt Chris. »Das ist meine neue Partnerin Mara.«

Ein schüchternes, dunkelhäutiges, umwerfend schönes Mädchen, etwa genauso alt wie Toussaint und Kollontai, sieht zu Doro hoch. »Hallo.«

Dann richtet sie den Blick wieder auf Chris und himmelt ihn bewundernd an.

Als Doro sich die Gruppe näher besieht, stellt sie fest, dass alle ähnlich jung sind, und die meisten sind Mädchen, und die meisten von ihnen sehen Chris Howe mit genau diesem anhimmelnden Blick an. Oh Gott! Er ist also am Ende ein Guru geworden.

Der Guru holt ein Megafon aus der Schultertasche. »Genossen! Bürger von Doncaster! Kleingärtner der Welt!«

Noch bevor er weitersprechen kann, fangen die verzückten Mädchen zu klatschen an, dann bricht der ganze jugendliche Haufen in Jubelrufe aus. Doro zuckt zusammen und tut einen Schritt zurück, wobei sie jemandem auf den Fuß tritt, der sich hinter ihr die Stufen hinaufschiebt. Sie dreht sich um – es ist Stadtrat Malcolm Loxley. Ihre Blicke treffen sich.

»Ich bringe euch Grüße von der Radiogalaxie Cygnus!«, bellt Chris in sein Megafon.

Der Stadtrat wirft einen Blick auf ihr Plakat. Seine Mundwinkel kräuseln sich kaum merklich. Dann sieht er einfach über sie hinweg und drängt sich an ihr vorbei in das Gebäude.

Rot vor Wut versucht sie ihm zu folgen, aber ein Ordner verstellt ihr den Weg.

Trotz des Vortrags von Reggie Hicks, trotz der zweihundert Unterschriften auf der Petition, trotz der Kapelle und den Parolen, trotz der Schlägerei, die zwischen den Anarchisten und den Befreiern ausbrach, und dem Diebstahl des posadistischen

Megafons durch Extremisten von der Barnsley-Anarchisten-Allianz, die sie mit »BAA! BAA!«-Geschrei verhöhnen, wird der Antrag, das Grundstück der Kleingartensiedlung an einen Bauträger zu verkaufen, mit vierundvierzig Stimmen gegen acht, bei fünf Enthaltungen, angenommen, mit der Auflage, unter anderem eine betreute Wohnanlage für »Lernbehinderte« darauf entstehen zu lassen.

Es ist nach eins, als Marcus und Doro nach Hause kommen, müde und ein bisschen heiser. Doro legt sich aufs Sofa und wünschte, sie hätte bequemere Schuhe angezogen.

»Was gibt's zum Mittagessen?«, fragt Marcus.

»Wir haben Käse und Salat. Und auch eine halbe Flasche Wein im Kühlschrank.«

»Soll ich Sandwiches machen?«, fragt er mit dem zögernden Ton, der impliziert, dass er gar nicht in der Lage ist, eine so anspruchsvolle Aufgabe zu erledigen.

»Versuch's einfach«, sagt sie.

Sie essen die Sandwiches auf dem Sofa und sehen sich die Nachrichten im Fernsehen an. Obamas Wahlsieg beherrscht immer noch die Schlagzeilen. In Afghanistan sind siebenunddreißig Menschen ums Leben gekommen, weitere fünfundzwanzig im Irak. Miriam Makeba ist gestorben.

Es kommt nichts über ihre Demo, nicht mal in den Lokalnachrichten.

»Schade. Dabei waren so viele da«, sagt Doro und seufzt wohlig, als Nahrung und Wein ihre Wirkung entfalten.

»Ich bin richtig nostalgisch geworden«, erklärt Marcus. »Es ist Jahre her, dass ich so schön skandiert habe! Ich bin froh, dass du mich überredet hast.«

»Ich wünschte nur, es wären nicht so viele Irre dagewesen – das hat den falschen Eindruck gemacht.«

»Wir waren auch mal Irre.«

»Aber nie so irre wie die«, sagt sie.

»Irre haben eine wichtige Aufgabe in unserer Gesellschaft. Sie stellen die Gemeinplätze der Zeit in Frage.«

»Ach ja?«

»Überleg doch mal. Ohne Irre gäbe es immer noch Sklavenhaltung und Kinderschornsteinfeger.«

Sie schenkt sich den letzten Tropfen Wein ein und legt die Arme um ihn.

»Ich liebe dich, du Irrer«, flüstert sie und wuschelt ihm durchs Haar, das immer noch feucht vom Regen ist.

»Ich liebe dich, Gaga«, flüstert er zurück. »Kampfgefährtin. Lebensgenossin.«

Er zieht sie auf dem Sofa an sich, die Hände warm und vertraut, und bedeckt ihr Gesicht mit Küssen. Sie lehnt sich an ihn, schiebt die Finger unter sein Hemd und tastet nach der weicheren, privaten Haut mit dem feinen Flaum grauer Locken. Er knöpft ihre Bluse auf und legt die Hände um ihre in schwarzen Satin verpackten Brüste.

»Weißt du, dass du eine sehr attraktive Frau bist …«

Sie schließt die Augen und denkt – *bitte, bitte, bitte,* sag nicht »für dein Alter«.

Und er sagt es nicht.

TEIL VIER

Märchenland

Serge

AAA

Es ist Dienstag, der 11. November, gegen vier Uhr nachmittags. Serge, Maroushka und Chicken sitzen in einem Taxi, das durch den Limehouse-Link-Tunnel in Richtung Canary Wharf kriecht. Chicken und Maroushka sitzen unnötig dicht nebeneinander auf der Bank mit Blick nach vorn. Serge sitzt mit dem Rücken zum Fahrer auf einem der Klappsitze, einen Aktenkoffer auf den Knien, mit denen er beinahe die von Maroushka berührt – er möchte sie gern berühren, aber er muss sich zurückhalten, wegen Chicken. Maroushka trägt einen schwarzen Kaschmirmantel, lässig aufgeknöpft, über dem tiefrosenroten Kleid und dünnen schwarzen Strümpfen, die die Rundung ihrer Knie betonen. Ihr Lippenstift passt zum Rot des Kleides, sinnlich und doch reserviert. Chicken trägt auch einen schwarzen Kaschmirmantel über einem maßgeschneiderten schwarzen Anzug mit einem cremeweißen Brioni-Hemd. Serge trägt immer noch den ermäßigten Ermenegildo-Zegna-Anzug, doch er hat sich ein neues Brioni-Hemd geleistet, das mit jeder Bewegung des Taxis seinen Körper liebkost. Er hätte lieber, dass Maroushka ihn liebkost, aber das ist im Moment keine Option.

Maroushka quietscht entzückt auf, als vor ihnen am dämmernden Himmel die märchenhaft angestrahlten Türme von Canary Wharf auftauchen, als sähe sie sie zum ersten Mal. Chicken rezitiert die Namen der Gebäude wie ein Vater, der einem aufgeregten Kind die Sternbilder am Himmel zeigt.

»HSBC. Citigroup. Barclays. Clifford Chance. Credit Suisse. Bank of America. Merrill Lynch.«

Sie reckt den Hals und dreht sich auf ihrem Sitz, so dass ihr Schenkel den von Chicken berührt. Serge ärgert sich, nicht nur, weil er mit dem Rücken zur Aussicht sitzt, sondern auch, weil er lieber mit der Docklands Light Railway gefahren wäre, was sehr viel schneller und bequemer gewesen wäre, aber Maroushka hat sich strikt geweigert mit der Begründung, Züge seien zu volkstümlich und sie reise nur mit dem Taxi. Und weil sich seit dem Kuss letzte Woche nichts mehr zwischen ihnen getan hat. Und außerdem, weil sie, wenn er sich nicht bei Chicken für sie eingesetzt hätte, jetzt gar nicht hier sitzen würde.

Das Taxi setzt sie am Fuß eines Turms aus Glas und Stahl ab, wo die Rating-Agentur ihren Sitz hat. Sie nehmen den Fahrstuhl in die oberste Etage und werden in einen anonymen Konferenzsaal geführt.

Chicken stellt sie vor. »Das ist Serge Free. Ich habe euch am Telefon von ihm erzählt. Und das ist Mary Malko, eine unserer hellsten Quants.«

»Guten Tag.«

Die zwei Typen von der Rating-Agentur schütteln ihm kurz die Hand, bei Maroushka ist der Händedruck ausgedehnter. Es wird schnell klar, dass der kleinere Ältere der Untergebene ist. Der junge Große mit der stumpfen Nase und den großen Ohren kommt Serge vage bekannt vor, aber er kann ihn nicht einordnen. Sie setzen sich, Kaffee wird gebracht.

»Leg los, Serge«, sagt Chicken.

Serge öffnet den Aktenkoffer und räuspert sich.

»Dieses Investment repräsentiert ein neues Portfolio-Modell, zugeschnitten auf die Handelsbedingungen nach 2007, das das Gauß-Copula-Modell für Ausfallrisiken bedeutend erweitert. Wir haben die Erlösquoten randomisiert, indem wir die inzwischen bekannte Wirkung der umgekehrten Beziehung zwischen Erlösquote und Ausfallhäufigkeit zugrunde gelegt haben.«

Der ältere, kleinere Mann macht sich Notizen und sieht Serge an, der Chicken im Auge behält, der den großen stumpfnasigen Mann beobachtet, der Maroushka anstarrt. Maroushka sieht aus dem Fenster.

Wie hält sie es aus, ihn ihre Worte sagen zu lassen, ohne dass sie unterbrechen oder erklären will? Er an ihrer Stelle wäre stinksauer, dass Chicken ihre Arbeit an sich gerissen und Serge mit der Präsentation betraut hat. Ursprünglich wollte Chicken Maroushka sogar überhaupt nicht dabeihaben, aber Serge hat sich quergestellt und darauf bestanden, dass sie wenigstens dazu eingeladen werden sollte. Das Komische ist, es scheint ihr nichts auszumachen. Vielleicht, weil sie eine Frau ist.

Von hier oben haben sie eine beeindruckende Aussicht auf Wolkenkratzer, Shopping-Plazas und Verbindungsstege, die alle nagelneu wirken, eingegrenzt von der Schleife des Flusses, der an den meisten Stellen in London schmutzig braun ist, aber hier sieht er alt und ehrwürdig aus wie in dem Lied ›Old Father Thames‹. Ebenerdig hat das Gebäude einen echten Pier, an dem echte Boote liegen und lebendige Möwen herumkreischen. Als die Dämmerung hereinbricht, blinken die Lichter der Nachbartürme und Straßen und Kais unter ihnen auf, und alles sieht ein bisschen aus wie eine Szene in einem Computerspiel – perfekt designt, aber unwirklich, alles auf unbegrenzten Gewinn angelegt. Die Menschen beginnen aus den Büros in die Geschäfte und Bars der Plazas zu strömen, als er zum Ende der Präsentation kommt und sie eine Kaffeepause machen.

»Alles in Ordnung, Maroushka?«, flüstert er. »Was denkst du?«

»Wir zahlen gute Gebühr, sie machen gute Rating«, sagt sie, ohne ihn anzusehen.

Links neben sich hört er Chicken mit dem stumpfnasigen Mann reden. »Ich habe mein Handicap auf elf gesenkt.«

Der Mann – er heißt Smythe – legt Chicken die Hand auf die Schulter. »Wir müssen unbedingt vor Weihnachten noch mal eine Runde hinkriegen, Ken.«

Das ist es – die Golf-Fotos. Smythe ist der golfspielende Apoll mit den Goldlocken, nur dass er inzwischen einen anonymen Banker-Haarschnitt trägt, wodurch Nase und Ohren größer wirken. Auf den Fotos hatte er ein Polohemd an, aber der Anzug, den er heute trägt, ist ein echter Killer, Wollseidengemisch, wahrscheinlich maßgeschneidert, italienischer Schnitt. Da stehen sie, zwei selbstbewusste, gutaussehende Typen, und lächeln einander mit Zahnpastareklamelächeln an, als wären sie bei einem Shooting für ein Männermagazin.

»Wir haben Kopien gemacht. Sag Bescheid, falls du irgendwelche Probleme siehst, Tony«, sagt Chicken.

Sieht aus, als wären er und Chicken alte Kumpel. Wie praktisch.

Serge

Staubsauger

Otto und Molly haben ein kleines Mädchen. Sie heißt Flossie, nach Free Open-Source Software, hat Otto ihm voller Stolz erzählt. Sie haben ihm ein Foto von einem kleinen Etwas mit weißem Häkelmützchen geschickt. Er hat ihnen einen sprachaktivierten digitalen Bilderrahmen geschickt, den er online gefunden hat, mit 4GB Speicherplatz, MP3 und Video-Playback, auf dem sie all ihre Fotos, Babygeräusche, ersten Schritte und so weiter mit einfachen Befehlen speichern und ansehen können. Die Demo sieht echt cool aus – vielleicht besorgt er sich auch so ein Ding.

Otto ist beim Kahnverleih gewesen und hat nach einer Plastiktüte mit Briefen gefragt, aber nichts erreicht. Er ist außerdem mit Molly und Baby Flossie am Fluss entlangspaziert, weit über die Magdalene Bridge hinaus bis zur Schleuse am Jesus Green. Am Wehr konnten sie zwischen den angeschwemmten toten Ästen, Plastikflaschen und verlorenen Schuhen einen an Serge im Queens' College adressierten Umschlag herausziehen, aber es war nur ein Flyer des Cambridge Playhouse darin, der sechs Monate alt war.

Doch im Moment macht sich Serge keine großen Sorgen, denn Chicken kam heute mit einer Flasche Veuve Clicquot in den Handelsraum, um den Erfolg von Morgenluft zu feiern, die das Triple A bekommen hat und inzwischen dem Marketingteam übergeben worden ist. Maroushka hatte einen Schwips und hat später im Fahrstuhl mit ihm geknutscht, und er konnte ihr sogar an den Busen fassen. Sie hatte ein neues Kostüm an – dunkelbraun mit glitzernden Knöpfen.

Seit Anfang November gibt der Aktienmarkt nach. Später am Nachmittag, als Serge allein im Glaskasten ist, druckt er den Graph der Kursschwankungen der letzten sechs Monate aus und analysiert ihn; genau wie im täglichen Auf und Ab gibt es da ein größeres Muster, das auf fast unheimliche Weise mit dem Fibonacci-Modell übereinstimmt. Es geht auf Phi zu – den Wendepunkt. Bald wird der Markt die Talsohle erreicht haben, und wenn der Aufschwung erst einmal begonnen hat, wird er rasant an Tempo zulegen, weil alle was vom Kuchen abhaben wollen. Serge ruft seinen Broker an, und bis fünf hat er seine SYC-Anteile verdoppelt und seine Aktien von Wymad, Endon und Edenthorpe Engineering vollständig abgestoßen. Er verliert zwar das extrabisschen, das er verdient hätte, wenn er bis zur allerletzten Minute warten würde, aber warum das Risiko eingehen, wenn er auch so schon ein Plus gemacht hat?

Danach achtet er darauf, dass das Telefon abgestellt ist, weil Clara ihm mehrere SMS geschickt hat. Sie will mit ihm über Oolie reden. Garantiert wird sie ihm eine Predigt halten, weil er auf dem Fluss nicht gut genug auf sie aufgepasst hat oder so ein Mist. Oolie hat sich bestens amüsiert. Oh ja, und er muss Otto vorwarnen – Doro sagt, sie möchte unbedingt bald wieder nach Cambridge fahren.

Um neun ist bis auf ihn, Maroushka und den Hamburger niemand vom Team mehr im Büro. Auch von den Tradern sind die meisten gegangen. Maroushka arbeitet an irgendeiner geheimnisvollen Sache und runzelt konzentriert die Stirn über der Tastatur, und Serge tut so, als würde er auch arbeiten, während er darauf wartet, dass der Hamburger geht und sie allein sind. Wird er die glitzernden Knöpfe ihres Kostüms öffnen dürfen?

Und was hat sie darunter an? Der Rock – er ist kurz, aber eng. Und BHs hat er immer als ziemliche Herausforderung empfunden. Als er darüber nachdenkt, seine Strategie plant, ist er plötzlich wahnsinnig erregt.

Prinzessin der Mathematik!
Schiebe die Zahlen beiseite
Und öffne deine …

»Gute Nacht, Serge, Maroushka!«

Der Hamburger begibt sich zum Ausgang. Endlich!

Der Form halber wartet Serge drei lange Minuten, bevor er den ersten Schritt wagt.

»Hi.«

Nicht gerade der originellste Gesprächsanfang, aber er hat den Vorteil der Unkompliziertheit.

»Hi.«

Ihr Blick klebt immer noch am Bildschirm, also kommt er näher und legt ihr die Hand auf die Schulter. Sie bewegt sich nicht. Er streift ihr dunkles Haar mit den Lippen.

»Woran arbeitest du, Prinzessin?«

»Ende von Immobilienflaute. Morgenluft hat gut Erfolg bei Marketing.«

Persönlich hätte er dem Investment kein Triple A gegeben, trotz Maroushkas bravouröser Mathematik, aber vielleicht ist das der Grund, warum er ein niederer Arbeitsbienen-Quant ist und Tony Smythe und Chicken in Gant-Hemden auf den Golfplätzen der Welt umherspazieren.

»Morgenluft – wie Gauß' ewiger Frühling in neuen und glänzenden Farben.«

Sie sieht zu ihm auf und lacht.

»Ich mag dich, Sergej. Du denkst immer an irgendwelche interessante Philosophie.«

»Liebe ist meine Philosophie, Baby.«

Er beugt sich zu ihr, nimmt ihr Gesicht zwischen die Hände und küsst sie, zuerst zart, dann mit einem wachsenden Crescendo der Leidenschaft, seine Zunge sucht nach ihrer wie … oh nein, nicht wieder die hungrigen Mollusken. Sie schiebt ihn weg, nicht als würde sie es ernst meinen, sondern spielerisch, kichernd, und er steckt die Hand in ihre dunkelbraune Jacke, spürt die Wärme ihrer Brust durch das dünne Gewebe ihres Oberteils, während sie sich windet, dann seufzt, dann aufgibt, die Augen geschlossen, sich in seinen Arm schmiegt und murmelt: »Sergej!«

Ja!!!

Er fummelt an den Glitzerknöpfen herum. Es sind weniger die Knöpfe als die Knopflöcher. Verdammt, sind die eng. Er fummelt, er zerrt, zerrt noch fester, dann … pling! Ein Knopf fliegt in hohem Bogen durch die Luft, springt ein, zwei, drei Mal über den Boden und rollt unter den Tisch. Sie setzt sich auf, öffnet die Augen.

»Nein, Sergej. Die Knöpfe nur Verzierung. Nicht aufknöpfen.«

»Ach so. Tut mir leid. Ich finde ihn wieder.«

Er kniet sich auf den Boden und fängt zu suchen an. Sein Gesicht ist auf Höhe ihrer bildschönen Knie, die leicht geöffnet sind, ihr Rock ist über der dünnen schwarzen Strumpfhose hochgerutscht. Strumpfhosen können ein Problem sein, aber damit setzt er sich auseinander, wenn er den verdammten Knopf gefunden hat. Ist er das, da neben dem Papierkorb? Er kriecht unter den Tisch. Nein, ein Fünf-Pence-Stück. Er steckt es ein. Seine Erektion lässt nach, aber er kann jetzt nicht aufgeben.

WWWRURURURURURURURUHH!

Plötzlich röhrt etwas in sein Ohr, als würde neben ihm ein Flugzeug abheben. Er springt auf, schlägt sich den Kopf am Schreibtisch an – autsch! –, dann wird einen Moment lang alles schwarz. Das nächste, was er mitkriegt, ist die Stimme von Jojo, der Putzfrau: »Kann ich mal schnell hier durchsaugen, Schätzchen? Ich würd heute gern früher Schluss machen.«

Der kleine Glaskasten wird vom Heulen und Scharren des Staubsaugers erfüllt, und dem Rattern von etwas Hartem, das von der Plastikröhre verschluckt wird.

»Halt! Halt!«, schreit Maroushka.

»Halt!«, ruft er verzweifelt unter dem Tisch. Doch bei dem Lärm der Maschine hört Jojo sie nicht, also macht er einen Satz und zieht den Stecker aus der Steckdose bei der Tür.

»Was ist los?«, fragt Jojo.

Maroushka zeigt ihr das Oberteil mit dem fehlenden Knopf.

»Ich glaube, er ist da drin gelandet.« Serge zeigt auf den Staubsauger. »Dürfen wir mal aufmachen?«

»Ich kippe ihn aus«, sagt Jojo, und im nächsten Moment hat sie den Deckel des Zylinders aufgeklappt und den Inhalt des Staubsaugers auf dem Boden ausgeschüttet.

Es ist ein klumpiger Haufen aus graubraunem Staub, verfilzten Haaren und Fetzen von unidentifizierbarem Abfall. Serge hält die Luft an und stochert mit den Fingern darin herum, eine graue Staubsäule steigt in die Luft.

»Nein!«, sagt Maroushka und hustet. »Schon gut! Ist okay!«

Er fingert sich durch die knopfgroßen Klumpen. Wo zum Teufel ...?

Der flockige verfilzte Kehricht erinnert ihn an das Regal unter der Treppe in Solidarity Hall, wo die Taschen und Gummistiefel verstaut waren und verlorene Dinge sich im Staub von Jahrhunderten auflösten.

»Ich finde ihn schon! Keine Sorge, Herzchen!« Mit Schwung gräbt Jojo den Haufen um, ihre Gummihandschuhfinger drücken und sieben eifrig. »Er muss hier irgendwo sein.«

Das ist lächerlich. Er hat genau gehört, wie etwas Großes, Knopfartiges aufgesaugt wurde. Und sein Bauchgefühl sagt ihm, dass er diesen Knopf finden muss, wenn er je bei Maroushka landen will – ihr beider zukünftiges Glück hängt davon ab.

»Bitte, macht nichts. Du machst mehr Dreck als sauber.«

Maroushka hustet und streicht sich eine Haarsträhne aus dem Gesicht, wobei sie einen braunen Staubstreifen auf ihrer Wange hinterlässt. Er küsst den Fleck zärtlich, aber seine Erektion ist inzwischen vollständig dahin.

Dann fangen sie zu dritt an, den Kehricht zu filzen, hustend in der staubigen Luft. Gemeinsam graben sie eine Pfundmünze aus, zwei Euro, eine Zwanzig-Pence-Münze, ein kleines braunes Klümpchen in Alufolie, eine tote Kakerlake, mehrere Büroklammern, zwei Kugelschreiberkappen, einen kleinen braunen Memory-Stick, der wie eine tote Kakerlake aussieht (hey?), einen falschen Fingernagel, eine Kontaktlinse und etwas Grünliches, das sich als ein Salatblatt von einem Sandwich herausstellt. Kein Knopf.

Er starrt den Memory-Stick an, der aus dem flockigen Staub hervorsieht. Soll er so tun, als wäre es seiner? Doch als er gerade zugreifen will, bückt Maroushka sich kichernd danach und schiebt ihn in ihre Tasche.

Es ist halb elf, als Jojo den Dreck auf dem Boden weggesaugt hat, sie sich gründlich die Hände gewaschen haben, die Monitore ausschalten und mit dem Fahrstuhl nach unten fahren.

»Tut mir leid diese Putzfrau«, sagt Maroushka. »Sie hat keine Fähigkeit ihre Situation zu verbessern. Sie hat proletarische Mentalität.«

Er beugt sich zu ihr und sagt: »Darf ich dich zum Essen ausführen oder so was, Venus? Um den Verlust deines Knopfs zu kompensieren?«

Sie schüttelt den Kopf.

Und ehrlich gesagt, in seine Enttäuschung mischt sich auch ein Hauch von Erleichterung.

Liebe lässt sich nicht künstlich beschleunigen. Diese Frau – sie ist es wert, dass man auf sie wartet. Sie ist keine schnelle Nummer auf dem Teppich im Büro. Trotz des Knopfvorfalls ist er voller Optimismus, als er die Treppe zu seinem Penthouse hinaufgeht, zwei Stufen auf einmal nehmend, ihre Küsse noch frisch auf seinen Lippen. Es ist nur noch eine Frage der Zeit, bis er sie mit hierhernehmen wird, sie werden die Aussicht vom Dach bewundern, eine Flasche Schampus aufmachen und …

Auf dem Regal stehen Maroushkas Schuhe stramm und warten auf ihre Herrin.

Nicht mehr lange.

Vielleicht werden sie in der Zukunft gemeinsam auf diesen Abend zurückblicken, als sie den Inhalt des Bürostaubsaugers durchsucht haben, und lächeln.

Als er später mit seinem Laptop im Bett sitzt, wie es ihm zur Gewohnheit geworden ist, loggt er sich in das Online-Brokerkonto von Kenporter1601 ein, bevor er sich schlafen legt – natürlich nicht um zu handeln, sondern nur um nach dem Rechten zu sehen.

Was er sieht, ist, dass Chicken am Nachmittag Edenthorpe-Engineering-Aktien im Wert von £ 525 000 abgestoßen hat, ungefähr eine halbe Stunde nach Serge. Mein Gott! Ein Zufall? Ein Muster? Nein, es kann kein Zufall sein. Chicken muss von seinem Trade gewusst haben. Aber wie? Der Preis für die Aktie ist inzwischen auf 102 Pence gefallen. Wenn er zu diesem Preis verkauft hätte, hätte er noch ein paar Tausend extra gemacht. Hat Chicken ihn ausspioniert, während Serge die ganze Zeit dachte, *er* wäre der Spion? Er spürt das Kaninchenscharren in der Brust.

Auf der Suche nach neuer Information sieht er sich Chickens E-Mails an. Da ist eine Nachricht von Juliette, die ihn an den Termin am Freitag erinnert – »du böser Junge, du«. Wie gerne würde er mal bei so einer Sitzung Mäuschen spielen!

Aber was ist das für eine abscheuliche kleine Nachricht ganz am Ende?

Morgen. Mx

Kaum zwei Worte, aber genug, um sein Herz in den freien Fall zu stürzen. Die E-Mail-Adresse gibt nichts preis – eine Reihe von Zahlen @yahoo.com. Er schreibt sie sich auf, wagt aber nicht zu antworten. Er liest die Nachricht noch einmal, liest zwischen und hinter den Zeilen. »M«. Sie muss es sein – wer sonst? Und »x« – ein Kuss.

Doro

Der Brief

Doro hievt den Staubsauger die Treppe hoch und verflucht den Regen, der sie schon den ganzen Tag im Haus gefangen hält. Seit sie Ende letzten Jahres ihre Teilzeitstelle am College aufgegeben hat und seit Oolie bei Edenthorpe arbeitet, hat sie jede Menge freie Stunden totzuschlagen, hunderte davon. Würde sie die Stunden aneinanderreihen, könnte sie ein Buch schreiben wie Marcus, oder eine Sprache lernen oder Golf spielen. Stattdessen füllt sie sie mit Hausarbeit aus, die sie hasst, weil sie nie ein Ende hat, und mit Teetrinken, der Tee kommt ihr schon zu den Ohren raus. Putzen muss wohl doch irgendein weiblicher Urinstinkt sein, denn Marcus hat schon vor drei Jahren am Institut aufgehört, ohne seitdem je das geringste Bedürfnis verspürt zu haben, den Staubsauger in die Hand zu nehmen. So viel zum »neuen Mann«.

Sie versteht nicht, wie er plötzlich aufs Heiraten kommt, aber Oolie-Anna scheint die Idee nicht zu erschüttern. Sie freut sich sogar viel mehr darauf, Brautjungfer zu sein, als auf die Adoption, für die sie kein besonderes Kleid bekommt, und weder Marcus noch Doro ist sonst irgendein Vorteil eingefallen, den sie hätten herausstreichen können. Sobald sie ein Datum festgelegt haben, muss Doro mit den Vorbereitungen beginnen, die zweifellos allein an ihr hängenbleiben werden.

Im Arbeitszimmer, Serges früherem Kinderzimmer, stößt sie mit dem Staubsauger gegen einen alten Karton mit Papieren, der mit Paketband zugeklebt ist und den sie seit dem Umzug 1995 von Solidarity Hall hierher nicht mehr geöffnet hat. Vielleicht ist es an der Zeit, ein wenig Ballast abzuwerfen? Als sie den Karton öffnet, flattert ihr ein Zettel entgegen.

Liebe Freunde,
wenn ihr dies lest bin ich weit weg.
Ich habe die Chance aufs Glück, und ich musste sie nehmen.
Kümmert euch um die kleine Julie-Anna.
Sie hat immer mehr zu euch gehört als zu mir,
und jetzt gehört sie euch ganz.
Wenn wir uns je widersehen, hoffe ich, ihr werdet mich verstehen.

Mit freundlichen Grüßen
eure Megan Cromer

Die Schrift ist klein und rund wie die eines Kindes, mit Kringeln statt I-Punkten und dem Rechtschreibfehler im letzten Satz. Sie liest den Brief zweimal und ist so übermannt von einer plötzlichen Gefühlsaufwallung, dass sie ihn schnell wieder in den Karton legt. Doch die Fragen bleiben, als sie mit dem Staubsauger weiter durchs Haus zieht.

Wo ist »weit weg«?

Welche »Chance aufs Glück«?

Vor zwanzig Jahren hat sie den Brief zum ersten Mal gelesen und keinen weiteren Gedanken darauf verschwendet. Heute wirkt er so melodramatisch und lächerlich. »Wenn wir uns je widersehen, hoffe ich, ihr werdet mich verstehen.« Wie aus einem Kitschroman. Plötzlich wird sie wütend auf Megan, was ihr damals die politische Korrektheit nicht erlaubt hat. Als ginge es um *ihr* Glück. Was war mit Oolies Glück?

Selbst die Namen werfen Fragen auf.

Warum Megan Cromer? Was hatte sie zu verbergen? Oder hatte sie von Anfang an geplant, eines Tages wegzulaufen?

Warum Julie-Anna? War es ein simpler Schreibfehler oder die Weigerung, den Namen zu akzeptieren, den die Kommune ihr gegeben hatte?

Doro erinnert sich an die Szene im Wohnzimmer von Solidarity Hall, als Chris Watt versuchte, Megan zum Stillen zu überreden, Megans finstere Erschöpfung, und wie Chris Howe und Fred hereinplatzten, so stolz auf den Namen, den sie gefunden hatten. Megan nickte ausdruckslos und starrte das quengelige, unempfängliche Baby an. Doros Gewissen regt sich. »Sie hat immer mehr zu euch gehört als zu mir.« Vielleicht war da etwas dran. Die Kommune konnte Oolie viel mehr geben, als ihr Megan allein hätte geben können – warum sollte sie ein schlechtes Gewissen haben? »Jetzt gehört sie euch ganz«, hatte Megan geschrieben, und von diesem Moment an hatte Doros Leben einen anderen Kurs eingeschlagen, wie ein Planet, der seine Bahn ändert.

Auch die älteren Kinder passten sich Oolies Ankunft in der Familie ein. Clara übernahm mehr Verantwortung. Serge und Otto zogen sich in ihre eigene versponnene Welt zurück. Es wäre schön, wenn sie mit ihnen über damals reden könnte, ihnen erklären könnte, was passiert war. Aber warum sie mit den alten vergessenen Geschichten belasten? Clara setzt sich großartig für diese schwierigen Kinder ein, denkt nicht nur an sich wie so viele andere junge Leute heutzutage. Und Serge ist auch nicht den Weg des leichten Geldes gegangen, den er hätte einschlagen können mit seiner Intelligenz, sondern er kämpft dafür, das menschliche Wissen voranzubringen. Und die kleine Oolie ist so ein fröhlicher Mensch, trotz all der Rückschläge, die ihr widerfahren. Ihre Kinder machen sie sehr stolz.

Sie schaltet den Staubsauger aus und stellt den Karton raus auf den Treppenabsatz – morgen wird sie Marcus überreden, mit ihr zum Recyclinghof zu fahren. Und auf dem Rückweg wird sie bei Oxfam vorbeischauen und sich als freiwillige Helferin melden.

»Soll ich uns was zum Abendessen kochen?«, ruft er aus der Küche herauf.

Ja, es geht wirklich ein frischer Wind durch ihr Leben.

Serge

Böser Junge, du

Morgen. Mx

Mit anderen Worten: heute. Es ist 07:45 h, 14. November 2008, laut Bloomberg-TV auf dem Bildschirm unter der hohen Decke des Handelsraums.

Sie ist noch nicht da. Serge hängt seine Jacke über die Stuhllehne und stellt den Monitor an. Er hat letzte Nacht kaum geschlafen. Ein Erschöpfungs-Tic lässt das Lid seines rechten Auges zucken.

Aber Morgenluft macht sich gut, und auf dem Immobilienmarkt gibt es weitere Anzeichen der Erholung. Als Vertrauensbeweis hat Persimmon, das größte Bauunternehmen des Landes, die Rückstellungen aufgelöst, die sie für mögliche Abstürze der Immobilienpreise gebildet haben. Auch die isländischen Banken haben sich stabilisiert, dank eines Kredits des IWF in Höhe von zwei Milliarden Dollar.

Bei Edenthorpe Engineering sieht es nicht so rosig aus. Laut einer Kurzmeldung sind die Aktien auf 85 Pence abgestürzt, und es gibt Gerüchte, dass die Firma in Konkurs gehen wird. Es sind doch wohl nicht seine eigenen Leerverkäufe gewesen, die das bewirkt haben? Serge recherchiert kurz bei BBC Business. Siebenhundert Arbeitsplätze in Gefahr. Scheiße! Er schließt die Augen und versucht das Summen seines Gewissens auszuschalten. Aber noch während er mit seinen Skrupeln ringt, flüstert eine andere Stimme: »Wenn du weiter gehalten und für 85 Pence verkauft hättest, hättest du noch mehr abgesahnt.«

Er ist so in den Bildschirm vertieft, dass er nicht merkt, wie still es im Handelsraum geworden ist. Als er aufsieht, sind alle Augen auf den Eingang gerichtet. Da steht Chicken mit einem der amerikanischen Anzugträger – Craig Hampton oder Max Vearling, er hat vergessen, welcher. Sie unterhalten sich flüsternd und sehen sich um.

Was suchen sie? Wen suchen sie?

Dann bleibt Chickens wacher Jagdhundblick auf ihm ruhen. Serges Eingeweide ziehen sich zusammen.

Die E-Mail: »Morgen. Mx.« Ein achtlos weggelassener Vokal. Ja, es ist Max Vearling. Da steht er und sieht Serge an, mit einem verschlagenen halben Lächeln. Das war's also, ein geflüstertes Wort in sein Ohr, der schweigende Marsch in ein Nebenzimmer, wo die Inspectors Birkett und Jackson oder irgendwelche Blödmänner von der FSA warten. Wie bescheuert er gewesen ist, die Regeln zu brechen. Wie absolut bescheuert, zu glauben, er käme damit durch.

Er versucht ruhig zu bleiben, während er sich nach einem Fluchtweg umsieht, doch sein Herz schlägt so laut, dass er kaum denken kann. Es gibt keinen Ausgang aus dem Handelsraum – beziehungsweise es gibt *einen*, doch der wird von Chicken und Max Vearling blockiert. Jetzt kommen sie langsam den Gang herauf. Sie steuern die Securitisation an – sie kommen zu ihm.

»Tolle Nachrichten von Persimmon, oder?«, ruft Toby, als sie vorbeigehen, und lehnt sich in seinem Stuhl zurück.

Gott segne dich, ja, verwickle sie in ein Gespräch, du Schleimer!

Max Vearling bleibt einen Moment stehen, um Floskeln auszutauschen, aber Chicken geht unbeirrt weiter. Er bleibt vor Serges Tisch stehen und sagt leise: »Interessante Entwicklung bei Edenthorpe Engineering, was, Freebie?«

Gleißende Panik flutet Serges visuellen Cortex. Eine Sekunde lang wird alles schwarz. Dann strömt Licht herein, stroboskopartig wie in einem Alptraum. Er springt auf die Füße, duckt sich an Chicken vorbei und rennt in die entgegengesetzte Richtung zum Ende des Gangs, ohne sich umzusehen, reißt den Hamburger fast von seinem Stuhl, macht eine Wende nach links und sprintet durch den nächsten Gang zurück. Die Leute starren ihn an, aber keiner versucht ihn aufzuhalten. Beim Rennen scheint sich die Welt um ihn herum zu verlangsamen, in Zeitlupe zu kollabieren. Seine Kollegen schwenken die Arme wie träge Schwimmer, als wäre die riesige Halle statt mit Luft mit Wasser gefüllt. Große glasige Blasen steigen zur Oberfläche, und er ertrinkt, ertrinkt.

An der Tür bleibt er stehen und wirft einen Blick über die Schulter zurück. Alle starren ihn an, die Gesichter verzerrt von der Tiefseeströmung, die abgehackten Stimmen unverständlich wie Möwengeschrei. Er stößt die Tür auf und stolpert in die Lobby, ringt nach Luft. Glück gehabt – der Fahrstuhl wartet. Er drückt den Knopf und fährt nach unten, abwärts durch die ratternde Speiseröhre der FATCA in das sonnendurchflutete Atrium des Empfangs – *AUDACES FORTUNA IUVAT* –, an den munteren Mädchen am Empfangstisch vorbei und hinaus ins Freie. Die Sonne fällt in breiten, schrägen Strahlen zwischen den hohen Gebäuden hindurch. Niemand ist auf der Straße. Er fängt zu rennen an.

Am Ende der Straße biegt er rechts in eine kleine Gasse ein, die ihn schließlich am Paternoster Square ausspuckt, und er hetzt über den Backsteinplatz – wo kommen plötzlich die verdammten Schafe her? – auf St. Paul's zu. Sein Atem ringt sich heiser keuchend aus seinem Mund. Seine Brust explodiert. Seine Augen sind unerklärlich feucht und neblig. Er rennt und rennt.

Dann plötzlich – karrumms! Das Pflaster springt vor ihm hoch und schlägt ihm ins Gesicht. Er rudert mit den Armen, doch seine Beine hängen fest, in einer Schlinge, die sich bei näherer Betrachtung als lederne Hundeleine entpuppt. An einem Ende der Leine befindet sich ein großer beleidigter Pudel, der ihn empört ankläfft. Am anderen Ende sieht Serge aus seiner Perspektive nur ein Paar pinke Leggings, die in schwarzen glänzenden Stiefeln mit hohen Absätzen stecken. Ein paar Zentimeter vor seiner Nase türmt sich ein dampfender Haufen frische Hundekacke. Ein rotes Rinnsal kriecht darauf zu, das wahrscheinlich aus seiner Nase kommt. Selbst in seinem benommenen Zustand schießt ihm ein klarer Gedanke durch den Kopf: »Puh! Das hätte auch viel schlimmer kommen können!«

Die Dame in den pinken Leggings zerrt an der Leine, die sich noch fester um seine Beine zieht, so dass der Hund wieder kläfft. Mit einem undurchdringlichen Lächeln sieht sie zu ihm herunter und murmelt: »Du böser Junge, du!«

Du böser Junge, du. In den Tiefen seines Hirns macht etwas *klick.*

Kann das … Juliette sein?

Er schließt die Augen und lässt die Dunkelheit herein.

Serge

Klatsch!

Wie viel Zeit ist vergangen? Serge hat keine Ahnung. Er fasst sich an die Nase. Überraschenderweise ist sie noch da, aber sie ist klebrig und viel zu groß, und sie sendet pulsierende Schmerzen in seine Stirn. Auch die Augen funktionieren nicht richtig. Er blinzelt langsam, und als er die Augen wieder öffnet, wird das Zimmer scharf – das klobige cremefarbene Kunstledersofa, auf dem er liegt, das indische Spiegelkissen, der Fernseher, der in der Ecke vor sich hin röhrt. In einer Schüssel mit rosa Wasser auf dem Boden neben ihm schwimmt ein blutgetränktes Taschentuch; ein dicker brauner Pudel kuschelt sich an sein Bein. Über dem Krach des Fernsehers hört er das periodische Knallen einer Peitsche und das ekstatische Stöhnen von Juliettes Kunden im Nebenzimmer. Donnerwetter, die Frau muss ganz schön stark sein.

Er versucht wieder einzuschlafen, aber die Geräusche sind verstörend. Im Fernsehen läuft etwas über den G20-Gipfel, die führenden Politiker der Welt haben sich in Washington versammelt, um die Weltwirtschaftskrise in den Griff zu kriegen. Wird auch Zeit. Wenn er sich nicht so schlecht fühlen würde, hätte er wahrscheinlich auch ein paar Ideen dazu. Er weiß, die Zeiten sind schwer, von einem Premierminister könnte man trotzdem erwarten, dass er ein paar Scheinchen mehr für einen anständigen Anzug hinlegt. Ein paar Studiogäste diskutieren über die Notwendigkeit der Bankenregulierung – eine ernste junge

Frau in einem Blazer von der Stange, die von einer auf geteiltem Wohlstand basierenden Gesellschaft redet (was für ein geteilter Wohlstand? Die lebt wohl im Doro-Doro-Land – trotzdem, hübsche Beine), und ein Typ aus der City, der der Regierung die Schuld an der Krise gibt (»unkluge Leitzinsanhebung … Kollaps der Immobilienpreise … jetzt erst die Morgenluft einer Erholungsphase …«). Die Kamera zoomt heran. Mann! Es ist Chicken in all seiner maßgeschneiderten Pracht, und seine spitzen Zähne schnappen nach den Worten, als er redet.

Gegen fünf hört er im Flur eine gemurmelte Verabschiedung, das Klicken der Tür, und ein paar Minuten später kommt Juliette mit zwei Tassen Tee herein. Serge trinkt einen Schluck und fühlt sich gleich besser.

Sie gibt dem Pudel einen Klaps. »Rutsch rüber, Beastie.«

Der Pudel seufzt und schnüffelt, als sie sich mit aufs Sofa quetscht.

Sie hat sich umgezogen und trägt jetzt ein schlichtes blassblaues Kleid, mit Abnähern am Busen und eng um die Taille, das seltsam sexy ist, ein bisschen wie eine Schwesterntracht. Manche Männer macht so was an. Sie muss Mitte vierzig sein, zu alt für ihn. Müde Linien um die Augen, aber ihr Gesicht ist nett.

»Wie fühlen Sie sich, mein Lieber?« Sie legt ihm die Hand unters Kinn, dreht sein Gesicht ins Licht und drückt mit dem Daumen auf seinen Nasenrücken. Ihre Hände sind klein und riechen nach Seife.

»Autsch!«

»Keine Sorge, ich bin Krankenschwester.«

»Im Ernst?«

»Na ja, inzwischen arbeite ich freiberuflich als Zehhaar-Therapeutin. Manche Leute finden es peinlich, aber ich halte es für eine wichtige und notwendige Dienstleistung.«

Zehhaar? Ist das ein Euphemismus für perverse Fetischaktivitäten?

»Ich weiß, was Sie jetzt denken. Aber haben Sie es mal ausprobiert, mein Lieber?«

»Nein. Ich schätze, es tut weh.«

»Nicht, wenn es richtig gemacht wird.«

Er sieht sich heimlich ihre Füße an. Sie wirken ziemlich klein. Größe 42, hatte sie in der E-Mail geschrieben.

Eine Frage schiebt sich an die schmerzende Oberfläche seines Bewusstseins. »Ich … wie bin ich eigentlich hergekommen?«

»Im Taxi. Ich wollte einen Krankenwagen rufen, aber Sie haben mich angebettelt, Ihnen eine Chance zu geben. Ich konnte Sie schließlich nicht blutend auf der Straße liegen lassen, oder?«

»Wow. Eine gute Samariterin.« Seine Stimme ist tränenerstickt. »Aber … hatten Sie keine Angst? Ein fremder Mann …?«

»Beastie passt auf mich auf, wenn meine Kunden frech werden. Er kann ziemlich rabiat werden, was, du böser Junge?«

Beastie gibt ein »Wuff!« von sich und peitscht mit seinem Schwanz gegen Serges Bein.

Im Zimmer ist es eng und stickig. Er hat hämmernde Kopfschmerzen, und immer wieder blitzt es am Rand seines Gesichtsfelds. Er nimmt den schwachen Geruch von irgendetwas Ekelhaftem wahr, es dauert einen Moment, bis er merkt, dass es der Hund ist.

»Warst du ein böser Junge, hm?«, sagt sie schäkernd.

»Nein, äh … danke, Juliette. Ich stehe nicht so darauf.«

Sie streichelt dem Hund den Bauch, und der grunzt genüsslich und rollt sich auf den Rücken, walkt die Luft mit seinen riesigen, haarigen Pfoten.

»Sie arbeiten in der City, oder?«, fragt sie.

»Ja. Na ja, ich … ich weiß nicht genau.«

»Zu mir kommen viele City-Banker. Ich helfe ihnen dabei, all das … Angestaute loszuwerden.« Sie faltet die Hände. »Überlegen Sie es sich, mein Lieber. Für Sie mache ich eine

Sitzung umsonst. Sie müssen sich nicht fürchten. Bei mir sind Sie in professionellen Händen. Zum Bad geht es da lang, falls Sie sich vorher sauber machen wollen.« Ihre Stimme ist nüchtern, mit einer leichten regionalen Färbung, die er nicht einordnen kann.

Taumelnd kommt er auf die Füße und fragt sich, ob er einfach wegrennen soll.

»Hallo, Kartoffel«, murmelt er seinem bleichen, geschundenen Gesicht im Badezimmerspiegel zu. Seine Nase ist verkrustet und blutet immer noch ein bisschen, ein Bluterguss zieht sich bis zur Stirn hinauf und lässt die Haut um seine Augen anschwellen, wodurch er alles verschwommen sieht. Er säubert sich das Gesicht mit Tüchern aus einem mit Spitze verzierten Kosmetiktuchspender. Für jemanden mit einem so fesselnden Beruf ist Juliettes Geschmack überraschend romantisch. Das Bad ist voller Fläschchen und Tiegel, Bürsten, Scheren, Pinzetten, Vitamine, Lippenstifte. Ihr Parfum ist Miss Dior Chérie – das gleiche, das Babs benutzt hat. Er spritzt sich ein wenig aufs Handgelenk und riecht daran, um der alten Zeiten willen. Erinnerungen tauchen auf. Die gute Babs. Sie war ein liebes Mädchen. Eins der besten. Er hofft, sie hat in ihrem neuen Leben das Glück gefunden. In ihrem neuen weichen, lesbischen Leben. Sein Schwanz regt sich. Aus irgendeinem Grund hat er Tränen in den Augen.

Vor dem Badezimmer knurrt Beastie.

»Alles in Ordnung, mein Lieber?«, fragt Juliette, als er wieder ins Wohnzimmer wankt und aufs Sofa sinkt.

»Ja, alles gut. Nur ein bisschen … komisch.«

Er zittert, trotz der Schwüle in der Wohnung. Sein Kopf hämmert wieder, und neue Schmerzpfeile schießen ihm in die Schläfen.

»Wir müssen nicht gleich anfangen, George. Vielleicht später. Wenn ich mit meinen Kunden fertig bin.«

George?

»Ja. Gut. Oder … vielleicht ein andermal?«

Er versucht aufzustehen, aber seine Beine geben unter ihm nach. Als er sich der Schwerkraft ergibt, klickt eine weitere Erinnerung in seinem Gehirn: »Freitag, achtzehn Uhr, du böser Junge, du.« Falls er dann noch da wäre, könnte er Zeuge von Chickens Geißelung werden, vielleicht sogar mit dem Handy ein paar Fotos schießen – das wäre nützlich, falls Chicken eine Ermunterung braucht, bei gewissen irregulären Transaktionen auf dem 1601-Konto ein Auge zuzudrücken.

»Ehrlich gesagt bin ich ziemlich fertig. Könnte ich mich einfach noch mal ein bisschen hier hinlegen …?«

Juliette macht ein besorgtes Gesicht. »Keine Eile. Bleiben Sie, solange Sie wollen, mein Lieber. Um sechs habe ich einen Kunden.«

Sie nimmt ein Glas Wasser und reicht ihm zwei kleine Tabletten. »Hier, nehmen Sie die. Damit schlafen Sie besser. Strecken Sie sich auf dem Sofa aus. Rutsch rüber, Beastie.«

Sie gibt dem Pudel wieder einen Klaps. Das Viech plumpst auf den Boden, schüttelt sich griesgrämig und gähnt. Sein Atem riecht nach … Serge will lieber nicht darüber nachdenken. Dann klingelt es.

»Entschuldigen Sie mich, mein Lieber. Versuchen Sie ein bisschen zu schlafen.«

Beastie folgt ihr aus dem Zimmer.

Er hört eine Männerstimme auf dem Flur. Ist es …? Er versucht zu lauschen, aber sie reden zu leise, als dass er sie bei dem Lärm von ›Xena die Kriegerprinzessin‹, die aus dem Fernseher plärrt, verstehen könnte. Die Tabletten lindern den Schmerz nicht, aber er fühlt sich müde. Ein paar Augenblicke später hört er das Knallen der Peitsche und das schreckliche schaudernde Stöhnen.

Eine allumfassende Schläfrigkeit hüllt ihn ein.

Seltsam erfrischt springt er auf die Füße. Wie merkwürdig: seine Beine scheinen wieder zu funktionieren – und zwar zu 110 Prozent, und seine Schritte sind lang und federnd, als würde er auf dem Mond spazieren gehen. Wunderbarerweise hat er das iPhone noch in der Jackentasche. Er wird die Gelegenheit nicht verstreichen lassen. Er stellt die Kamerafunktion ein und schleicht sich auf den Flur.

Eine Tür ist angelehnt. Er drückt das Auge an den Spalt. Als er sich an die Dunkelheit gewöhnt hat, sieht er zwei Silhouetten im Zimmer: Juliette in pinken Leggings und schwarzen Stilettostiefeln breitbeinig über einem Mann stehend, der auf allen vieren am Boden kriecht – ein bulliger, muskelbepackter Mann, nackt bis auf einen Tanga mit Leopardenmuster. Sie trägt einen Leder-BH mit Nieten, der ihre Brüste zu anbetungswürdigen spitzen Kegeln presst, wie eine Kriegerprinzessin. Das Knallen der Peitsche zerreißt die Dunkelheit, und dem Mann entringt sich ein langes, schauderndes Stöhnen.

»Sag's mir, du böser Junge, du!«, zischt Juliette. »Sag mir, was du angestellt hast!« Sie tritt den Mann mit ihrem Stöckelabsatz.

»Ich habe nichts Schlimmes getan, Herrin!«

»Du musst etwas angestellt haben, sonst wärst du nicht hier.«

Zack!

»Ich weiß nicht. Ich hab's vergessen.«

»Ich hab's vergessen, *Herrin.*«

Zack!

»Na gut! Ich habe ein unregistriertes Konto eröffnet. Ein Verbrechen ohne Opfer, Herrin!«

»Aber es bleibt ein Verbrechen, oder?«

Zack! Die Peitsche blitzt im Halbdunkel auf. Serge hält die Kamera hoch und knipst durch den Türspalt.

»Na gut, wir haben ein Finanzinstrument entwickelt«, ächzt der Mann auf dem Boden. »Wenn sich ein Weg auftut, Unmengen von Geld zu scheffeln, wird ihn früher oder später irgendjemand einschlagen, oder? Da kann man nichts machen. Das ist die menschliche Natur.«

Zack!

»Sie sollten ein Gesetz dagegen erlassen. Diese nutzlosen Politiker. Völlig verblödet. Alle korrupt.«

Zack!

»Und das Finanzinstrument? War es böse?«

»Ich war's nicht, ich kann nichts dafür! Die Regulierungsbehörde hätte uns aufhalten müssen. Sie können nicht mir die Schuld geben!« Er redet schnell, verschluckt sich an den Worten. Schaum bildet sich vor seinem Mund. »Wenn es kein Gesetz dagegen gibt, ist es doch klar, dass es jemand tut, oder?«

»Was tut, du Wurm?«

Zack!

»Einen riskanten Fonds gründen. Das Risiko auf die Investoren abschieben. Im Wissen, dass er platzen wird! Aaah!«

»Das ist schon besser. Und?«

Beastie schnüffelt aufgeregt an der Tür. Der Mann keucht, seine gekrümmten Schultern schaudern. Serge spürt, dass auch er schaudert.

»Ich habe eine Maschinenbaufabrik ausgelöscht! Aaah! Ich hab den kleinen Hamster meiner Schwester umgebracht!«

»Jetzt kommen wir endlich zum Punkt!«, schreit Juliette. »Und?«

»Ich habe meine Mum angelogen!«

Er sinkt zusammen, schluchzt hemmungslos.

Als er aufwacht, hat er immer noch Tränen in den Augen, und seine Nase tut weh.

Doro

Flossie

Am Samstagmorgen fahren Doro und Oolie nach Cambridge. Doro hat Serge noch nicht erreicht, aber sie hat das Handy dabei und versucht es weiter. Außerdem hat sie Mollys und Ottos Nummer aus dem Telefonbuch herausgesucht, weil sie später mit dem hübschen grün-weiß-violetten Mützchen bei ihnen vorbeifahren will, das sie selbst gehäkelt hat (in den Farben der Suffragetten).

Oolie sieht aus dem Zugfenster und sprudelt ihre jüngsten Ideen zum Brautjungfernkleid heraus, während draußen Felder, Bäume und anonyme Städte vorbeifliegen, das ganze Land feucht vom Novemberniesel. Doro streckt die Beine aus und schlägt den ›Guardian‹ auf, den sie am Bahnhof gekauft hat. Das Pfund fällt. Beim G20-Gipfel lassen sich die Staats- und Regierungschefs der Welt über die Rezession aus, als hätten sie die ganze Zeit davor gewarnt. Der Gazastreifen wird bombardiert. In Kalifornien wüten Waldbrände. Doch in Gedanken kommt sie immer wieder auf das Telefongespräch zurück, das sie kürzlich mit Clara geführt hat.

Als sie in Claras Alter war, haben die Leute noch »Liebe machen« statt Sex gesagt, was romantisch klang, oder »miteinander schlafen«, was nett und kuschelig klang. Und später, na gut, als das mit der sexuellen Befreiung anfing, haben viele »bumsen« gesagt, als wäre es ein politisches Statement, die Dekolonisierung der Sprache, die Absage an die Prüderie und so weiter. Aber »vögeln«! Sie schaudert. Wie kann ihre eigene Tochter ihr so etwas vorwerfen?

Als der Zugkellner vorbeikommt, bestellt sie einen großen Becher Tee und zum Trost einen Schokoladenmuffin, den sie sich mit Oolie teilt.

Als sie schließlich vor dem Queens' College stehen, ist Serge immer noch nicht ans Telefon gegangen, also fragt sie im Pförtnerhaus nach seiner Zimmernummer.

Der Mann hinter dem Tresen sieht sie seltsam an. »Er ist schon seit einem Jahr nicht mehr hier.«

»Ach. Wirklich? Er heißt Serge Free. F-r-e-e.«

»Ja, ich weiß, wie man das buchstabiert. Er ist letzten Sommer gegangen.«

»Poppen die da oben immer noch?«, zwitschert Oolie.

»Nein. Ich glaube nicht.« Doros Gehirn versucht die unverdauliche Information zu verarbeiten.

»Können wir runter zum Fluss gehen und gucken, ob der schöne Mann noch da ist?«

»Nein. Komm, wir besuchen Molly und das Baby.«

»Ja! Ich will das Bebie sehen!«

Mollys und Ottos Wohnung über dem Friseurgeschäft auf der Mill Road ist winzig, warm und erfüllt von dem süßlich müffelnden Babygeruch, der bei Doro gleich Gefühlswallungen auslöst. Molly begrüßt sie an der Tür, mit verwuschelten Haaren, barfuß, in einem Bademantel mit Milchflecken. Das Baby hat sie im Bademantel dabei, wo es vor sich hin gluckert.

»Oh, ist die süß!«

»Was macht sie da?«, fragt Oolie.

»Sie trinkt, Liebes. Da bekommen Babys ihre Milch her.«

»Igitt!«

Sie setzen sich auf ein kleines Sofa im Wohnzimmer, das auch als Esszimmer, Küche und Ottos Büro dient, während Molly das Baby weiterstillt. Eine lange rotbraune Locke fällt ihr über die Wange auf die Brust, und Doro muss an Moira denken.

»Es ist schön, mal Besuch zu bekommen«, sagt Molly. »Otto ist am Wochenende häufig weg. Manchmal kommt Jen vorbei. Ottos Mutter, du kennst sie doch, oder?«

»Oh ja, natürlich erinnere ich mich an Jen.«

»Sie wohnen nicht weit weg, in Peterborough. Jen und Nick. Er unterrichtet noch. Sie arbeitet als Anwältin.«

»Jen und Nick sind noch zusammen?«

»Ja, und sie erzählt immer lustige Geschichten aus der Kommune. Sie sagt, ihr wärt alle ziemlich verrückt gewesen!«

»Mhm. Manche verrückter als andere.« Doro kann sich lebhaft erinnern, wie Jen nur mit einer Unterhose bekleidet im Garten den Urschrei übte. Und jetzt ist sie Anwältin, ja?

»Und was macht Otto so?«

»Otto ist auf einer Konferenz für Free Open-Source Software, seine große Leidenschaft. Wir haben sogar unser Baby danach genannt: Flossie nach F. O. S. S. – das L haben seine französischen Kollegen reingeworfen, damit es weiblicher klingt.«

»Ha!« Dann hat die ganze antipatriarchalische Erziehung wohl nicht viel geändert. »Darf ich sie mal halten?«

Molly legt Doro das Baby in den Arm und geht Kaffee kochen. Doro sieht in seine dunklen, glasigen Augen und denkt an Clara, Serge, Otto, Star und Oolie – so viele Babys, die sie gehalten hat –, ein warmes, schläfriges Bündel neuen Lebens. Wenn Clara und Serge nur endlich in die Gänge kämen!

»Hallo Floss-Floss-Flossie!« Sie kommt mit dem Gesicht näher, damit das Baby sie sehen kann, lächelt breit und wackelt mit dem Kopf.

»Upp!«, sagt Flossie, und ein wenig geronnene Milch läuft ihr aus dem Mund.

»Ich will sie auch mal halten!« Oolie versucht nach Flossie zu greifen.

»Setz dich. Nicht ziehen!« Eine kurze Erinnerung an den unglücklichen Hamstervorfall vor vielen Jahren schießt durch Doros Kopf. »Und jetzt streck vorsichtig die Arme aus!«

»Soll ich ihr auch den Busen geben?«

»Nein, nicht nötig.«

»Upp!«, sagt Flossie.

»Ist sie nicht süß? Ich hätte viel lieber ein Bebie als einen Hamster.« Oolie blickt hinunter in das kleine Babygesicht, das aussieht, als wäre es eingeschlafen.

Vielleicht war es doch keine so gute Idee, mit Oolie hierherzukommen. Doros Magen zieht sich zusammen, weil sie weiß, was als Nächstes kommt.

»Kann ich auch ein Bebie haben?«

»Ich glaube nicht …«

»Es macht ziemlich viel Arbeit!« Molly lacht, als sie mit der Anmut einer Tänzerin das Tablett herüberbringt, und ihre Locken fallen nach vorn, als sie die Kaffeekanne und die Tassen auf den niedrigen Couchtisch stellt. Wie hübsch sie ist, denkt Doro. Und wie angenehm es ist, in einem Alter zu sein, da man die Schönheit einer anderen Frau wertschätzen kann, ohne von Rivalitätsgefühlen gezwickt zu werden.

»Ich bin fleißig«, sagt Oolie.

»Schrrp …«, gurgelt Flossie in den Tiefen des Schlafs.

»Ich kann dir gar nicht sagen, wie dankbar wir Serge sind.« Molly streicht sich das Haar aus dem Gesicht, um den Kaffee einzuschenken. »Ohne ihn säßen wir jetzt auf der Straße.«

»Wie meinst du das?«

»Das Geld, das er uns geliehen hat, als wir fast zwangsvollstreckt wurden. Otto sagt, Serge ist mehr wie ein Bruder als ein Freund.«

»Er hat euch Geld geliehen?«

»Ja. Das klingt so überrascht!« Molly lächelt und rührt sich vier Löffel Zucker in den Tee. (Wie kann sie so viel Zucker nehmen, ohne dick zu werden?) »Er ist wirklich ein sehr netter Mensch.«

»Ich weiß, dass er nett ist. Ich wusste nur nicht, dass er Geld hat.«

»Na ja, ich schätze, die zahlen ganz gut in der Bankenwelt.«

»In der Bankenwelt?« Doro versucht sich ihre Verwirrung nicht anmerken zu lassen. »Ja. Natürlich.«

»Jedenfalls war es sehr nett, dass er uns geholfen hat.«

»Mhm. Bei welcher Bank arbeitet er noch mal? Ich kann mir den Namen einfach nicht merken.« Doro gibt ein seniles Kichern von sich.

»Eff – irgendwas mit F. Ich habe es auch vergessen«, lacht Molly.

»Ich mag keinen Kaffee. Habt ihr keinen Tee?«, unterbricht Oolie mürrisch.

»Du bleibst sitzen«, sagt Doro zu Molly und springt auf. »Ich mache das schon!«

Sie ist froh, dass sie Molly und Oolie einen Moment den Rücken kehren kann, um sich zu sammeln. In der Zwischenzeit hört sie Oolie sagen: »Mum sagt, wenn ich brav bin, kann ich auch ein Bebie haben.«

Sie wünscht, der eingebildete Mr. Clements mit seinen verdammten Fragebögen zu Oolies Persönlichkeitsentfaltung könnte das hören.

»Wo habt ihr die Teebeutel?«, fragt sie.

»Holst du den Busen noch mal raus?«, fragt Oolie.

»Nicht jetzt. Im Schrank über der Spüle. Ich glaube, die Bank hieß FATCA. Sagt dir das was?«, sagt Molly.

»Hast du keinen Süßstoff?«, fragt Oolie, die sich nach Mollys Vorbild vier Löffel Zucker in den Tee rührt. »Mum sagt, ich muss Süßstoff nehmen.«

»Genau das war's!«, sagt Doro.

Erst als sie wieder im Zug nach Doncaster sitzen, merkt Doro, dass sie die gehäkelte Mütze in ihrer Tasche vergessen hat. Oolie schläft und schnarcht dabei mit leicht geöffnetem Mund.

Serges Telefon ist immer noch abgestellt. Doro sieht zu, wie der Tag verschwindet und die Dämmerung sich über die vorbeirauschende Landschaft legt, die mit den Gefühlen all der anderen, früheren Reisen nach Norden gesättigt ist. Wie verrückt, wie aufregend ihre erste Fahrt gewesen war, damals im Jahr 1969.

Wenn sie zurückblickt, was sie dieser Tage immer häufiger tut, fragt sie sich unwillkürlich, worum es ihnen damals eigentlich ging. Sie waren so zuversichtlich und selbstsicher; so überzeugt von der Richtigkeit ihrer Mission. Seitdem ist ihr ganzes Leben eine Reise zurück ins Ungewisse – von Gewissheit zu Zweifel; von Schwarz und Weiß zu den Grautönen; von straff zu ausgeleiert; von starr zu weich.

Serge

Bye-bye, Beastie

»Wachen Sie auf, Schlafmütze.«

Über Serge steht eine Frau mit einer Tasse Tee – sie trägt einen flauschigen Bademantel und rosa Pantoffeln. In seinem weggetretenen Zustand braucht er einen Moment, bis er Juliette erkennt.

»Oh, danke. Wie lange habe ich geschlafen?«

»Es ist Samstagnachmittag. Geht es Ihnen besser?«

»Samstag? Au Backe.«

»Wie geht es Ihrer Nase, mein Lieber?« Sie nimmt sein Kinn in die Hand und dreht sein Gesicht zur Seite. »Tut es noch weh?«

»Ein bisschen.«

»Sie ist immer noch geschwollen. Vielleicht ein Haarriss.«

»Ich muss los.«

»Warten Sie, bis es Ihnen besser geht. Wir wollen nicht, dass Sie in der U-Bahn umkippen.«

»Nein. Das ist wahr.«

Er fühlt sich wacklig und seltsam weinerlich, und so sinkt er zurück auf das Sofa vor dem Fernseher, wo immer noch vom G20-Gipfel berichtet wird. Die Krise hat eine Horde von Instant-Experten hervorgebracht, die zungenschnalzend vom Amoklauf des Subprime-Immobilienmarkts reden; zu viele riskante Kredite haben dazu geführt, dass überhaupt keine Kredite mehr vergeben werden, weil keiner weiß, worin die Vermögenswerte der einzelnen Banken bestehen. Milliarden von Pfund schwere Derivate, die vielleicht nicht das Papier wert sind, auf dem sie geschrieben sind, wurden verkauft und immer wieder weiterverkauft. Fälle von Hypotheken kommen ans Licht, die durch nichtexistierende Immobilien gesichert waren, Hypotheken an Personen, die nicht existieren, Hypotheken im Namen von Personen, die längst tot sind. Es scheint, als hätten es alle so eilig gehabt, an Geld zu kommen, dass sich keiner die Mühe gemacht hat, genauer hinzusehen. Serge hört mit distanziertem Interesse zu. Alles klingt so zwielichtig und bedeutungslos.

Bilder von letzter Nacht schwirren ihm durch den Kopf. Was ist in dem anderen Zimmer passiert? Er versucht sich zu erinnern. Irgendwas mit einem Hund.

»Was hätten Sie gern zum Frühstück, mein Lieber? Weetabix oder Flakes?«

Klingt wie Hundefutter.

»Ich bin nicht sehr hungrig, danke, Juliette.«

Im Fernsehen haben sie den G20-Gipfel abgehakt. Zwölf Bergleute in Rumänien verunglückt. Israel riegelt den Gaza-Streifen ab. Britney Spears wegen gefährlichen Fahrverhaltens verurteilt. Was für eine hässliche Unordnung in der Welt.

Sie beugt sich vor und schaltet den Fernseher ab. »Ein Wunder, dass Sie keine Alpträume hatten, bei laufendem Fernseher die ganze Nacht.«

»Vielleicht ... Juliette, haben Sie je ...?«

»Und noch was – warum nennen Sie mich die ganze Zeit Juliette?«

»Ich dachte ...«

»Ich heiße Margaret, mein Lieber. Das habe ich Ihnen doch gesagt. Erinnern Sie sich nicht?«

Juliette ist also ihr »Künstlername«.

»Und Sie heißen George, haben Sie gesagt. Schöner Name. Wie der Heilige.«

Serge nickt schweigend. Er hat durchaus Sympathie übrig für den heiligen Georg, den Schutzheiligen von Doncaster, aber er kann sich nicht erinnern, dass er seinen Namen angenommen hat. Er erinnert sich überhaupt nicht an das Gespräch.

Sie nimmt eine schwere schwarze Tasche mit einem gepolsterten Schulterriemen. »Ich muss los, Hausbesuch. Kommen Sie eine Weile allein zurecht, George?«

»Klar.«

»Ich lasse Beastie hier. Manchmal regt er sich auf, wenn ich arbeite. Er ist so besitzergreifend. Du böser Junge.«

Beastie bellt und wedelt mit dem Schwanz.

»Wenn Sie Lust haben, mit ihm G-A-S-S-I zu gehen, können Sie einen hübschen Rundgang zum Smithfield Market und zu St. Paul's machen. Aber vergessen Sie nicht die Hundetüte. Manche Leute regen sich sonst schrecklich auf, das können Sie sich gar nicht vorstellen. Ich meine, es ist doch nur der Lauf der Natur, oder nicht?«

»Mhm.«

»Und wenn Sie Hunger haben, bedienen Sie sich.« Sie zeigt zur Küche, dann verschwindet sie. »Auf Wiedersehen, George! Bye-bye, Beastie! Bye!«

Als sie fort ist, geht er in die Küche und setzt Wasser auf. Jetzt hat er doch Hunger, auch wenn sein Gesicht immer noch pulsiert. Er öffnet den Kühlschrank, aber es sind nur die ranzigen Reste eines Currygerichts darin, zwei vertrocknete Toastbrötchen und eine Monsterwurst in einer Plastikhülle. Die nimmt er heraus. Sie sieht anders aus als alle Würste, die er kennt – eigentlich wie ein riesiger Penis in einem riesigen Kondom. Er schneidet sich eine Scheibe ab. Der Geschmack ist fad, leicht fleischig, leicht chemisch. Die Konsistenz ist gummiartig. Er muss sich überwinden, herunterzuschlucken. Beastie ist ihm in die Küche gefolgt und schnüffelt gierig am offenen Kühlschrank, seine Nase zittert, und mit dem wedelnden Schwanz peitscht er gegen Serges Bein.

»Geh weg, Beastie.«

Der Schwanz hört zu wedeln auf, und Beastie knurrt. Serge hält sich die Monsterwurst unter die Nase. Der Geruch ist nicht angenehm. Dann sieht er in verblassten Buchstaben den Aufdruck auf der Plastikhaut: »Top Dog Hunde-Dinner.« Ach so. Er erinnert sich an seine erste Begegnung mit dem Hund auf dem Platz vor St. Paul's – Doros erbitterte Wut, Beasties entschlossener Haufen, Juliettes gedemütigter Abgang. Das hier erklärt die Verdauungsprobleme der armen Kreatur. Doch als er die Wurst gerade zurück in den Kühlschrank legen will, schnappt sie ihm der Pudel mit einem plötzlichen Sprung, den er ihm nicht zugetraut hätte, aus der Hand und schleppt sie ins andere Zimmer. Bis Serge ihn hinter dem Sofa aufgespürt hat, ist von der Wurst nicht mehr übrig als die abgekaute Plastikhaut.

Er feuchtet die trockenen Toastbrötchen unter dem Wasserhahn an (ein alter Trick aus Solidarity Hall), toastet sie und isst sie langsam, während er aus dem Fenster sieht, auf triste Wohnblocks und räudige Grasflächen mit blattlosen Bäumen. Das Zimmer ist klein, stickig und voller Nippes, angeschlagene Souvenirs aus irgendwelchen trübseligen Badeorten, verblasste Monet-Drucke, Porzellantierchen. Alles wirkt so banal – kann diese Wohnung wirklich der Schauplatz des brutalen Dramas sein, das er letzte Nacht mit angesehen hat? Oder hat er alles nur geträumt? Moment mal – hat er nicht Fotos gemacht? Er fischt sein Handy aus der Jackentasche, aber er findet nur ein verwackeltes Bild von der Kuppel von St. Paul's.

Das Zimmer, in dem Juliette (er kann sie sich nicht als Margaret vorstellen) ihre Kunden empfängt, der Raum zwischen dem Schlafzimmer und dem Wohnzimmer, ist abgeschlossen, also probiert er die Tür zu ihrem Schlafzimmer. Beastie ist wieder aufgetaucht, knurrend und schnappend, mit heraushängender Zunge, sein Atem warm und faulig. Mit dem Fuß schiebt

Serge den Hund auf den Flur, schließt die Tür und beginnt das Zimmer zu untersuchen. Der übliche Frauenkram – Unterhosen, Strumpfhosen, Tampons, Kosmetiktücher – nichts, was auf Peitschenaktivitäten hindeutet.

Bestimmt hat sie irgendwo einen Terminkalender oder eine Liste ihrer Kunden. Auf dem Nachttisch liegt ein Taschenbuch, ein Roman mit dem Titel ›Zwischen den Laken‹, und darunter ein Heftchen, das sich als eine Art Gebrauchsanweisung entpuppt für ein Gerät, das aussieht wie eine an ein Bett montierte Miniwaschmaschine. ›Aqua-Clinic Colon-Hydro-Therapie‹. Seltsam. An der Wand hängt ein Foto von Juliette, viel jünger, in Schwesterntracht, so ähnlich wie die von gestern. Vielleicht ist sie wirklich Krankenschwester. Während er sich umsieht, kratzt und bellt die ganze Zeit der Hund vor der Tür.

Er öffnet die Tür vorsichtig, doch Beastie hat ihn erwartet und wirft sich knurrend mit gebleckten Zähnen in den Türspalt. Serge stemmt sich mit aller Kraft gegen die Tür und erwischt dabei Beastie. Der Hund jault vor Schmerz auf, dann fällt er auf den Boden und rollt auf den Rücken. Blut spritzt auf den Teppich.

Serge steht da und weiß nicht, was er tun soll, als er ein Geräusch hört. Das Peitschenknallen. Das langgezogene schaudernde Stöhnen. Er erstarrt, all seine Sinne gespannt. Jetzt, bei Tageslicht, klingt das Geräusch weniger menschlich, sondern eher mechanisch. Das Komische ist, es scheint nicht aus dem abgeschlossenen Zimmer nebenan zu kommen, sondern vom anderen Ende des Flurs. Ja, es kommt von draußen. Er sieht Beastie an, erwartet eine Reaktion, aber der Hund scheint das Bewusstsein verloren zu haben. Oder vielleicht ist er tot. Ihn packt die Reue. Was für ein mieser Kerl er ist. So bedankt er sich für Juliettes Hilfe – er bringt ihren Liebling um! Dann hört er noch ein irritierendes Geräusch: klingeling!

Hastig zieht er den schlaffen Körper des Pudels ins Schlafzimmer und schließt die Tür. Auf dem Teppich ist nur eine leichte Blutspur zu sehen – darum wird er sich später kümmern. Er drückt das Auge an den Türspion, doch das Gesicht draußen ist zu klein und zu verzerrt, um es zu erkennen. Er zögert. Der gesunde Menschenverstand rät ihm, so zu tun, als wäre niemand zu Hause, aber halb in der Hoffnung, Chicken draußen vor der Tür stehen zu sehen, macht er auf.

»Hallo.«

»Hallo.« Serge wird rot.

»Wartest du auch auf …?«

»Sie ist unterwegs«, sagt Serge.

»Ich habe einen Termin. Ich bin ein bisschen zu früh.«

»Willst du reinkommen und warten?«

»Danke.«

Der Hamburger folgt ihm ins Wohnzimmer und setzt sich steif, die Knie zusammengepresst, an ein Ende des Sofas. Serge setzt sich ans andere Ende. Zwischen ihnen liegt ein Meter verlegenen Schweigens.

Nach einer Weile fragt der Hamburger höflich: »Kommst du oft hierher?«

»Nein. Ich bin das erste Mal hier. Ich bin mir nicht ganz sicher …«

Er wünschte, er hätte nicht aufgemacht. Er wünschte, er könnte einen Tierarzt rufen, der nach Beastie sieht. Er hört ein leises Winseln aus dem Schlafzimmer. Der Hamburger hört es auch, aber er interpretiert es falsch.

»Du brauchst keine Angst zu haben, Serge. Am Anfang ist es ein bisschen unangenehm. Aber man gewöhnt sich schnell dran.«

»Wirklich?«

»Danach fühlst du dich besser.«

»Das hoffe ich«, murmelt er.

»Die Natur unserer Arbeit ist nicht sehr bekömmlich. Wir sitzen zu viel auf dem Hinterteil herum. Es ist wichtig, dass wir Erleichterung finden.« Der Hamburger rutscht auf dem Sofa herum.

»Mhm. Ja.«

»Ich dachte mir schon, dass es dir nicht gutgeht, als du so plötzlich weggelaufen bist.«

»Ja. Ich habe mich … scheiße gefühlt.«

»Ein plötzlicher Drang?«

»Ja. Genau.«

»Ich glaube, Margaret kann dir helfen.« Der Hamburger nickt langsam. »Hast du das von Maroushka schon gehört?«

»Maroushka?« Serges Herz fängt zu klopfen an.

»Die Schlampe ist befördert worden.«

»Befördert?«

»Ja. Max Vearling hat es gestern bekannt gegeben, nachdem du abgehauen bist. Aber ich habe ihren Ansatz immer unhaltbar gefunden. Keine Kompetenz. Korruption.« Beim Reden hebt der Hamburger die Nase und schnüffelt.

Serge schnüffelt auch. Ihre Blicke treffen sich, dann sehen beide schnell zur Seite. Es gibt Gedanken, die nicht ausgesprochen werden können. Der Gestank der Korruption hängt in der Luft. Eigentlich scheint er von hinter dem Sofa zu kommen.

Nach einem kurzen Schweigen grinst der Hamburger verkrampft. »Dann ist das also deine Einführung in die Zehhaar-Therapie.«

»Äh – was soll Zehhaar eigentlich genau heißen?«

»Bist du nicht wegen der Colon-Hydro-Therapie hier?«

»Ach so. CH-Therapie.« Er zwingt sich ein Grinsen auf die Lippen, doch sein Herz flattert entsetzt. Das Diagramm der Waschmaschine an dem Bett. Die Schläuche! Darmspülungen! Oh Grauen! Er springt auf die Füße.

»Ich muss los. Ich hab diesen … plötzlichen Drang! Bitte entschuldige mich bei Juliette.«

»Juliette?«

»Äh – Margaret. Ich habe sie mit jemandem verwechselt. Du weißt schon, wenn man sich mal was einbildet …«

»Wirklich, Serge, mein Freund, du brauchst keine Angst zu haben …«

Die Stimme des Hamburgers folgt ihm bis in den Flur und zur Wohnungstür hinaus. Serge drückt den Knopf, und kurze Zeit später ist der Lift da und bleibt mit einem lauten Peitschenknallen stehen. Serge steigt ein. Mit einem langen schaudernden Stöhnen trägt ihn der Fahrstuhl ins Erdgeschoss.

Clara

Die Üpotheke

Sie hört die Nachrichten im Lokalradio. Edenthorpe Engineering muss dichtmachen und siebenhundert Angestellte werden auf der Straße stehen. Als Clara in der Schule ankommt, redet das ganze Lehrerzimmer davon. Mr. Tyldesley stellt Vergleiche mit dem Niedergang des Bergbaus an. Miss Postlethwaite erinnert an das Schicksal der Weber nach Einführung des mechanischen Webstuhls im achtzehnten Jahrhundert. Mrs. Salmon macht sich Sorgen wegen der Spitzbuben, die sich möglicherweise bei der Schulspeisung einschleichen werden. Am Kopierer wird düster gemunkelt. Für Mr. Kenny ist das Ganze zumindest eine Entschuldigung, gegen das Rauchverbot zu verstoßen. Als Mr. Gorst/Alan kommt, um die Nachricht offiziell zu verkünden, ist das Lehrerzimmer längst in einer Wolke aus Rauch und bösen Vorahnungen verschwunden.

Clara zählt im Geiste die Kinder in ihrer Klasse, deren Eltern bei Edenthorpe arbeiten. Dana Kuciak, Tracey Dawcey, Jason Taylor – und zweifellos noch ein paar mehr. Familien, die ins Ungewisse geworfen werden. Eltern, die nachts über Geld streiten müssen. Kinder, die nervös, ängstlich sind, sich im Unterricht schlecht benehmen, die Hausaufgaben schleifen lassen. Es wird Hänseleien und Mobbing geben.

Nä-nä, dein Pullover stinkt! Nä-nä, die Turnschuhe hat deine Mam bei Netto gekauft!

Und was ist mit den Läden und Geschäften im Ort? Werden

die Leute noch genug Geld haben, um ihr Fleisch beim Metzger in der Beckett Road zu kaufen? Und wenn die Kinder alt genug sind, um selbst zu arbeiten, wo sollen sie hin?

»Was ich nicht verstehe«, sagt sie, »warum? Ich meine, warum führen faule Hypotheken in Amerika dazu, dass eine kerngesunde Maschinenbaufirma in Yorkshire dichtmachen muss?«

»Das ist die Globalisierung«, sagt Mr. Tyldesley.

»Es sind die verdammten Banker«, sagt Mr. Kenny.

»Es ist wie die große Tulpenblase, nicht wahr, Alan?«, sagt Miss Hippo mit einem albernen Lächeln (Zicke!).

In der Mittagspause, als Clara gerade ins Lehrerzimmer will, um die Diskussion fortzusetzen, kommt Jason Taylor auf dem Gang zu ihr.

»Bitte, Miss, können Sie mich sponsern?« Er hält ein zerknittertes Papier hoch, das voll mit krummen, von Hand gezeichneten Linien ist.

»Du weißt, dass das nicht geht, Jason.«

»Bitte, Miss, es ist für meine Mam«, bettelt er. »Für einen neuen Herd.« Er hat graue Streifen und Flecken um die Augen, als hätte er geweint.

»Tut mir leid, Jason. Was ist denn passiert?«

»Der Herd ist explodiert, und jetzt hat Edenthorpe dichtgemacht, also kriegt sie kein Geld mehr, und jetzt muss sie sich entscheiden, ob sie einen neuen Herd oder die Üpotheke zahlen soll.«

Sagt er die Wahrheit? Bei Jason weiß man nie, was man glauben soll. Er ist vielleicht der Letzte in der Klasse, wenn es ums Lesen geht, aber dafür hat er die beste Nase fürs Geschäft.

»Die Sache ist doch heute erst passiert, Jason. Wie kann sie jetzt schon mit den Zahlungen im Rückstand sein?«

Seine Antwort kommt so prompt, als hätte er mit der Frage gerechnet. »Wegen dem Handyvertrag kriegt sie den neuen Herd aus dem Katalog nicht.«

»Aber warum –?«

»Weil wir in den Ferien nach Cromer gefahren sind. Mit meiner Oma.«

»Cromer?«

»Letzten August. Meine Oma hat einen Wohnwagen da. Das war echt schön. Ich hab mit so ’ner Kleinen rumgemacht. Aber in dem Monat hat meine Mam vergessen, ihre Handyrechnung zu bezahlen. Und dann ist der Herd explodiert. Und dann hat sie einen Brief gekriegt, in dem steht, wenn sie die Üpotheke nicht zahlt, reportionieren sie uns um.«

»Reportionieren?«

»Sie nehmen uns das Haus weg, Miss.« Er starrt auf den Boden vor ihren Füßen.

Sie will ihn in den Arm nehmen und drücken, aber so was dürfen Lehrer heutzutage nicht mehr. Gleichzeitig fragt sie sich, wie viel von seinem verworrenen Bericht über die Taylor’schen Finanzen wahr ist und wie viel er dazuerfunden hat. Ist der Herd wirklich explodiert? Wurde jemand verletzt? Warum hat Mrs. Taylor eine Hypothek, wenn alle anderen hier in Sozialwohnungen leben? Und an irgendetwas erinnert sie das Wort Cromer …

»Kann dein Vater denn nichts machen, Jason?«

»Mein Vater ist tot, Miss. Er war ’n Kriegsheld. Deswegen ham sie Mam überhaupt die Üpotheke gegeben.«

»Wirklich?«

Spielt er es oder hört sie wirklich einen Anklang von Stolz in seiner Stimme?

»Ja, und der Mann hat gesagt, es spielt keine Rolle, ob mein Dad tot ist, weil sie Mam weiter seinen Lohn geben müssen, als ob er noch lebendig wär.«

»Wer hat das gesagt?«

»Der, der ihr die Üpotheke gegeben hat. First Class Finance.«

Clara seufzt und weiß, hier ist sie überfordert. »Deine Mum

braucht jemanden, der sie richtig berät, Jason. Für solche Fälle gibt es die Bürgerberatungsstelle.«

»Da war sie schon. Die können nix machen.«

»Warum geht sie nicht zu dem Stadtrat, mit dem sie am Gemeindetag geredet hat? Malcolm Loxley? Vielleicht kann er helfen.«

Schulterzuckend nimmt Jason seine Blätter. »Ich geh mal zum Hausmeister. Der hilft mir sicher wegen dem Herd.«

Einen Moment später sieht sie durchs Fenster, wie er in Richtung Heizkeller stapft.

Um vier wartet Clara im leeren Klassenzimmer auf Oolie, die nach der Arbeit von Edna, der Managerin, in der Schule vorbeigebracht werden soll, weil Marcus und Doro bei einem Treffen der Kleingärtner sind. Sie räumt die Spuren des Schultags weg und sortiert die Bücher nach Schwierigkeitsgrad, während sie die Uhr im Auge behält. Bald ist es auch mit Oolies Job zu Ende, denkt sie. Gerade als sie angefangen hat, sich zu lösen und ihr eigenes Leben zu leben. Selbst das bisschen finanzielle Unabhängigkeit – das Feriengeld, das sie in der Kaffeedose sammelt, die Freiheit, sich Süßigkeiten zu kaufen, wenn Doro es nicht mitbekommt – hat ihr Selbstvertrauen gestärkt. Natürlich wird es andere Familien viel schwerer treffen. Jason ist immer noch da, wie sie sieht, er steht im Regen am Tor und tritt von einem Fuß auf den anderen. Warum kommt er nicht rein und wartet drinnen? Er hat sich die Baumwollkapuze über den Kopf gezogen, doch sie ist schon völlig durchweicht. Er erinnert sie an einen durchnässten grauen kleinen Welpen.

Endlich fährt Ednas silberner Corsa auf den Parkplatz und Oolie steigt aus und hält sich eine Plastiktüte über den Kopf. Clara winkt ihr durchs Fenster, zieht sich den Regenmantel über und geht hinaus. Sie winken Edna nach, als sie abfährt.

Jason stellt sich zu ihnen. »Hey, Miss, ist das Ihre Spasti-Schwester?«

Er und Oolie grinsen sich an, in gegenseitigem Wiedererkennen.

In diesem Moment kommt eine Frau in einem schwarzen Regenmantel mit einem roten Regenschirm die Straße heraufgehastet, wobei sie mit ihren hochhackigen Schuhen sorgfältig den Pfützen ausweicht – ja, es ist Megan. Clara ist sich ganz sicher. Ihr Gesicht ist älter, und ihr Haar, das früher lang war, ist kurz und glatt. Doch ihre Augen sind dieselben – groß, graugrün, wachsam.

»Tut mir leid, dass ich so spät dran bin, Schätzchen«, sagt sie, als Jason ihr entgegenläuft.

»Megan?«

Clara tritt einen Schritt vor, lächelt zögernd, weil sie nicht weiß, wie viel Herzlichkeit angemessen ist, und Megan lächelt zurück. Dann fällt Megans Blick auf Oolie, und ihr Lächeln vergeht. Sie starrt sie an. Oolie starrt zurück.

»Julie? Julie-Anna?«, sagt sie leise.

»Oolie-Anna, du Dussel«, sagt Oolie.

Unvermittelt bricht Megan in ein langes, zitterndes Schluchzen aus.

»Was ist denn mit der los?«, flüstert Oolie laut.

Megan lässt den Schirm fallen und schließt Oolie in die Arme.

»Lass mich!« Oolie will sich losmachen, tritt in eine Pfütze und zieht Megan mit.

»Hey, Oma! Vorsicht, hier kommt Mighty Duck!« Jason nimmt Anlauf und springt zu ihnen in die Pfütze.

Schlammiges Wasser spritzt auf.

»Hör auf, Jason!«, schreit Megan, die immer noch Oolie umklammert hält.

»Plitschplatsch! Plitschplatsch!« Oolie reißt sich aus Megans Umarmung los und hüpft in der Pfütze herum.

»Hört auf! Oolie! Jason!«, ruft Clara.

Aber die beiden haben sich inzwischen in einen hysterischen Lachanfall hineingesteigert und hören nicht auf mit dem Springen und Spritzen. Megan hat ein Taschentuch herausgeholt und tupft sich die Augen ab, wobei sie die Wimperntusche zu zwei riesigen Pandaaugen auf dem halben Gesicht verschmiert. Der Regen ist stärker geworden. Jetzt sind sie alle völlig durchnässt.

»Megan? Ich bin's, Clara«, sagt Clara zu Megan. »Erinnerst du dich?«

»Natürlich erinnere ich mich, Liebes!« Sie nimmt noch ein Taschentuch heraus, doch ihre Hände zittern so, dass ihr das Päckchen in die Pfütze fällt. »Wohnst du hier in der Gegend?«

»Ich lebe in Sheffield. Aber meine Eltern sind noch in Doncaster. Hardwick Avenue. Erinnerst du dich an Marcus und Doro?«

»Ja, natürlich. Natürlich erinnere ich mich, Liebes. Wie geht es ihnen?«

»Gut. Warum kommst du nicht mit und sagst Hallo?«

Megan zögert.

Jason sagt: »Ja, Oma, komm!«

»Komm! Komm!«, schreit Oolie.

Eine Windbö packt den roten Schirm und wirbelt ihn hinauf in den Himmel.

Doro

Nur eine kaputte Schüssel

Das Treffen der Kleingärtner war mehr eine Totenwache als ein Aktionsplan, und als Doro an ihre kleinen winterharten Frühkohlsetzlinge dachte, die nun niemals zu richtigen Kohlköpfen heranwachsen würden, brach sie plötzlich in Tränen aus und musste von Marcus nach Hause gefahren und getröstet werden.

Und so liegen sie zufällig miteinander im Bett, als es an der Tür klingelt – um halb fünf – und ihr siedend heiß einfällt, dass Oolie heute von Clara nach Hause gebracht wird. Sie springt auf und sucht eilig ihre Kleider zusammen. Edna und Oolie halbausgezogen gegenüberzutreten, ist eine Sache – sich dem wissenden, leicht herablassenden Lächeln ihrer älteren Tochter auszusetzen, ist etwas ganz anderes.

»Moment, bin gleich da«, ruft sie, obwohl Clara einen Schlüssel hat und auch schon aufgeschlossen hat, als sie die Treppe runterläuft und sich noch die Strickjacke zuknöpft. »Ich hab nur einen kleinen Mittagsschlaf gemacht«, sagt sie und fängt Claras Blick auf. »Eine Frau darf sich doch mal hinlegen, oder?«

»Ich habe Besuch mitgebracht«, sagt Clara.

Hinter Clara im Flur zieht Oolie sich die nasse Jacke aus, und eine Frau und ein Junge wischen sich die Füße ab.

»Hallo, kommt doch rein«, sagt Doro und sieht die beiden neugierig an. Wer sind sie? Der Junge kommt ihr vage bekannt vor: blasse Haut, große graue Augen, die Art, wie er schlurft.

Auch die Frau kommt ihr bekannt vor. Sie lächelt Doro an und scheint ihre Verwirrung lustig zu finden.

»Hallo, Dad«, sagt Clara und grinst Marcus an, der jetzt in Socken die Treppe herunterkommt und sich dabei die Jeans zumacht. »Hast du auch Mittagsschlaf gemacht?«

»Mhm.« Er reibt sich die Augen. Dann reibt er sich noch mal die Augen. »Megan?«

Ja, es ist Megan. Gemischte Gefühle wallen in Doro auf.

»Wie schön, dich zu sehen«, sagt sie und hofft, ihre Worte klingen ehrlicher, als sie sich anfühlen. Manchmal sollte die Vergangenheit Vergangenheit bleiben – in letzter Zeit mischt sie sich zu sehr in die Gegenwart ein.

»Megan und ich sind uns vor der Schule in die Arme gelaufen«, sagt Clara. »Sie ist Jasons Großmutter.«

»Was du nicht sagst«, antwortet Doro. (Ist Jason der Junge, der am Gemeindetag gemeinsam mit Oolie das Chaos angezettelt hat?)

»Und Jason ist Carls Sohn«, erklärt Megan, indem sie einen roten Schirm ausschüttelt. »Erinnerst du dich an Carl?«

Doro erinnert sich an den mürrischen kleinen Jungen, der unterm Küchentisch Insekten ermordet hat; doch sie erinnert sich auch an das, was Janey gesagt hat.

»Er ist gestorben …?«

»Eine Bombe am Straßenrand. In Helmand. Es stand in allen Zeitungen.« Trauer und ein Hauch von Stolz klingen in Megans Stimme mit. »Dabei wollte er gar nicht zur Armee. Er wollte zur Uni wie ihr alle. Er hat euch so gern beim Reden zugehört. Wisst ihr noch, wie er immer unter dem Tisch saß und zugehört hat? Aber an seiner Schule gab es keine Hochschulreife, und das weiterführende Kolleg hat nichts gebracht. Also ist er zur Armee. Sagte, er wollte die Welt sehen.« Sie lässt den Kopf sinken, und trotz des roten Lippenstifts und der Stöckelschuhe sieht sie plötzlich arm und alt aus.

»Er war 'n Kriegsheld«, sagt Jason.

Was für eine Schande. Was für eine schreckliche Verschwendung, denkt Doro.

»Kommt rein, ich mache uns einen Tee«, sagt sie.

Sie folgen ihr in die Küche. Die Reste des Mittagessens stehen noch auf dem Tisch.

»Setzt euch. Entschuldigt die Unordnung.«

»Erinnert ihr euch an den Dreck in der alten Villa?« Megan grinst, bis sie Doros Blick auffängt. »Tut mir leid. War nicht so gemeint.«

Doro beißt sich auf die Zunge. In der Haushaltsbrigade hat Megan damals nicht gerade an vorderster Front gekämpft. Wütend räumt Doro den Tisch ab, setzt Wasser auf und sucht nach Keksen, aber es sind keine da – Oolie muss ihren Geheimvorrat entdeckt haben.

Jason und Oolie haben sich ins Wohnzimmer verzogen und rangeln um die Fernbedienung.

»Magst du Russell Brand?«, hört sie Oolie fragen.

»Der sieht aus wie 'ne Tunte«, sagt Jason, »mit den langen fettigen Haaren.«

»Ich will mit ihm poppen.«

»Nur Spastis stehen auf Russell Brand.«

»Halt den Mund, Jason«, knurrt Megan.

»Apropos lange Haare, neulich sind wir Chris Howe begegnet«, sagt Marcus. »Erinnerst du dich noch an den?«

»War das der Typ, der immer seine Nudel raushängen ließ?« Megan lacht, dann wird sie still und sieht von Marcus zu Doro zu Clara.

Was ist da los? Doro fühlt sich unbehaglich. »Ich habe Janey Darkins bei Woolworth getroffen. Sie sagt, du wohnst jetzt in Elmfield.«

»Die blöde Gans. Je weniger ich von der zu sehen bekomme, desto besser.«

Diese Vehemenz überrascht Doro. Doch dann fällt es ihr wieder ein. Bruno.

»Hast du noch Kontakt zu Bruno?«

Megan zuckt die Schultern. »Er ist nach Italien zurück, oder?«

Doro gießt kochendes Wasser in die alte braune Teekanne und bemerkt, ohne aufzusehen: »Janey sagt, dass er nicht Oolie-Annas Vater ist.« Sie sagt es nebenbei, aber der Satz fällt wie ein Ziegelstein in einen Brunnen der Stille.

Clara sieht sich mit einem merkwürdigen Gesichtsausdruck um. Megan kramt in ihrer Handtasche und fischt ein Päckchen Marlboros und ein Plastikfeuerzeug heraus.

»Macht es was, wenn ich rauche?«

»Nein. Aber …«

»Geht die blöde Gans nichts an, oder?« Sie inhaliert tief und atmet seufzend den Rauch aus.

Marcus sucht einen Aschenbecher und stellt ihn vor sie auf den Tisch. Doro glaubt, einen kurzen Blickaustausch zwischen ihm und Megan gesehen zu haben.

»Habt ihr keine Kekse?«, fragt Clara und stellt die Tassen und die Milchkanne auf den Tisch.

»Nein«, sagt Doro.

Schweigend schenkt sie Tee ein, als könnte ein Wort die angespannte Stimmung in der Küche zum Explodieren bringen. Megan beobachtet Oolie und Jason durch die offene Tür. Doro kann ihren Gesichtsausdruck nicht deuten.

Clara ruft: »Oolie, Jason, wollt ihr eine Tasse Tee?«

Sie kommen in die Küche, einander anrempelnd.

»Gibt's keine Kekse?«, fragt Oolie.

»Irgendwer hat sie alle aufgefuttert«, sagt Doro. »Ich frage mich, wer das wohl gewesen sein könnte.«

»Der Hamster war's«, sagt Oolie. »Ich hab's gesehen. Der kleine Stinker.«

Doro lacht. Leute aufzuziehen ist auch etwas, das Oolie bei Edenthorpe gelernt hat. »Oolie, das ist so was von geschwindelt!«

»Wenn ich meine eigene Wohnung habe, will ich einen Hamster.«

»Sie bekommt eine eigene Wohnung?«, fragt Megan.

»Ja, weil's Mr. Clemmins gesagt hat.«

»Wer ist Mr. Clemmins?«

»Mr. Clements ist der Sozialarbeiter«, sagt Doro. »Es steht noch zur Diskussion. Ich schätze, jetzt, wo du wieder da bist …« Sie bricht ab. Ihr Herz schlägt wild. Jetzt, wo Megan wieder da ist, wird sie ihr Oolie wegnehmen? Oolies Leben an sich reißen?

»Ich kann helfen«, sagt Megan. »Ich meine, ich kann mich auch um sie kümmern. Wenn sie ihre neue Wohnung hat. Wenn es euch nichts ausmacht.«

»Warum sollte es mir was ausmachen?« Doro fragt sich, warum es ihr so viel ausmacht.

»Die Miss hat unseren Schulhamster kaltgemacht, nicht wahr, Miss?«, sagt Jason.

»So ein Quatsch!«, sagt Clara.

»Willst du mein Zimmer sehen?« Oolie packt Jasons Arm und zieht ihn zur Tür. Er grinst und zeigt seine Zähne, die aussehen wie schiefe graue Stummel.

»Ich glaub, ich lande hier 'nen Treffer, Miss.« Er zwinkert Clara zu.

Was für ein grauenhafter kleiner Junge, denkt Doro; kein Wunder, dass Clara seltsam wird, wenn sie den ganzen Tag mit einer ganzen Klasse solcher Bengel zu tun hat.

»Ich komm auch mit«, sagt Clara, und dann marschieren sie zu dritt nach oben und poltern auf der Treppe wie eine Armee von Holzbeinen.

Megan sieht ihnen hinterher, mit einem katzenhaften Ausdruck in den graugrünen Augen. »Sie ist ein lustiger Vogel, oder?«

Sie zieht den Zigarettenrauch tief in die Lunge und atmet ihn hustend wieder aus. Doro sieht, dass ihre Hände zittern.

»Danke, dass wir sie bei uns haben durften«, sagt Marcus.

Wieder treffen sich sein und Megans Blick, und Doro denkt, ja, er hat die richtigen Worte gesagt, aber da ist noch etwas Ungesagtes, etwas, das darauf wartet, endlich ausgesprochen zu werden.

»Was ich nicht verstehe«, sagt sie, und jetzt dringt der Groll durch die Fassade ihrer Höflichkeit, »wie konntest du einfach gehen und sie zurücklassen?«

Megan hustet wieder, beugt sich vor und bedeckt ihr Gesicht mit den Händen.

Oben scheint sich die holzbeinige Armee in die Schlacht gestürzt zu haben. Getrampel ist zu hören, dann ein Rumms, gefolgt von einem Schrei. Marcus springt auf und läuft die Treppe hoch.

Doro rollt die Augen und seufzt: »Kinder!«

Dann merkt sie, dass Megan angefangen hat zu weinen.

»Es tut mir leid. Ich wollte dich nicht traurig machen. Aber ich will einfach wissen, warum du sie zurückgelassen hast.«

Megan sucht in ihrer Tasche nach Taschentüchern, ohne etwas zu sagen.

»Hast du sie nicht geliebt? Hast du sie nicht vermisst?«

Wieder bricht Megan in Schluchzen aus und heult wie ein kleines Kind. »Er wollte sie nicht. Er hat gesagt, er würde Carl nehmen, aber nicht Julie.«

»Wer war er?«

»Nur so ein Kerl. Ein Geschäftsmann. Aus Leeds. Es hat nicht mal besonders lang gehalten. Er hat gesagt, ich muss mich entscheiden, entweder sie oder er.«

Doro rückt ihren Stuhl näher heran und legt den Arm um sie. »Und du hast dich für ihn entschieden?«

Megan heult Rotz und Wasser. »Ich dachte, bei euch wird sie glücklich sein. Ich dachte, ihr werdet euch besser um sie kümmern, als ich es könnte.«

Verzweifelt wischt sie sich mit dem Ärmel über das Gesicht.

Doro holt die Küchenrolle und stellt sie auf den Tisch. »Du dachtest, dass sie bei uns besser aufgehoben ist, weil Marcus ihr …«

»Ja. Du gibst mir die Schuld, als wäre ich ein Ungeheuer, aber ich dachte, er hätte es dir längst gesagt.« Sie greift nach der nächsten Zigarette, doch ihre Hände zittern so stark, dass sie nicht mal das Feuer an die Spitze halten kann. »Aber es war auch deinetwegen, Doro. Du hast sie so lieb gehabt. Danke, dass du dich um sie gekümmert hast. Ich habe nie Danke zu dir gesagt, oder? Sie ist so ein wunderbarer Mensch geworden.«

»Es war …« Doro hält inne, während sie versucht, die Gedanken einzufangen, die ihr durch den Kopf wirbeln.

Meine Pflicht? Eine Kleinigkeit? Jemand musste es tun? Es war es wert? Gern geschehen?

»Es war gar nichts!«, ruft Marcus die Treppe herunter. »Nur eine Schüssel, die kaputtgegangen ist.«

Die Dunkelheit ist vollkommen. Dann, irgendwann, taucht hinter den Vorhängen ein graues Rechteck auf, mit einem blass silbernen Streifen in der Mitte, wo die Vorhänge nicht ganz geschlossen sind. Sie liegt da und sieht zu, wie das Grau heller wird, und dann hört sie Vogelgezwitscher. Eine Drossel. Eine Amsel. Und ein paar Geräusche, die sie nicht einordnen kann. Sie lauscht. Es muss Morgen sein. Wie lange ist sie schon wach und versucht wieder einzuschlafen? In der Dunkelheit des Zimmers hört sie ihn atmen – kurze, flache Atemzüge. Kein Schnarchen.

»Marcus? Bist du wach?«

»Ja. Du auch?«

»Ja.«

»Du bist nicht wütend auf mich, oder, Doro?« Er nimmt sie in die Arme, zieht sie in seine schläfrige Wärme.

Sie windet sich ein bisschen, dann entspannt sie sich. »Nein, nicht sehr.«

»Nicht sehr?«

»Warum hast du es mir nicht gesagt?« Sie ist froh, dass es dunkel ist und er nicht sieht, wie sie die Lippen zusammenpresst.

»Erst war ich mir nicht sicher. Und dann, je länger ich gewartet habe, desto schwieriger wurde es.«

»Ich wünschte, du hättest es mir gesagt.«

»Das wünschte ich auch. Aber es hätte nichts verändert, oder?«

Sie denkt darüber nach, wie anders ihr Leben ohne Oolie hätte verlaufen können. Vielleicht wäre sie zurück nach London gezogen. Vielleicht hätte sie Karriere gemacht und wäre an ihrem College Rektorin geworden. Vielleicht wäre sie nach Italien gegangen und hätte Bruno geheiratet. Vielleicht hätte sie einen Bestseller geschrieben. Vielleicht wäre sie Guru geworden. Vielleicht …

»Nein, wahrscheinlich nicht«, sagt sie.

Clara

Die ALM

Clara bringt die Klasse mit einem uralten Trick zur Ruhe, nämlich indem sie den Schülern die Aufgabe stellt, etwas über ihre Familie zu schreiben. Sie wünschte, sie könnte sich wie einst Mrs. Wiseman zum Rauchen rausschleichen, doch stattdessen starrt sie aus dem Fenster und denkt darüber nach, ob die kaputte Schüssel gestern, die noch den Rest von Oolies Frühstücks-Porridge enthielt, ein Unfall war oder ob Jason Oolie absichtlich geschubst hat. Die Art, wie er gegrinst hat, als Clara mit ihm schimpfte, war irgendwie verräterisch. Seltsam, dass er heute nicht in der Schule ist, aber auf seine Anwesenheit ist auch in den besten Zeiten kein Verlass.

Sie entdeckt schon wieder einen kleinen Haufen schwarzer Brösel unter ihrem Stuhl, den irgendjemand da hinterlassen hat. Sie muss es den Putzleuten zeigen, bevor sie nach Hause fährt.

Doch nach dem Unterricht kommt Robbie Lewis zu ihr ans Pult.

»Ich hab grad eine SMS von Jason gekriegt, Miss. Der Gerichtsvollzieher kommt zu ihm. Er fragt, ob Sie vorbeikommen können? Das wird lustig.«

Falls Jackie und Jason wirklich vor die Tür gesetzt werden, kann sie wahrscheinlich nichts dagegen tun, aber sie beschließt, trotzdem vorbeizufahren.

Es ist nach vier, und der Verkehr wird dichter, als sie sich durch die Siedlung schlängelt. Die Taylors wohnen in der Hawthorn Avenue, bekannt unter dem Spitznamen »die Alm«. Als sie in die kleine Straße mit den schmuddeligen Backsteindoppelhäusern einbiegt, entdeckt sie ein Stück weiter einen schnittigen schwarz glänzenden Geländewagen mit der Aufschrift »First Class Finance«, der auf dem Bürgersteig parkt. Sie klingelt, und Jason macht auf. Er trägt ein Erwachsenen-T-Shirt, das ihn fast verschluckt, und grinst sie frech an.

»Mam, meine Freundin ist da!«, ruft er ins Haus.

Drinnen ist es unglaublich heiß, und es riecht nach frittiertem Essen, Katzenpisse und Raumspray. Irgendwo läuft ein Fernseher, dröhnende Stimmen, die von sperrfeuerartigen Lachsalven unterbrochen werden. Der Fußboden ist zugemüllt mit Kleidungsstücken, Schuhen, Verpackungen, unidentifizierbaren Plastikteilen, es sieht aus wie auf einem Schlachtfeld. An einer Wand stehen vollgestopfte Pappkartons. Während sie im Flur wartet und überlegt, ob sie ihren Wagen abgeschlossen hat, taucht Mrs. Taylor auf, zerbrechlich und mädchenhaft in engen Jeans und einer weißen Bluse.

»Man hat mir gesagt, dass …«

»Kommen Sie rein, Miss. Jason, setz Wasser auf.«

»Ich habe den Wagen von Mr. First Class Finance draußen gesehen …«

»Trev Fertle. Tricky Trev nennen wir ihn. Der macht viele Geschäfte auf der Alm.«

»Warum eigentlich Alm?«

»ALM. Allee der ledigen Mütter. Wir sitzen hier alle auf irgendwelchen Hypotheken. Und jetzt verlangt er, dass ich mich konsolidiere.«

»Was heißt das?«

»Ich glaube, es heißt, ich soll noch einen Kredit aufnehmen. Aber wissen Sie, ich habe meine Stelle verloren …« Sie seufzt.

»Das tut mir leid. Jason sagt, der Gerichtsvollzieher kommt. Und dass Sie einen neuen Herd brauchen.«

»Gerichtsvollzieher? Herd? Dieser Bengel! Jason? Was erzählst du den Leuten?«

Bevor er antworten kann, klingelt es.

Mrs. Taylor macht die Tür einen Spalt auf. »Du kannst jetzt nicht reinkommen, Trev. Ich habe Besuch.«

Aber der Mann hat schon den Fuß in die Tür geschoben; er stemmt sie auf und drängt sich an Mrs. Taylor vorbei in den Flur. Clara steht im Wohnzimmer und fragt sich, ob sie sich einmischen soll.

»Du hast mich ja ziemlich hängen lassen, Jackie!« Mr. First Class Finance ist gegelter und aufgedrehter als je zuvor. »Siehst du die Karre da draußen, Jackie? Weißt du, wie viel das Ding gekostet hat? Fünfzig Mille. Wie soll ich das Baby jetzt abzahlen?«

Er hüpft von einem Fuß auf den anderen. Seine Jeans sehen aus, als würden sie ihm jeden Moment von den Hüften rutschen.

»Ich hab dir doch gesagt, dass ich meinen Job verloren hab. Ich habe noch Schulden bei meinem Handyvertrag.«

»Ich muss meinen Laden am Laufen halten, Jackie. Ich habe Ausgaben.« Er tritt gegen einen der Kartons, hinterlässt eine Delle in der Pappe. »Hast du etwa vor abzuhauen? Mich in der Scheiße sitzen zu lassen?«

»Lass mir eine Verschnaufpause, Trev. Nur ein paar Wochen.«

»Du bist ein schlimmes Mädchen, Jackie.«

Clara sieht zwar seinen Blick nicht, aber sie hört die Drohung in seiner Stimme.

»Und ich stehe auf schlimme Mädchen. Ich hab dich schon immer scharf gefunden, Jackie.«

Er streckt die Hand aus. Jackie weicht zurück.

»Sei nicht so ein Wichser, Trev.«

Jetzt eilt Clara auf den Flur, um ihr zu helfen.

Trevs Augen glitzern, als er sie wiedererkennt. »Wow! Da ist ja auch die sexy Lehrerin!«

»Herrgott noch mal!«

»Lass die Finger von meiner Mam! Und von meiner Freundin. Oder ich zeig's dir!« Jason plustert sich unter seinem riesigen T-Shirt auf.

»Du kleiner Scheißer? Dass ich nicht lache. Siehst du das hier?« Er macht den Reißverschluss seiner Jacke auf, packt Jason am Ohr und zieht seinen Kopf ans Label. »Echt Versatsche. Und jetzt verpiss dich, solange ich mich mit den Ladys unterhalte.«

»Aua! Lass los!«

»Hören Sie sofort auf!«, bellt Clara mit derselben Stimme, mit der sie auf dem Schulhof die Raufbolde anschreit. »Sie vergreifen sich an einem Minderjährigen!«

Sie packt ihn am Ärmel. Er zieht den Arm weg. Mit einem Ratschen reißt der Ärmel ab.

»Jetzt sieh dir an, was du gemacht hast! Weißt du, wie viel das Ding gekostet hat?« Sein Gesicht wird lila wie eine Sturmwolke, und seine Pickel leuchten wie glühende Nadelköpfe.

»Sieht aus wie echt Schund.« Clara wirft den Ärmel auf den Boden und stampft darauf herum.

Es klingelt an der Tür.

Niemand rührt sich.

Aber wer immer es ist, er hat einen Schlüssel, ein Knacken ist zu hören, und im nächsten Moment geht die Tür auf und Megan kommt herein: roter Lippenstift, rote Stöckelschuhe, roter Schirm. Sie sieht viel selbstbewusster und farbenfroher aus, als Clara sie von der Kommune in Erinnerung hat.

»Was ist hier los? Jason hat mich angerufen.« Sie wendet sich an Mr. First Class Finance. »Egal was du zu verkaufen hast, Tricky, sie will es nicht.«

»Wow, jetzt auch noch die Glämmer-Omma! Ich bin dabei!«

»Verpiss dich, Schmarotzer!« Megan sticht mit dem Schirm nach ihm.

Das Ganze fängt an, richtig Spaß zu machen. Clara packt ihn am anderen Ärmel und zieht.

Megan zerrt an seinem Gürtel. »Runter mit der Buxe!«

»Oh ja! Drei Weiber auf einmal! Aber passt auf mein Hemd auf, das ist Ralph Lauren! Ich nehm die Omma zuerst.«

»Du dreckiger Scheißhaufen!«, schreit Jason. »Vorsicht, Oma!«

Er nimmt Anlauf, bückt sich und rammt den gesenkten Kopf Trev in den Schritt. Trev heult auf und sinkt in die Knie.

»Gut gemacht, Jason«, schnurrt Megan. Sie zwinkert Clara zu. »Der Doncaster-Kuss.«

Clara lächelt nervös.

Es klingelt.

Jason macht auf, und Stadtrat Loxley kommt herein, in einem grauen Anzug und mit stählerner Miene. Er sieht sich mit Luchsaugen um.

»Jemand hat bei mir im Büro angerufen«, sagt er. »Wie kann ich helfen?«

Clara sieht ihm einen Moment in die Augen und zuckt überrascht mit den Schultern.

Mr. First Class Finance hebt den Kopf. »Dad ...«

»Halt den Mund«, zischt der Stadtrat. »Ich bin nicht dein Vater. Verstanden? Ich hab dich gewarnt ...«

»Oh, vielen Dank, Sir, dass Sie gekommen sind, Sir!« Jackie wirft ihm die Arme um den Hals. Der oberste Knopf ihrer Bluse springt auf.

Es klingelt.

Der Stadtrat rückt sich die Krawatte zurecht, Jackie richtet sich die Bluse, Megan wickelt sich den Gürtel um die Hand. Trev stopft die abgerissenen Ärmel in die Tasche. Clara hält die Luft an, als Jason die Tür aufmacht.

Auf dem Gehweg steht ein massiger, fett gewordener Muskelmann inklusive Tätowierungen und Netzhemd. Er schiebt eine Transportkarre. Auf der Transportkarre steht ein riesiger nagelneuer weißer Herd. Hinter dem Muskelmann und dem Herd steht Mr. Philpott. Er hat einen Strauß rote Rosen in der Hand.

»Schöne Nymphe!«

Er tritt vor und hält Jackie die Rosen hin. Er trägt seinen braunen Anzug und verströmt einen süßlichen Hauch, der verdächtig nach Desinfektionsmittel riecht. Jackie schlägt die Hände vors Gesicht.

»Jason, was hast du bloß angestellt?«, zischt Megan. »Jetzt geh und mach uns eine Tasse Tee.«

Ein Lächeln huscht über Jasons Gesicht.

»Hören Sie, Freundchen«, bellt der Stadtrat, »das Ding wird hier nicht gebraucht. Packen Sie's wieder ein und verschwinden Sie.«

»Verschwinde selber!« Mr. Philpott schwenkt theatralisch die Arme. »In ein Nonnenkloster geh! Ich kannte deine Familie schon, als ihr noch in den Prospects gewohnt habt, Malc Loxley. Als du und deine Vettern das Blei vom Kirchendach geklaut habt. Und den hier und seine Bande landloser Abenteurer – « mit dem Finger zeigt er auf Trev –, »euch hätte man damals wegen Brandstiftung ins Kittchen stecken sollen. Aber es wurde ja alles vertuscht.«

»Passen Sie auf, was Sie sagen«, sagt der Stadtrat drohend.

»Was für ein Brand?«, fragt Clara.

»Wollen Sie jetzt den Herd oder nicht?« Der Muskelmann wird ungeduldig.

»Ja, bring ihn in die Küche!«, befiehlt Mr. Philpott.

»Nein!«, schreit Jackie. »Ich will ihn nicht. Mit meinem Herd ist alles in Ordnung!«

»Warte mal, Kumpel. Das ist ein guter Herd.« Mr. First Class Finance betrachtet das Gerät geschäftstüchtig. »Ja, nicht übel. Was willst du dafür? Vielleicht ...«

Plötzlich hat Mr. Philpott einen listigen Ausdruck in den Augen. Jackie sieht erleichtert aus. Megan sieht verwirrt aus. Der Muskelmann sieht muskulös aus. Der Stadtrat sieht auf seine Uhr. Clara sieht vom Stadtrat zu Mr. First Class Finance – ja, es besteht eindeutig eine Ähnlichkeit. Dann taucht Jason mit einem Tablett mit acht Tassen Tee auf – heiß, stark und süß.

Als sie aufbricht, sieht Clara im Rückspiegel, dass der schwarze Geländewagen rückwärts vor das Haus gefahren ist und Mr. Philpott, der Muskelmann, Mr. First Class Finance und der Stadtrat gemeinsam dabei sind, den riesigen, nagelneuen Herd in den offenen Laderaum zu stemmen. Jackie, Megan und Jason stehen daneben und sehen zu. Jason wirft ihr einen Kuss zu, als sie davonfährt.

Bevor sie die M18 erreicht, ist die Dämmerung hereingebrochen. Lila Streifen ziehen sich über den Himmel, aber die Landschaft ist flach und farblos, gesprenkelt mit dunklen Büschen und Hecken und kleinen Backsteinhäusern, um die sich die Schatten zusammenziehen. Der Berufsverkehr hat sich aufgelöst, und der Abendverkehr hat noch nicht angefangen. Wo die A6182 die Bahngleise kreuzt, befindet sich eine mit Büschen bewachsene Senke, ein Lieblingsplatz für illegale Müllablader. Anscheinend war da wieder jemand am Werk, wie Clara sieht. Dann fällt ihr auf, dass ihr die Menge und Fülle der schwarzen Säcke, die hier abgeladen wurden, irgendwie bekannt vorkommt.

Sie ist erschöpft und hungrig und könnte einfach weiterfahren, auf dass der Müll vom Wind verweht wird oder sich jemand anderes darum kümmert – aber zu dieser Sorte Mensch gehört sie nicht. Stattdessen tritt sie auf die Bremse, legt den Rückwärtsgang ein und sieht sich die Sache an. Ja, es stimmt, es sind die Recyclingsäcke aus der Schule, die Mr. First Class Finance mitgenommen hat.

Sie öffnet den Kofferraum und schiebt den Kram, der sich darin angesammelt hat, beiseite, um Platz zu schaffen. Hinter einem Karton mit Zeitungen, die auf Entsorgung warten, entdeckt sie etwas Grünes. Ihr Portemonnaie – das, von dem sie dachte, Jason hätte es geklaut. Es muss aus ihrer Tasche gefallen sein. Sie macht es auf: Die Kreditkarten, die drei Zehnpfundscheine, alles ist da.

Sie lädt so viele Müllsäcke in den Kofferraum, auf den Beifahrersitz und auf die Rückbank, wie sie hineinbekommt, und fährt damit nach Sheffield. Der Rest muss warten.

Serge

Dr. Dhaliwal

Serge bringt es nicht über sich, am Montag zur Arbeit zu gehen – ehrlich gesagt weiß er nicht, ob er es je wieder über sich bringen wird –, aber um sich für Dienstag Rückendeckung zu holen, lässt er sich bei einem Allgemeinarzt in der Gegend einen Termin geben, einem Dr. H. Dhaliwal, der sich als dünne, gestresste Frau entpuppt, die kaum älter ist als er und die ihn genau nach dem Unfall ausfragt.

Warum hat er den Sturz nicht mit dem Arm abgefangen? Hat er das Bewusstsein verloren?

Er weiß es nicht.

Sie bestätigt, dass seine Nase gebrochen ist, und hört sein Herz in einer Weise ab, die er vage erotisch findet. Keiner hat sich für seinen Körper interessiert, seit … seit … Seine Augen werden feucht.

Wie er heimgekommen sei, fragt sie.

Er will nicht ins Detail gehen, also sagt er, dass er sich nicht erinnern kann.

»Sie leiden also an Gedächtnisverlust?«

»Vollkommen.«

Sie diagnostiziert eine leichte Gehirnerschütterung, schickt ihn ins Krankenhaus, um einen Haufen Tests durchführen zu lassen, und sagt ihm, dass er eine Woche lang die Finger vom Alkohol lassen und sich krankmelden soll.

»Soll ich noch mal herkommen?«

»Nur, wenn die Symptome wieder auftreten.«

Ich bin ein Symptom! Mein ganzes Leben ist ein Symptom! Helfen Sie mir, Dr. Dhaliwal!

»Danke, Frau Doktor.«

Sie lächelt liebenswürdig. Sie hat ziemlich süße Grübchen.

Er weiß nicht, was dran ist an ihrer Gehirnerschütterungsdiagnose, aber als er anruft, um sich noch länger krankschreiben zu lassen (»Ich fühle mich ziemlich schwach. Und deprimiert«), hat sie nichts einzuwenden.

Er verbringt die Tage allein in seinem Penthouse und sieht durchs Fenster zu, wie der Herbst mit rasantem Tempo in Winter übergeht. Wolken jagen über den Himmel, und aus dem Nichts landen braune Blätter auf seinem Balkon. Die Abende sind kalt. Eines Nachts schneit es.

Gegen Anfang der zweiten Woche fängt er an, sich ernsthaft zu langweilen, also geht er ins Internet und öffnet seine Konten. Dr. Black hat sich in seiner Abwesenheit wacker geschlagen. Er hat nicht nur ein kleines Polster angelegt, sondern die SYC-Aktien sind durch die Decke geschossen. Serge schnappt nach Luft, als er das Ergebnis sieht: Inzwischen hat er ein Guthaben von 1,3 Millionen Pfund. Wie ist das passiert? Zu schade, dass er Edenthorpe Engineering so früh abgestoßen hat, sonst wären es jetzt noch mehr. Wirklich, Aktienhandel ist so was von einfach, wenn man den Trick erst mal raus hat. Ein kurzer Blick auf die Transaktionen von Kenporter1601 zeigt ihm, dass auch er verkauft hat. Seltsam. Wenn man sich die Transaktionen so ansieht, könnte man meinen, die beiden hätten gemeinsam eine Art von Bear Raid angezettelt, um den Preis von Edenthorpe aus voller Berechnung in den Keller zu drücken – dabei ist Serges Rolle darin absolut zufällig.

Seine persönlichen Finanzen haben sich auch gut erholt. Bei näherer Betrachtung sieht er eine Rückzahlung in Höhe von £ 10488,81 auf sein Kreditkartenkonto, überwiesen von dem Restaurant Poire d'Or. Wie nett. Wenn auch ein bisschen spät.

Das einzige Nervende ist die ständige Tirade von Textnachrichten und entgangenen Anrufen seiner Mutter, plus einige von Clara und einige von einer unbekannten Nummer. Er löscht sie alle. In Zeiten wie diesen muss er sich auf das Positive konzentrieren.

Er ruft bei der Personalabteilung der FATCA an, um von seinen gesundheitlichen Fortschritten zu berichten, und ist überrascht, als er nach ein paar Tagen eine Karte mit Genesungswünschen von seinen Kollegen erhält. Es sind fünf Unterschriften darauf. Der Hamburger fehlt, aber Maroushka ist dabei – ein kringeliges kyrillisches Gekritzel in der oberen rechten Ecke. Ihre Unterschrift hat eine ungemein beschleunigende Wirkung auf seine Genesung.

TEIL FÜNF

Alles muss raus

Clara

Er kriegt keinen Tee

Am Mittwoch verlässt Clara um Punkt halb vier das Klassenzimmer, geht direkt zu ihrem Wagen und fährt in die Hardwick Avenue.

Sie haben ein Familientreffen, um Oolies zukünftige Wohnsituation zu besprechen. Mr. Clements hat es einberufen, Marcus und Doro haben widerwillig zugestimmt, und Oolie hat darauf bestanden, dass Clara dabei ist.

Als sie das Haus betritt, fällt ihr als Erstes auf, wie ordentlich alles ist. Ein ungewohnter Geruch begrüßt sie, blumig und süßlich – Doro muss mit Raumspray hantiert haben.

Oolie kommt ihr auf dem Flur entgegen und umarmt sie. »Hallo, Clarie. Mr. Clemmins ist noch nicht da. Mum sagt, er kriegt keinen Tee.«

»Keinen Tee? Warum?«

»Sie sagt, sie will nicht, dass er hier rumhängt.«

Clara zuckt die Schultern. Doro scheint immer verschrobener zu werden.

»Na gut, aber ich will eine Tasse. Ich habe einen harten Schultag hinter mir.«

Sie geht in die Küche und setzt Wasser auf. Oolie folgt ihr.

»Ist er wieder da, der Hamster?« Ein seltsamer Ausdruck huscht über ihr Gesicht.

Das ist das zweite Mal, dass sie den Hamster erwähnt.

»Oolie, bist du dir ganz sicher, dass du ihn nicht aus dem Käfig gelassen hast?«

Oolie schüttelt nachdrücklich den Kopf. »Ich war's nicht. Er ist es selbst gewesen. Der freche Stinker. Hat den Schlüssel stibitzt. Ich hab's gesehen.«

»Oolie, du schwindelst mich an!«

Schmollend senkt Oolie den Blick. »Tu ich nicht. Großes Inderehrenwort.«

Clara hat bisher immer gedacht, dass Oolie manchmal Dinge durcheinanderbringt, aber nicht in der Lage ist, wirklich etwas zu erfinden. Was hat sie wohl sonst noch erfunden?

Doch bevor sie nachfragen kann, klingelt es, und sofort tauchen ihre Eltern im Flur auf. Ihre Mutter trägt ein T-Shirt mit dem Slogan »NORMAL = NORMIERT«. Ihr Vater trägt eine Krawatte.

Clara starrt die beiden an. Die Sache scheint ernst.

Sie setzen sich alle an den Küchentisch.

»Hätten Sie gern eine Tasse Tee?« Ihre Mutter fixiert den Sozialarbeiter mit kaltem Blick.

»Mum sagt, von uns kriegen Sie keinen Tee«, sagt Oolie.

»Nein. Danke, schon gut«, sagt er.

»Mum sagt, sie will nicht, dass Sie hier rumhängen«, sagt Oolie.

»Dann versuche ich mich kurz zu fassen.« Blinzelnd nimmt er einen Hefter aus der Aktentasche. »Wie Sie vielleicht wissen, ist bei der Bebauung des Grundstücks Greenhill Lees eine Einrichtung für betreutes Wohnen vorgesehen. Es gibt jetzt schon eine Warteliste. Ich möchte Oolie-Annas Namen auf diese Liste setzen. Aber dafür hätte ich gern Ihre Zustimmung.«

»Und was, wenn wir nicht zustimmen?«, fragt Doro.

»Ich glaube, das werden Sie«, sagt er.

Donnerwetter, denkt Clara. Ziemlich mutig, es mit Doro aufzunehmen.

»Sag's ihr, Clarie! Sag ihr, dass ich meine eigene Wohnung

will«, sagt Oolie. »Ich hab's satt, zu Hause zu wohnen. Weil Dad immer furzt.«

Marcus lacht. »Guter Grund.«

»Wer sorgt dafür, dass sie nicht irgendwelchen Müll isst?«, fragt Doro. »Wer sorgt dafür, dass sie ihre … Tabletten nimmt?«

»Was für Tabletts?«

»Es ist nicht das Ende der Welt, wenn sie ab und zu eine Pizza isst«, wirft Clara ein.

»Es gibt dort Betreuer, die all das im Blick haben«, sagt Mr. Clements.

»Und Megan wird sich auch um sie kümmern«, sagt Clara. »Sie hat gesagt, dass Oolie ab jetzt eine wichtigere Rolle in ihrem Leben spielen wird.«

»Das ist ja auch nicht schwer, oder?«, blafft Doro.

»Sie können sich so viel oder so wenig einbringen, wie Sie möchten, Mrs. Lerner. Aber es ist besser, wenn Sie jetzt anfangen loszulassen, wenn alles mit Bedacht eingerichtet werden kann, als wenn Sie abwarten, bis irgendwann ein Notfall eintritt …«

»Er hat recht, Mum«, sagt Clara. »Du und Marcus, ihr werdet alt, wenn ich das mal sagen darf.«

Ihr ist aufgefallen, wie müde Marcus aussieht und wie verwirrt Doro manchmal ist.

»Nein, werden wir nicht!«

»Doch, werdet ihr, Mum. Und es wird nicht besser.«

Doro rollt die Augen. Mr. Clements sieht Clara stirnrunzelnd an.

»Sehen Sie es doch in einem positiven Licht. Es ist doch keine Strafaktion. Sehen Sie es als wunderbares Geschenk für Ihre Tochter, Mrs. Lerner. Das Geschenk ihrer sich entfaltenden Unabhängigkeit.«

Offensichtlich war er bei einem dieser Lehrgänge für positives Denken.

»Gescheng! Ich will ein Gescheng!«, singt Oolie.

»Und was, wenn sie S-C-H-W-A-N-G-E-R wird?«, buchstabiert Doro.

»Was ist ein En-ge-eh-er?«, fragt Oolie.

»Sie möchte ein B-A-B-Y.«

»Mrs. Lerner, ich verstehe, wovor Sie Angst haben«, sagt der Sozialarbeiter leise. »Ich bin durch die ganze Fallgeschichte gegangen, bis zurück zum Jahr 1994. In den Neunzigern hat man überall Kindesmissbrauch gewittert. Seitdem haben wir gelernt, auch ... äh ... unkonventionellere Wohnmodelle zu akzeptieren.«

»Genau das habe ich damals schon gesagt«, entgegnet Doro.

»Mhm. Etwas anderes, was ich entdeckt habe ...«, er rutscht auf dem Stuhl herum und nickt Doro fast entschuldigend zu, »... ist, dass Sie und Mr. Lerner den legalen Adoptionsprozess nie zu Ende gebracht haben.«

»Weil wir nicht verheiratet waren! Weil wir in einer Kommune lebten! Weil der Sozialarbeiter, der uns ausgefragt hat, ein engstirniger Heuchler war mit Zwangsvorstellungen von Nacktheit und Pädophilie! Wahrscheinlich haben Sie die auch! Oder? Und versuch du nicht, mir den Mund zu verbieten!« Jetzt geht ihre Mutter wütend auf den armen Marcus los, der es gewagt hat, den Finger an die Lippen zu legen.

»Ich finde, das ist sehr hilfreich«, sagt Mr. Clements ganz ruhig. »Es ist gut, wenn Sie Ihren Ängsten Ausdruck verleihen.«

»Es hat bei uns gebrannt! Jemand hat unser Haus angezündet, verdammt noch mal! Ist das vielleicht kein Grund zur Angst?«

»Mum denkt, dass ich's war, aber ich war's nicht«, erklärt Oolie Mr. Clements mit einem lauten Flüstern. »Es waren so Jungs. Ich hab sie gesehen.«

Doros Wangen werden kalkweiß, und plötzlich sieht sie aus wie eine alte Frau. Sie tut Clara schrecklich leid.

»Ich glaube, das ist genug«, schaltet sie sich ein. »Außer Sie haben noch etwas Konstruktives zu sagen?«

»Warum probieren wir es nicht für sechs Monate aus? Wenn es nicht klappt, können Sie einfach weitermachen wie …«

»Also gut!« Doro seufzt und wirft die Hände hoch. »Sie haben mich so weit.« Sie steht auf wie eine Schlafwandlerin und stolpert nach hinten, um Wasser aufzusetzen.

»Gut gemacht«, flüstert Clara Mr. Clements zu.

Er zuckt die Schultern und lächelt. »Meinen Sie, jetzt bekomme ich doch einen Tee?«

»Sieht so aus«, sagt Marcus.

»Dad, du hast schon wieder gefurzt«, sagt Oolie.

Zu schade, dass er diesen Bart trägt, denkt Clara.

Doro

Das Feuer

Obwohl bereits Weihnachtsgirlanden zwischen den Laternenpfosten hängen, oder vielleicht eben deswegen, wirkt Doncaster an diesem letzten Novembersamstag besonders trostlos, als Doro über den fast leeren Bürgersteig zu Woolworth geht, auf der Suche nach Janey. Sie muss ihr ein paar Fragen wegen des Feuers stellen, Fragen, die sie klären muss. Es ist so lange her, alle haben es vergessen, bis auf Doro, und selbst ihre eigene Erinnerung ist verzerrt, eine Mischung aus dem, was sie gesehen hat, dem, was sie vermutet hat, und dem, was sie damals sagte und was sich später in ihrem Denken zu objektiver Wahrheit erhärtet hat. Janeys Worte bei ihrer letzten Begegnung gehen ihr nicht aus dem Kopf. »Waren es nicht irgendwelche Jungs?«

Doch die Schaufenster von Woolworth sind mit riesigen »Räumungsverkauf!«-Plakaten tapeziert, und Janey ist nicht da. Doro wandert durch den verlassenen Laden, zwischen leergepflückten Wühltischen und Plakaten, auf denen »Letzte Gelegenheit!« steht, und erinnert sich vage, dass sie etwas von Konkursverwaltung bei Woolworth gelesen hat. Es kommt ihr unfassbar vor, dass etwas scheinbar so Ewiges, etwas, das es seit ihrer eigenen Kindheit gibt, einfach so verschwinden kann.

Als sie ein kleines Mädchen war, hat ihre Mutter sie samstags zu Woolworth mitgenommen, und sie durfte sich für ihr Taschengeld etwas an der Süßigkeitentheke kaufen. Dreißig Jahre später, als sie in der Kommune lebten, hat sie das Gleiche mit Clara und Serge gemacht. Serge gehörte zu den Kindern, die ihre Süßigkeiten horteten und weinten, wenn die anderen ihm etwas zu klauen versuchten. Doro muss lächeln, als sie sich an die Tränen und das Gezank von vor langer Zeit erinnert. Später hat er aufgehört, Süßigkeiten zu horten, und stattdessen andere Dinge gesammelt – Schneckenhäuser, getrocknete Sonnenblumen, Kiefernzapfen.

Und nach dem Feuer hat sie die verkohlten Reste der Kiefernzapfen im Kamin gefunden. Serge muss sie in Campsall Woods gesammelt haben – es gab keine Nadelbäume in der Nähe von Solidarity Hall. Selbst nach vierzehn Jahren erinnert sie sich noch genau, wie sie an jenem Tag von der Arbeit nach Hause fuhr, verspätet, weil es im Zentrum einen Stau gegeben hatte. Ein kleines Mädchen war von einem Raser überfahren worden. Die Tragödie anderer Leute.

Sie erinnert sich, wie ihr fast das Herz stehen blieb, als sie auf den Feldweg fuhr und durch das Wedeln der Scheibenwischer den kleinen Menschenauflauf sah, der den Feuerwehrwagen vor ihrem Haus begaffte, die großen Wasserkaskaden, die aus den Schläuchen schossen. Sie erinnert sich an den Geruch von verkohltem Holz und versengter Farbe, die schwarzen Rauchschwaden, die im wirkungslosen Nieselregen aufstiegen. Aber warum war Serge da? Er sollte in der Schule sein, um vier hatte er seinen Schachclub. Und doch war er da, und Tränen rannen ihm über das Gesicht, vermischt mit dem Regen und grauen Ascherinnsalen, und er redete irgendwas von Oolie, und dass er Rauch gesehen hatte und den ganzen Weg zur roten Telefonzelle im Ort gerannt war. Und sie sah sich nach Oolie um und dachte, sie müsste jeden Moment nach Hause kommen, und dann begriff sie endlich und schrie: »Oolie! Wo ist Oolie?«

Sie hatten die Tür zum Anbau aufgestemmt und Oolie herausgezogen. Sie war bewusstlos, mit schrecklichen Verbrennungen an den Armen. Doro hatte sich gezwungen, ruhig zu bleiben, hatte Serge in die Arme genommen und ihm die Augen zugehalten. Erst als der Krankenwagen kam, hatte sie die Fassung verloren und die Gaffer angeschrien, die den Feldweg blockierten. Wo kamen die Leute her? Sie kannte sie kaum. Eine Frau legte den Arm um sie. »Sie wird schon wieder, Liebes. Es war nur der Rauch.«

Doro hatte sie wütend abgeschüttelt. Was wusste sie schon?

Dann kamen nach und nach die anderen nach Hause – zuerst Otto und Star, dann Toussaint und Kollontai, gefolgt von Nick, Moira, Marcus und zuletzt Chris Howe, der um halb sechs Feierabend hatte. Die Polizei befragte sie alle. Es fehlten Clara, die bereits in Sheffield studierte, Chris Watt, die ihre Schwester in Skelmersdale besuchte, und Fred, der in London war. Die Nachbarn verzogen sich. Wahrscheinlich hatte die Polizei auch sie befragt.

Oolies Aussage wurde aufgenommen, als sie noch im Krankenhaus lag.

»Na komm. Du kannst dich bestimmt noch an mehr erinnern, Schätzchen. Wer war da, als du nach Hause kamst?«, hakte die Polizistin nach.

Oolie legte die Hände über das Gesicht und begann zu heulen.

»Sehen Sie nicht, dass Sie es nur noch schlimmer machen?«, flehte Doro sie an. »Warum lassen Sie mich nicht allein mit ihr reden?«

Die Polizistin hatte selbst Kinder. »Tut mir leid, Liebes«, sagte sie. »Dann hätte ihre Aussage vor Gericht keinen Bestand. Ich mache nur meine Arbeit.«

Doro war zwar der Ansicht, dass Oolie durchaus versehentlich Feuer hätte legen können, aber hätte sie auch die Kiefernzapfen vom Dachboden holen und ein Streichholz daran halten können? Oder war es Serge, der früher von der Schule nach Hause kam und herumexperimentierte oder ein Spiel spielte, das schrecklich schieflief? Oder war es ein Unbekannter, der

Oolie wehtun wollte? Schaudernd erinnerte sich Doro an die Geschichte mit den Ziegelsteinen, als Oolie noch klein war, und fragte sich, warum verletzliche Menschen solche Bösartigkeit auf sich zogen.

Auch der Fahrer des Kleinbusses wurde befragt, der Oolie nach Hause gebracht hatte.

Warum war sie allein? Warum war sie früher zu Hause als sonst?

Der Fahrer stritt ab, dass er früh dran gewesen war; er brachte sie immer um halb vier nach Hause. Ja, er hatte sie bis direkt vor die Tür gebracht. Er hatte angenommen, dass jemand zu Hause war, weil Oolie gewinkt hatte und im Haus verschwunden war, also musste die Haustür offen gewesen sein.

Hatte der Letzte, der aus dem Haus gegangen war, vergessen abzuschließen? Oder hatte sie jemand reingelassen? Serge?

Serge hatte die Feuerwehr gerufen, also musste er da gewesen sein, zumindest kurz nach dem Ausbruch des Feuers. Und Oolie hatte niemanden gesehen, als die Tür des Anbaus zufiel und sie darin einschloss.

»Willst du mir irgendwas erzählen, Serge?«, hatte Doro ihn leise gefragt, als sie allein waren. Er war damals fünfzehn gewesen.

»Warum denken alle, dass ich es war?«, rief er und brach in Tränen aus.

Sie fragte nicht weiter, sondern vergrub die verkohlten Kiefernzapfen im Garten unter den Saubohnen.

Dann kam die Kommune mit ihren lockeren Wohnverhältnissen auf den Prüfstand. Die Polizei schien sich mehr dafür zu interessieren, wer mit wem schlief, als wie das Feuer entstanden war. Chris Howe bestätigte ihre finstersten Vermutungen, als er halbnackt die Tür aufmachte und dann irgendwas von Faschismus schrie. Daraufhin wurde das Sozialamt hinzugezogen, und es wurde gedroht, alle Kinder wegzuholen.

Die Chrises und ihre Kinder machten sich eines Nachts aus dem Staub, ohne eine Adresse zu hinterlassen. Jen kam und holte Otto, und Nick folgte ihnen. Fred blieb gleich in London; er kam nur für ein Wochenende, um seine Bücher abzuholen und sich zu verabschieden. Nur Moira und Star blieben in der Kommune, bis auch sie Anfang 1995 etwas anderes fanden. Vielleicht hätten Doro, Marcus und Serge auch gehen sollen. Aber Oolie hatte sich gerade glücklich in ihrer neuen Schule eingelebt, und Marcus war zum Fakultätsleiter am Institut befördert worden.

Eine Weile lebten sie zu viert in der riesigen leeren Villa mit dem ausgebrannten Anbau, den verkohlten Balken und dem Rauchgestank, der überall hing. Die polizeiliche Untersuchung zog sich in die Länge und kam irgendwann ins Stocken, wobei man Oolie selbst in Verdacht zu haben schien. Doch heimlich fragte Doro sich immer noch, wie Serges Kiefernzapfen im Kamin gelandet waren. Andere Hinweise gab es nicht. Eine Nachbarin glaubte jemanden gesehen zu haben, der über den Feldweg rannte, konnte aber weder eine Beschreibung noch eine präzise Uhrzeit angeben. War es Serge, der zur Telefonzelle lief, oder ein Täter auf der Flucht?

Trotz all der Gaffer schien keiner etwas gesehen zu haben – und wenn doch, machten sie den Mund nicht auf. In kleinen Gemeinden gab es immer Gerede, Tratsch, doch sosehr sie sich um Akzeptanz bemüht hatten, die Kommune war nie Teil dieses unsichtbaren Klatsch-Netzwerkes geworden, das seine eigenen Loyalitäten, Geheimnisse und Fehden hatte.

Janey dagegen schon. Janey musste jemanden kennen, der jemanden kannte, der damals in Campsall oder Norton gelebt hatte. Janey musste wissen, was damals geredet worden war – und was verschwiegen worden war.

»Kennen Sie Janey Darkins?«, fragt Doro einen jungen Mann mit fettigen Haaren an der Kasse der Spielzeugabteilung, doch er zuckt nur die Schultern.

Eine junge Frau in der Kosmetikabteilung sagt ihr, Janey sei nicht mehr da. »Wir schließen. Die meisten hier haben schon aufgehört.«

Wie blind wandert Doro hinaus in den feuchten winterlichen Morgen und überlegt, was sie jetzt tun soll. Vielleicht ist es ja das Beste, wenn ihre Fragen unbeantwortet bleiben. Sie setzt sich in ein winziges düsteres Café, wo sie vielleicht auch mit Janey hingegangen wäre, und trinkt bitteren, verbrannt schmeckenden Kaffee aus einem Styroporbecher, während sie sich fragt, ob es besser für Oolie ist, die Erinnerungen vergraben zu lassen, bis sie vermodern und sich schließlich ganz auflösen? Oder ist es besser, sie freizulegen und sie ans helle, sterilisierende Tageslicht zu bringen?

Es gibt eine ganze Industrie von Therapie und Beratung und Analyse, die auf dem Glauben beruht, die Vergangenheit müsse ausgegraben und desinfiziert werden wie ein undichter Abwasserkanal. Auf der anderen Seite ist da die große Heilerin Zeit – mit dem vagen, verschwommenen Trost des Vergessens.

Langsam, als würde das Gehen sie große Mühe kosten, wandert sie die leere High Street hinauf, vorbei an mit Brettern zugenagelten Schaufenstern, an Ramschläden mit Weihnachtsflitter und Geschäften mit Räumungsverkauf. Als sie mit ihrem Seniorenticket in der Hand an der Bushaltestelle wartet, spürt sie das Gewicht des niedrigen Himmels auf sich lasten.

Was wird jetzt aus Oolie? Wie konnte Marcus sie all die Jahre anlügen? Was verheimlicht ihr Serge?

Alles, was in den letzten zwanzig Jahren zu den Grundfesten ihres Lebens gezählt hat, ist im letzten Monat aus den Fugen geraten. Der Kleingarten – ihr Paradies und Tempel – steht kurz vor der Zerstörung. Selbst die Stadt, in der sie lebt, scheint sich aufzulösen. »SONDERPREISE!« »ALLES FÜR £1!«, »ALLES MUSS RAUS!«, schreien die Plakate.

Serge

Der Finanzausschuss

Am Montagmorgen beschließt Serge, zu Fuß zur Arbeit zu gehen, statt die U-Bahn zu nehmen, damit er mehr Zeit hat, sich psychisch auf das vorzubereiten, was ihm bevorsteht. Es ist ein kalter, frischer Dezembermorgen, die tiefstehende Sonne vertreibt die Schneewolken der letzten Nacht und lässt die Schneereste auf den Bürgersteigen schmelzen. Er grüßt die Ladeninhaber, die ihre Rollläden hochziehen und die Zeitungsständer herausstellen. Er grüßt die geschniegelten Bürodrohnen, die an den beheizten Tischen draußen vor Peppe's ihren morgendlichen Lungo schlürfen. Er grüßt den Pförtner der FATCA und die Blondinen am Empfang. Er grüßt die vier mürrischen Männer und die schweigsame verschlafene Frau im vollen Fahrstuhl. Er fühlt sich gut.

Nach vierzehn Tagen Stille wirft ihn der Geräuschpegel fast um, als er die Tür zum Handelsraum aufdrückt. Doch er reißt sich zusammen und lächelt. Er wünscht Tootie und Lucie und den Franzosen einen guten Morgen. Der Stuhl des Hamburgers ist leer. Maroushka sitzt im Glaskasten, in einem neuen schwarzen Kleid mit passendem Jackett, telefoniert und dreht sich auf Timos altem Stuhl hin und her. Sie sieht toll aus in Schwarz, aber auch älter. Und ihr Haar ist anders – zu einem straffen Knoten zurückgesteckt statt der lockeren Kaskaden, die ihr über die Schultern fielen. Sie fängt seinen Blick auf, wedelt mit vier Fingern, dann dreht sie sich wieder weg. Er hängt das Jackett über die Stuhllehne und schaltet seinen Computer an. Es dauert ewig: zwei Wochen Sicherheitsscans, Konfigurationen, Updates, Fenster mit unverständlichen Richtlinien, die er anklicken muss, um dann neu zu starten. Also schlendert er zum Glaskasten und stellt sich in die Tür.

»Na, wie läuft's?«

Sie beendet das Telefonat und sieht zu ihm auf. »Alles normal. Willkommen zurück in der Securitisation, Sergej.«

»Ich habe gehört, es gibt einen neuen Bereichsleiter?«

Sie begegnet seinem Blick mit einem unsicheren Lächeln, aus dem erst vor kurzem das schelmische Zwölfjährigengrinsen verbannt wurde.

»Der bin ich.«

Eine Welle der Melancholie erfasst ihn und verdunkelt den hellen Morgen. Woher kommen diese negativen Gefühle? Sollte er sich nicht für sie freuen?

»Herzlichen Glückwunsch.«

»Danke, Sergej. Du musst mir auch gratulieren zu Erfolg von Visumsantrag.«

»Herzlichen Glückwunsch, Göttin. Das heißt, du kehrst in nächster Zeit nicht nach Shy … nach Hause zurück?«

»Hier ist besser Geldmöglichkeit. Außerdem bin ich jetzt große Anglo-viele. Queenlizabeth fishanchip cuppa tea Royal Navy Witcliff von Dover. Ich bewerbe mich für britische Pass.«

Er hat sie noch nie so gerührt gesehen.

»Du hast also keine Lust auf Brasilien?«

»Brasilien?« Sie lacht. »Wofür, Sergej? In Brasilien wohnen primitive Leute. Übrigens haben wir interessante Situation hier. Deine Kooperation ist wichtig bei neue Marktstrategie für Morgenluft. Wir reden heute Nachmittag.«

Sie entlässt ihn mit einer halben Stuhldrehung und greift wieder nach dem Telefon.

»Wie steht's?«, fragt er die Franzosen, die sauer und beleidigt aussehen, auf ihre elegante gallische Art. Sie zucken die schmalen Schultern unter dem erstklassigen Tuch ihrer Jacketts und antworten leise mit Blick auf den Glaskasten: *»C'est un peu emmerdant …«*

»… avec mademoiselle. Elle est …«

»Dites-le. C'est un monstre. Comme la Méduse …«

Er durchforstet sein Urlaubsfranzösisch. »Äh … Qualle?« Das Stichwort »Qualle« wäre ihm im Zusammenhang mit Maroushka nicht in den Sinn gekommen.

»Gorgone.«

»*So* schlimm kann sie doch nicht sein.«

»Du wirst sehen.«

»Was ist mit …« Er zeigt auf den leeren Stuhl, auf dem der Hamburger gesessen hat.

»Er 'at sich gekündigt.«

»Ihn fehlt die Courage.«

»Wie geht's?«, fragt er Lucie und Tootie.

»Nicht schlecht so weit«, sagt Lucie. »Es gab ein paar personelle Verluste, aber was soll's – keep smiling, oder?«

»Du schon«, sagt Tootie durch die Nase. »Ich bewerbe mich anderswo.«

»Wie ist das passiert – ich meine, dass Maroushka auf dem Chefsessel gelandet ist? Ich dachte, es gab vielversprechendere Kandidaten …«

»Genau. Eben wischt sie noch das Büro, im nächsten Moment sitzt sie auf dem Chefsessel. Da kommt man doch ins Grübeln, oder?«

»Wenn du es so siehst. Aber …«

»Entweder weiß sie was, oder sie hat sich flachlegen lassen. Fällt dir eine andere Erklärung ein?« Fast spuckt er Galle, und Serge denkt, ganz gleich, wie schlimm Maroushka sein wird, Toby wäre bestimmt noch schlimmer gewesen.

»Was ist mit Chicken?«

»Reizend wie immer. Auch wenn er sich neuerdings hauptsächlich in der Downing Street aufhält.«

»Wirklich?«

»Anscheinend ist er Ratgeber dort und erklärt ihnen, wie sie die Finanzkrise lösen können.«

»Donnerwetter.«

»Genau. Und du passt besser auf, Freebie, denn jetzt, wo er den Stein der Weisen gefunden hat, braucht er uns Quants nicht mehr, um für ihn das Risiko zu eliminieren.«

»Wie meinst du das? Welchen Stein?«

»Stell dir mal vor, du spielst in einem Casino, Freebie, und alles, was du gewinnst, behältst du. Und immer wenn du verlierst, kommt so ein gutmütiger Esel namens Joe Steuerzahler mit einem Sack Gold angelaufen und zahlt deine Schulden.«

Serge spürt ein Ziehen in der Kehle, wie wenn man versucht, gegen den Brechreiz anzukämpfen.

»Unbegrenzter Gewinn?«

»Genau. Er muss nur dafür sorgen, dass die Regierung kuscht, indem er ihnen Angst einjagt.« Tootie wirft einen Blick zur Tür. »Wenn man vom Teufel spricht …«

Selbst hier hinten spürt Serge die doppelte Luftverpuffung – pfft, pfft –, als die Tür aufschwingt und Chicken in den Handelsraum speit. Er scheint zugenommen zu haben; zum ersten Mal fällt Serge der Bauch über dem Gürtel auf; eins der Hosenbeine ist an der Socke hängen geblieben und entblößt eine muskulöse Wade, die im Stiefel verschwindet, und Serge kann eindeutig erkennen, dass die Sohle am Absatz verstärkt ist. Von der Seite erinnert Chicken tatsächlich an ein grotesk in die Länge gezogenes Huhn.

»Freebie! Schön, dich wieder hier zu sehen! Wie geht's der Nase?« Er stützt sich mit den Fäusten auf den Tisch und legt den Kopf schief, um einen Blick in Serges Nasenlöcher zu werfen. »Joachim sagte, du hattest auch Verdauungsprobleme.

Musstest dauernd aufs Klo und so. Das hättest du sagen sollen.«

Es dauert einen Moment, bis Serge begreift, dass Joachim der Hamburger ist.

»Ja, es war ein bisschen peinlich. Aber jetzt ist alles wieder in Ordnung, danke, Chief Ken. Man hat mir grünes Licht gegeben.«

»Gut. Ich sage Maroushka Bescheid, dass du wieder da bist.«

»Nicht nötig. Ich habe es ihr schon selbst gesagt«, erklärt Serge schnell.

Chickens Augen verengen sich. Er lehnt sich auf den Fäusten vor. »Du willst wohl hier der Sexmanager sein, Freebie?«

Serge kichert verlegen, auch wenn er sich nicht sicher ist, ob es ein Witz sein sollte.

»Du hast eine interessante Episode auf den Märkten verpasst, Freebie. Neue Handelskonditionen. Verbesserte Aussichten für Unternehmenswachstum. Manche reden von Interessenskonflikten. Aber wir vertrauen auf unsere Strategie. Maroushka weiht dich nachher in die Einzelheiten ein.«

Jetzt grinst er wieder breit. Wovon zum Teufel redet er?

»Vielleicht hast du von meiner neuen … äh … Involvierung gehört?«, fährt Chicken fort.

Serge hat in letzter Zeit keine E-Mails gelesen. Hat Chicken eine neue Frau am Start? Maroushka? Wieder hat er den salzigen Geschmack von unterdrückter Kotze im Mund. Langsam wünscht er, er wäre zu Hause geblieben.

»Treasury. Finanzausschuss.« Chickens Brust scheint sich aufzublähen, als er die Worte ausspricht. »Wir versuchen, die Unterstützung der Regierung für die Rolle des Finanzsektors in der Wirtschaft auszubauen.«

»Ach so, ich verstehe.«

»Die Politiker daran erinnern, dass, was für die Banken gut ist, auch gut für England ist. Die haben nämlich keine Ahnung, wie man in der Finanzwelt denkt. Ich erkläre ihnen die ganze

Zeit, dass wir das Vertrauen der Märkte wiedergewinnen müssen. Zeigen, dass wir zur Haushaltsdisziplin in der Lage sind. Die öffentlichen Ausgaben stutzen. Zack, zack. Ansonsten gibt's Panik auf den Märkten. Staatsanleihen werden herabgestuft …«

»Herabgestuft von … äh … den Rating-Agenturen?«

»Genau. Wie in Griechenland. Dann werden die Kredite teuer. Die öffentliche Versorgung wird unerschwinglich. Aufruhr, Straßenschlachten. Hässliche Sache.«

»Eine große Nation in die Knie gezwungen von Kantinenköchinnen.«

»Frag dich mal, Freebie – warum solltest *du* für die Kantinen von anderen Leuten zahlen?«

Serge denkt mit warmen Gefühlen an die dickarmigen, vollbusigen Drachen zurück, die mit tropfenden Kellen Soße und Pudding austeilten, als er in Campsall zur Grundschule ging. »Eigentlich mochte ich die …«

»Sie sind nicht produktiv, Freebie. Keiner macht mit so was Geld. Aber denk mal – wenn das alles privatisiert wäre. Schulen. Universitäten. Gefängnisse. Krankenhäuser. Betreutes Wohnen. Altenheime. Denk an die Ertragsmöglichkeiten.« Er hechelt beinahe vor Aufregung, wie ein glänzender Dobermann mit leuchtenden Augen. »Denk an Russland. Das Ende des Kommunismus. Unbegrenzte Möglichkeiten. Das ist unser großer Moment, Freebie.«

Dann lehnt er sich kurz vor und flüstert in Serges Ohr: »Übrigens – sieht so aus, als würde Edenthorpe Engineering aufgekauft. Private Equity.«

Bevor Serge antworten kann, hat er sich wieder aufgerichtet und marschiert zurück zur Tür.

Pfft, pfft – mit der gleichen doppelten Luftverpuffung schließt sie sich hinter ihm und fegt alles weg, was Serge bis dahin unumstößlich vorkam, Dinge, mit denen er aufgewachsen ist, Dinge, die er für verlässlich gehalten hat; plötzlich ist alles so leichtgewichtig wie ein Blatt Papier. Pfft, pfft: Da fliegt der Maschinenbau davon, leicht wie Distelflaum; da die drachenhaften Kantinenköchinnen. Das Problem ist, er kann die Kollateralschäden nicht einfach mit einem Schulterzucken abtun, so wie es alle anderen hier tun. Das Problem ist, Doro und Marcus haben die Saat eines zähen, dornigen Unkrauts in ihm gepflanzt, das tief in ihm wurzelt und ihn von innen sticht. Er fühlt sich nie ganz wohl in seiner City-Verkleidung, ganz gleich, wie sehr ihm der Stil gefällt, genauso wenig wie er die alberne Kommunenphilosophie annehmen konnte, ganz gleich, wie sehr er seine Eltern liebte.

Brasilien. Konzentrier dich auf Brasilien. Das ist der dritte Weg. Das ist der Joker. Das ist sein Rettungsschirm.

Mittags leistet er sich zwanzig Minuten heimliches Surfen auf der Behindertentoilette. Die Geschichte mit Edenthorpe Engineering ist schlimmer, als er dachte – der Konkursverwalter steht in Verhandlung mit einer Private-Equity-Gruppe, die in Luxemburg registriert ist. Das Werk in Doncaster wird geschlossen und alle beweglichen Vermögenswerte werden verkauft. Im Werk in Barnsley wird die Belegschaft um die Hälfte gekürzt. Haben er und Chicken das alles auf dem Gewissen? Oder haben sie nur den Abwärtstrend für andere Short-Investoren gesetzt, die die Strömung des Markts gesehen und sich wie Wölfe darauf gestürzt haben, bis das Unternehmen am Boden war? Serge wird ein bisschen schlecht, aber vielleicht ist es nur der Gestank der Toilette.

Brasilien. Konzentrier dich auf Brasilien. Er schließt die Wirtschaftsseite und öffnet die Immobiliensuchseite – sein finanzieller Rahmen ist jetzt größer. Er gibt ein paar Locations ein. Und da ist es. Ja! Das Haus seiner Träume. Ein bescheidenes einstöckiges Landhaus mit strohgedeckten Giebeln und tiefen Fenstern mit Fensterläden, in einem Kokospalmenhain, fünfzig Meter von einem menschenleeren Strand entfernt. Das

Wort »bescheiden« ist relativ. Es gibt eine Klimaanlage. Vier Schlafzimmer, davon zwei mit eigenem Bad. Swimmingpool. Zwei Kilometer Privatweg zum nächsten Dorf. Er klickt den Grundriss an. Er googelt das Dorf. Ein Foto erscheint von türkisfarbenem Meer, einem silbernen, sichelförmigen Strand, gesäumt von dunkel bewaldeten Hügeln. Weit draußen auf dem Meer rollen weißgekrönte Brecher herein. Er starrt das Foto an. Vergrößert es. Kopiert es und speichert den Link. Zu Hause wird er es ausdrucken und es ihr morgen auf den Tisch legen.

Sie ist wieder im Glaskasten und arbeitet an dem Schreibtisch, der früher Tim the Finn gehört hat.

Er wartet, dass sie ihn hereinruft, aber sie hat den Kopf gesenkt, die Stirn in konzentrierten Falten, während sie vor sich hin tippt und gelegentlich durch die Brille, die ihr immer wieder auf der Nase hinunterrutscht, auf den Bildschirm sieht – er hat sie noch nie mit Brille gesehen. Selbst ihr Geruch ist anders – weniger animalisch, dafür blumiger. Er versucht ihren Blick aufzufangen, aber sie ist weit weg in ihrem eigenen Garten der Algorithmen.

Erst am späten Nachmittag schickt sie ihm endlich eine E-Mail.

Keine Zeit heute. Morgen Sergej wir müssen reden. Mx

Clara

Hinter dem Bücherregal

Clara nimmt einen neuen Geruch in ihrem Klassenzimmer wahr, der von Jason auszugehen scheint.

»Stimmt es, dass das Spasti-Mädchen Ihre Schwester ist, Miss?«

»Nenn sie nicht Spasti.«

»Warum?«

»Ach, ich weiß auch nicht.«

Es ist fast vier, Herrgott noch mal.

Jason schlurft davon, und sie merkt, dass der Geruch doch nicht von ihm kommt, sondern aus der Bücherecke – ein bitterer, muffiger Geruch, der sie an Solidarity Hall erinnert. Sie geht in die Ecke, um nachzusehen. Ja, hier ist der Geruch eindeutig stärker. Aber so weit scheint alles seine Ordnung zu haben, bis auf eine Ansammlung kleiner schwarzer Brösel auf dem Boden wie die, die sie neulich unter ihrem Stuhl gefunden hat.

Durchs Fenster sieht sie Megan, die am Tor auf Jason wartet. Sie winkt, und Megan winkt zurück. Kurz darauf sind beide verschwunden. Dann taucht wieder jemand auf dem Parkplatz auf. Jemand mit einem schrecklichen Bart. Mr. Gorst/Alan ist zwar immer noch sexy, aber weitaus weniger als früher. Und da kommt die historische Miss Postlethwaite in einem Doktor-Schiwago-Mantel mit Knebelknöpfen und einer peruanischen Bauernmütze mit Zöpfen an beiden Seiten. Sie läuft zu ihm und schiebt die Hand in seine, und er beugt sich zu ihr runter und küsst sie. Trotz der Mütze. Trotz der Zöpfe. Er küsst sie.

Ts, ts. Als Nächstes kommen dann Hochzeitsglocken und Babyrasseln. Selbst Ida Blessingman hat ihr gestern Abend gestanden, dass sich zwischen ihr und dem Serienkillerschnurrbartanwalt mehr entwickelt. Es gibt bestimmt einen riesigen, mehrstöckigen Käsekuchen beim Hochzeitsempfang. Überall geht das Leben seinen Gang – nur Clara scheint in der Vergangenheit stecken geblieben zu sein, bei den Geheimnissen von Solidarity Hall.

Bevor sie sich entschieden hat, ob sie traurig sein oder sich für die anderen freuen soll, hört sie ein Geräusch aus der Büecherecke – ein kratzendes, raschelndes Geräusch. Sie schaut sich um. Es ist nichts zu sehen – aber das Rascheln ist immer noch zu hören. Anscheinend ist da etwas hinter den Büchern. Das Regal ist so alt wie die Schule und aus massiver Eiche. Sie zieht und zerrt und schafft es schließlich, eine Ecke ein paar Zentimeter von der Wand wegzubewegen. Eine Wolke von Gestank schlägt ihr entgegen, und sie weicht zurück. Dann hält sie die Luft an und beugt sich wieder vor. Zuerst erkennt sie nur einen Haufen zerfetztes Papier in der Ecke, doch dann sieht sie, dass es ein Nest ist, und in dem Nest eingerollt liegt Horatio mit vier winzigen Babys, jedes kaum so groß wie ein Daumen, und alle saugen zufrieden. Wie verzaubert sieht Clara zu.

Dann, weil sie das Regal nicht allein zurückschieben kann, ohne die kleine Familie in Gefahr zu bringen, macht sie sich auf die Suche nach Mr. Philpott.

»Oratio war also ein Mädel?«, strahlt Mr. Philpott.

Gemeinsam schieben sie vorsichtig das Regal zurück bis kurz vor die Wand. Clara nimmt ihre leere Brotdose aus der Tasche und schüttelt ein paar Krumen heraus. Aus irgendeinem Grund erfüllt sie die Verantwortung für Horatio und ihre vier kleinen Babys mit unerwarteter Freude und Fürsorglichkeit. Wovon leben sie? Wahrscheinlich von den Chips und Sandwichkrümeln, die den Kindern herunterfallen. Sie fragt sich, wo sie Wasser herkriegen, dann fallen ihr die Blumentöpfe in den Untersetzern auf dem Fensterbrett ein.

»Wer könnte der Vater der Babys sein?«, fragt sie sich laut.

»Wo es Amster gibt, gibt es Geheimnisse.«

Sie schaltet das Licht aus, schließt die Tür zum Klassenzimmer und folgt ihm in den Heizkeller, um eine Tasse Tee mit ihm zu trinken, bevor sie sich auf den Heimweg macht.

»Da wir gerade von Geheimnissen reden – neulich, als wir bei Mrs. Taylor waren, haben Sie ein Feuer erwähnt. Irgendwas mit den Jungs aus den Prospects.«

»Ja, im Stadion der Donny Rovers in Belle Vue. Das war 1995.«

Hm. Ein anderes Feuer.

»Alle dachten, es wäre eine Gasexplosion gewesen. Aber dann haben sie den Knilch erwischt, weil er sein Telefon am Tatort verloren hat. Er ist für vier Jahre ins Kittchen gewandert. In Donny wird es nie langweilig, meine Liebe.«

»Arme alte Doncaster Rovers.«

»Ja. Aber am Samstag haben wir Plymouth Argyle geschlagen.«

Unten im Heizungskeller knistert es gemütlich. Mr. Philpott dreht die Flamme hoch und stellt Wasser auf. Draußen vor dem Fenster ist die Dämmerung hereingebrochen, aber drinnen herrscht ein warmes Licht.

»Der Kerl, dem die Rovers jetzt gehören, Johnny Ryan, ist Schönheitschirurg. Hat die Brüste von Melinda Messenger gemacht.«

»Aber es gab noch ein Feuer, ein Jahr früher, 1994. In der ehemaligen Verwaltungsvilla der Bergbaugesellschaft, wo wir gewohnt haben. Meine kleine Schwester wurde verletzt. Man hat nie rausgefunden, wer es war. Haben Sie davon gehört?«

»Hm. Das ist nicht weit von den Prospects, oder? Da unten

haben sie Einiges auf dem Kerbholz.« Er gießt kochendes Wasser über zwei Teebeutel.

»Meine Schwester sagt, es waren Jungs aus den Prospects. Sie haben sie mal mit Steinen beworfen, als sie klein war. Aber manchmal erfindet sie auch Geschichten.«

»Ich hab nie was davon gehört. Aber es heißt, dass Malc Loxley so angefangen hat, 1988, mit einem Feuer. Hat mit seinem Bruder mit Schrott gehandelt. Doncaster und South Yorkshire Altmetall. Damit haben sie genug verdient für die Anzahlung auf eine leer stehende Fabrik bei Elsecar. Sie haben das Ding für 'ne halbe Million versichert. Dann haben sie zugesehen, wie alles runtergebrannt ist.« Er fischt seinen Teebeutel aus der Tasse, drückt ihn mit den Fingern aus, wirft ihn in den Heizkessel und sieht zu, wie es zischt. »Ich sag Ihnen eins. Um aus dem Dreckloch rauszukommen, muss man praktisch zum Gauner werden. Sonst gab's da nix. Milch? Zucker?«

»Nur Milch.«

»Tja, ich hab studieren wollen, als ich jung war – aber sie haben mich unter Tage geschickt. Da war ich acht Jahre lang. Hab mich verletzt. Bin seit 1970 hier an der Schule. Nächstes Jahr geht's in den Ruhestand. Ist schon komisch, wie das Leben so spielt.« Er greift nach seinem Becher und trinkt langsam. »Haben Sie von dem Mädel gelesen, das mit einem riesigen Schlüpfer ein Fritten-Feuer gelöscht hat?«

Als Clara sich auf den Heimweg macht, ist es schon dunkel. Ein paar Schneeflocken wirbeln gegen die Windschutzscheibe. Sie zittert und wünscht, sie wäre früher aufgebrochen, hätte der Versuchung widerstanden, im warmen Heizungskeller eine Tasse Tee zu trinken und Mr. Philpotts Geschichten zu lauschen.

Das ungelöste Rätsel um den Brand schwelt in ihrem Unbewussten. Falls Oolie es selbst war, wird, so fürchtet sie, Doro sie nie ausziehen lassen, wenn sie dahinterkommt. Aber es war alles so verworren, und es ist so lange her, vielleicht kommt die Wahrheit nie ans Licht. Vielleicht spielt es keine Rolle mehr.

Sie lässt die Gedanken davontreiben wie die Schneeflocken und denkt stattdessen an den riesigen Schlüpfer, was sie daran erinnert, wie sie als Kinder in der Kommune gekichert haben, wenn Doro und Moira ihre Baumwollunterhosen an die Leine hängten. Die Großen hatten sich für so befreit gehalten, damals, als jeder mit jedem schlief, als hätten sie den Orgasmus erfunden. Heutzutage müssen die Frauen für das Recht kämpfen, nein zu sagen.

Arme Doro – sie wird Oolie vermissen, wenn sie auszieht. Vielleicht könnte ihr ein kleiner Hamster Gesellschaft leisten. Und Oolie hätte vielleicht auch gern einen Hamster, wenn sie in ihre neue Wohnung zieht. Damit wären schon zwei von den vieren versorgt – drei, denn sie selbst wird auch einen nehmen. Und Mr. Philpott vielleicht?

Dann fragt sie sich, ob es moralisch vertretbar ist, die kleine glückliche Familie auseinanderzureißen, nur um der Menschen willen. Vielleicht sollte sie sie einfach hinter dem Bücherregal leben lassen, glücklich bis ans Ende aller Tage.

Shakespeare oder Wittgenstein hätten bestimmt eine Antwort.

Serge

Ein verwaschener BH-Träger

»Wir brauchen neue Philosophie, um neue ökonomische Umwelt zu verstehen, Sergej.«

Eine dunkle Haarsträhne hat sich aus Maroushkas Knoten gelöst, und sie kaut geistesabwesend darauf herum, als sie sich in dem engen Glaskasten auf dem Drehstuhl zu ihm umdreht. Er muss sich zurückhalten, um nicht die Hand nach ihr auszustrecken und die Strähne zurückzustreichen.

»Ich dachte, die Erholung des Immobilienmarkts ist die neue Philosophie, Prinzessin. Morgenluft.«

Sie trägt einen anthrazitgrauen Rock, eine cremefarbene Seidenbluse und ein tailliertes Jackett. Das strenge Business-Outfit unterstreicht ihre Zierlichkeit, so dass sie wie ein kleines Mädchen wirkt, das sich als Erwachsene verkleidet hat.

»Morgenluft ist für Durchschnittsinvestor, Sergej.« Sie hat die nylonbestrumpften Füße unter dem Stuhl gekreuzt, ein Paar wildlederne Plateauschuhe liegt unter dem Schreibtisch. »Jetzt haben wir neue private Hedgefonds. Bringt große finanzielle Vorteil für Fall, wenn Morgenluft platzt.« Sie sagt es mit einem nervösen kleinen Kichern und zieht sich die Haarsträhne aus dem Mund.

»Du verkaufst ein Produkt an Investoren und wettest gleichzeitig darauf, dass es platzt?«

»Ist nicht gegen Gesetz«, sagt sie, ohne ihm in die Augen zu sehen.

»Nein, aber …«

»Wir haben Möglichkeit von unbegrenzter Gewinn mit begrenzter Risiko.«

Anscheinend ist Morgenluft (deren Frontmann er jetzt ist, wie sie ihn erinnert) nicht mehr als ein Vehikel, um das Interesse von Investoren zu wecken, vollgepackt mit Hypotheken, die so verlässlich wie Zeitbomben sind. Das Ziel ist, den kurzfristigen Rückstoß der Immobilienpreise abzuschöpfen – den »Dead-Cat-Bounce« –, doch sie hat schon berechnet, dass die Preise in wenigen Monaten wieder fallen werden. Und sie hat Chicken geholfen, einen komplexen privaten Hedgefonds zu konstruieren, der riesige Profite einfährt, wenn sich die Rezession vertieft und die Zahl der geplatzten Hypotheken steigt. Als sie die Hand ausstreckt, um anhand eines Graphs auf ihrem Bildschirm die Details zu erklären, rutscht ihr der BH-Träger über das Schlüsselbein, gräulich verwaschen unter der cremefarbenen Seide ihrer Bluse.

»Ist das … moralisch vertretbar?«

Sie kichert niedlich, und der BH-Träger rutscht noch einen Zentimeter vor.

»Moral ist für Durchschnittsmensch, Sergej. Nicht für uns.«

Soll er sie darauf hinweisen, dass ihr BH-Träger zu sehen ist? Er sieht schmuddelig aus, aber irgendwie sexy.

»In der neuen Zeit ist Durchschnittsmensch arm, nur Elite ist reich. Ist besser zu Elite zu gehören, Sergej.«

Wenn er sie nur an den Schultern packen und diese Besessenheit von Traumgraphen und Fantasiezahlen aus ihr herausschütteln könnte, die einst auch ihn fasziniert haben.

Prinzessin Maroushka!
Höre das Lied von Serge …

Wenn er sich nur vorbeugen, ihr den schmuddeligen BH-Träger über die Schulter herunterschieben könnte, das Schlüsselbein küssen und den Mund auf ihre hungrigen Zwölfjährigenlippen drücken könnte, mit denen sie jetzt wieder an der Haarsträhne saugt. Doch durch die Scheibe sieht er, wie Chicken den Gang des Handelsraums heraufgeschlendert kommt, das Jackett offen, die Krawatte gelockert. Ein Ausdruck, den er nicht deuten kann, huscht über Maroushkas Gesicht – halb Lächeln, halb Schaudern.

Dann klingelt ein Telefon auf ihrem Tisch.

»Da?«, antwortet sie und dann rattert sie irgendwas in ihrer unverständlichen Sprache herunter.

Was hat sie jetzt wieder vor? Andererseits ist so ziemlich alles an ihr unverständlich – oder vielleicht war er nur zu dumm, um sie zu verstehen.

Als er aufsteht, um zu gehen, hebt sie den Kopf, legt die Hand über die Sprechmuschel und sagt: »Übrigens, Sergej, du bist auch nicht sehr moralisch. Chicken weiß, dass du Trades von Privatkonto machst.«

Was inzwischen auch ihm klar ist.

In Zeiten wie diesen braucht man einen Freund, den man anrufen kann, aber die Behindertentoilette ist eine gefühlte Ewigkeit besetzt.

Als er endlich reinkommt, entdeckt er ein benutztes Kondom, das hinter die Toilettenschüssel gerutscht ist. Ein Glücklicher ist zum Zug gekommen.

Ottos Stimme am Telefon klingt gewichtiger, weniger nervös als früher. Die Vaterschaft hat ihm Ernsthaftigkeit verliehen.

»Also, da gibt's jede Menge Möglichkeiten, wie er sich in dein Konto reinhacken könnte. Was ist mit dem Memory-Stick, den du gefunden hast? Vielleicht hatte der ein Rootkit drauf. Du dachtest, du spionierst ihn aus, aber in Wirklichkeit hat er dich ausspioniert. Hehe.«

»Scheiße!«

»Oder er hat einfach dein Passwort geknackt. Dafür braucht

es nur jemanden, der dich beim Eintippen beobachtet, wenn du dich einloggst.«

»Unmöglich.«

»Bist du dir sicher? Da kommen doch sicher die ganze Zeit Leute an deinem Schreibtisch vorbei.«

»Ja, aber …«

Du weißt, Sergej, ich nur hier mit Studentenvisum.

Die Worte explodieren in seinem Hirn. Sie stand genau hinter ihm und hat ihm über die Schulter gesehen, als sie das sagte. Sie hätte seine Finger auf der Tastatur beobachten können. Und er hat irgendwas von Marinekonflikten gefaselt. War das, bevor oder nachdem sie sich geküsst haben? Er kann sich nicht erinnern. Und es spielt ja eigentlich auch keine Rolle mehr. Er spürt einen kalten Griff ums Herz, wie die Hand des Todes.

»Ja, ich muss mal drüber nachdenken. Danke, Otto. Wie geht's Flossie?«

»Bestens. Sie lernt gerade zu lächeln. Auch wenn sie danach meistens spuckt. Eines Tages wird Free Open-Source Software die Welt von Microsoft zurückerobern. Übrigens bekommen wir dauernd Päckchen von Doro. Sie häkelt jetzt in Regenbogenfarben. Hast du ihr das mit deinem Job eigentlich schon gestanden? Molly hat nämlich erzählt, dass sie neulich hier in Cambridge war.«

»Noch nicht richtig. Aber das tu ich bald.«

Wobei das vielleicht nicht mehr nötig ist, wenn Molly es für ihn erledigt hat. Vielleicht macht er sich sehr bald auf den Weg nach Brasilien.

»Kein Stress, Mann. Komm und besuch uns mal wieder.«

»Klar, mache ich.«

Als er das Telefon ausschaltet, sieht er einen weiteren entgangenen Anruf von Clara.

Clara

Planierraupen in der Kleingartensiedlung

Doro hat sich in ihrem Zimmer eingeschlossen und weigert sich rauszukommen, und Marcus bleibt aus Solidarität auch zu Hause, also bleibt es Clara überlassen, mit Oolie zum Spatenstich ihres neuen Heims zu gehen. Oolie ist vor Freude ganz aus dem Häuschen, und auf dem Weg zur Kleingartensiedlung hopst und schlittert sie durch den Schnee, der bereits zu Matsch wird.

»Es gibt sechs Zimmer für die Bewohner, und ich krieg mein eigenes Bad und Klo. Das wird toll. Mr. Clemmins hat mir Bilder gezeigt. Und Mum sagt, wenn ich in mein neues Haus ziehe, kann ich ein Bebie haben.«

Clara dreht sich ruckartig zu ihr um, rutscht aus und muss sich an einem Zaun festhalten. »Hat sie das wirklich gesagt?«

»Sie hat gesagt, vielleicht, wenn ich brav bin. Und ich werd nämlich ganz brav sein.«

»Ich habe gedacht, dass du für den Anfang vielleicht gern einen Hamster hättest.«

»Ja! Ich will ein Hamster!«

Sie drückt Oolies Hand. Die spontane, allumfassende Begeisterung ihrer Schwester ist eins der Dinge, die sie am meisten an ihr liebt.

Die Gemüsebeete und Obststräucher sind von einer dünnen Schneeschicht bedeckt, so dass die Gärten aussehen wie ein leeres Blatt Papier, auf das man alles Mögliche schreiben könnte. Eine Planierraupe röhrt vor sich hin, wirft Erdhügel auf und ebnet den inneren Bereich ein, wo die Baustelle entstehen wird. Ein paar Kerle mit Schaufeln laden Mutterboden auf einen Lastwagen, an dessen Tür seltsamerweise das SYREC-Logo prangt. Eine Clique von Kindern aus der Greenhills-Siedlung hängt müßig herum und versucht die Männer mit den Schaufeln durch Bemerkungen abzulenken wie: »Hey, Mister, kann ich mir Ihre Schaufel ausleihen?«, »Haben Sie mal 'ne Kippe, Mister?«, »Meine Schwester will mit Ihnen vögeln.«

Sie entdeckt Jason Taylor und Robbie Lewis unter ihnen. Für die beiden scheint Claras und Oolies Ankunft eine willkommene Abwechslung darzustellen.

»Hey, Miss!«, brüllt Jason. »Ich hab Sie mit Kleidern erst gar nicht erkannt.«

»Haha.«

»Haben Sie mal 'ne Kippe, Miss?«

»Ich rauche nicht«, lügt sie.

In dem Moment fährt ein schicker schwarzer Mini vor, und eine junge Frau in Stöckelschuhen und Bleistiftrock steigt aus, Notizblock in der Hand. Dann rollt ein roter Kombi heran und spuckt einen jungen Mann mit einem Fotoapparat um den Hals aus.

»Ist das die Kleingartensiedlung von Greenhills?«

»Meine Schwester will mit Ihnen vögeln!«, »Haben Sie mal 'ne Kippe?«, »Kann ich mal Ihre Kamera ausprobieren, Mister?«, rufen die Kinder im Chor.

Während der Fotograf an seiner Kamera herumdreht und versucht die Planierraupe ins Visier zu bekommen, fährt ein weiterer Wagen vor, ein schwarzer BMW mit getönten Scheiben. Ein dicker Mann im Jogginganzug steigt vom Fahrersitz, und zwei Männer in Anzügen steigen aus dem Fond. Einer ist ein großer, fleischiger Typ mit rasiertem Schädel und Tätowierung auf dem Kopf, der andere ist Stadtrat Malcom Loxley.

Der Fotograf fängt zu knipsen an. Der Stadtrat geht auf die Planierraupe zu, tauscht mit dem Fahrer den Platz, setzt sich den Helm des Mannes auf und winkt dem Fotografen, den Kindern und ein paar Nachbarn, die neugierig herumstehen, zu. Die Männer mit den Schaufeln posieren mit dem Stadtrat. Die Kamera klickt und klickt. Dann legt der Stadtrat den Rückwärtsgang ein, fährt ein Stück zurück, gibt Gas und hält auf einen störrischen kleinen Obstbaum zu, der zwei Äste aus dem aufgeworfenen Schnee und Matsch reckt, hebelt ihn samt Wurzeln aus dem Boden und schiebt ihn mitsamt den Überresten eines Schuppens, ein paar geschundenen Obststräuchern und ein paar alten Stühlen an den Rand der Baustelle.

Die Zuschauer klatschen und feuern ihn an. Oolie stimmt fröhlich mit ein. Clara schiebt die Hände in die Taschen.

Er springt herunter und schüttelt den Zuschauern die Hände. Die Frau mit dem Notizblock und den spitzen Absätzen schreibt eifrig die Worte mit, die aus seinem Mund kommen.

»Es ist mir eine große Freude, den Startschuss für dieses wunderbare Projekt zu geben, das den behinderten Mitbürgern in unserer Gemeinde zugutekommen wird, zusammen mit einem modernen Einzelhandelskomplex für unsere anständigen, hart arbeitenden Familien in Doncaster …«

Die ganze Zeit schießen seine Augen hin und her. Es wird vereinzelt geklatscht. Clara merkt, wie ihr Mund sich zu einem zynischen Lächeln verzieht. Doro hatte recht, hier wegzubleiben.

»… anstatt das Geld unserer Steuerzahler für politisch korrekten Unsinn zu verschleudern.«

Was soll das denn heißen?

So schnell, wie es begonnen hat, ist es auch schon wieder vorbei. Der große kahlrasierte Mann steht am BMW und nickt dem Mann im Jogginganzug zu, der herüberkommt und dem Stadtrat etwas ins Ohr flüstert. Der Stadtrat winkt der Menge zu, steigt in den Wagen und ist verschwunden. Der Fahrer steigt wieder auf die Planierraupe und lässt den Motor aufheulen, die Männer mit den Schaufeln schaufeln weiter, die Journalisten fahren davon.

Als sich die Menge auflöst, entdeckt sie einen großen, blonden jungen Mann, der am anderen Ende der einstigen Kleingartenanlage neben einem Lastwagen steht. Oolie sieht ihn auch und winkt ihm mit beiden Händen. Mr. Clements bahnt sich den Weg um die zukünftige Baugrube zu ihnen, seine Schuhe versinken tief im weichen aufgegrabenen Matsch.

»Jetzt geht's los«, sagt er. »Bist du aufgeregt, Oolie?«

»Ja. Weil Mum sagt, ich krieg ein Bebie, wenn ich einziehe.«

Er lacht unbehaglich.

»Oder einen Hamster«, sagt Clara schnell.

»Anscheinend ist es gar kein städtisches Projekt«, sagt er. »Es ist eine private Firma, die das Wohnheim betreibt. South Yorkshire Residential Care. SYREC. Sie haben schon mehrere Projekte in der Gegend. Betreutes Wohnen ist eine neue Sparte für sie. Ich weiß nicht, was Ihre Mutter dazu sagen wird. Sie hat ziemlich starke Überzeugungen, oder?«

»Kann man so sagen«, antwortet Clara.

»Krieg ich trotzdem mein eigenes Klo?«, fragt Oolie.

Sie gehen zusammen in Richtung Hardwick Avenue. Die Temperatur ist gefallen, und der Bürgersteig ist spiegelglatt, weil mit Einbruch der Dämmerung der Schneematsch überfriert. Oolie rutscht, und er greift nach ihrer Hand, um sie festzuhalten. Dann rutscht Clara auf der anderen Seite. Er geht in der Mitte, und beide Frauen halten sich an ihm fest.

Nach einer Weile drückt er Claras Hand und sagt: »*Iron Man* läuft wieder im Odeon. Er soll ganz gut sein.«

»Ich habe ihn schon …« Sie unterbricht sich.

»Was ist Eier-Mann?«, fragt Oolie.

»Das ist ein Film«, sagt Clara.

»Ich mag Filmer! Kann ich mitkommen?«

»Nein«, sagt Mr. Clements.

Serge

Das Geisterkaninchen

Serge ist tief in Gedanken, als er auf dem Heimweg im halb geschmolzenen Schnee durch die dunklen leeren Straßen wandert, und erinnert sich nur noch vage an die Hochstimmung, mit der er am Morgen aufgebrochen war. Der uralte Rhythmus des Menschen – einen Fuß vor den anderen – hilft ihm, seine Gedanken zu ordnen, während er über das heutige Gespräch mit Maroushka nachgrübelt. Sie hat ihm nicht direkt gedroht, aber sie hat – mit ihrem merkwürdigen Zwölfjährigenlächeln – angedeutet, dass es wegen seiner Rolle bei Morgenluft und seiner heimlichen Geschäfte in seinem eigenen Interesse wäre, den Mund zu halten.

Er wählt ruhige Straßen und Gassen, wo die Geschäfte und Büros geschlossen sind, und geht vorsichtig, denn das Pflaster ist tückisch; an diesem feuchten Dezemberabend braust nur ab und zu ein Taxi vorbei und hinterlässt versengten Dieselgeruch, lange nachdem es verschwunden ist. Er spürt immer noch den kalten Griff des Todes um sein Herz.

... ich nur hier mit Studentenvisum. Wenn Studium fertig, ich muss zurück nach Shytomyr ...

Sein Weg führt ihn über Moorgate zur Chiswell Street und Bunhill Row hinauf, wo die Toten unter einer dünnen Schneedecke in ordentlichen Gräbern den Schlaf der Gerechten schlafen. Früher ist er hier tagsüber manchmal spazieren gegangen – der Friedhof erinnert ihn an den in der Mill Road in

Cambridge –, aber nachts ist es irgendwie unheimlich, oder vielleicht ist es auch seine Gemütsverfassung, die alles unheimlich wirken lässt.

»Aber Chicken beantragt richtige Arbeitsvisum für mich. Du verstehst …?«

Jetzt hat sie ihr Visum. Und was hast du ihm dafür gegeben, Maroushka?

Ihr persönlicher Verrat kommt ihm schrecklicher, erschütternder vor, als wenn sie einfach mit Chicken geschlafen hätte. Wobei sie das wahrscheinlich auch getan hat.

Plötzlich sieht er, wie etwa zwanzig Meter vor ihm am Friedhofstor eine kleine weiße Gestalt aus dem Schatten der Äste, die über den Zaun wachsen, aufs Pflaster springt, still sitzen bleibt und ihn anstarrt. Sie hat ungefähr die Größe und Form eines großen weißen Kaninchens. Er bleibt stehen. Reibt sich die Augen. Sein Herz klopft wie wild. Ist das ein böser Traum?

Ein einzelnes Auto fährt vorbei. Das Ding rennt nicht weg, sondern zittert nur. Es sieht aus, als fehle ihm ein Ohr. Er geht weiter, langsamer jetzt, den Blick fest auf das Tier gerichtet. Es läuft nicht davon, doch es schwankt leicht von einer zur anderen Seite; fast sieht es aus, als würde es sich verwandeln, grotesk anschwellen. Was zum …?

Aah! Er stolpert.

Ein wahnsinniger Schmerz schießt ihm durchs Knie, als er sich mit vollem Gewicht das Bein verdreht, da sein Fuß zwischen dem Pedal und dem Reifen eines auf dem Boden liegenden Fahrrads hängen geblieben ist. Irgendein Idiot hat sein Rad am Zaun festgeschlossen. Als er stürzt, springt das weiße Ding auf ihn zu. Er schnappt nach Luft, streckt abwehrend die Hände aus und sieht, dass es nur eine Plastiktüte mit zerknüllten Servietten und den Resten eines Schnellgerichts ist, die irgendeine Sau weggeworfen hat. Scheiße! Sein Knie ist hinüber. Warum lassen die Leute den verdammten Bürgersteig nicht frei? Ist das etwa zu viel verlangt?

»Alles in Ordnung?« Ein kleiner Mann mit Wollmütze kommt aus einem Pub auf der anderen Straßenseite.

»Ja, ja. Alles klar. Ich brauche nur ein Taxi.«

Tränen strömen ihm übers Gesicht, als der Schmerz überhandnimmt, alles andere ausschaltet, und er stellt fest, dass er zugleich schluchzt und kichert, auf einer Achterbahn von Qual und Hochgefühl. Alles, was vorher verworren erschien, ist plötzlich wunderschön einfach, als hätte er ein Theorem entdeckt. Als hätte man ihn endlich aus seiner Tretmühle entlassen.

Jetzt weiß er sicher, dass er nie mehr zur FATCA zurückgehen wird. Eine große Leichtigkeit umfängt ihn und hebt ihn vom Pflaster, hebt ihn über den Schmerz, hebt ihn über Scham und Reue und Angst, trägt ihn auf dem Rücksitz eines schwarzen Taxis zusammengerollt an den Ort, den er Zuhause nennt, von dem er sich jedoch auch bald verabschieden wird, wie er weiß.

Als er sich endlich ins Bett geschleppt hat – diesmal nimmt er den Fahrstuhl, kein Treppensteigen für ihn! –, ist sein Knie schmerzhaft geschwollen. Morgen muss er zu Dr. Dhaliwal gehen.

Bevor er sich hinlegt, gibt es noch eine Sache, die er erledigen muss. Er schenkt sich ein Glas Barolo ein, nimmt ein paar Ibuprofen und schaltet den Laptop an. Dann gibt er die URL der brasilianischen Immobilie ein. Sie ist noch da, zwinkert ihm hinter den Palmen zu, das Ganze für $ 499 000. Als er sich in Dr. Blacks Konto einloggt, sieht er, dass sein Guthaben auf £ 1,21 Millionen angestiegen ist. Er füllt das Überweisungsformular für den gesamten Betrag auf sein persönliches Konto aus.

Der Laptop gibt ein langes Knattern von sich, als würde er mit den Zähnen knirschen. Der Bildschirm wird schwarz. Dann, nach wenigen Augenblicken, erscheint eine Fehlermeldung: »Transaktion verweigert.«

Er versucht es noch mal mit der Hälfte des Betrags. »Transaktion verweigert.«

Scheiße! Er weiß, dass das Geld da ist – er hat es gesehen. Oder besser gesagt, er hat große Zahlen gesehen, die Geld repräsentieren sollen. Vielleicht war alles nur eine Fata Morgana, ein Märchenschatz, kein echtes Geld. Doch wenn er bei der Bank nachfragt, werden sie unweigerlich Fragen stellen. Das Betrugsdezernat einschalten. Sein Herz klopft schneller – bumm! Bumm! Bumm!

Er versucht es ein drittes Mal mit einem Betrag, der genau den Preis der brasilianischen Immobilie abdeckt. Es erscheint die Meldung: »Transaktion verweigert. Bitte kontaktieren Sie Ihre örtliche Bankfiliale.«

Schade.

Doro

Der Stimulator

»Gehen wir zum Weihnachtsmann in der Oxfam Street?«, fragt Oolie.

Der Zug nach London ist voll mit Weihnachtseinkäufern, die sich ins Großstadtgedränge stürzen wollen, und alle haben ihre Handtaschen umklammert und nuscheln in Handys, aber Doro hat ein gewichtigeres Ziel.

»Nein. Wir werden Serge befreien.«

Sie meint es natürlich nicht buchstäblich, sondern so, wie man einen verzauberten Träumer im Märchen von dem bösen Bann befreit. Im Gegensatz zum Vorweihnachtstrubel in der Innenstadt wirkt das Bankenviertel wie im Winterschlaf. Sie hat sich ein Stück Stadtplan aus dem Internet ausgedruckt und findet problemlos zu dem hohen Glasturm, in dem ihr Sohn gefangen gehalten wird.

Sie betreten das hohe halogenerleuchtete Atrium. An einer Wand prangt ein Motto in vergoldeten Lettern. *AUDACES FORTUNA IUVAT.*

»Kann ich Ihnen helfen?«, fragt eine der hübschen blonden Frauen am Empfang.

»Ich suche nach meinem Sohn, Serge Free.«

»Er heißt Sellerie.« Oolie grinst das Mädchen an, das zurücklächelt.

»Wenn Sie sich kurz setzen möchten …«

Im nächsten Moment kommt ein großer Mann im dunklen

Anzug vorbei, hält seinen Ausweis hoch und passiert die Sicherheitsschleuse. Doro packt Oolies Hand, drängt sich hinter ihm her und winkt der Empfangsdame freundlich zu. Sie folgen ihm in den Lift.

»Wir suchen Sellerie.« Oolie probiert wieder ihr Lächeln aus.

»In der Watling Street gibt es einen Supermarkt«, antwortet der Mann, ohne zu lächeln, und steigt im nächsten Stock aus.

Doro beschließt, ihm nicht zu folgen, und weil sie nicht weiß, wohin sie eigentlich will, drückt sie den obersten Knopf. Der Glaskäfig rauscht nach oben, Etage für Etage. Kabel surren und zischen, rollen sich ein, rollen sich ab. Flure, Großraumbüros, Männer in Anzügen und Frauen in hohen Schuhen fliegen vorbei.

»Ooh!«, japst Oolie. »Das macht Spaß!«

Ganz oben steigen sie aus. Es ist niemand zu sehen. Es gibt zwar einen Empfangstisch, aber er ist nicht besetzt. Fahles Licht fällt durch die Glaswand vor ihnen. Sie sind fast auf gleicher Höhe mit den Wolken. Vom Fahrstuhl aus führt ein mit Teppich ausgelegter Flur in beide Richtungen, die eine Wand Glas, die andere mahagonigetäfelt mit einer Reihe von geschlossenen Mahagonitüren. Hinter ihnen schließt sich die Fahrstuhltür, und der Fahrstuhl verschwindet.

»Wo ist Sellerie?«

»Ich weiß es nicht. Psst!«

Sie stehen da und lauschen. Ein regelmäßiges zischendes Geräusch, leise, aber eindringlich, kommt aus einer der Türen auf dem Flur.

»Poppen die?«, fragt Oolie.

»Kann sein.«

Wer es auch ist, der Kerl scheint ein unglaubliches Stehvermögen zu haben.

Plötzlich öffnet sich mit einem metallischen Schnappen und Zischen die Fahrstuhltür wieder. Heraus kommen eine große blonde Frau und ein pummeliger Junge. Die vier stehen da und starren einander an.

»Wer sind Sie?«, wird Doro von der großen Blonden gefragt. Sie trägt flache Schuhe und jede Menge Schmuck, der auf Doro ein bisschen vulgär wirkt.

»Dorothy Marchmont«, sagt Doro, der das Selbstvertrauen fehlt, die Frau zu fragen, was sie das angeht. »Und wer sind Sie?«

»Caroline Porter. Haben Sie meinen Mann gesehen?«

»Ich habe überhaupt niemanden gesehen hier oben«, sagt Doro und beschließt, nichts von dem Geräusch zu sagen, das inzwischen aufgehört hat.

»Willst du meinen Stimulator sehen?«, flüstert der Junge Oolie zu. Auch er hat die weichen Down-Syndrom-Züge und den sanften, leicht verlorenen Gesichtsausdruck.

»Ja, ich will den Stimulator!«

»Oolie! Nein!«, zischt Doro. »Ich habe keine Ahnung, wer Ihr Mann ist«, sagt sie zu der Frau. »Ich bin auf der Suche nach meinem Sohn.« Dann, als sie ihre traurigen Augen sieht, wird ihre Stimme freundlicher. »Wie alt ist Ihr Junge?«

»Gar nicht mehr so jung. Willy ist vierundzwanzig. Und Ihre ... ist sie Ihre Tochter?«

Sie lächeln einander an.

»Ja. Oolie-Anna. Dreiundzwanzig.«

Oolie und Willy sind verschwunden, aber sie kann ihre Stimmen weiter unten im Flur hören.

Im gleichen Moment springt vor ihnen ein winziges weißes Kaninchen durch den Flur. Doro reibt sich die Augen. Dann begreift sie, dass sie nicht träumt und dass es kein weißes Kaninchen ist, sondern ein weißer Golfball, der sehr schnell ist.

»Willy! Pass doch auf!«, ruft Caroline. »Er ist völlig vernarrt in den Golfsimulator«, erklärt sie Doro.

Ach so. Vielleicht war das das Geräusch.

»Ich glaube, mein Sohn arbeitet hier irgendwo«, sagt Doro. »Ich muss ihn finden.«

Caroline nickt. »Wir haben hier ungefähr tausend Mitarbeiter. Ist er Trader?«

»Ich habe keine Ahnung. Ich hoffe nicht.«

»Die Trader sind im neunten Stock. Möchten Sie, dass ich mitkomme?«

»Würden Sie das tun?«

»Kommen Sie. Gehen wir.«

»Was ist mit …?«

»Das ist in Ordnung. Sie können mit dem Golfsimulator spielen. Hier oben gibt es sonst nichts, was sie anstellen könnten.« Sie drückt auf den Fahrstuhlknopf.

»Und Ihr Mann?«, fragt Doro, als sie nach unten in den neunten Stock gleiten.

»Das werden wir sehen.«

Der Lärm im Handelsraum schlägt Doro wie eine Wand entgegen, als die Doppeltür aufschwingt.

»Serge!«, ruft sie mehrmals.

Allmählich legt sich das Stimmengewirr. Gut achtzig Augenpaare sind auf sie gerichtet.

»Serge, ich weiß, dass du da bist! Hab keine Angst!«

Schweigen.

Neben ihr flüstert Caroline: »Wow! Sie haben aber eine eindrucksvolle Stimme!«

»Ja, ich war früher viel auf Demos.«

Warum kommt Serge nicht raus? Es muss eine simple Erklärung geben, dass er nicht mit ihr geredet hat. Vielleicht hatte er Angst, dass sie ihm vorwirft, er hätte seine Ideale verraten.

»Serge! Ich bin's, deine Mum! Du kannst jetzt mit nach Hause kommen. Alles ist vergeben!«

Eine Welle unterdrückter Hysterie läuft durch den Saal. Im

ganzen Handelsraum halten sich die Männer in Anzügen und die wenigen Frauen die Hände vors Gesicht, und ihre Schultern zucken. Selbst die Bildschirme scheinen zu kichern, und blaue Wirbel machen roten Wirbeln Platz.

»Was wollen Sie? Warum schreien Sie?«

Ein böse dreinschauendes dunkelhaariges Mädchen in einem engen schwarzen Kleid und lächerlich hohen Stöckelschuhen ist hinter ihnen durch die Tür gekommen. Sie ist recht hübsch, aber zu dünn, und sie trägt viel zu viel Make-up.

»Ich suche nach meinem Sohn, Serge Free.«

»Sie sind Mutter von Sergej?« Das Mädchen mustert sie mit kaum versteckter Verachtung. »Ich habe gedacht, Sie sind mehr kultiviert.«

Plötzlich macht Caroline einen Satz und packt das Mädchen an den Haaren.

»Du bist das! Du Ukrainerflittchen!«

Das Mädchen wehrt sich. »Loslassen! Du doch verstehst ihn nicht. Alte verlassene Weib!«

Caroline springt ihr an die Kehle.

Das Mädchen schlägt mit Händen und Füßen um sich, lässt die Handtasche fallen, deren Inhalt sich auf den Boden ergießt – schäbige Make-up-Utensilien, eine verfilzte Bürste, zerknüllte Taschentücher, fleckige Münzen. Ein kleines quadratisches Foto flattert Doro vor die Füße. Sie hebt es auf. Es zeigt zwei Frauen, Arm in Arm, die in die Kamera lächeln. Sie erkennt das Mädchen wieder, mit kürzerem Haar, in einem gestreiften Pullover; die andere Frau sieht aus wie sie, nur älter, mit einer formlosen grauen Dauerwelle und schlechten Schneidezähnen. Ihre Mutter? Das Mädchen reißt Doro das Foto aus der Hand, sammelt hastig den Rest ihrer Habseligkeiten ein und huscht davon, als die Schwingtür wieder aufgeht und ein gutaussehender Mann mittleren Alters in Hemdsärmeln auf sie zukommt.

Halb hatte Doro damit gerechnet, in diesem Gebäude dem

Teufel persönlich über den Weg zu laufen, aber dieser Mann sieht ziemlich sexy aus.

»Caroline! Liebling! Was machst du hier?« Er küsst seine Frau auf die Wange.

Er wirkt sehr charmant, auch wenn Doro auffällt, dass sein Hemd nur halb in die Hose gesteckt ist und sein Reißverschluss ein wenig offen steht.

»Willy wollte Golf spielen, ich habe ihn oben gelassen. Hast du ihn nicht gesehen?« Caroline ist immer noch rot im Gesicht.

»Ich habe niemanden gesehen. Ich war … in einem Meeting. Finanzausschuss.«

Er winkt mit einem Bündel Papiere, auf dem Doro ein grünes Portcullis-Wappen erkennt. Er regiert also auch das Land?

Caroline springt vor, um ihm den Reißverschluss hochzuziehen. »Mit deinem ukrainischen Flittchen?«

»Was ist in dich gefahren, Caroline?«, zischt er. »Bist du verrückt geworden?«

»Ich weiß, was hier läuft, du Schwein!«, zischt Caroline zurück.

»Caroline, hör auf! Du machst dich lächerlich!«

Seltsamerweise beobachten die Leute im Saal nicht mehr den kleinen Tumult hier, sondern starren wie hypnotisiert auf ihre Bildschirme, wo immer noch blutrote Wellenbewegungen zu sehen sind.

»Und du denkst, das kümmert mich? Nachdem du deinen Schwanz durch die ganze Stadt gewedelt hast?«

»Wer …?«

»Das ist meine Freundin …«

»Dorothy Marchmont. Guten Tag.«

»Ken Porter.«

Er streckt ihr seine große fleischige Hand entgegen, die leicht klebrig ist, wie Doro bemerkt. Sie ergreift den Moment. »Ich bin auf der Suche nach meinem Sohn, Serge Free.«

Ist er gerade zusammengezuckt?

Plötzlich ist der ganze Raum vom Heulen einer Sirene erfüllt. Die harten heißen Kunststoffoberflächen werfen den Lärm zurück und steigern ihn zu einem bedrohlichen Jaulen: *Whaaa! Whaaa! Whaaa!* Dann geht das Licht aus, die Fernsehbildschirme an der Decke flimmern und werden schwarz, und auf den Tischen erlöschen einer nach dem anderen die Monitore, und die Computer fahren herunter. Mit einem großen Finale von Alarmtönen und Abschiedsklingeln kommt das ganze System langsam zum Stillstand.

»Feueralarm!«, brüllt jemand vom anderen Ende des Saals.

»Bombendrohung!«, ruft ein anderer.

Nur das wässrige Licht, das durch die hohen Fenster fällt, erhellt die Szene, als Dutzende, nein, Hunderte von Gefangenen ihre Ketten abwerfen und auf die Schwingtür zurennen.

»Ja! Befreit euch, ihr Drohnen!«, ruft Doro, als sie an ihr vorbeilaufen, eine menschliche Flut, die die Treppen hinunterstürzt, weil die Fahrstühle außer Betrieb sind, den Notfalllichtern am Boden folgend.

»Oh Gott! Willy ist noch oben!«, schreit Caroline plötzlich.

»Und Oolie!«

»Schnell! Die Treppe hoch!« Caroline packt Doros Hand, und zusammen kämpfen sie sich gegen den Strom der grauen Anzüge die Treppen hinauf, eins, zwei, drei … sechs Stockwerke. Der Ehemann folgt ihnen.

Im obersten Stock bleiben die drei keuchend stehen und lauschen. Alles ist unheimlich still. Niemand ist da. Gedämpft ist der Radau von unten zu hören; die Sirenen sind verstummt, aber man hört Rufe und Stimmengewirr, und Doro braucht einen Moment, um ein Geräusch in der Nähe herauszufiltern, ein leises sich hebendes und senkendes Ächzen, das ein bisschen wie Schnarchen klingt.

»Wir müssen vernünftig miteinander reden«, sagt der Ehemann und packt Caroline am Arm.

Doro sieht eine pulsierende lila Vene an seiner Schläfe. Sein linkes Auge zuckt.

»Zuerst müssen wir die Kinder finden«, würgt sie ihn ab.

»Sehen Sie beim Golfsimulator nach.« Caroline zeigt ihr die Richtung. »Dahinten. Ich gehe zum Konferenzraum.«

Doro hat keine Ahnung, was ein Golfsimulator ist, also steckt sie den Kopf nacheinander in mehrere leere Büros. Am Ende des Korridors führt eine Tür in einen Raum, in dem es vollkommen dunkel ist. Während sie in die Finsternis starrt, geht plötzlich das Licht an, und an der Stirnwand des langen, schmalen Raums taucht eine üppige grüne Landschaft auf, ein mit Bäumen gesprenkeltes Tal, ein rauschender Bach im Vordergrund, im Hintergrund Berge. Sie schnappt nach Luft. Vor dem Bach liegen ein paar große, täuschend echte Steine und Felsen in 3D, die, als sie näher kommt, gar keine Steine und Felsen sind, sondern herumliegende Kleidungsstücke. Schwarze Schuhe. Zerknautschte braune Hosen. Eine weiße Unterhose. Irgendwoher kommt das leise Ticken einer Maschine. Und ja, das sich hebende und senkende Ächzen kommt auch von hier, und jetzt klingt es eindeutig wie Schnarchen.

»Oolie?«

Die Landschaft zittert und wölbt sich, und Doro sieht, dass sie auf ein von der Decke hängendes Laken projiziert ist.

»Oolie? Willy?«

»Du geiler alter Bock ...!« Carolines schrille Stimme peitscht durch den Flur.

Einen Moment später platzen sie und ihr Mann herein. Sie schlägt ihm etwas um die Ohren, das wie ein kleiner nasser Latexhandschuh aussieht, und er weicht zurück und ruft: »Hör auf, Caroline! Bitte! Wenigstens hab ich ein verdammtes Kondom benutzt!«

»Psst!«, flüstert Doro. »Sehen Sie sich das an!«

Sie zieht das Laken zurück, und in der dunklen Ecke dahinter, die jetzt seltsam von der schimmernden projizierten Landschaft erleuchtet wird, liegen die beiden jungen Leute wie zwei Barockengel aneinandergekuschelt.

»Tut mir leid, Dad.« Willy setzt sich auf, als das Licht auf ihn fällt, streckt sich und fährt sich mit der pummeligen kleinen Hand durchs Haar. »Ich hab versucht es abzustellen, aber ich glaube, ich habe den falschen Knopf erwischt.«

Oolie öffnet die Augen, blinzelt, und ein Lächeln gleitet über ihr Gesicht. Mit schläfriger Stimme sagt sie: »Wir kriegen ein Bebie.«

Weit weg in der zitternden, leuchtenden Landschaft saust ein kleines weißes Kaninchen davon und verkriecht sich in seinem Loch.

EPILOG

Marcus

Autsch!

Aaau! Heute ist der Schmerz noch schlimmer. Am Nachmittag muss er ins Krankenhaus und mit dem Arzt über die Ergebnisse der Tests sprechen, und wenn es sein muss, wird er sich dann mit Doro hinsetzen und ihr alles erzählen. Wahrscheinlich hätte er es ihr längst sagen sollen, aber warum sie beunruhigen, wenn die Symptome so verschwommen sind? Allgemeine Erschöpfung, Völlegefühl, stärkere Blähungen als gewöhnlich (die kleine Oolie hat es gemerkt) und in letzter Zeit schmerzhafte Verstopfung. Hoffentlich nichts, was eine gute Tablette nicht kurieren kann. Mit etwas Glück muss Doro gar nichts davon erfahren. Nein, es war etwas anderes, als er Doro die Sache mit Oolie verschwiegen hat. Das war egoistisch, weil er Angst vor ihren Vorwürfen hatte, und er ist nicht stolz darauf. Aber diesmal tut er es ihr zuliebe. Das Problem ist, sie regt sich immer gleich so auf.

Glücklicherweise hatte er gestern bei der Hochzeit alles unter Kontrolle. Es war eine ziemlich fröhliche kleine Angelegenheit auf dem Standesamt in Doncaster, auch wenn Oolie es ein bisschen übertrieben hat, wie sie in ihrem blauen, mit Schleifen übersäten Kleid herumhüpfte und alle küsste. Und Gott weiß, wer Doro zu diesem grauenhaften Hut überredet hat, der mehr wie eine Dampfkochtopfvariante als wie eine Kopfbedeckung aussah. Jetzt, da sie ehrenamtlich bei Oxfam arbeitet, kommt sie ständig mit irgendwelchem seltsamem Zeug nach Hause, aber Serge schwört, er hätte ihn in einer Boutique in Shoreditch gekauft.

Es war schön, Serge und seine neue Freundin zu sehen, eine sehr nette und intelligente junge Frau. Ärztin. Inderin. Sie sah aus, als wäre sie schwanger – aber er wollte nicht fragen. Anscheinend denken sie daran, zurück nach Yorkshire zu ziehen, wenn Serge mit seiner Doktorarbeit fertig ist. Doro wird sich freuen, wo Clara so weit weg ist und Oolie ausgezogen ist. Aaau! Dieser Schmerz!

Es war auch schön, Otto und Molly zu sehen mit ihren beiden Kindern, wobei ihm unverständlich ist, wo sie diese lächerlichen Namen herhaben. Flossie und Wiki. Was kommt als Nächstes? Zahnstocher und Pirat? Erinnert ihn an Toussaint und Kollontai, diese armen Kinder. Deren Eltern gehören erschossen. Aber aus den Kindern ist ja trotzdem was geworden. Nick und Jen waren auch da und waren ganz vernarrt in die zwei Babys. Er hat immer gedacht, Nick wäre ein bisschen autistisch und Jen vollkommen verrückt, aber irgendwie haben sie sich als vorbildliche Kleinstadtgroßeltern neu erfunden. Gott weiß, was Doro früher in ihnen gesehen hat.

Star konnte nicht kommen – sie ist schon wieder wegen irgendeiner Klimastörung festgenommen worden, aber Moira war da. Sie hat ein bisschen zugelegt, hat aber immer noch einen bildschönen Busen. Lustig, so was hätte er damals nie sagen können, ohne den Zorn der Femintern auf sich zu ziehen. So hat Fred Braxendale die Frauen genannt. Er war auch da. Ein bisschen schütter oben rum. Hatte immer noch denselben Pullover an. War mit seiner neunzehnten Lebensabschnittsbegleiterin da. Oder der zwanzigsten. Hat wohl selbst den Überblick verloren. Der Pullover, den er laut Doro 1971 bei John Lewis im Schlussverkauf gekauft hat, hat die ganzen Frauen überlebt. Weiß Gott, was sie in ihm sehen.

Danach gab es einen kleinen Empfang zu Hause in der Hardwick Avenue mit Sojabratlingen, Bohnensalat und Linsenauflauf. Um der alten Zeiten willen, hat Doro gesagt. Persönlich hatte er es nie mit dieser Lifestyle-Politik, das kam ihm schon immer antimarxistisch vor. Früher hat er sich ab und zu rausgeschlichen, um bei Little Chef in Adwick ein Steak zu essen. Noch so eine Sache, die er Doro nie erzählt hat. Aber jeder Mensch hat nur eine begrenzte Aufnahmefähigkeit für Linsen.

Beim Empfang waren auch ein paar schräge Vögel, die anscheinend ohne Einladung aufgekreuzt waren. Der Hausmeister von Claras Schule war da, der die ganze Zeit von seinem wüsten Garten sprach und einen Freund dabeihatte, einen alten ukrainischen Ingenieur, der 1955 bei den McCormick-Traktorwerken in Wheatley Hall gearbeitet hatte, und noch andere von Doros Kleingärtnern. Außerdem war eine knittrige Blondine aus Askern da, die in der Küche zu ihm kam und ihn fragte, ob er sich daran erinnerte, dass sie während des Streiks miteinander geschlafen hatten. Er hat genickt und höflich gegrinst und versucht ein enthusiastisches Gesicht zu machen, aber erinnern konnte er sich beim besten Willen nicht. Und eine Frau mit rosa Leggings und einem braunen Pudel war da, die dauernd irgendwas von Zehhaar-Therapie redete, mit der sie ihm helfen könnte. Sie sagte, Serge hätte ihr von seinem Zustand erzählt. Frechheit. Au!

Zu schade, dass Clara nicht kommen konnte, aber sie hat liebe Grüße aus Copacabana geschickt, wo sie mit Oolies Sozialarbeiter eine Schule für Slumkinder gründen will. Wie Doro sich aufgeregt hat, als die beiden sich zusammentaten. Offenbar kann sie den armen Kerl nicht ausstehen, Gott weiß warum. Dabei scheint er ein höchst anständiger junger Mann zu sein mit einem soliden Arbeiterklassenhintergrund, und Oolie mag ihn sehr.

Apropos Oolie, diese ganze Aufregung wegen ihrer Scheinschwangerschaft – er hätte ihnen gleich sagen können, dass nichts daraus werden würde, wenn ihn jemand gefragt hätte, denn es ist doch bekannt, dass Männer mit Down-Syndrom meistens unfruchtbar sind. Clara hat ihr stattdessen einen jungen Hamster geschenkt, bevor sie abgereist ist, und mit dem scheint sie auch zufrieden. Und Doro hilft ihr, hinter dem Haus, in dem sie jetzt wohnt, einen Garten anzupflanzen, mit Blumen, Gemüse und einem Pflaumenbaum. Die beiden sind immer noch zusammen, Oolie und der junge Mann – sie überlegen sogar, ob er zu ihr zieht. Er kam mit seiner grauenhaften Mutter zur Hochzeit angereist. Ihr Einzugsgeschenk für Oolie war eine kleine beleuchtete Eieruhr aus Glas. Nur 280 Pfund, hat sie gesagt. Hat das Ding bei *How to Spend it* entdeckt. Die arme Doro ist fast in Ohnmacht gefallen. Dabei haben sie und Doro sich offenbar angefreundet, weiß Gott warum. Megan war auch da. Die drei waren ziemlich beschwipst, und irgendwann haben alle zu heulen angefangen. Es war ziemlich peinlich.

Autsch! Genug der müßigen Gedanken. Die Zeit ist kurz, und er hat noch ein paar wichtige Aufgaben zu erledigen. Wie vorhergesehen zerbricht der Kapitalismus unter dem Gewicht seiner eigenen Gegensätze. Und es ist erfreulich, zu wissen, dass sie alle ihr Scherflein zu seinem Niedergang beigetragen haben: Clara, indem sie sich für die Kinder der Unterdrückten einsetzt, Doro mit ihrem Engagement für die Umwelt, Oolie, indem sie die staatlichen Ressourcen herausfordert, und vor allem Serge mit der tapferen Invasion in das Herz der satanischen Mühle, die er kurzfristig aus dem Gleichgewicht bringen konnte. Entrismus in seiner mutigsten Form.

Was ihn angeht, so hat er immer noch sein großes theoretisches Werk fertigzustellen, die Geschichte der autonomistischen Bewegung in den siebziger Jahren, die in der Analyse gipfeln wird, wie der Autonomismus einer Neuverhandlung des Gesellschaftsvertrags nach der Finanzkrise den Weg bereiten kann. Auch wenn er schon seit sieben Jahren daran sitzt, ist vieles noch nicht ganz klar. Tatsächlich scheint es immer unklarer zu werden, je mehr Zeit vergeht. Die Dinge verändern sich so schnell. So viel hängt von den nächsten Wahlen ab. Steuert die Welt auf eine stabilere, reguliertere Form des Kapitalismus zu? Oder werden die globalen Banker von der Leine gelassen, um das ganze verdorbene System endlich vollkommen dem Erdboden gleichzumachen? Er hätte so viel beizutragen. Wenn er nur nicht immer so müde wäre.

Ooh-aah! Er verlagert sein Gewicht im Stuhl, lehnt sich nach vorn, um den Schmerz zu lindern. So ist es besser. Gut, dass sie das mit der Hochzeit endlich erledigt haben. Doro hatte natürlich ihre Zweifel, aber er hat sie überzeugt, indem er sagte, es würde ihnen bei Oolies Adoption helfen. Und es ist das Beste so. Sie ist eine wunderbare Frau, sinnlich, leidenschaftlich, voller Güte – ja, er hat Glück gehabt, dass er das Leben mir ihr teilen durfte. Und falls die Testergebnisse heute Nachmittag gegen ihn sind, dann bekommt sie wenigstens, was von seiner Rente noch übrig ist. Autsch.

Danksagungen

Viele Köpfe haben an diesem Buch mitgewirkt, die meisten davon viel klüger als meiner.

Zuerst möchte ich allen danken, die mir so großzügig bei meinen Recherchen in der Finanzwelt geholfen haben, besonders Peter Morris, ohne den ich gar nicht hätte anfangen können, und Robert Deri, Roger Leboff, Roger Johnson, Gareth Jones, Steven Bell, Robert Farrer-Brown und John Scott, die mich gemeinsam in Sachen Finanzkrise, Leerverkäufe und ungedeckte Leerverkäufe, Spread-Betting, Derivate und Optionen beraten haben, zu dem physischen und organisatorischen Aufbau von Investmentbanken, der Rolle von Quants und Tradern, Sicherheitsverfahren, Gehalts- und Abteilungsstrukturen, Insiderhandel, Rating-Agenturen und den Vorgängen in der Behindertentoilette. Alle Anerkennung geht an sie, alle Fehler gehen auf mich zurück.

Ich danke Gary Clemitshaw und Alison Tyldesley, die mir den Grundschullehrplan erklärt haben. Außerdem Dorothy Kidd, Sheila Ernst, Dave Feickert, Dave Kent, Max Farrar und anderen, die mich daran erinnert, darin ermutigt und darüber informiert haben, wie es damals während der Women's Liberation und der Tage der Kommunen war; jegliche Mängel in der Darstellung gehen einzig auf mein Konto.

Vielen Dank auch all denen, die die verschiedenen Entwürfe gelesen und kommentiert und Fehler gejätet haben: Donald

Sassoon, Sonia Lewycka, Carl Cramer und Shân Morley Jones. Dank an Martin und Juliet Pierce, dass ich ihre gemütliche Schreibstube benutzen durfte, und für all die Tassen Tee.

Schließlich danke ich meinem Agenten Bill Hamilton und meiner Lektorin Juliet Annan – die mehrere unwichtige Figuren um die Ecke gebracht, ins Kraut schießende Nebenhandlungen gestutzt und die ganze Geschichte zugespitzt haben – und den tollen Teams bei Penguin und Fig Tree, die das Buch aus der Wiege gehoben haben.

»Ein kleines Meisterwerk. Es könnte Leben retten.«
Joanna Lumley

Hardcover
Übersetzt von Sophie Zeitz

ISBN 978-3-423-28071-6
Auch als eBook!

Ein Buch, das es eigentlich gar nicht geben dürfte. Denn mit gerade einmal 24 Jahren wird Matt Haig von einer lebensbedrohlichen Krankheit befallen, von der er bis dahin kaum etwas wusste: von einer schweren Depression. Dieses Buch beschreibt, wie er allmählich die zerstörerische Krankheit besiegt und ins Leben zurückfindet. Eine bewegende, witzige und mitreißende Hymne an das Leben und an das Menschsein.

»Voller Wärme und Humor, ein bezauberndes Buch.«
The Sunday Times

»Herzzerreißend, aber von überraschender Leichtigkeit.«
Sunday Mail

Bitte besuchen Sie uns im Internet: www.dtv.de

Matt Haig im dtv

Ich und die Menschen

ISBN 978-3-423-21604-3

Ein brillanter, witziger. emotionaler Roman über die alltäglichen und die ganz großen Dinge im Leben – kurz gesagt, über das Menschsein!

»Ein Roman mit einem ganz großen Herzen.«
Daily Express

Die Menschen von A bis Z

Ein Ratgeber

ISBN 978-3-423-21605-0

Ein Ratgeber für »Erdenunkundige« und überhaupt alle, die sich in menschlichen Dingen manchmal verheddern.

Beide Titel übersetzt von Sophie Zeitz

Auch als eBook!

Bitte besuchen Sie uns im Internet: www.dtv.de